珍藏本·增订本
纪念版

汉译世界学术名著丛书

塞瓦兰人的历史

〔法〕德尼·维拉斯 著

黄建华 姜亚洲 译

商务印书馆
SINCE 1897
The Commercial Press

D. Vairasse

HISTOIRE DES SEVARAMBES,

Peuples qui habitent une partie du troisième continent, communément appelé la terre australe: Contenant une relation du gouvernement, des moeurs, de la religion et du langage de cette nation, inconnue jusqu'à présent aux peuples de l'Europe

《塞瓦兰人的历史》的插图

阿姆斯特丹 1702 年版

汉译世界学术名著丛书
（120 年纪念版·珍藏本）
增订本出版说明

2017 年 10 月，为纪念商务印书馆创立 120 周年，本馆推出“汉译世界学术名著丛书”（120 年纪念版·珍藏本），计七百种。近五六年来，仰赖学界同人倾力支持，订正旧译，增补新译，拓展新著，积累日多。为满足读者需要，本馆在七百种的基础上，继续推出“汉译世界学术名著丛书”（120 年纪念版·珍藏本·增订本）三百种。至此，“汉译世界学术名著丛书”累计出版已达千种。

今后，本馆将继续推进丛书的翻译出版工作，在积累单本名著的基础上陆续分辑刊行，汇印出版。为促进中外文明互鉴、推动我国学术发展，使“汉译世界学术名著丛书”这项对我国学术文化有基本建设意义的重大工程发挥更大作用，诚望海内外学术界、翻译界继续给予支持，帮助我们把这套丛书出得更好。

商务印书馆编辑部

2024 年 2 月

汉译世界学术名著丛书
（120年纪念版·珍藏本）
出版说明

2017年2月11日，商务印书馆迎来120岁的生日。120年前，商务印书馆前贤怀揣文化救国的理想，抱持“昌明教育，开启民智”的使命，立足本土，放眼寰宇，以出版为津梁，沟通中西，为中国、为世界提供最富智慧的思想文化成果。无论世事白云苍狗，潮流左右激荡，甚至战火硝烟弥漫，始终践行学术报国之志，无改初心。

迻译世界各国学术名著，即其一端。早在20世纪初年便出版《原富》《天演论》等影响至今的代表性著作，1950年代后更致力于外国哲学和社会科学经典的译介，及至1980年代，辑为“汉译世界学术名著丛书”，汇涓为流，蔚为大观。丛书自1981年开始出版，历时三十余年，迄今已推出七百种，是我国现代出版史上规模最大、最为重要的学术翻译工程。

丛书所选之书，立场观点不囿于一派，学科领域不限于一门，皆为文明开启以来，各时代、各国家、各民族的思想与文化精粹，代表着人类已经到达过的精神境界。丛书系统译介世界学术经典，引领时代思想，为本土原创学术的发展提供丰富的文化滋养，为推动中国现代学术和现代化进程做出了突出的贡献。

为纪念商务印书馆成立120周年，我们整体推出“汉译世界学术名著丛书”120年纪念版的珍藏本，寄望既利于文化积累，又便于研读查考，同时向长期支持丛书出版的译者、编者和读者致以敬意。

两甲子后的今天，商务印书馆又站在了一个新的历史时间节点上。我们不仅要铭记先辈的身影和足迹，更须让我们的步伐充满新的时代精神。这是商务人代代相传的事业，更是与国家和民族的命运始终紧密相连的事业。我们责无旁贷，必须做好我们这代人的传承与创造，让我们的努力和成果不仅凝聚成民族文化的记忆，还能成为后来人可以接续的事业。唯此，才能不负前贤，无愧来者。

商务印书馆编辑部

2017年10月

目　　次

塞瓦兰人居住在第三大陆即通常被称为南方大陆的一部分土地上。这个迄今不为欧洲人所知的民族的管理制度、风俗习惯、宗教信仰和语言文字等，将在书中加以描述。

引　言

柏拉图的《理想国》、托马斯·莫尔的《乌托邦》或大法官培根[①]的《新大西岛》都不过是作者们美妙幻想的产物；读过这些著作的人也许以为，本书讲述的新发现的国家(那里有一些奇妙事物)的故事也不过如此。那些不肯贸然相信一切事物的人的明智的慎重态度，只要不是过分谨小慎微，那是不应加以指责的。但是，不经考察便排斥似乎是异乎寻常的事物的固执态度，同将有关遥远国度的一切传闻都信以为真的那种不加判断的态度一样，都是要不得的。

有许多众所周知的事例可以证明我刚才所说的话。好些事情从前看来是不容置疑的真理，过了几个世纪便被揭露出来：那不过是巧妙的谎言。好些事情长期被视为荒诞不经，后来却作为毋庸置疑的真理确立下来，以致敢于对此怀疑的人，被看作是笨蛋、傻瓜和可笑的人。

科隆主教维吉尔，因为说了有对跖点[②]，曾经冒过丧生的危险，我们不能说，他这样做是出于极端的愚昧。当克利斯托夫·哥

① 这里指弗兰西斯·培根(Francis Bacon)。——译者

② 对跖点：位于地球直径两端的点。——译者

伦布宣布西方的西部还有陆地的时候，在英国，其后在葡萄牙，人家都认为他是个幻想家，这也是毫无道理的。后来，那些作环球旅行的人便清楚地认识到，维吉尔的说法是正确的；而美洲大陆的发现也证实了哥伦布的预言。因此今天大家对此已不怀疑；过去将关于秘鲁、墨西哥、中国的故事当作神话传说，现在也不怀疑了。

这些遥远的国家，以及后来发现的其他一些国家，几个世纪以前欧洲人并不知道，现在对其大部分也还缺乏深刻的认识。我们的旅行家只满足于访问他们经商所到的靠海岸的陆地，而不大关心他们的商船到不了的那些地方。因为他们几乎都是抱着发财致富的目的而去旅行的船员，所以他们往往经过一些岛屿，甚至绕过一些大陆而不去留心考察，只是当他们必须避开这些岛屿或陆地的时候，他们才稍加注意。由此可见，我们所知的关于这些地方的一切情况往往是偶然得来的，因为几乎没有一个人有这样的求知欲或这样的必要手段去作漫长的游历，而目的只是为了去发现尚未被人所知的国家并让自己能够作出全面而忠实的报道。

希望有一个良好的和平环境让君主们有空闲去从事这样的发现工作，有余暇派人从事如此值得赞许、如此有用的事业。通过这种事业，君主们无需大量花费便可给世界带来无可估量的好处，并能为祖国增光，还可以获得不朽的声誉。的确，如果君主们愿意拿出他们部分多余资金用来供给少数能干、出色的观察家，派他们到海外考察一切值得注意的事物，并要他们作出忠实的报道，那么君主们是会赢得巨大的荣誉的。这将使他们的名声留于后世，甚至还许会带来许多其他好处；这些好处能够抵偿他们在这一值得赞扬的事业中所付出的代价，而且还会绰绰有余。为此目的进行考察的人，他们接受过培养，具备科学和数学的知识，他们所作的报道要比商人或水手所讲的故事准确得多，这点应该是毫无疑问的。大部分商人和水手都是不学无术的人，他们既无时间也不方便去从事考察。他们在一些国家逗留的时间往往不短，可是除了注意有关买卖的事情之外，对别的事情却漠不关心。

这一点在荷兰人的活动中表现得尤其明显。荷兰人在东印度拥有大片土地。他们还继续到其他许多可以经商的地方旅行；可是有关他们定居的地方或他们的商船每天都驶过的地方的情况，我们只得到少量简短的、不完全的报道。巽他群岛，特别是婆罗洲，在地图上标明是世界的最大岛屿之一，位于自爪哇到日本的航线上，可是却几乎无人认识。好些人绕第三大陆，即一般称为未知的南半球地区的沿岸航行，但谁也不肯花力气到那些地方考察，并描述一下那里的情况。诚然，地图上已勾勒出这个大陆的海岸，但却如此的不完备，因而人们只能从中得出十分模糊的概念。有这么一个大陆存在，谁也没有怀疑，因为好些人的确看见过，甚至还上过岸。可是，他们不敢深入其腹地，除非万不得已是不进去的，因此他们只能作一些浮光掠影的描述。

我们提供给广大读者的这个故事大大弥补了这方面的空白。它写得那么朴实，以致没有谁——我希望如此——会怀疑其内容的真实性。读者不难看出，它具备了真实故事的全部特征。

这个故事的作者是西登上尉。据他在本书中说，他曾在塞瓦兰国住了十五六年，后来，运用了他在本书中叙述的各种办法离开了那里。最后他到了纳托利的城市斯密尔纳，他在那里搭上了准备回欧洲去的荷兰舰队的一艘军舰。正好这支舰队在英吉利海峡受到英国人的袭击，这件事就成了随之而来的战争的导火线。大家都知道，荷兰人自卫得很出色，结果双方都有很大的伤亡。

在这次冲突中，西登上尉也受了致命的重伤，受伤后他仅仅活了几个小时。当时和他同船的有一名医生，西登是在起航前跟他认识的。由于他们两人都十分能干而且又都是饱学之士，所以他们一路上谈得很多，言谈中互相敬重，成了莫逆之交。在此之前，西登上尉和谁都没有谈起过自己的奇遇，因为他不愿意别人把他的奇遇在欧洲公布出来。这时他却把事情的始末几乎全部告诉了医生，从离开荷兰谈起，一直讲到抵达斯密尔纳。

但是上帝没有让他活到亲自公布自己的奇遇的那一天。当他看到死神降临的时候，便把自己全部衣物送给了医生，并把自己所写的东西托付给他。他留下的便笺是这样写的：

“我亲爱的朋友，既然上帝不愿意我寿终天年，我只有毫无怨言地服从神的意志。我已准备将自己的灵魂交回神的手里，因为神创造了我，是我的上帝，它有权要回我的灵魂并有权随意支配。我希望上帝以其无限的仁慈，宽恕我的罪孽并让我分享永恒的圣光。我即将离开人世，再也见不到你了；不过既然我还剩下短暂的时光，我想利用它告诉你：我是作为你的朋友而死去的；为了表示我的友谊，我把自己在船上所有的东西赠送给你。你会找到一只大箱子，内装我的全部衣物，还有一点钱和几件珠宝。这些东西全部所值无几，但不管怎样，我赠送给你却是出于一片真诚。除了衣物、钱和珠宝之外，你还会找到一件无价之宝：一份记载我从荷兰出发启程到印度去旅行的整个经历的笔记。关于那次经历，我曾常常向你说及。这一故事杂乱无章，几乎全部写在散页的纸片上，而且是用不同的文字写成的。这些笔记需要注释，需要按原来的顺序加以整理，我自己曾订下计划想这样做。可是，既然上帝不允许我来完成，我只好让你来照料这件事。我以垂死之人的一片真诚向你保证：在我的全部笔记中，没有任何不真实的记载。也许将来某一天，时间和经验会证实这一点的。”

以上便是本书作者临终时的最后几句话。几小时后，他便怀着高度的信心，以模范的恭顺态度将自己的灵魂交给上帝。据他的继承人，即那位医生的见证，他这人体格匀称，才智出众，举止庄重，忠厚诚恳。

他死后，医生翻阅他的笔记，发现它是用拉丁文、法文、意大利文和普罗旺斯方言写成的，这使医生十分为难，因为他认不全这些文字，而他又不愿意将这些笔记交给外人。由于上述的困难，以及他后来要处理的许多事务，他不得不将这份笔记暂时搁下。

荷兰和英国缔结和约以后，医生从荷兰到了英国。不久以前，承蒙他的好意，他把这份笔记托付给我整理，嘱我将它翻译成一种文字。我仔细地审阅了这些笔记，发现记载的内容竟是如此离奇、如此神妙，以致我按内容的要求将它整理得条理清楚以后，心情才平静下来。我是依靠我的委托人的帮助并根据他的意见进行这一工作的。

此外，还有许多证据可以证明这个故事的真实性。西登上尉去世不久，有许多从荷兰来的人告诉那位医生（西登的继承人）：大概是在这部书开始所指的那个时期，有一条叫“金龙号”的新船从特塞尔岛起航，开往巴达维亚，船上满载钱币、旅客和其他货物，大家认为这条船已经失事，因为后来就完全没有听到关于这条船的消息。

我得到这些笔记，在动手整理之前，亲自去找印度公司的律师万达姆先生，他是荷兰政府派去订立荷英商约的专员之一。我向他打听那条船的下落。他向我证实了人家在荷兰对我那位医生朋友所讲的一切。但是，最有力地证明这个故事的真实性的证据，是从一个佛来米人写给一位法国贵族的信得出来的，信中谈及“金龙号”的情况。那位接信的贵族把信交给了我，我认为，交代了这封信所涉及的问题之后，把信附在这里是不无好处的。

那位贵族对我说，有一次写信的人和他一起散步，谈起了印度。写信人曾在那里住了很长时间。他告诉贵族说，有一次暴风雨把他的船只吹到南方大陆的海岸，他几乎在那里葬身，幸赖上天保佑，侥幸生还。在进行这些谈话后的一两年，我的那位贵族朋友在社交界中听人谈起那些未知的大陆，他便讲述他从一个佛来米人听来的故事。他还没有讲完，一名萨瓦州的贵族便迫不及待地向他提出一连串有关的问题。由于他无法回答全部问题，萨瓦州贵族便请他根据他听来的情况写信给那个佛来米人，以便从佛来米人那里取得关于此事的全部可能得到的消息。萨瓦州贵族还说明他何以这样热心：他关心这条船，是因为他有一个亲戚就在船上；他曾多方打听亲戚的下落，可是音讯杳然。他的亲戚留下一块土地在他那里，其他大部分产业早已卖掉。亲戚的族人好几年也等不着他回来，正为这块地的继承权打官司。因此法国贵族便应萨瓦州贵族的请求给佛来米人写了信，并收到了用法文写来的回信。我这里一字不改地将原信照录如下：

“先生：

辱蒙赐书下问，敢不竭诚奉告，以慰贵友之期望。1659年，余在巴达维亚时，有一佛来米水手，名叫普兰斯，闻余曾到南方大陆，遂告余下述故事。数载前，他在一艘新船上遇难，船号“金龙”或“青龙”，自荷兰起航，开往巴达维亚。船上载有大量钱币，另有四百名左右旅客。人员全部或大部分脱险，登上陆地，由船长率领，秩序井然，一如在船上之时。既已觅好遮蔽之所，复又抢救出其中大部分食物。彼等以大船之残骸修建一小艇，用抽签之法选出八人，乘它往巴达维亚向荷兰公司总裁报告其失事情节，以便总裁派船搭救遇难人员。普兰斯亦在此八人之中。小艇历尽千辛万苦，终于到达巴达维亚。总裁马上派出一艘三桅战船；战船抵达该处海岸后，即遣派舢板及船员按指定地点登陆。但不遇一人，亦不见留下任何痕迹。彼等沿岸航行，驶近好几处地方，由于此处海岸天气恶劣，竟失去舢板及几名船员，于是不得不空手返回巴达维亚。总裁复派出另一艘三桅战船，依旧毫无所获而回。

“其时众说纷纭；据悉，有若干民族定居于此大陆之腹地，其身材高大而并不野蛮，彼等将其可能逮住之人领进自己国内。余几达南纬二十七度之处，然风暴骤至，令余改变主张，而夜晚则意外风平浪静，使吾等幸免于沉船之难。余以得重返海上为幸事。此为余能向阁下报告之一切。贵友欲知“X龙号”之详情，可向荷兰公司探询。当时总裁为麦埃特·絮凯尔，彼现时仍为驻巴达维亚之总裁。余则仅从那个佛来米水手处获悉此事。该大陆土壤略呈红色，全为不毛之地。海岸似有妖风袭击，不易登陆。故三桅舰丧失舢板与财物，而未能靠岸。彼认为三桅舰未觅得真正失事地点。余认为此事系发生于南纬二十三度之处，时间为1656年或1657年。专此布复。

您卑微的仆人

托马斯·斯金涅尔

1672年10月28日于布鲁日”

读者可以把这封信和作者的叙述加以比较，然后作出判断：在这样一些很少为人所知的材料中，是否能有比这更有力的证据，以证明这个故事的真实性。

第　一　章

从童年时代起，旅行便成了我最大的爱好。这种天性的嗜好与年俱增，我觉得，自己想到别国游览的愿望一天比一天强烈。我怀着异常的兴趣阅读各种游记、各种描述异国风物的书籍以及举凡有关新发现的报道。我的双亲要我将来当法官，而且没有那么多资金供我长期旅行，这都成为实现我的愿望的巨大障碍。然而，我觉得，任何障碍都不可能阻止命里注定的事情的发生。我刚满十五岁便应征入伍到了意大利。由于职务在身，我在那里逗留了将近两年，然后才回国。刚到家乡不久，便又奉命随一支比以前更大的队伍开赴加泰罗尼亚。我在那里打了三年仗；如果不是父亲意外身故，要我回去继承遗产，如果不是母亲的请求——她遭到如此重大的不幸，没有我在身边便不可能得到安慰，我是不会放弃军职的。这种种因素使我不得不回到故乡，而母亲的一再敦促又令我放下刀剑，去换上法官的长袍。于是乎我专攻法律，四五年间进步不小，竟获得了博士的学衔。我被任命为本地最高法院的律师，这职位是飞黄腾达必经的一级阶梯。我被任命以后，致力于练习演说。开始我自己虚构论题，随后便选择真正的题目进行出色的辩论。我不遗余力地去做，一切事情都完成得不错，因而博得少许声名。我乐于从事这样的练习，年轻人喜欢在这种练习中表现自

己的智慧和口才而不计较报酬。但当我接触到法院的实际时,我发现它如此棘手、如此枯燥无味,以致我不久便对此感到十分厌恶。我天性喜欢舒适和快乐的生活,加之性情豪爽、正直,对于担任这样的职务并不相宜,因此我十分迫切地想放弃这个职务。正当我考虑如何摆脱的时候,我母亲去世了。母亲的身故使我有可能独立自主并支配自己的财产。况且,我悲伤极了,睹物思人,一切都令我十分难受。我便不假思索地决定长期离开故乡。我着手料理自己的事务以便实行这个计划。我卖掉全部财产,只留一块土地,以便在必要时作隐退之用。我把这块土地交给一个可靠的朋友,他只要接到我的消息,总会向我详细报告情况的。

随后,我开始游历,几乎走遍了法兰西王国的所有省份。我在著名的巴黎城住了下来。我觉得那儿的生活富于吸引力,我不知不觉地逗留了将近两年,没有离开过。后来,当我有机会去德国时,我当初的游历愿望又重新激发起来,我不能再在巴黎住下去了。于是我游历了整个德国,参观过皇帝的宫殿,也看过帝国诸侯的宫廷。我从那里到了瑞典和丹麦,以后又到了荷兰,在那里结束了我的整个欧洲之游。我在荷兰休息到1655年,便从那儿乘船往东印度去。

我着手这次艰苦的旅行,是为了满足天生的好奇心,满足一直萦绕我心头的强烈愿望:即要去看一看听说有许多奇妙事物的一个国度。我的一位朋友的再三鼓动也是促成我此行的原因。他在巴达维亚置有产业,也要乘船到那里去。此外,还得坦白承认:希望从中获得好处,这也促使我作出这一决定。这些因素对我的思想产生强烈的影响,我为这次旅行准备就绪之后,便和我的朋友登上“金龙号”海船，这条船最近造成，装备全新。这条船的吨位约为六百，配备三十二尊大炮，共载船员和旅客四百人，还有大量金钱，我那位叫万德尼的朋友就占有其中很大一部分。

1655 年 4 月 12 日，我们从特塞尔起航，趁着凉快的东风，正如我们希望的那样，船轻快稳当地驶过英法海峡，一直进入公海。我们由此继续航行，直至加那利群岛；有时感到风向无定，变化多端，但我们没有遇到风暴。我们从加那利群岛储备了一些我们可以找到的而且又是必要的物品。然后就向佛得角群岛前进。我们远远便看见这些岛屿，而且毫无困难地驶近它们，没有发生任何特殊的意外事故。诚然，我们见到好些海怪、飞鱼，也见到新星座以及诸如此类的东西。然而，这类东西相当平常，书上也作过描述，好些年前就失去了新鲜的魅力，因而我认为不必去谈它了。我不想以无谓的叙述去多占本书的篇幅，那只会使读者，也会使我不耐烦的。因此，只要说一说我们平安无事地继续航行，直至南纬三度的地方，其时正是 1655 年 8 月 2 日，也就可以了。在此之前，大海一直对我们十分友善，这时才开始让我们感到它变化无常的威力。下午三时左右，本来是晴和的天空，突然乌云密布、雷电交加，接着暴风雨来临：狂风大作，大雨夹着冰雹倾盆而下。眼看这一风暴降临，水手们吓得脸色发白，神情颓丧。虽然他们来得及系好船帆，结牢大炮，把一切安排就绪，但预料到面临的是可怕的飓风，他们被风暴的威力吓倒了。大海开始翻腾起来，风向无定；在不到两个小时之内，罗盘的指针竟东南西北地乱转一气。我们的船颠簸得非常厉害，一会儿左倾，一会儿右倾，一会儿上升，一会儿下沉；一股风推我们向前，另一股风又将我们向后吹。桅杆横桁和缆索都

被折断、撕碎。暴风雨是如此的凶猛，以致大部分船员都感到不适，几乎听不到指挥的声音，更不用说服从指挥调动了。这时候，旅客们都被关在底舱里。我和我的朋友躺在主桅旁边，神情极度沮丧。两人都懊悔不迭：他后悔不该受发财致富的贪欲驱使，我后悔不该受发疯般的好奇心支配。我们都很想回到荷兰，我们非常失望的是：既不能重回这个国家，也看不到任何陆地。因为，在这种情况下，我们觉得任何国家都是好的。

这时候，我们的水手并没有去睡大觉，为了使我们脱险，他们不遗余力地去做一切有助于脱险的事。他们发挥了全部机智，运用了全部力量，有些人去掌舵，有些人用水泵排水，哪里需要，他们就赶到哪里。幸赖上帝的保佑，他们终于靠自己的力量，使海船在猛烈的飓风中幸免于难。最后，飓风转变为凌驾一切的偏风，将我们的船一直吹向南方，其力量之大，使我们无法改变航向。我们只好屈服于这股风力，任它吹到哪里便算哪里。经过两昼夜的航行，风向略变，将我们吹向东南方；这样持续了三天，而且我们还是在浓雾中行船，海雾之大，几乎不能分辨出五六步以外的东西。第六天风势稍减，但仍然刮着西北风，直至午夜。最后我们忽然感到风平浪静，仿佛我们的船驶进了池塘或死海似的，令我们惊讶不已。两三个小时以后，天空放晴，我们开始看到几颗星星，但是根据这些星星，我们根本无法认清方位。我们总的估计是：我们处在离巴达维亚不远，离南方大陆至少一百里约[①]的地方。但是不久我们便发现：我们原先的推测错了。第七天，照样是风平浪静，我们有

① 里约：法国古里，约合5.5公里。——译者

了歇息时间并检查了船上的各个部位。我们发现船上几乎没有损坏，因为这条船造得十分坚固，经受了风浪的冲击而没有出现使之陷于困境的漏水洞。第八天，吹起了和风，将我们的船送往东方，我们为此十分高兴；因为这样一来，不仅使我们接近目的地，而且也解除了我们因为长时间的风平浪静而产生的忧虑。就在这一天的入夜时分，天空乌云密布，大雾弥漫，风势又猛烈起来，我们担心又来一次大风暴。第九天，浓雾依然，狂风大作，我们处于极大的危险之中。临近午夜，风向改变，风势更加猛烈，又把我们的船急剧地吹向东南方。大雾愈来愈浓。午夜时分，风势异常猛烈，我们的船飞速地前进，突然撞到一块沙滩上，完全出乎我们的意料之外。船牢牢地搁浅在那里，动弹不得，仿佛是钉上了钉似的。这时，我们以为一切都完蛋了。我们随时等待狂风恶浪将我们的船撕成碎片。人的技巧和机谋既已无济于事，我们便向上帝求助，求他大发慈悲，满足我们的愿望，保佑我们绝处逢生。早晨来临了，阳光稍稍驱散浓雾，我们才发现船搁浅在离岛屿或大陆岸边不远的沙滩上。这海岛或大陆，我们并不认识。这一发现使我们从绝望转变为满怀希望；因为，尽管我们对这块陆地感到陌生，而且我们也不知道能否在这儿多少摆脱一些苦难，但是由于一连好几天都不幸地处于惊涛骇浪之中，在生与死之间挣扎，自然看到陆地都叫人喜出望外。临近正午，天气转晴，十分炎热，风力大大减弱，波涛也失去汹涌之势。

大约下午三时，潮水退出海滩。我们的船陷在一块似乎不到五尺深的淤沙上。淤沙离岸仅有一箭之遥，海岸相当高，但还可以登上去。我们决定由此登陆，并决定把船上的物品搬运上去。为此，我们放下小艇，艇上载上我们十二名全副武装的勇士。我们打发他们去侦察地势，要他们选择一处靠近海岸而又离船不远的地方，以便我们扎营住宿。他们一上岸，便登上一个离岸不远的小山岗，仔细察看了地势。但是他们既看不见房屋，也望不到村落，没有见到这里有任何住人的迹象。一眼望去尽是沙质的不毛之地，上面只长了荆棘丛与一些野生的灌木丛。

他们在周围举目所见之处都没有发现小溪或河流。由于当天没有时间再往远处探察，他们上岸三小时后便都转回，他们认为，冒险去深入这一陌生的国土是不适宜的。第二天，他们再次上岸，并奉命要把小艇和舢板送回，好让我们逐渐把人送离大船。我们还决定把贵重物品，特别是把留存下来的武器和粮食都运到岸上。托上帝的保佑，这些东西没有受到丝毫的损坏。所有这些命令都执行得十分仔细和认真，因而出事后的第二天，我们都得以带着最宝贵的生活必需品登上陆地。第一批上岸的人将帐篷扎在离海不远正对大船的一块高地上。按照我们最准确的测量，这里大约是在南纬四十度的地方。这地方一面朝陆地，一面向大海，两边都看不到我们的人，所以我们的岗哨可以从高处察看周围所发生的一切。这块地方对于我们来说既安全又方便。我们把我们所有的人、我们的食物和货物陆续运到这个地方，只留十人在船上，等到涨潮时看看能否将船拖离淤沙，要是不可能，或许就采取其他措施。我们一上岸便召集会议，考虑我们的防卫措施。我们决定，在陆地上照样保持在海上时的纪律，直至在我们认为需要改变的时候为止。随后下令作一次总祈祷，感谢上帝对我们的恩典，感谢他奇迹般地救出我们的财富，并祈求上帝在这个完全陌生的地方援

助我们；如果慈悲的上帝不像过去那样保佑我们，我们就有可能落入野蛮民族之手或因缺乏食粮而饿死的。

经过这样的安排和祷告之后，军官们把人员分为三支人数相等的小队；两支小队持续地在营地上工作，在四周挖下壕沟，以防我们受到突然的袭击。另一支小队被派往各处侦察，给我们供应木柴以及其他可吃的食物。那些守船的人则奉命检查船上的情况，并尽量使船能用。经过周密的检查，他们发现船的龙骨因猛烈撞到沙滩上而折断，而且船身深陷在淤沙里，即使龙骨不断，要把船拖出来也是不可能的。他们还补充说，按照他们的意见，最好是把船拆了，用拆下的木板造成一只或两只平底船，以便派船到巴达维亚去。这个主意得到赞同，于是便挑选最合适的人去执行。

那些被派去侦察的人，害怕遇到意外事故，不敢冒险深入内地，很早便回到营地。他们认为，待筑好防御工事，架好大炮以后，才能较为随意地在平原上探险。不过，他们毕竟给我们带回来了木柴和某种黑莓之类的果子，那种东西在灌木丛和荆棘丛中大量存在。几个沿岸巡视的人，找到大量的牡蛎和其他贝壳动物，这使我们大大节省吃用船上的食品。根据平常的配给量和我们所作的精确计算，船上的食品只够维持我们食用两个月之久。鉴于这点，我们便考虑尽量节约食物的办法，以便维持更长的时间。由于只有补充其他食物和削减口粮才能做到这一点，当我们发现海上某些地方鱼类丰富时，便认真准备渔网和捕鱼用具。捕鱼进行得十分顺利，这使我们可以部分地用鱼、贝壳动物以及上面提到的黑莓来代替粮食。因此我们削减吃用船上食品的分量，减至每天八盎司。我们还未找到淡水，而这是我们最迫切需要的。虽然我们在堑壕里挖了一口井，水源丰富，但由于离海太近，井水带有咸味，有害健康，而且气味也很不好闻。

我们去探察的那些人，每天都有一些新发现。我们考察了营地周围大约十里的地方，没有找到人和动物的任何痕迹。他们愈走愈远。在这辽阔的沙土平原上，除了几条蛇、一种大如家兔的老鼠，以及形似野鸽但比野鸽稍大并以黑莓为食物的飞鸟之外，他们没有见到其他任何生物。他们用枪猎取了几只野味带回营地，我们烧好尝了一下，滋味都十分鲜美，特别是鸟肉，更为可口。这些新发现使我们放松了防卫。我们仅在营地周围挖掘一道小壕沟，清掉沟中的泥土。我们认为，在这个渺无人烟的地方，这已经是相当好的防卫措施了。我们把几门大炮架在最合适的地方。我们既不害怕人也不害怕野兽，只担心饥饿和气候的骤变。虽然在海岸修建小船的十四天当中，我们觉得这儿的气候很有益于健康，但还不知道以后究竟如何。几天以后，平底船竣工，准备下海，带了供八个人六周食用的粮食，这是我们所能提供的全部食物了。当提出挑选八个人去巴达维亚时，水手们在谁该去的问题上发生了争执，因为愿意去作这次冒险航行的人为数甚少，可又非要几个人去不可。我们决定从全队中选出一定数量的优秀水手，由他们抽签确定谁去谁留，结果就这样进行了。中签的有水手长本人，一名叫普兰斯的水手，还有其他六人，名字我都忘记了。当他们看到命中注定要完成这次旅行时，也就毫不抗拒地服从了。我们一起商定再次会面的信号，以便一旦他们带救兵回来时可以找到我们；随后他们就向我们告别，乘上平底船启程。风从陆地上吹来，他们乘风向海上驶去，小船很快便从我们的视野中消失。其后我们向上帝

祈求和祝祷，但愿他们平安归来，我们只能把希望都寄托在上帝的慈悲上。

同一天，我们召开了会议，商讨应采取什么样的管理制度才最切合、最适应我们目前的状况。因为有几名军官已乘船出发，我们在海上时的纪律也已经有了一些改变；经过讨论，认为海上的纪律不适应陆地的情况。大家提出了好几种办法，也都有反对意见。经过争论，决定实行军事管理制度，由一位将军和几名低一级的军官组成最高军事委员会，委员会有权处理和指挥一切事宜。当要从全体人员中推选领袖的时候，每个人的眼睛都转到我的朋友万德尼身上，大家都想把这份荣誉给他，因为他在众人当中有声望，而且对这条船拥有最大的权益。但他却谦让推辞，说自己太年轻，而且太缺乏足以担当这项职务的军事经验。他说，在这种情况下，应当推选比他更有经验的人，而他自己却从未打过仗，也没有担任过任何公职。他看到与会者的脸上都露出不安和困惑的神情，于是便对他们说，他十分感谢大家对他的敬重和爱戴，他很荣幸承担大家交给他的指挥职务；无奈他不具备这种才能，无法有效地担当将军的职责。他请求他们允许他推荐一个完全能胜任此职的人，这个人曾在欧洲两支不同的军队中担任过指挥官职务，并在各地游历多年，这无疑使他具备许多政治方面的知识。他还补充说，这个人大家都认识；他甚至敢于断言：虽然大家对这个人不像对他那样熟悉，但是他已经为大家所敬重。他自己凭长期的经验，可以对这个人的品行与廉洁作出评价。“我所说的这个人，”他用手指着我说，“就是西登上尉。如果你们愿意把他选为我们的将军，我是乐意服从他的指挥和命令的。”

这一番意外的言辞，加之全体与会者投向我的目光，使我有点发窘；但是我立刻恢复了常态，回答说："万德尼先生的推荐与其说是出于他对我的学识和品德的了解，毋宁说是出于他对我的友谊。我是个外国人，出生于远离荷兰的国度。我认为在众人当中，有比我更能担当这一指挥职务的人。因此我希望大家把我免了；我宁愿听从大家推选出来的人，而不愿意由我来指挥。"

我的话音未落，就有个叫斯瓦尔特的人突然出来说话。这人十分有胆量，而且很有活动能力。他在我们进行的所有侦察活动中，都总是跟随着我。这时他对我说：

"先生，所有这些托词都不会起作用的。如果我和万德尼先生的意见被听取，那么，不管您愿意不愿意，您也得当我们的将军。因为，除了他所说的有关您的品德以外，所有的人，尤其是我，都知道自从我们登上海岸以来，您为大家的利益，为全体的得救，已表现出您是我们中间最谨慎、最热心的人。单就这一点而言，您已配得上指挥我们了；再说，我们都是商人或船员，既不懂打仗，也不懂纪律，而您是能够指点我们的。只有您具备担任这一职务所必需的品质，只有您有能力指挥我们。因此我宣布，我除了服从您的指挥以外，对谁也不服从。"

他这番话说得慷慨激昂，态度坚决，大大打动了已经准备选我为领袖的人。这时大家异口同声地喊道：要西登上尉当我们的将军。

当我看到无法推辞时，便向大家做了一个手势，表示要说话。我是这样对他们说的：

"诸位先生，既然你们硬要我担任指挥职务，我怀着谢意表示接受。我衷心希望此举对大家有益。但为了使一切事情都有秩序地得以安排和严格地实行，我请求你们给我一定的特权。如果你们乐意这样做的话，我将竭尽全力保护你们，让你们遵从我认为最宜于你们自卫的纪律。

“我要求你们做的第一件事是：你们每个人，总之所有的人都要宣誓服从我和军事委员会，违反者处以我们认为恰当的刑罚。

“第二件事，我有权按照我认为最好的方法处理军务，有权挑选主要的军官。这些军官只能履行我交给他们的职责。

“第三件事，在委员会中，我的一票算三票。

“最后一件，我和我的副官在一切公务的讨论中有否决权。”

大家同意授予我这一切特权，我便同时被大家拥戴为将军。作为我的权威的第一个标志是，大家在营地的中央为我扎下一座大于其他帐篷的营房。当天晚上，我便和万德尼住进这座营房中，我听取他有关各种事情的建议。

第二天，我召集全体人员，在他们面前宣布万德尼为总管，负责管理全部货物和我们现有的或将来可能会有的粮食。我指定斯瓦尔特为管理大炮、武器和军需品的总长。莫里斯是一个有经验的聪明的水手，我任命他为我们舰队的司令；所谓舰队，不过是一只小艇，一条舢板，和另一条我们用大船的残骸修成的平底船。我们当中有一个叫莫尔顿的英国人，他曾在荷兰当过中士；我任命他为第一连的连长。德豪斯是一个谨慎机警的人，任第二连连长。有一个叫万福卢茨的当第三连连长。另一名叫博什的任第四连连长。我任命勒布伦为总参谋长。所有这些人都可以自由选择自己的下级军官，但应得到我的认可。

我有两个仆人，其中一名叫德韦兹，他在加泰罗尼亚时，曾是我手下的士官。他为人善良、机智、审慎、忠诚。自从我离开军队以来，他一直为我服务。我任命他当我的副官。另一名仆人叫杜尔西，我让他当我的秘书。

军官挑选出来之后，我们便清点全部人数。原来我们总共有三百零七名男子，三个男孩，七十四名妇女，身体都很健康。因为，尽管有几个人下船时还在生病，但一个星期以后，他们全都痊愈了。这说明当地的空气十分有益于健康。我把全部人员分成四个部分，我交给莫里斯二十六名水手和三个小伙子，从而组成我们的海军。斯瓦尔特得到三十名男子作为炮手。我把二百人分成四个人数相等的连队。其余的男女都归万德尼管辖。我们有两个号手，除了一般的职责，按荷兰人的习俗，他们平时还在船上负责祈祷的仪式。万德尼带一个，我自己带另一个，给他们交代一切有关的任务。事情既已安排就绪，晚上我便召集高级军官，向他们宣布：在我们的粮食告罄以前，必须到海上和陆地去寻觅新食物，要尽量找到比我们目前的营地更为合适的地方。因为这里不久什么都将用尽，连淡水也会得不到的。按照我的想法，必须派出几支武装小分队去周围考察，并且要深入到我们还未去过的内地。他们一下子就接受了我的建议，并且说，随时准备听候我的命令。于是我吩咐莫里斯装备小艇和舢板，令他带领人员乘小艇沿营地的右侧海岸航行，并派人乘舢板沿左岸航行。我命令莫尔顿从他的连队中挑出二十人，也沿左岸行进，不得远离舢板。德豪斯按命令从他的连队中选出三十人，向腹地挺进。我自己则从其余两个连队挑选四十人出发；我让副官留在营地，在我离开时，代行指挥权。

我们大家都带了三天的粮食和军需品，配备了刀剑、长矛、木棍和火枪。我向众人下令，要在次日清晨准备就绪，并前来听候我的指示。第二天他们都照此办理，那是我们登陆后的第二十天。

翌日拂晓，他们按照我的命令准备停当并前来见我。我对前一天的部署没有丝毫的改变，只是补充了一点：如果大家遇到什么重大的情况，要马上向营地报告。我再次叮嘱莫尔顿不要远离舢板，每天日落以前必须让舢板靠岸；我自己和莫里斯也决定这样做。

这些指示下达后，各队即开始行动，兴高采烈，满怀希望。我把我的队伍分成三个纵队，按军事队列行进。前卫由六名火枪手和一名下士组成；作战主队由十二名士兵和一名中士组成；由我自己统领后卫。各纵队行进时彼此的距离不超过火枪的射程，而且尽可能靠近海岸，以免看不见小艇。海上风平浪静，天气晴朗，但是相当炎热。临近中午时分，莫里斯把船靠岸，向我们走来，我们一起吃了点东西，休息了两个钟头。我们所走过的十至十二里的地方都与营地的所在处相似，没有水源，没有溪流，到处是石头和沙土；除了荆棘丛以外，什么也不生长。我们又向前走了五里，地面开始高低不平，出现一些小山丘。再走两里，我们发现了一条淡水小河，流向大海。这一发现使我们喜出望外，特别是这时我们又发现了小河上游的两岸长了一些枝叶茂盛的树木。我们就在这地方停了下来，打信号叫小艇向我们靠拢。小艇借着潮水进入小河。他们划桨向前，到达距河口一里之处，即我们等候他们的那个绿树成荫的地方；我们就在那里扎营过夜。莫里斯给我们带来了许多鱼、牡蛎以及其他贝壳动物，我们吃了一顿很好的晚餐。我们在认

为有必要的地方设了岗哨。我们还将树枝插在篝火周围的地上，把篝火遮蔽起来，这样，黑夜的时候，远处就看不到火光。次日，我派三个人回营地去报告我们过夜的这个舒适地方，并通知他们，我们打算继续前进。为了认识沿河两岸上游的地形，我派出五个人去侦察，要他们两小时以后回来，他们不折不扣地按命令去做了。他们回来报告说：上游地势比我们走过的地方多一点山，但同样贫瘠、干燥。听了这一报告之后，我们就打发小艇入海，当时我们还利用小艇渡过河的对岸。这条小河再往上游两三里的地方便可涉水而过。我们仍旧沿海岸行进，尽可能不离小艇太远。我们发觉，地势越来越高了。我们再前进五六里路，登上了一座相当高的山峰，从那里望过去，看到在三四里以外的一块高地上，有一片高大的树林，一直延伸到海边。我们看见这片树林高兴极了，便决定上那儿去。歇息一会儿之后，我们就朝那边走去，穿越横在山地和树林之间的沙土平原。两小时后，我们到达高地的下面，并从那里走进树林。我们发现这里的树木高大，但并不密集，大树下小灌木也不多，因而十分便于行走。我集合众人，要他们彼此紧紧跟随，并把前卫的人数增加了一倍，以便一旦受到外人或野兽的袭击，能够抵御。穿越树林的时候，我们折下大小树枝，抛在走过的路上，这样，回程时便可认路。我们穿行了三里路，直至树林的尽头，我们在那里见到了海和海湾那边的一些树木。这儿的海湾位于两个远远伸入海中的大岬角之间。这地方十分宜人，海湾之上和海湾之外景色都很优美，我们真愿意当初就被风暴抛到这儿的附近。我们的小艇还在树林的另一边；因为小艇要绕一个大弯才能到我们这里来，我们只好让它留在那里。我派了十个人到海边去，他们找到了大量牡蛎和贝壳动物，使我们非常高兴。我另派十个人去海岬尖角的地方找淡水，又派十个人到树林的边缘去找。派往海岬尖角的人，走了两里路没有找到，但最后他们沿着山坡走到了一个树木青翠的茂密山谷，山谷的深处，有一条淡水小溪，直奔海湾。他们在这个惬意的山谷停了下来，一刻钟之后派出三名伙伴向我报告情况。往相反方向走的十个人回来告诉我们：他们在林中走了很远，据他们判断，树林是向陆地那边延伸的。他们在一条小溪旁边发现一群鹿，他们捕杀了两只，砍成四块，扛在肩上带回来，给我们饱餐了一顿。我派出五个人到莫里斯那边去，将这好消息告诉他，并要他尽快到岬尖角这边来，我们其中一人带着新指示去迎接他。我命令那五个人跟莫里斯会晤之后，立即赶回营地报告我们幸运的发现，并告诉我们的人，我很快就会回去的。我还叫他们带了四分之一鹿肉回营地。然后，我和手下的人往山谷进发，那里已有我们的人在等候。我觉得这个地方十分舒适方便，因此决定不仅在这里宿夜，而且要尽快把大本营搬到这里来。我手下的人点起篝火，烤煮鹿肉。我派五个人往岬尖角去接莫里斯。他们走了五里，直至海岬的尽头，站到最高的地方守候。稍停片刻，他们便看到小艇飞快驶来。小艇在日落前不久靠岸。他们把小艇拉到岸上以后，就一起朝新营地走来，到达时已是半夜。彼此相见十分高兴，一些人围在篝火旁烧烤鹿肉，另一些人席地而卧，地上铺了从树下捡来的干叶子。

我们安静愉快地度过了这一夜。第二天我一早起来便命令莫里斯和他的队伍做好回旧营地的准备。我自己打算从水路回去，除了驾小艇的船员外，只带两个人同行。其余的人由我委托的一个军官率领，我命令他们，在未得到我的消息之前不得走出山谷。我答应军官三四天内返回。我认为他们靠打猎、捕鱼和捡取海边丰富的贝壳动物是可以维持生活的。下达指示后，我们一行便向小艇停泊的地方走去，乘上了小艇，一路顺风，当天就到达旧营地。黄昏时候我们上了岸，受到热烈的欢迎。我早先派回来通知我们新发现的那些人，已将新营地的情况告诉了他们，于是大家都要求到那里去。我回答他们说，我也想尽快回去，因为那儿的确是我们所看到的最合适的地方。

莫尔顿和德豪斯比我先到两三个小时，向我汇报了他们沿途的情况。莫尔顿向我报告说：他们一行人从营地左侧出发，在干燥的沙地中走了十五六里，没有发现一滴泉水，也没有找到任何溪流。日落时，他们遵照我的命令，紧靠岸边，睡在一起。第二天，他们向西继续行进，穿过满布石子的地带，仍然没有找到一滴水。直到中午时分，他们遇到了一条大河，便在那里停下等候舢板。他们注意到潮水咆哮奔腾而来，涌入大河；他们到达的地方，河水是咸的，因为离海不远。为了寻找淡水，他们不得不往上游行进。他们在一条注入大河的小溪中找到了淡水。从那里继续往内地走的时候，河里钻出了两条大鳄鱼，向他们袭击，想拿他们饱餐一顿。但是，他们在鳄鱼靠近之前便察觉了，于是举起火枪射击，几声枪响，吓得两个怪物掉头逃跑了。由于沿河有受鳄鱼或某些可能遇到的野兽袭击的危险，而且除了在海边可找到贝壳动物之外，他们已没有足够的粮食来维持行军，因此他们认为不应继续前进了，便从原路折了回来。按照我的命令，这次外出侦察限于三天，他们不愿意超过这个期限。

德豪斯报告说：他们第一天在沙土平原上走了二十里，晚上到达一座长满欧石南的小山，就在山中过夜。次日清晨，他们发现五六里外大雾迷漫，随着他们走近，白雾逐渐消散，一个方圆不下十里的死水湖出现在他们面前。走近一看，见到湖岸上芦苇、水草丛生，内中栖息着无数的野鸭和其他水鸟，发出可怕的喧闹的叫声。他们在湖畔走了很长时间，无法靠近水边，因为周围是一片沼泽，要是在沼泽里行走，就可能有没顶的危险。最后，他们到了一座山旁的沙土地带，那山比他们前一夜歇宿的山冈稍高一点。他们登上山顶，从那里望去，远处四面是荆棘丛生的荒原；再往南面一点是一道高山带，陡得像墙壁似的。高山带自东往西伸展，一眼望不到尽头。后来他们担心口粮告罄，便于第三天返回营地。根据这两位连长报告的情况，我们认为我们比他们幸运多了。这就更增加了大家迁往新营地的愿望，我们在那里所能得到的舒适条件是其他地方所没有的。次日，我召开军事委员会，提出把营地移往我已派人留守的绿色山谷，我的建议立刻得到热烈的响应。我们决定逐步迁移，首先搬运最必需最轻便的物品。我们新造的平底船过几天就该完工了，那是可以用来搬运大炮、大木桶以及其他笨重杂物的。在这段时间里，我们利用小艇和舢板运载粮食，还派好几个人从陆路出发，搬运斧头、铁钉、铲子以及其他从海难中抢救出来的工具。参谋长随第一队出发，我的副官与末队一起前往。随后，我眼看平底船竣工，便派它装运辎重前去，我本人则取道旱路。

我忘记说了：莫里斯第二次航行绕过海岬，没有遇上任何危险，因为自从我们登陆六个多星期以来，海上一直风平浪静，没有风暴。气候十分温和，我们既不感到冷，也不感到热，只有在中午

时分，太阳接近我们时，才感到比较热。此时欧洲夏天已过，这儿却是春回大地，春天从八月份开始。莫里斯告诉我说：他绕过海岬时，发现有几个小岛，彼此相距甚近，一直分布到对面的一个大岛之旁，那个大岛护卫着海湾，挡住恶浪的冲击。他认为这儿是个优良的港湾，但他担心在大岛与海岬间有大量的暗礁和岩石，使大船难于靠近。那大岛是把港湾与大洋隔开的。我回答说：等我们把全部人员和物品运到新营地安顿下来以后，我们会有足够的时间去考察这些岛屿，那时他可以负责这件事。发现山谷后不到十二天，我们就已经把全部人员从旧营地迁往新营地了。万德尼和另外几个军官将这儿命名为西登堡。这个名字是在我离开的两三天中取下来的，由于经常使用这个名字，后来竟无法改变了。

我手下的人按照我的指示，积极地沿小河两岸盖起各种精致的茅舍，那地段约有一里长，一直伸延至东岸的海湾。当地有大量的柴火。我们的捕鱼人在海湾内捕到大量的鲜鱼，由于没有盐来腌鱼，我们不知道怎么办才好。可是莫里斯很快就给我们弄到了盐。他到了附近一些岩礁上，找到了大量的盐，需要多少有多少，即使我们在那里住上二十年，也足够食用。这种盐由海水自然形成。暴风骤雨的时候，海水冲上岩礁，灌满一些凹陷的地方，烈日蒸晒下，海水就成了盐。每天我们都派出小队去找鹿、捕鹿，杀了不少。我们看见水鸟在海湾中翱翔，由此估计它们一定栖息在某处我们还不知道的地方。我们的预料没有错：莫里斯在海湾中天天去各岛探察，发现一处长满水草和芦苇的地方，大部分水鸟就在那儿栖息。他还发现一个岛屿，也可说是一片大沙滩，有好几只绿色海龟在上面下蛋。我们就把海龟蛋作为主要食物。总之，我们发现了许多能满足生活需要的东西，就是在这儿住上一千年，我们也不愁缺乏食物。火药不足成了我们最大的忧虑，因为尽管我们拥有的数量不少，但我们知道，这是不能维持很长时间的。我们预见到，衣物、武器、工具等也不能维持很久。如果我们派往巴达维亚的平底船一旦失事，我们就会得不到任何援助。但是上帝的慈悲在我们身上已有多次应验，我们希望，今后他也不会抛弃我们。

这时，春天已经来临。我们每天都去采集食物，这使我们节省了船上带来的食品，主要是我们从欧洲带来的几桶豌豆和其他豆类。我提出播种豆类，跟一些军官谈了，他们都赞成我的主意。为此我们砍伐了营地周围的好些树木，我们把这些树烧了，以便同时烧掉那些可能妨碍种子生长的杂草和根茎。然后，我们修了田畦，播上豌豆，盖上泥土，不时用小河的水浇地，把一切都交给主宰万物生长的上帝来安排。

我们的猎手深入森林，杀了许多鹿，不能全部带回来，便把其中的两头挂在大树上，打算第二天再去取回。次日，七个人回到原来的地方，看见一只猛虎正在吞嚼其中的一头死鹿。他们惊讶不已，躲到一棵大树后面。其中两人一起举起装上弹药的火枪，向老虎瞄准，同时发射，老虎受了致命的重伤倒在地上。倒地时，发出可怕的吼声，令人毛骨悚然。老虎由于身体两处被穿透，一会儿便毙命。他们剥下美丽的花斑虎皮，然后取下树上的两头鹿，扛了起来，凯旋回营。虽然他们的胜利使我高兴，但是这一奇遇却给我带来了新的担忧。因为，我这样认为：既然在森林里发现了这只可怕的动物，也就表明林中还会有其他猛虎，它们有可能闯进我们的营地伤害人们。我在军事委员会上把我的担心讲了出来；会议决定要在我们的茅舍周围筑起一道高栅栏。我们第二天就动手，十天之后，我们已经能够防御那些可能夜袭我们的野兽了。我们的猎手比以往更加警惕，不再独自离开太远，唯恐遇上这类野兽。

我们上岸已有七个星期，我们之间没有不和，也没有发生过争吵，因为我们时刻处于恐惧和危险之中。但是，一旦我们感到处境安全，不愁饥渴，当我们觉得一切都十分充足，天天都能吃到肉食和鱼鲜，也无需像过去那样劳累的时候，恋爱和争吵就开始扰乱我们的安宁。我们当中有一些女人，因为没有机会，我几乎未提到过她们，现在该是谈谈她们的事情的时候了。她们当中有几个贫寒女子，由于希望改善自己的命运，才背井离乡要到印度去。另外几名女子是要去那里看丈夫或其他亲人的。但大多数女子是从妓院出来的，或曾经被男子用几个钱收买而失过身的。这些女子对男子格外殷勤，男人也就开始和他们谈起恋爱来了。不久便发生了两性关系。由于我们全体都住在狭小的营地里，防范严密，情人们的幽会很难不被发觉。这样一来就常常引起争风吃醋，结果总是发生殴斗。不错，他们由于害怕我们的严厉法纪，因而尽可能秘密行事。而我的日常工作极忙，其他军官也不大在意，所以这类违法乱纪的行为我知道得极少。下面是一件轰动较大的事情。

有两名青年男子与一个女子秘密来往，两人都以为单独占有着这个女子。有时这个女人答应和其中一个男子夜间幽会，并且这样做了；但是另一名也到她那里提出同样的要求，女子却借故把他打发走了。她的拒绝使那个男青年大为恼火。由于他天性好妒，起了疑心，想要弄清真相。他决定观察自己的情妇，以弄清她态度冷淡的原因。他真的对她进行了巧妙的侦察，终于当场发现了她另有所恋。这使他怒火中烧，便拔出佩剑刺进这一对男女的身体，然后溜之大吉，谁也没有发觉。这一对情人忍痛不住，高声呼救，大家闻声赶来。先是哨兵找到了他们，然后全体警卫都来了。他们从这一对男女的身上抽出佩剑，剑刺穿身体，插入地里一尺多深。当时请了外科医生来为他们包扎伤口；医生包扎完毕，便来向我报告有关他们的情况。次日我召集军事委员会会议，但是我们未能查明谁是这一谋杀案的凶手。我们问受伤的男青年有无可疑对象。他回答说，他没有冒犯或得罪过队伍里的任何人，因此他不知道要控告谁。我们也询问了那个女子；尽管她猜想是她的另一个情人所为，可她却采取宽容的态度，不去告发他。她知道，他之所以对她进行报复，完全是出于爱情的冲动。我们眼看问不出什么，便召集全体人员武装到会。我们逐个点名，当发现其中一人没有佩剑的时候，我们以为已经找到了罪犯。我们问他为什么集合不带剑。他竟放肆地回答说：他是没有佩剑的。我问他："自从你和我们在一起以来一直没有佩剑吗？"他反驳道："对不起，我借给我的一个同事了，我不知道他的名字。他借剑时对我说，他奉命乘小艇到某地去。"当时我们把从受伤者身上取来的剑拿给他看，并问是不是他的。他回答说正是，他借给同事的正是这把剑。我正颜厉色地对他说："那么这把剑怎么会插到这两个不幸男女的身上呢？"他却对我说："请别作出对我不利的判断。请允许我对你说：很可能是向我借剑的那个家伙作的案，因为他一大早就跑掉了。而他向我借剑无非是想嫁祸于我。"我还向他问了一些其他问题，并质问他："那人既是同事，为什么连名字也不知道？"他不慌不忙地回答说："这并不奇怪。这里没有谁能知道他所认识的和他每

天见到的一切人的名字。”他还说：“那个向我借剑的人并不比其他人和我的交情更深，甚至我难得见到他，因为他几乎总是出航。虽然我和他面熟，也常常和他交谈，但从未想到要问他的姓名。”

所有这些答话利索而巧妙，与其说证明他的无辜，倒不如说表明他的机智。但是因为我们缺乏有说服力的证据去反驳他，只好等到小艇回航时再审议此案。小艇确实于早晨出海，过几天就会回来的。我们只得暂时把他拘留起来。

这时恰好发生了这么一件事：有几名船员在沙岛上捕捉海龟，想到海中洗个澡。他们在水里玩耍的时候，有几个善于游泳的人向远处游去；一条大鲨鱼闻到他们的气味咬住了其中游得最远的一个。其余的人吓得魂飞魄散，拼命地游回岸边，丢下了那个可怜的人任鲨鱼摆布，不久他便葬身鱼腹了。被囚的青年在我们第二次审讯之前就对这次事故的细节了解得一清二楚。他巧妙地利用了这一机会，一口咬定说，被鲨鱼吃掉的那个不幸者正是借用他的佩剑的那个人。他把死者的相貌向我们描述一番，惟妙惟肖，谁也找不出破绽来。就这样，由于我们无法驳倒他，而那对受伤的男女已没有性命危险，我们只好再囚禁他几天便把他释放了。这个案子的真相后来才大白于天下，就是我上面所说的那样。

这次事故促使我们制定了新法律。我们认为，只要我们当中有女人，如果不及早作出安排，使男人们按照某种规定占有她们，她们就会成为纠纷的根源。但糟糕的是：妇女只有七十四个，而男子却有三百多，因而不可能将一个女人分配给一个男人。为了找出恰当的权宜之计，我们商议了很久。最后决定：每一名高级军官可有一个女子，他们每人按自己的等级进行挑选。我们把其他人按照身份分为各种等级，事情处理得井井有条，即：下级军官可以每星期和一个女子睡两个晚上；普通人睡一个晚上，某些人按其年龄和身份每十天才能跟一名女子睡一夜。

此外，我们把五十岁以上的男子和四名到巴达维亚找丈夫的妇女分开对待。那四名妇女宣称忠于自己的丈夫。她们总是在一起，不和其他人交往。可是，当她们看到自己避免与之交谈的那些女人都有了朋友，而其朋友的行为反倒受到称赞，再者，等候来自巴达维亚的援助又杳无音讯时，她们发愁了，并对自己所作的选择感到懊悔。她们以各种方式表达自己的苦闷，以致我们不得不给他们另配丈夫，就像对待其他人那样。这次经验告诉我们，一妻多夫是不利于生育后代的。那些有几个丈夫的女人很少怀孕，相反，只有一个丈夫的女人几乎都怀孕了。所以，一夫多妻制过去经常被采用，现在有些民族还实行，而我还未见到过实行一妻多夫制的。

这时候，我们与派往巴达维亚去的八个人约定的发出信号的日子已经到了。于是我命令几个人到树林中砍一棵笔直的大树，将它竖在海岬尖角的地方，在上面挂上我们所存的最大的一张白帆。这一命令得到了执行。我又命令每天晚上在帆杆附近点起大篝火，好让派来援救我们的船只在黑暗中也能看到。我们希望平底船已到达巴达维亚，总裁会立刻派人来援救我们。可是，好像上帝是另有安排似的，他们出发时天气相当晴朗，可后来天气大变，风雨交加，几乎每天都有风暴。我们的海湾幸亏有海岬和岛屿保护，得以免受狂风恶浪的直接袭击。三个星期几乎天天下雨，而太阳也天天露面，天气一直是时好时坏，变幻无常。我们曾利用从海船上抢救出来的空桶腌下了鱼和肉,我们的预见性给我们带来了好处。天气渐渐好转,但还不太晴朗。每星期仍有一两次下雨、刮风、大风暴,然后是意想不到的风平浪静。我们打消了取得来自巴达维亚的援救的任何希望,即使我们的人已经到达那里,情况也是一样。这一想法促使我们决定考虑我们自身,而丝毫不指望我们的朋友会带来什么援助。我们只能依靠神的意志和我们自己的技能了。

天气变得十分炎热。自从下雨以来,万物欣欣向荣。我们的豌豆也长大了,看来是可望获得大丰收。这使我们打算再开垦其他土地,播种新的豆类。海湾内有无数的鱼和鸟;风平浪静时,要捕多少就可以捕到多少。但是我们的网开始损坏,我们不得不拆些缆绳来织新网。尽管新网粗糙,也织得不好,但还是很有用处,能满足我们的需要。

我们的猎手在林中过于喧闹,竟至吓跑了所有的鹿;几乎没有一头鹿走近离我们九至十里以内的地方。于是猎手决定另辟途径,由水路渡到海湾的另一边,我们看到那里到处都是树林。莫里斯首先奉命去侦察当地情况,他果真照办了。他回来后报告说:那边有几座长着各种树木的森林,还有一条相当长的小河,流入海湾。他说,顺着河流往上走了四五里,沿岸只见树木和几片沼泽;但他认为那里能找到野味,而我们也是这样看的。他还补充说,最好是派人到那边去。于是五十名男人带了一个星期的口粮,登上平底船和小艇,径直开往海湾的另一边,驶向莫里斯向我们谈到的那条小河。他们靠岸后,选了一处适合建造茅舍的地方,留下了小艇,把平底船送回给我们。就在当天,他们当中有几个人进入森林,见到了好几只鹿,大开了一阵杀戒。他们还发现一些形状似猪,但比猪更大更重的动物。这种野兽成群出没,吃食林中的果实和根茎。他们捕杀了一些,觉得这种兽类的肉比欧洲所吃的猪肉还要鲜美。

莫里斯一心想探索那个掩护海湾、将海湾与大海隔开的大岛或海岬,于是他带领了二十个人在那儿靠岸。他所考察的第一处陆地朝向海湾,遍地是石块和岩石。但当他走到临海的那一边时,发现这是一个岛屿。这座岛上被炎夏炙干的沼泽地是一块极其优良的牧场。他们在那儿发现了许多鹿和野兽,这些动物不怕人走近它们。随后,他们朝东前进,发现岛与大陆隔着一条窄窄的海峡,鹿群游过海峡到沼泽地吃草。全岛的直径顶多十二里,形状几乎呈圆形。这些新发现是十分幸运的事,使我们非常高兴,同时叫我们又一次相信:我们的人即使增加到十倍,也绝不愁食物不足。

莫里斯愈来愈大胆,也愈来愈为自己的成就和受大家的赞扬而自豪。他不觉得有什么难事,一心只想追求新的发现。他是个善良、审慎和干练的人,他所做的事情一直是取得成功的,我也一向支持他的主张。一天他对我说,海湾远远地向东南延伸,他认为那边会有一条注入海湾的大河,最好是去考察一下。他所说的似乎很有可能,而我也想让他高兴高兴,于是我允许他乘平底船前往,随便他带多少人都成,并让他带上一星期的粮食。

得到允许之后,他便马上做好一切准备,决定尽可能到远一点的地方去探索。我们预祝他取得成功,顺利归来。我们一边处理其他事情,一边抱着很快再见他的希望。这时候,我们的豌豆快成熟了。莫里斯走后的九天或十天,我们获得了豌豆大丰收。一斗豌豆收回一百斗以上，几乎令人难以置信。我们还等待第二次收成，看来那也一点不会比第一次差。我们认真地晒干豌豆，将其储藏在大木桶中，就像对于所有能够保存过冬的食物那样。我们只食用不宜保存的那部分。

我们住在西登堡已有三个多月了，没有得到来自巴达维亚的任何消息。因此我们认为，我们的平底船已经失事，决定不再去想它。但我们最大的忧虑是，眼看莫里斯出发已经十天，他原定的外出期限早已到了，可是却不知他到底怎么样了，我们十分苦恼，不知道该怎么办才好。我们不敢再派小艇出去，怕的是失掉它，因为没有了小艇，我们就很难维持生存。我们的猎手为了便于打猎，在海湾的另一边修建了一处类似营地的新住所；没有船只，我们就不能和他们保持联系。

所有这种种思虑引起全营的烦恼和普遍的忧伤。整整两个多星期我们为我们的损失悲伤不已，这段时间我们没有得到莫里斯的任何消息。这件事，我们不知道该怎样去判断，因为从他出发以来就没有起过风暴，所以他不可能因暴风雨而失事。我们也不相信他会落入海盗或其他敌人之手，因为凭我们的经验，我们有理由确信：当地根本就没有人，而野兽也不可能在海上向他们袭击。我们就这样一会儿产生希望，一会儿又陷于恐惧。终于在一个风平浪静的日子里，我们看见莫里斯的平底船由其他两艘大船伴随着向西登堡驶来。我们惊讶地看着他的平底船，想不出他从哪儿弄来了另外两条大船，也不知道船上可能是些什么人。我们还看到后面有十只帆船远远地尾随着。这支船队的出现，引起我们整个营地一片惊慌，我们赶忙拿起武器，准备好大炮来防御。我们还派人到岸边观察船队的动静，制止他们登岸。这时候风力不大，船队行进缓慢，虽然如此，但还是在向我们靠近。最后，它们都驶到岸上火枪的射程之内，列好队形，抛下锚。这时，莫里斯的小船继续驶近我们，我们可以清楚地看见他和他的人员并且可以和他们对话。他请我们不要害怕，并要我们派出舢板和三个人把他们接上岸来。我们商量一下之后，便给他派了舢板。他和他手下的一名人员跳上舢板，随后把一个高个子男人接了进去，那人身穿黑袍，头戴宽边帽，手持一面表示和平的白旗。他随莫里斯一起登岸，我和几名军官站在不远的地方，都上前去迎接他。莫里斯向我们作了简短的汇报。他说，这个人由某座城市的总督派来。那座城市位于海湾之上约六十里的地方，他本人曾在那儿受到盛情款待。这样，他不得不请求我们对来人以诚相待，并向他表示极大的敬意。听了莫里斯的报告之后，我们便向来使致敬，他温和而郑重地向我们答礼，用右手指着天空。他用相当纯正的荷兰语对我们说："愿永恒之主降福于你们，愿太阳神、主的伟大使者、我们光荣的君主普照你们，愿这块土地——我们的祖国，带给你们幸福、吉祥。"

经过这一番在我们看来十分不平常的礼仪之后，莫里斯告诉他，我是将军，于是他伸出手来，我十分谦恭地吻了它一下。接着他拥抱了我，吻了我的前额，并表示希望到我们的营地来。我们尽我们的可能去接待他，他看了看我们的茅舍和围篱，赞赏我们的劳动，同时面向我，对我们大家说了这么一番话：

"我已经知道你们的不幸遭遇，并了解了你们的优点与品德。因此我自愿到你们这里来，不怕冒什么风险；我想我在这里是安全的。过一会儿，当你们了解了我是什么人的时候，你们也会乐意到我那里去的。但为了让你们早点儿消除困惑，为了让莫里斯向你们报告他的奇遇，我可以休息一会儿，让你们去接见他，你们的好奇心就可得到满足了。”

我们向他深深地鞠了一躬以示回答，就把他留在我的茅舍里，我们往万德尼的茅舍跑去，莫里斯正在那里焦急地等着我们。我们一进去，便请他报告旅行的经过。莫里斯征得我的允许之后，就向我们作了如下的报告：

“大约在三个星期前，我离开西登堡，想在海湾中探索新的发现。第一天，我们朝东南航行，向海湾的上游驶了二十里光景，看到两岸每隔五六里地就有一片大树林。傍晚，我们在离右岸一里的地方抛锚，并在那里过了一夜。第二天，我们趁着顺风和涨潮一直朝东南方向上溯。船行了约五里，我们发现河流变窄了，河面只有两里宽。虽然遇到一点困难，我们照样一直往上游前进。到达一处地方，水面极开阔，形成了一个大湖。我们在湖中几乎看不见四周的湖岸，只见到坐落在不同地方的十个或十二个小岛。大部分小岛都高树成荫，郁郁葱葱，景色十分宜人。当时风停了，湖水平静如镜，我们几乎看不见波纹。但是，湖面太大了，我们不打算往右岸或左岸靠拢，便随轻风漂荡，一会儿向这边，一会儿往那边。当然，只要我们能做得到，我们总是朝东南方前进的。

“傍晚时分，刮起一阵清风，将我们的船向东南方推进。入夜时候，我们在两三个彼此相距二三里的小岛之间下了锚，打算次日去考察一番。我们高枕无忧地过了一夜，并不认为岛上会有居民。可是我们的估计完全错了：第二天清早，我们看到周围有十条或十二条大船，满载全副武装的人员，将我们团团围住，要突围而出是不可能的了。我们非常害怕，料想不是全部被俘就要全部被杀；因为我们只有两条出路：一是作战，二是向这些陌生人投降，任凭他们摆布。前一种想法占了上风，我们决定自卫，战斗到最后时刻。于是我们赶紧拿起武器，因为想逃是逃不掉了。当时天气十分晴和，我们看到包围我们的那些人乘着配备桨手的各种小艇径直向我们划来。当他们驶近到我们平底船火枪射程的距离时，全都停了下来，只有一条小船除外。我们看见小船上有一人手持一面旗子，向我们做和平友好的表示。我们没有放下武器，眼看他单独一人无力袭击我们，就让他的小船靠近。当小船驶到手枪射程的距离时，手持旗子的人便向我们深鞠一躬，并用西班牙语和我们搭话。他对我们说，不用害怕，他们不会伤害我们。我们当中有一个人懂得这种语言，就把他说的话翻译给我们听，并且问来人为什么这样包围我们。他回答说，这是当地的习俗，但他们是不会加害于我们的。他想知道我们从哪里来，当他获悉我们来自荷兰的时候，显出十分高兴的样子，并希望和另一个人一起到我们的小艇上来，他甘愿作为人质，直至一切事情都得到妥善解决为止。他的要求是公正的，我们便答应了他所提出的一切。他只和一名随员来到我们的小艇上。他是一个身材匀称的人，身穿红袍，袍长过膝，头戴红帽，腰系红带。陪同他的人也是一样的穿戴，两人都四十岁左右。他一上船便操着荷兰语问谁是指挥官。当他知道是我的时候，便彬彬有礼地走上前来拥抱了我，并对我说，他很高兴在他的国土上见到我们。但他不了解我们怎么会乘这样的小船靠岸的。我回答他说，我们原来乘大海船来，但大船在海岸失事，我们用大船的残骸造成这条平底船的。这时他又问我，是否所有的人都得

救了。我对他说，只剩下我们这些人，其余的人都已经丧命。因为我想，在没有弄清他们会怎样对待我们之前，不必谈起你，也不必提及我们队伍里的其他人。他向我表示，他对我们的遇难深感不安，并且分担我们的悲伤。随后，他又向我们提了几个有关我们的旅行、我们的不幸遭遇、欧洲的现状等问题。对于这些问题，我都作了我认为恰当的回答。看来，他对我的答复很感满意。他对我说，我们来到了一个比在本国会得到更多帮助、更好享受的礼遇的国家。我们将不会缺乏对于一般不奢求的人获得幸福所需要的任何东西。我们向他表示谢意，并请他告诉我们目前所在国家的名字。他对我们说，这个国家当地语言叫做"斯波鲁"，居民称"斯波鲁人"。它隶属于山后的一个更大、更幸福的国家。那个国家叫做"塞瓦兰"，居民就称"塞瓦兰人"。主要人士都住在一个叫"塞瓦林德"的大城市里。我们所在的地方离另一座城市仅有十三四里路，那座城叫"斯波隆德"，它的规模要小得多，他打算领我们到那儿去。这种客气的邀请使我们感到惊讶，他从我们脸上看出惊慌的神色，于是，力图用如下一番话打消我们的害怕心理。他对我们说：

"'我已经向你们保证，你们用不着害怕。我再说一遍，我向你们担保：除非你们的疑虑和固执招来祸害，你们是不会受到任何伤害的。你们这条小船上的人那么少，是无法抵御我们船上的大批人员的。我们的人打起仗来不会亚于你们。但是，你们会发现，他们并不像你们想象的那样野蛮。你们或许会承认：他们是重视荣誉，乐于行善和讲究信用的。'

"讲完这番话，他们便退到船的另一头，似乎是让我们更方便地商定该如何行事。我们决定听从人家的劝告，将自己交给上帝安排。那个和我们说话的人走上前来，问我们拿定了什么主意。我回答他：'我们决定一切都听从你的，在你的保护下我们感到幸运。我们是可怜的落难者，与其说是发泄愤怒的对象，毋宁说是值得怜悯的对象，我们希望跟着你能得到救助和安慰。看来，我们的苦难能打动你们，你们是会仁慈地给予我们救助和安慰的。'他回答说：'你们会得到这一切的。你们在这个国家里还会看到其他地方见不到的奇妙事物。'就在这时，他向他的小艇上的人示意驶过来。他们果真来了。他们给我们送来了面包、葡萄酒、海枣、葡萄、无花果和各种干果，我们吃了一顿美餐。那个和我们交谈的人对我说，他叫卡尔希达，他的随从叫贝诺斯卡尔。他也想知道我的名字，我告诉他了。接着，我向他打听怎么住在离荷兰这么远的地方他也会讲荷兰语。他回答说：'下次我再告诉你，现在先考虑我们去斯波隆德的事，以便能在夜幕降临之前赶到那里。'他命令一只离我们不远的小艇靠过来，将我们的小船系在小艇后面，然后拖着我们向东南方驶去。另一条小艇跟在我们后面行进。我们离开了各个小岛，也远离了他们的船队。船队留在原地不动，目送我们远去，直至看不到我们。下午二时以前我们一直横越这个大咸水湖航行，后来起了一阵顺风，两个小时以后便把我们送出了咸水湖，进入一条大河，我们在那里发现了淡水，河的两岸好像都有人家。我们在这条河上行驶了不到两里，便来到一处相当狭窄的地方，河水在两堵厚墙之间流过，那是当地居民为了防止河水泛滥建筑起来的。我们沿着这两堵墙看到一些用石块和砖块混合砌成的建筑物，状如正方形的大城堡。再向上游驶了两里，沿岸都见到同样的

厚墙，同样的方形建筑，直到我们抵达斯波隆德城下为止。这座城市坐落在两条大河的交汇处，位于一个大平原上，平原上可以看到麦田、牧场、葡萄园、花园和一些美丽如画的小树林。原来尾随我们的小艇，这时抢到我们的前头去通知城里的居民。当我们靠到一座宽阔、华丽的大码头时，那里已经聚集了许多特地来看我们的居民了。卡尔希达第一个登岸，迎接他的是一些庄重威严、身穿黑色服装的人。他同他们交谈了一会儿，便向贝诺斯卡尔示意，让我们上岸。贝诺斯卡尔简单地说了一下我们该做些什么，便吩咐我们跟着他。我们登上了码头，那些人正等候着我们。我们向他们深深地鞠了三个躬，然后走近他们。他们也微微俯身向我们敬礼。他们队伍中最显眼的人把我拉了过去，友善地拥抱我，吻了一下我的前额，接着说道：'欢迎你们光临斯波隆德！'随后，他们就领着我们往城里走，穿过高大、雄伟的城门，走进一条漂亮的大街，有几条一模一样的街道横跨这条大街，最后我们被带进一幢漂亮的房子，大门的样子十分好看，这里的一套套住宅布置得像隐修院似的，四周围着宽大的回廊，中央是一个带有一格格碧绿草坪的花坛。他们带领我们穿过院子，进入一座低矮的大厅。在那里我们和那些在码头上迎接我们的人站了一会儿，他们陪着我们，向我们提出各式各样的问题，就和卡尔希达所提的问题一样。不久，他们又把我们领进另一座大厅，那里放着摆满食品的餐桌，摆法和欧洲的差不多。陪同我们的塞尔莫达斯问我胃口好不好。我回答说，我们已经好久没有吃到这样的晚餐了，我不相信我们当中会有谁胃口不好的。他微微一笑，挽着我的手，拉我在上席就座，坐在他的身旁。其他人也都入了席。卡尔希达和贝诺斯卡尔则领我们的人到另一张桌子上就座。我们吃到了一顿丰盛的晚餐。饭后,他们把我们领进一个大房间,房内有好几张铁架床。他们告诉我们的人说,可以两人同睡一张床。而我自己则单独住一间,由塞尔莫达斯等人陪我进去。他们向我道了晚安之后便离开了。一会儿卡尔希达又回来告诉我说,明天准备拜会斯波隆德总督阿尔比科尔马斯。他还对我说,他会向我们提供有关这次拜会的须知细则,然后道了晚安而别。

“第二天早上六时左右,我们听到一阵洪亮的钟声。一个钟头以后,卡尔希达和贝诺斯卡尔走进了我的卧室,问我休息得好不好,是否需要什么东西。我想首先起床,但他们对我说,等有人把衣服拿来后再起来,说我一会儿便会拿到衣服的。贝诺斯卡尔出去不一会儿,领着几个仆人一起回来,给我端来了内衣和棉毛外衣,全是当地的式样。另外几个仆人,端来了一大盆温水。卡尔希达对我说,穿新衣之前要全身沐浴。他和其他人都出去等候,只留下一个仆人服侍我。于是我起床,洗净全身,穿上送来的衬衫和外衣。我还套上一件杂色长袍,系上腰带,我听任那个留下来侍候我的仆人给我装扮。一会儿卡尔希达回来对我说,我得和我们的人一起去见阿尔比科尔马斯,人家只等我了。接着他告诉我在这次隆重的会见中应该怎样做。我们来到院子里,我看到我手下的人都穿上了新衣服,打扮得和我差不多。贝诺斯卡尔和他们在一起,教他们一举一动该怎么做。我们在院子里待了一会儿,彼此打量着,一直等到塞尔莫达斯带着随从进来。他问我是否已经准备好跟他到市委会去。我回答说,准备好了。于是,他拉着我的手,让我走在他的左边。卡尔希达则在我手下人的前面领队,让他们排

成双行，像士兵一样，由贝诺斯卡尔殿后。我们就按这样的队列穿过几条大街，直到市中心的大广场。我看见广场中央有一座雄伟的正方形宫殿，用白方石和黑色大理石砌成。宫殿是如此的干净、光亮，我们还以为是刚刚落成的呢，而事实上，它已经建成很久了。宫殿大门装饰着几座青铜雕像，门旁站着两排身穿蓝长袍的火枪手。第一个院子里有一些身穿红袍的持戟步兵分站两旁，我们一踏进去，便听到军号和其他军乐器声，音调十分悦耳。我们从那里走进第二进院子，这个院子用黑大理石造成，四周饰有漂亮的白大理石雕像。院子中央站着一百多人，身披黑长袍，年龄要比我们一进来时看到的那些人大一些。我们稍停了一会儿看着他们，接着有两个和他们一样穿着、佩金色肩带的人请塞尔莫达斯带我们往前走。我们保持着来时的队列，走进一个雕梁画栋的金色大厅。在那里又停了一会儿，有人再把我们领进第二个更加华丽的大厅，然后又进入第三个厅，这里富丽堂皇的气派是前两个大厅所不能相比的。我们看见大厅的尽头有一个不太高的宝座，两旁放着好些较低的座椅。宝座上端坐着一个身穿紫袍的人，神态威严。其他座椅上是一些尊贵的人物，他们的衣着也和在院子里接待我们的那些人一样。有人对我说，坐在宝座上的是阿尔比科尔马斯，其他人是本城的主要官员，他们襄助总督治理整个斯波隆德。我们进去时，先是在大厅中央鞠了一躬，接着又深深地鞠了一躬，当我们走到离宝座不远、将宝座与厅堂隔开的栏杆下时，我们再深深地鞠了一躬。这时，所有市府官员都站了起来，微微弯身向我们致敬，复又坐回原来位置。而阿尔比科尔马斯则仅仅向我们点头致意。然后塞尔莫达斯挽着我的手走到宝座的栏杆前，向总督深深一鞠躬，随即操当地语言向总督报告他所知道的有关我们历险的全部情况。我觉得这种语言的发音有点像希腊语和拉丁语，既柔和又庄重。当塞尔莫达斯讲完之后，便把卡尔希达召进来。他向市委会作了报告，比第一个人所作的更为详细，讲述我们怎样进入他们称之为斯波拉斯库姆索的大湖，又是怎样被发现和被留住的。这就是我下面要向你讲的情况，这些情况是几天以后人家告诉我的。原来我们进入大湖的那一天，恰巧是那个国家的隆重节日。岛上居民忙于庆祝活动，没有一个人到湖上去，所以我们连一条船也没有看到，而平时总有几条船在湖上捕鱼的。尽管我们没有看见任何人，可是我们却被岛民发现了。他们生怕吓跑我们，因此一开始不愿意露面。夜里，他们派来了船队以便次日早晨拦住我们，不让我们有逃跑的机会。这里的人民素来严守自己的疆界，因为他们担心外国人会用坏榜样来腐蚀他们纯洁的心灵和破坏他们的安宁，还会把恶习带到他们中间。

“卡尔希达的报告一结束，阿尔比科尔马斯便站了起来，用本地的语言跟我们讲话。据塞尔莫达斯的解释，他说的是：我们在这个国家会受到很好的接待，会得到一切细心的照料。我们将先住在斯波隆德，直到他接到太阳王总督塞瓦米那斯的指示为止。太阳王总督住在塞瓦林德城，阿尔比科尔马斯已于当天派出信使向他报告关于我们到达的消息，并请求他下达指示。只要我们肯听从塞尔莫达斯和他的官员们的忠告，我们这段时间将什么都不缺，会有人向我们提供一切必需品。他还补充说：‘我希望你们要持重和诚实。’然后，他就让我们告辞了。

“我注意到阿尔比科尔马斯的背微驼，他的好几名市委会成员也有同样的缺陷。除了这点之外，他长得倒匀称，相貌也好看。后来我们才知道，这个城市虽然大部分居民体格健全，但也有不少人有生理缺陷。因为塞瓦林德的居民把他们当中所有畸形的人都送到这里来，他们不愿意在自己的城市里保留这样的人。我们还了解到，‘多斯佩鲁’一词，在他们的语言里是生理或精神残疾者的意思，而‘斯波隆德’则指这种人居住的城市或地方。

“阿尔比科尔马斯让我们告辞以后，我们便回到自己的住处，那里已经为我们准备好午餐。整个下午我们都留在住所里。傍晚时分，塞尔莫达斯和卡尔希达来接我们，领我们游览市容。市内的民众从四面八方赶来看我们。我毕生还未见过规划得这么整齐的城市。市内拥有正方形的巨大建筑物，样式划一，每幢建筑物容纳一千人以上。全城方圆四里多，共有这样的建筑物七十六座。我已经说过，城市坐落于两条大河的交汇处，这就构成了一个天然的半岛。但市民在本城上方两里左右的地方开了一道运河，把两条大河接通，于是就使这个半岛变成一个真正的岛屿了。这条运河的两岸筑有高墙，可以看见高墙之间架有十座或十二座桥将两边连接起来。所有的桥都是木结构的，只有正中的一座例外，它相当宽阔，用方石砌成，极为牢固。我们谒见总督以后的第二或第三天，就由人带领着看了这条运河和周围的地方。晚上，大约是晚饭后两小时，我们被领进一个大厅，看到那里已经有十五名青年女子在等候着我们。她们大多数身材匀称、丰满，穿着棉布做的彩色连衣裙，乌黑的头发编成大辫子披在双肩。我们看到她们列队站着，感到有点奇怪，也不知道她们为什么在这里。塞尔莫达斯首先开了口，把原委告诉了我：‘莫里斯，你看到这么多年轻女子在一起，

一定感到奇怪。你是不知道其中的缘由的。我甚至可以肯定,你看到她们这样列队,而且穿着与众不同,准会觉得惊异。别的女子一般头上是蒙上薄纱的。你要知道,这些都是女奴,她们是来侍候你们的。世界上所有民族都有自己的风俗习惯。有些习俗从根本上来说是坏的,因为它违反理性。另一些习俗无所谓好坏,是好是坏不过取决于实行这种习俗的人的主张或偏见。但有些习俗却以理性为基础,只要人们不抱成见来看待它,它本身的确是好的。我们的习俗几乎都属于后一类,没有建立在理性基础之上的习俗为数不多。无疑你不会不知道,适当利用大自然赐给人类享用的事物,这本身就是好事,只有滥用才是有害的。在所有这些事物中有三件是主要的:第一是维持个体生存;第二是保持幸福的处境;第三是为了传宗接代。'

"'关于维持个体生存,以一个人为例,这取决于某些物品;享用不到这些东西,他就不可能生存,因为那是他所必需的。食物、饮料、睡眠用品肯定属于这类东西。但人仅仅具备这些东西还不能算是幸福。尽管这些东西可以维持他的生存,但不能使他的生活舒适愉快。于是造物主还赐给人其他的东西,这两类东西结合起来是能够使人满意的,只要这个人愿意做到审慎、有节制,只要他不疯狂地追求表面迷人的虚幻的幸福,也不盲目地放荡纵欲。这令人满意的事物,我以为是:健全的体魄、心灵上的安静、自由、良好的教育、行善、有教养的人的社交范围、上乘的食物衣着、舒适的住宅等。只要适度地加以利用而且不把心思全用在这些方面,上述的东西是能给人的生活带来幸福的。

"'可是,大自然愿意将我们的生命局限在一定的岁月中,超过一定的年龄我们便无法享受上述的好处，我们的躯体也不再能活下去，终至解体，每一部分都恢复其原来形式或呈现出新的形式。大自然愿意保存每一物种，甚至通过繁殖去增加它。可以说繁殖使一切生物传宗接代，给世界保存了所有的动物和植物。这些动物、植物是世界最优美的装饰之一。为了达到这个目的，大自然给每一物种定了雄性和雌性，两性结合起来就带来了生物的繁衍，这是大自然最崇高的事业，也是它最操劳的事情。但是，为了使每一动物得到更大的幸福，也为了更容易地实现自己的意图，大自然愿意将一种我们称之为爱情的愉快赋予这种结合。爱情是一切物种的纽带和维持者。如果爱情受到健全的理性节制，它是不会引起不良的后果的，因为它只带有良好的目的，即：正当的欢乐、每一物种的繁殖和保存，而所有动物都是天然地趋向于此的。塞瓦利阿斯是我们伟大的、卓越的立法者。他考察万物之后，下令惩戒放纵和粗暴的行为。但他同时主张大家要顺从上帝和大自然关于保存人类的意愿。为此他下达命令：凡是达到某一法定年龄的人都得结婚，而旅行者可以和女奴同居，我们这里女奴不少。这位伟人不许我们把有助于保存种族的事情视为罪过。但是他不主张放纵无度，不知节制；一切快乐都必须是有节制的。为了这个缘故，我们这里不允许男人没有女人。你看，你们有多少男人，我就给你们领来了多少女人。在你们留在我们这儿的时间里，她们每两天来侍候你们一次。我知道，这种习俗在欧洲是受到谴责的。那里的人不大承认美德在于爱情的正当享用，而不在于完全的禁欲。在我们当中是看不到使贵国声誉受损的那种丑恶行径的。'

“为了说服我们接受他的建议，他还讲了很多不必要的话。我

们十分感谢他的建议。他见到我们表示满意，而且赞许他的立法者的行为，也就非常高兴。

“他一离开，就有两个人走进大厅，用法语向我们打招呼。第一个人对我们说，他是内科医生，他的同伴是外科医生。他请我们告诉他们，我们当中是不是有谁患了那不勒斯病[①]。他还说：‘我们奉命来给你们做检查。如果有谁对我们隐瞒真相，那是很可耻的事。相反，如果老老实实承认，别人还是会尊重他的，而且会很快治好。’我们都说，我们没有患这种恶疾。但是不管我们如何申明，还是被领到隔壁的房间逐个接受了体检。检查之后他们对我们说，他们十分高兴的是，我们没有染上别的大陆普遍流行的疾病。而这种疾病在南方大陆只是听人家说才知道的。他们还告诉我们：他们曾在法国整整住了六年；他们花了十二年去旅行，游历了大半个欧洲和亚洲。不时都有船只从斯波隆德开出，抱着游历的目的远涉重洋，因此，他们当中有一些人熟悉各民族，也会说各民族的语言。这一番话打消了我们的疑窦：当初卡尔希达竟和我们说西班牙语和荷兰语，而我们在这个如此遥远的国度，又看到和我们十分相似的生活方式和风尚，我们当时曾经感到十分惊奇。我们原以为在这里只能碰见野蛮人。如果我们当时提问题方便的话，我们还有各种各样的问题要问这两位先生，可是他们退出去了。我们就商量采取什么方式去挑选女人。大家认为应该由我第一个先挑，然后轮到我那两名军官，其他人则抽签决定。事情就这样进行了，没有发生任何吵闹和争执。每个人都领到一名女伴。

① 指梅毒。——译者

接着，有人把我带到我昨天晚上睡觉的那个房间。其余的人都被带到一条长廊里，长廊两侧有许多相互隔开的小房间。每一对男女进一个房间，就在里面过夜。第二天早上，钟声按原定的时刻响了，卡尔希达来问我晚上休息得怎么样，并对我说，该是起床的时候了。我的女伴一听到钟声，便从床上跳下来，穿好衣服。卡尔希达进来的时候，她刚刚走出房间。他告诉我，贝诺斯卡尔已去将我的手下人从'被俘'状态中解救出来。他指的是：从情妇的怀抱中解放出来。众人的房间整个晚上是反锁着的，为的是防止乱搞和交换，他要给他们去开门。乱搞和交换之所以受到禁止，是因为担心女子一旦怀孕怕弄不清孩子的父亲是谁。我穿好衣服来到大厅，我的手下人也到大厅会我。我们的向导来接我们，带我们去参观市内各区。市区的人从事各种工艺，有的织麻布和其他布料，有的缝纫，有的锻造或做其他手艺；不过卡尔希达告诉我：建筑和农业是国内的主要职业。

"我们就这样住在斯波隆德城里，大体就按上述方式生活。阿尔比科尔马斯派往塞瓦林德的信使回来了，他带来了塞瓦米那斯的命令，要把我们送往那边的大城市，他很想见见我们。当我知道，我们要去塞瓦林德时，尤其是当我受到很好的款待以后，我很懊悔当初没有直说出你们在这儿。我不知道如何摆脱困境。但是我那时隐瞒真相是有充分的理由的，我想，阿尔比科尔马斯会对我的解释感到满意，他会原谅我们的佯装的，因为当时出于考虑你们的安全，而且那时我们对自己的安全也没有信心。我老实地向塞尔莫达斯承认了这件事，他马上去向总督报告。我们奉命仍留在斯波隆德，等候派出的第二个信使回来，信使是去向塞瓦米那斯报告我们推迟出发的原因。信使离开六天之后回来了,带回了总督的命令。他遵照命令,派出船队来接你们,并要把大家领到塞瓦林德去。那是最高首脑的所在地,我们就要在那里拜会他。据塞尔莫达斯说,我们在那里所享受的待遇将比在斯波隆德还要好。”

第二章

莫里斯的报告就此结束了。他这一番话使我们欢欣鼓舞、惊叹不已。他的叙述虽然确实冗长了一点儿,但并不使我们感到厌倦。而他所讲的事情是那么不平凡,即便他说上一整天,我们也会耐心地听下去的。

我们就我们应该采取的行动商讨了一会儿。最后大家决定跟随塞尔莫达斯,他要领我们到什么地方我们就到什么地方去。我们完全听候天意的安排,信赖这个国家的人民的善良天性。

当莫里斯向我们讲述这一切奇遇的时候,他的几个手下人因急于和他们的朋友交谈,就走上岸来,几乎向所有的人谈了这一奇遇。我们的人围着他们,听他们叙述事情的经过,十分惊异。这样一来,大家就差不多和我们同时知道了这些消息,因此也就无需向他们重述我们的事态了。他们都乐意到莫里斯等人向他们描绘一番的那个美丽国家去。但是,我们派往巴达维亚的平底船有可能平安抵达,而我们也深信,总裁一旦知道我们的不幸和困境,肯定会派船来援救我们的。在这方面,我们还有一线希望,这一点使我们深感不安,因为我们知道,如果救生船到了,找不到任何人,他们就会以为我们通通完了,而我们也就永远失去重见自己的亲友和祖国的希望。关于这一点,莫里斯是这样跟我们说的:至于那条小船，既然它走后我们就一直得不到它的消息，那肯定是中途失事了。因此，要想取得巴达维亚方面的任何援助，都是没有希望了。而现在我们要回荷兰，不但有可能，而且也许并不困难。因为我们是在一个礼仪之邦，这里不时派船远渡重洋。如果我们希望回去的话，他们是有可能让我们回去并为我们提供手段的。我们一旦不愿意住下去，他们是不会强留我们的。莫里斯最后指出：如果我们老是留在营地，担惊受怕，冒千难万险，我们的处境就会更糟。莫里斯是个通情达理的人，他为我们出了很大的力，所以在我们当中有很高的威信。他所摆出的令人信服的理由打消了我们的全部顾虑。大家回到我住的茅舍，我们见到了塞尔莫达斯，他一边微笑一边看着我们走进去。他问我们，听了莫里斯讲述关于斯波隆德城和它的人民的情况之后觉得怎么样？我对他说："我们所得到的都是好印象，我们已经一心向往那里了。如果你乐意领我们去的话，我们准备尽早启程。他回答说："我就是为此而来的。我很高兴你们愿意随我回去。你们可以相信，在我们城里居住会比留在这个营地上好得多。虽然凭着你们的才干，你们已把这个地方安排得相当不错了。"我们还就这个问题谈了一会儿，随后我们问他愿不愿意尝点儿我们所能供给他吃的食物。他回答我们说，他愿意尝尝，但有一个条件：我们也要吃他们带来的东西。他请莫里斯转告他的人，要他们把葡萄酒和其他食物从船上搬下来。饭后，塞尔莫达斯对我说，既然我们决定跟他走，那就得准备停当出发，并按照我们认为最合适的方法，载运我们的人员。而他认为，我们的领导成员和妇女应该同一天上船。他将留下一些人来协助我们的人装船，他们随我们之后也上斯波隆德去。我告诉他，我们有一部

分人在海湾的另一边。如果他同意的话,我们就派莫里斯驾一两条船去把他们载运过来。他回答说:“可以这样办:我下令派我们的一条船跟莫里斯一道去,将这些人直接运往斯波隆德城,不必再回营地。”他还对我说:“至于你呢,你就带上你愿意留在身边的军官上我的船吧,你在我的船上也许会感到相当舒适的。”我带了万德尼和我的秘书杜尔西;我命令德韦兹和其他连长代我行使指挥权,并要他们尽快装运我们的行李。塞尔莫达斯留下贝诺斯卡尔陪伴和帮助德韦兹,并且给他引路。随后,我们就扬帆开往斯波隆德去。从西登堡出发,三天之后我们便到达了目的地。我们受到了几乎和莫里斯所受的一样的款待,只有这么一点不同,那就是人家对我和万德尼比对其他人表示出更大的尊敬。阿尔比科尔马斯对我们非常亲切,尤其是对我本人。他同我进行了好几次交谈,谈及帝国的现状,在这方面,我比我们队伍里的任何人更能令他满意。我觉得,他在许多方面都是个卓越的人物,他具有令人赞叹的清晰的头脑。他对我讲述了他的国家的一些习俗和管理方式。这些我将在描述塞瓦兰人的城市、法律和风俗时再谈。我们到达后的次日,行李便运到了城里。营地上,我们只留下一些不值得携带的物品。我们的人受到像莫里斯他们一样的款待。大家也都穿上了新衣服。

在关于我们的女人的问题上,我们遇到过一点儿麻烦。我说过,我们在营地时曾规定,一名女子侍候五个普通男人,只有高级军官才有每人享受一个女子的特权。塞尔莫达斯和他的同伴不赞成这种做法。他们出于不可动摇的诚实习惯,不得不对我们说,这是禽兽般的行为。他们对我直说:这种行为玷污他们的国家和法律，他们是不能容忍的。我以当时不得不采取这种决定的必要性为自己辩解，我不想让我们的人为了女人而自相残杀。塞尔莫达斯问我：“我们愿意不愿意服从他们的法律。”我向他表示，我们衷心希望这样做。于是他便采取措施，对我们说：“请准确地清点一下你们的人数，有多少男人和女人。将名单交给我，特别是怀孕的女子的名单。与此同时，你们可以保留你们已经占有的女子，或者是我们另外给你们一些。”我们商量了一会儿。那些愿意留住自己的女人的军官没有去掉换。其余的人，像莫里斯的同伴们所做的那样，用抽签来决定，这样，他们就不能重新挑选了。那些跟军官们怀了孕的女人必须继续与她们的男人同居。那些和我们中间的普通人同居而怀了孕的女人，也得和被认为是孩子的父亲的男人继续生活。一切事情就这样顺利解决了。

抵达斯波隆德后的第五天，塞尔莫达斯来领我去瞻仰神殿，那里就要举行隆重的婚礼，也就是他们所称的“奥斯帕列尼邦”。他告诉我，他们之所以留我们在斯波隆德住这么长时间，既是为了让我们休息，也是为了叫我们观看一下这种仪式。他还说，这种婚礼每年举行四次，这是他们最盛大的节日之一，虽然这里的盛况不如塞瓦林德。我随即起床，穿上人家带给我的新衣服。他们也把新衣服给了我手下的所有高级军官，军官们都来到我的房间，准备陪我一起上神殿去。塞尔莫达斯和卡尔希达给我们领路。我们一起到了阿尔比科尔马斯曾经接见我们的那个宫殿。穿过了几个院子，我们最后到达一座巍峨富丽的神殿。我们看到那里已有好些青年男女，全都穿上了新装。男青年头顶绿叶花冠，女青年则戴上花环。我从来没有见过像这队青年男女那样令人愉快的场面。这些青年人差不多个个都神采飞扬，人人都喜形于色。

神殿的中央挂着一幅大帷幔，我们只能看到神殿的一半。我们在殿内将近一个小时，仔细观察里面富丽堂皇的装饰品。这期间，殿内还没有举行任何仪式。后来，我们终于听到了小号、双簧管以及其他乐器齐鸣，接着又看见几个人手持燃着的蜡烛走进来，把蜡烛插进安排在神殿各处的烛台上。人们把窗户全关上，拉开了遮盖神殿另一半儿的帷幔。我们发现殿堂深处有一座豪华富丽的祭坛，其上装有花彩、花饰，安排得十分别致。我们看见祭坛右面，在位置不太高的地方，有一只巨大的水晶球或透明的玻璃球，四个人也难于合抱。水晶球是那样的光亮夺目，不仅照亮神殿的深处，而且将光线投到神殿中央更远的地方。在祭坛的左方，有一座巨大的雕像，与水晶球位置的高度相同。雕像是一个多乳房的乳母，正给几个孩子喂奶，小孩的像也和哺乳的母亲一样，雕得栩栩如生。在祭坛之上，水晶球与雕像的中间，挂着一张单色的大黑幔，没有任何装饰。

这时候，乐声越来越近，终于到达神殿的门口。我们见到阿尔比科尔马斯和他的市府议员步入神殿，隆重庄严地向祭坛走去。几名祭司手持香炉，口唱圣歌上前迎候总督。他们向总督鞠了三个躬，然后领他走向祭坛。总督和他的市府议员们向黑色帷幔拜了三拜，又向雕像拜了两拜，然后分别到祭坛两边的高座坐定。塞尔莫达斯让我和我的三名人员坐在总督的下首，他安排其他人员在对面就座。我们刚坐定，祭司便向我们前面提到过的那些青年男女走去，要他们向祭坛靠拢。他们分列两行，男的在右，女的在左。当他们一走近祭坛，大祭司便登上设置在两行人中间的高座上，向他们作了简短的训谕。训谕完毕，有人拿过来一支燃着的火炬（后来我才知道，那是由太阳光点燃的）；阿尔比科尔马斯走下宝座，去接火炬，拿它点燃了大家看到的祭坛上的芳香木料。然后跪在水晶球的前面，口中念念有词。他从那里再走近雕像，在雕像前只单膝跪下，也像在水晶球前那样念念有词。这时祭司们唱起了圣歌，全体齐声应和。歌声一停，好几种乐器便开始演奏。悦耳的交响乐伴以优美的大合唱，其声音的动听使我们不能不承认，我们欧洲的音乐是无法与之相比的。随后，大祭司走到排头的那位少女跟前，问她是不是愿意出嫁。她深深一鞠躬，说声"愿意"，同时脸上泛起一阵红晕。接着他向其他少女问了同样的问题，也得到同样的回答。当他问女青年的时候，另一名祭司也向另一边的男青年提出同样的问题。问毕，祭司回到第一名少女身边，问她是否愿意嫁给她所见到的对面某一男青年。她回答说，这正是她的意愿。祭司便拉着她的手，领她到男青年队列的一端，吩咐她挑选一名丈夫。她先看第一名男青年，然后依次看下去，一直看到第六名。她在他前面停下来，问他是否愿意当她善良的夫君、忠诚的丈夫。他回答她说，如果她也像一个贞洁、忠诚的妻子爱自己的丈夫那样去爱他，那么，他是十分愿意的。她答应终生不渝地爱他。经过这一番庄严的许诺，他拿起她的手吻了一下，便领她到神殿的下方。其余的男女全都相继完成了这种仪式，并与第一对男女会合在一起。这时还留下八名女青年没有找到丈夫，其中五名感到十分耻辱、羞惭，泪流满面。另外三名倒没有这么伤心。当大祭司走到她们跟前时，这三名少女拉着他的法衣，跟他到阿尔比科尔马斯面前。总督向她们说了几句话，接着她们便向市府议员那边走去，

在他们当中挑选了三名,并且对他们说道:既然由于运气不好,她们挑选不到一个男人做自己的丈夫,那就只好选中他们以便洗刷自己的耻辱,因为她们已经三次被当众拒绝了。她们请他们按本国的法律,按法律赋予他们的特权,纳她们为妾,并答应对他们永远亲爱,永远忠诚。三名市府议员立刻从座位上下来,挽着她们的手走向祭坛。他们六人就在祭坛跟前站定,其余男女也都成双成对地列队站好。这三名官员都有四五十岁的年纪,但身材都比其他人长得好。

随后,大祭司便询问其他五名少女,想知道她们是否也愿意从市府议员中或从其他公职人员中挑选自己的丈夫。她们回答说,她们还只试过一次命运;她们打算再试两次,然后再考虑是否作这样的决定。于是她们拿下面纱,走出神殿,登上在门口等候她们的带篷马车,回家去了。她们一走出神殿,音乐又奏了起来。阿尔比科尔马斯走近祭坛,高声念诵了几句,然后把三名少女和她们所挑选的三名官员拉在一起,让他们手挽着手并且对他们说了几句话,他们都用深深一鞠躬来作为回答。他对其他七八对男女也都这样做了。他把其他仪式交给几名市府议员主持,自己便回到宝座上去。两名祭司把祭坛上的大火炬移至神殿中央。新婚夫妇们手捧香锭和香料,围成一个圆圈,每个新郎将自己的香料和新娘的混到一处,然后都往火上投去。接着,各人都跪下来,把手放在由两名祭司捧给他们的一本烫金的书上。他们宣誓服从法律,应许毕生尽自己的能力维护法律,并请求伟大的上帝、太阳神、祖国做他们誓言的见证者。宣誓完毕,他们便往祭坛走去。阿尔比科尔马斯在祭坛前作了简短的祈祷,新郎新娘们这时都跪下来谛听,然后他

转向他们，为他们祝福。接着，他在全体人员的陪同下，在一片音乐声中步出了神殿。大家进入神殿旁边的大厅，厅堂已放好了餐桌，不一会儿都摆满了菜肴。阿尔比科尔马斯来找我和万德尼，对我们说，我们今天是他的客人。他把我们领到餐桌旁边，让我们同市府议员们坐在一起。塞尔莫达斯找了同我一道来的军官们，领他们到另一张餐桌上就座。我们其余的人在整个婚礼仪式的过程中都待在神殿的回廊上，由卡尔希达和贝诺斯卡尔把他们领回了住所。宴会极其豪华丰盛，在饮宴过程中，还有音乐伴奏。筵席散后，我们便到圆形剧场去，那里与神殿的距离大约相当于火枪的射程。我们看见所经过的大街都撒满了鲜花，我们也听见人群的欢呼声，他们是上街来看我们的。圆形剧场用石块砌成，从一侧外墙到其对面的外墙，直径不下五十步。剧场上盖有大穹隆顶，高度非同寻常，这里不怕日晒、雨淋以及其他任何恶劣天气。剧场的四周自高至低设满座位，占去剧场的一大半，中央池座所占的地方不多。我们进去的时候，四周已座无虚席，但没有人进池座，那是专门留给官员、新婚夫妇和我们的。人们让我们坐到下面的座位上，那里有圆形栏杆与上面的座位分隔开来。这时候几个青年人正在表演搏斗、击剑和其他几种要运用气力和讲究灵巧的体操项目。他们都表演得极为精彩。体操表演完毕，全体新郎新娘开始跳舞，但还未跳到深夜，小号和其他乐器便奏起散场的音乐。

我们就像进来时那样走了出去。我们看见街上到处是火炬和焰火，照得如同白昼一般。

阿尔比科尔马斯和他的随从们坐上马车回家去了；新婚夫妇列队向人们为他们准备好的新房走去。塞尔莫达斯则领我们回家，他还在我们的住所里给我们解释了婚礼仪式各方面的情况。

次日早晨，他来找我们，问我们是否愿意再去神殿参观另一项仪式，那是昨天仪式的继续。我们欣然同意。我们一准备好，他就把我们领到神殿的大门口，让我们在那里停了一会儿。我们还未待上一刻钟，就听见一阵乐声往我们这边传来，不多久便看见新郎走向神殿，每人手中执着一支长长的青树枝，上挂各人昨天戴的花冠和新娘戴的花环，两者用一条沾血的白布巾系在一起，那白布巾证明新娘是贞洁的处女。他们欢呼着走进神殿，到了祭坛前面，各人便把树枝放在祭坛上，将它奉献给上帝、太阳神和祖国；祖国是以我前面提到过的乳母雕像作为象征的。

祭礼完毕，他们一起退出神殿，在乐声中跳起舞来，就这样跳着舞回家去。这个节日持续了整整三天，全城充满欢乐的气氛。

然而，我们要离开斯波隆德去塞瓦林德的日子来到了。塞尔莫达斯在临行前夕通知了我们。他把我、万德尼和莫里斯领到阿尔比科尔马斯家里向他辞行。我们在他的私邸会见他。那是一座漂亮的宫殿，虽然远没有市政宫大。他彬彬有礼地接待了我们，对我们说道，明天我们得动身去塞瓦林德了，在那里我们将要谒见伟大的塞瓦米那斯。接着他问我们对斯波隆德城的印象，以及关于婚礼仪式见闻的感想。我们回答他说，我们十分感兴趣。他对我们说道："你们要到一个一切都更美好、更美丽的国家去，我不打算像人家可能会向你们大加描绘的那样，也说一番它的好处来烦扰你们。你们亲历其境的见闻会大大超过我所能告诉你们的。塞尔莫达斯将做你们的向导，他待你们会十分殷勤、友好。我请你们事事听他的建议，注意行为要非常谨慎。这样，伟大的塞瓦米那斯就会像我那样喜欢你们的。”话毕，他跟我们一一拥抱，吻了一下我们的前额，就跟我们道别了。

第二天一清早，我们被领到流经本城西郊的一条河的河岸上。我们见到了几条船，这是专为我们准备的。塞尔莫达斯领着我和我的三四名军官走上一条带篷船。这条船的船身不大，但经过精工雕刻，上面涂金抹彩。我们的男女则被安排到各条小船上；这样，我们溯河而上并没有多大困难，因为这条河穿越地势平坦的大平原，水流缓慢。我们看见沿岸有几幢大建筑物，就像我们在下游城里所见的建筑物一样；我们匆匆而过，船上有好几名划手轮番划桨，船行甚速，所以我们未能仔细端详。我们就这样从清晨至日落航行了整整一天，中途没有在任何地方停留。当天我们就到达了一座城市，叫斯波劳美，离斯波隆德有三十里的光景。那天，人家已在等候我们，我们见到码头上聚集了许多人，他们都是来看我们的。我和塞尔莫达斯首先下船，在岸上会见当地的总督皮萨尔金巴斯，他上前迎接我们，对我们优礼备至。他和塞尔莫达斯谈了一会儿，便走近我身旁，对我说：他十分高兴和我交谈一两个小时。我回答他说，我随时准备听候他的吩咐。然后，我们就进入斯波劳美城。这座城市的建筑格式与斯波隆德城相像，只是规模比它小一半儿。城市坐落在十分肥沃的地方，景色优美。我们受到像在斯波隆德时那样的接待。第二天，我们留在那里，除了看到对十四名罪犯所作儆戒性的惩罚之外，没有见到什么值得注意的事情。下面是大体的情况。

人们将罪犯从监狱里押出来，用绳索捆绑在一起，分成三组。第一组有六个男人，据我们了解，都判了十年徒刑，有几个犯了杀

人罪，另外几个是犯通奸罪。第二组是五个青年女子，其中两名按法律应服刑七年，然后，再要服刑多长时间则按她们的丈夫的意愿来定，因为她们被断定为犯了不贞之罪。另外三名女子被判刑三年，犯了婚前私通罪，女子举行婚礼的年龄是十八岁。引诱这三名女子的三个男人成为第三组，他们也被判刑三年，以后还要娶这三个姑娘为妻。人们将这些犯人从监狱带到宫殿的门口，要在那里执行体罚，我看见许多人聚集在那里。

我记得很清楚，其中一名不贞的女犯长得身段标致，体态优美。她有着一张十分漂亮的脸蛋，乌黑的眼睛，褐色的头发，桃红的嘴唇，鲜艳、细嫩的肌肤。她露出来的酥胸，雪白匀称，我从来没有见过。为了接受惩罚，她第一次被剥光衣服站在众人面前，因此她羞愧难当、无地自容。她泪流满面，但这丝毫没有减损她天生的丽质，相反，使她显得更加鲜艳，越发令人赞赏。赞美产生爱慕，再加上怜悯之情，这就大大打动了所有观看者的心，以致他们当中没有一个通情达理的人不为之感到痛心的。但是，当他们想到一会儿可恶的行刑者的残酷的双手就要毁掉这一副花容月貌的时候，怜悯之情便变成了普遍的失望。然而，这毕竟是按照法律对一种犯罪行为的裁决，这种罪行在当地人中被认为是重罪之一。因此，要想使这个可爱的女子免受严厉法令的制裁，那是不可能的。行刑人已经举起手，正要打她的时候，一个男人突然推开众人闯进来，高声喊道："住手，住手！"所有的观众，甚至官员，都掉过头来朝喊声的方向看去。这时，体刑暂停执行，大家要先了解此人要说什么。他艰难地穿过人群，气急败坏地走到官员们跟前，用手指着那个美丽的女犯说道：他是那个女人的丈夫，因此十分关心这次体刑

的执行。他想在她受刑前跟她说几句话，更好地把自己的想法告诉她。他得到许可后，便向自己的妻子大致说了这么一番话：

“你知道，于莉丝贝，还在结婚前的三年，我已经十分热烈地爱着你；你也知道，自从我俩的神圣结合以来，我对你的爱不仅没有减弱，反而不断增加新的力量。几乎所有情人在占有对方以后热情都会减弱，而我的热情却更高了。总之，你晓得，我和你生活在一起的四年来，我向你表达了全部的坚贞不渝的柔情蜜意，一个妻子从自己亲爱的丈夫那里所能得到的莫过于此。我曾以为，你对我也抱着同样的感情，这点你也曾千百次地起誓；我也相信你火热的心是和我一样的。尽管你后来对我不忠，我还是相信，我仍然占有你的心的主要部分。你是受奸诈的弗拉尼巴斯的甜言蜜语和狡猾手段所诱惑的，是他用无耻的手段促使你犯了罪，按照你的本能，你是绝不会犯罪的。在不到两小时前，我才弄清事实的全部真相；我知道，如果他不是用卑劣的手段使你相信我损害你，是我和他的妻子发生不正当的行为，他是绝对无法使你满足他的非法欲望的。后来，你出于毫无根据的气愤和不正当的报复欲，才跟他一道犯下这种罪行。要是我早点儿知道这一切，你就不会来这里遭受这种羞辱，我会原谅你玷污我们夫妇关系的莽撞行为，也会很好地替你掩饰罪过，你也就不用抛头露面接受这种严厉的耻辱的惩罚。但是，既然过去的事无可挽回，我也无权使你完全避免要施加于你身上的惩罚，因为你已使祖国蒙受耻辱，按照它的法律，你是应该受刑的。但是，我起码要为你做我力所能及的事情。如果我看见你留下的眼泪确实是你悔过的表示，如果你心中的确还保存着一点点真诚的爱——关于这爱情，你曾多次向我发誓，也曾向我

做过十分明确的表示的;最后,如果你答应再把整个心奉献给我,不分给其他任何人,使我重新得到幸福,那么我就要把你应受的刑罚移到我的身上。说话吧,于莉丝贝,不要让你的沉默表明你不再爱我。”他说完这番话便住了口,他的妻子哭得像个泪人一般,好一会儿说不上一句话来。但她终于转身向着她丈夫,回答道:“宽宏大度的勃拉米斯塔斯啊,我的沉默并不表示我没有爱情,那不过是表示我的绝望罢了。我冒犯了你,违反了讲究正义和荣誉的神圣法律。宽厚的丈夫啊,你理应娶一个更加忠诚的妻子,为什么你要关心一个背叛你的、曾受耻辱的报复心支配的邪恶妇人呢?为什么你要来承受我应受的刑罚呢?不,不,勃拉米斯塔斯,我不敢再称你为我的丈夫了,你不必再关心一个坏女人了,她应该值得你生气,而不配受你的怜悯。但她却甘心乐意忍受最残酷的折磨,甚至结束她这条不幸的生命以洗刷她的罪过。请不要再表示无比的仁慈和宽宏来刺痛我的心了,就让这颗忘恩负义的心去受可怕的痛苦折磨吧,就让它因可耻的过失而永远内疚吧!你不要阻挡法律的执行了,我是完全应受法律的严厉制裁的。”

这一番话使所有的观众都感动得流下泪来。最后,那位丈夫叫人将自己捆绑在他妻子那里。他裸露上身,接受那女犯人本应承受的体刑。其余的男女犯人也都同时受刑,人们还要他们绕宫殿走三圈。他们受到严厉的处置,都被打得鲜血淋漓。受刑之后,他们仍被押回原先将他们提出来的那座监狱。

我们后来才知道,在这种场合下,如果男人甘愿替女子受刑,那么这个国家中本应受惩罚的女犯人可以获得特权而免受体刑。在此事之前,已经有好几起这类男人出于爱情而自愿代为受刑的例子。

看完体刑后，我们回到了自己的住所。我和皮萨尔金巴斯就欧洲事务谈了一两个小时的话，正像我跟阿尔比科尔马斯及其他人所谈的那样，他们都向我提了好些这方面的问题。

第二天，我们大清早便从斯波劳美出发。各条船都已准备停当。塞尔莫达斯领着我和前一天陪同他的人员登上了一条最舒适的船。我们向皮萨尔金巴斯告辞之后，就起航了。船行得很快，一直驶到离斯波劳美六里外的地方。那里有座小城，叫斯波劳尼德，仅由八幢方形建筑物构成。我们在那里找到了几条船，这些船跟我们所乘的不同，大概是用马拉的，因为此处水流湍急，逆水行船，用桨划船是不可能的。我们溯河而上，愈来愈靠近德豪斯在湖附近发现的高山。他是在平原上，正对旧营地的地方找到那个湖的。高山自东向西绵延，一眼望不到尽头，山势显得又高又陡。我们以前也见到这些山的，但是从这里看去更加清晰，似乎十分接近。

从斯波劳尼德出发，我们的船由马牵引到另一处地方，换上新马，又被牵引到一座名叫斯波劳美[①]的小城。我们又在那里换了马，后来到了一座称作斯波拉维德的小城并在那里过夜。这是我们从水路所要去的最后一个地方，我们在那里没有看见什么值得注意的事物。

第二天拂晓，我们见到了为我们准备的各式马车；我们登上马车从陆路继续我们的行程。塞尔莫达斯领着我、万德尼和莫里斯坐上他的马车，同他做伴。河流被抛在西面了，我们穿越美丽的开

① 原文如此，小城的名称恐有误。——译者

阔地带，直向南方驰去。地势逐渐高了起来，不知不觉地靠近了高山。因为平原一直延伸到山脚下，所以山势显得挺拔、陡峭。我们穿越这个地方的时候，在好几处看见了十分美丽、景色宜人的城市和方形建筑物。就这样，将近上午十一点钟的时候，我们到达一个名叫斯波拉古爱斯特的城市。我们在那里休息到下午二时，然后继续上路。傍晚，我们到了一座叫斯波拉贡多的城市。我们受到该城总督阿斯托尔巴斯十分盛情的接待。这座城市位于山脚下，是斯波鲁国的最后一个城池，内有十四个方形建筑物。我们没有看到什么别具特色的事物，只见各处都筑有灌溉用的奇妙的运河。这地方靠近充足的水源和天然的肥沃土地，拥有目前所能见到的最优良的牧场。大量的水通过这些运河，穿越各种高墙、桥梁和水闸，被引到平原的远处。这些建筑如此坚固，工程如此浩大，在欧洲用上五千万元也造不成的；然而这里的人民凭借自己的灵巧，不花分文便建成了；因为他们管辖下的任何地方都不使用货币，他们认为使用货币是有害的。我们在斯波拉贡多停留了三天，为了稍事休息，也为了看看这一带地方，然后再进入大山背后的塞瓦兰国。我们的向导殷勤备至，彬彬有礼，一点都不来催促我们，让我们从容地休息和消遣。我们在斯波拉贡多逗留期间，阿斯托尔巴斯请我们去看打猎、捕鱼，借以消遣。他用马车把我们带到城西三里的一片柏树林。这座树林大部分小径纵横，只有靠山脚那边除外；那里各种树木杂乱生长，十分浓密，十分繁茂，而且结着多种多样的果实。有一种类似胡獾、但比胡獾大、肉味鲜嫩的动物靠树上的果实为生。树林中这种动物大量出没，谁也不敢在这里打猎，只有总督除外，他为此养了成群成群的猎犬。当地人称这种动物为

"阿布鲁斯特"。我们一到树林便下了马车,走进林中的小径。四周柏树参天,高大、笔直、茂密,我第一次见到。阿斯托尔巴斯对我们说,有时他们也砍些柏树来做船上的桅杆,这比冷杉要好出不知多少倍。我们在斯波隆德附近也见到过一些美丽的柏树,但那种柏树不及这里的一半儿高,而且木质也没有那么坚实、细密。正当我们得意地欣赏这些美丽的树木及其分布情况的时候,我们听到了猎狗的吠声。原来猎狗发现野兽,径直往树林的深处追去。那里有一块宽阔的空地,四周围着密密的篱笆。通常就在那个地方捕捉"阿布鲁斯特"。它们从通往这里的各条小径跑来,因为四面设有围篱而无法逃脱。这样一来,就可以毫不困难地观看他们和猎狗厮斗的情景了。

我们迅速向那个地方跑去,登上中间的小土丘守候,从上面可以十分方便地看见周围的一切。我们等在那里还不到八分钟,就看见进来两只"阿布鲁斯特",后面有三十来只猎狗紧追着,却不敢接近它们。每当"阿布鲁斯特"转过身来要扑向猎狗时,猎狗便东逃西躲。这些小猎狗十分机灵,而"阿布鲁斯特"长得又肥又笨,很难逮住它们。猎狗已习惯于这种围猎法,而且熟知其对手的力量,因此非到必要的时候是不肯冒险上前捕捉的。猎狗继续追赶那两只"阿布鲁斯特",逼得它们围着我们所在的土丘转了三四圈儿,一直赶得它们喘不过气来。这一对可怜的野兽是一雌一雄,据他们说,是从不分离的,现在彼此紧靠着,整整半小时防御着那群猎狗。猎狗将它们团团围住,不让它们有半点儿喘息的机会。有时它们也向猎狗扑去,复又退回来,像原先那样互相紧靠,彼此相帮,一起进行自卫。有一回,其中一只躺了下来,好像是支持不住的样子,几只猎狗便壮起胆来向前靠近以便袭击它。它却从容不迫地向那条走得最近的猎狗扑去，抓住猎狗的一条后腿，一口把它咬断，然后以极大的愤怒，将猎狗撕成碎片。我从未见过一只野兽如此凶狠，如此疯狂。这一下子将其他猎狗全都吓跑了。它们再不敢接近，并且都加倍提防起来。然而，这种消遣已持续了相当长的时间。于是，他们把猎狗全部叫回去，另外领来两只大野兽，与狼相似，但毛比狼浓密，身上长着像绵羊一般的卷曲的黑毛。他们原先一直将这两只野兽缠着。当“阿布鲁斯特”一看见它们，吓得毛都竖了起来，开始发出可怕的嗥叫声。它们自己知道就要跟危险的敌人厮斗，而且感到自己的死期已经临近。那两只被当地人称作“乌斯塔巴尔”的野兽，当人们把它们身上的绳索解开以后，便慢慢地往前走去，在“阿布鲁斯特”周围转了几圈，然后猛然地扑上去。那对“阿布鲁斯特”已自卫了相当长的时间，但“乌斯塔巴尔”的毛很厚，顶得住它们的撕咬。就这样，经过一刻钟的对打，可怜的“阿布鲁斯特”由于过度疲乏和流血过多，支持不住了，终于双双被“乌斯塔巴尔”咬断喉管而死。围猎就这样结束了。

这场娱乐结束之后，阿斯托尔巴斯领我们回到城里。他用所猎杀的“阿布鲁斯特”肉来款待我们，我们觉得肉味鲜美，而且十分滋补，味道同在欧洲吃到的狍子肉差不多。

第二天，阿斯托尔巴斯来看我们，对我们说，打猎以后，他还想让我们作为消遣去看捕鱼。他请我们傍晚以前做好准备，并告诉我们他会来接我们的。果然，他没有忘记。下午二时左右，他来找我们，将我们领到一个四周筑有高坝的大水库边。库中水量很大，水从山上流下来汇集在这里，又通过数条渠道分别流向平原各地，灌溉良田。这座水库呈椭圆形,方圆不下三里。水库靠近城东,内有大量的鱼。我们分乘平底大船进入水库,船上张着麻布船篷,以遮挡灼热的阳光,因为高山附近的气候是炎热的。船的两侧凿着洞孔,从洞孔伸出弯成弧形的长钓竿,竿子的末梢是长线和鱼钩,钩子上挂着用生肉做的鱼饵。当大船行至水库中央时,人们就抛下锚,稳住船身,然后调好鱼钩。我们看见一些大小像鲑鱼一般的鱼跃出水面二三尺高,去吞食挂在鱼钩上的生肉。这种鱼力气很大,拖住钩线,将鱼竿弄得弯到水里很深。如果钓竿的木质不十分坚韧,那真会被鱼折断。上钩的鱼挣扎了好一会儿,终于吊垂在鱼竿下,在空中摆动了一刻多钟才死去。常常可以看到这样的情景:两三条鱼同时跃出水面向一块鱼饵扑去,相互碰撞,结果谁也抢不到鱼饵。它们愈是达不到目的,我们的兴致也就愈浓。这种鱼的鳞片为蓝色,最大的约重七八斤,肉质结实,鲜嫩可口,滋味跟欧洲日内瓦湖产的鲑鱼一样鲜美。不到两小时,我们就捕了三十多条,真是十分痛快。我们看到从空中去钓生活在水中的鱼,不能不感到诧异。我问这种鱼叫什么名字,他们告诉我,当地话叫做"福斯蒂拉"。

捕完了"福斯蒂拉",我们便离开大船而乘换更为轻便的小船。这种小船更适于为我们安排的消遣。确切点说,这种消遣既不是捕鱼,也不是行猎,而是二者兼而有之。水库的一边,有一处地势最高,长着茂密的芦苇、灯芯草以及其他一些水生植物。我们向那个地方驶去。当我们到了离那里尚有一箭之地时,便把两只比猫稍大的动物放进水中。它们与水獭相似,所不同的是长了一身灰白色的毛。它们一进入水中,人们就看不大清楚了,因为它们的毛色同水色没有多大区别。当地人叫它们“萨斯佩姆”。它们经过驯养之后，便被用来捕捉一种水鸭或水鸡。这种水禽叫“爱布斯特”，翅膀很短，身躯肥笨，无法远飞。

两只“萨斯佩姆”一下水，便以异常的速度往芦苇丛游去，不一会儿就把十只或十二只“爱布斯特”赶了出来，每只“萨斯佩姆”追逐一群水禽。看着这些水鸭打转、逃逸，真令人开心极了。被追逐的水鸭一会儿飞起来，一会儿钻进水里，然后又躲进芦苇丛中，一心想摆脱敌人的追捕。可是，它们的敌人毫不泄气，处处紧追不放，不给它们一点儿喘息的机会。最后，经过几番打转，水鸭已筋疲力尽，几乎无法动弹了。“萨斯佩姆”这时咬住水鸭的脖子，活活把水鸭拖到船上去，交给那些放它们下水、精心喂养它们的人。捕到这些水鸭之后，阿斯托尔巴斯还想多抓一点儿；但是塞尔莫达斯于心不忍，说这一回已经足够了。我们便转回城里，大家对这次愉快的消遣活动都感到十分满意。

第二天，我们离开斯波拉贡多，徒步向山上进发。离城一里，我们进入了一条两边都是悬崖绝壁的峡谷。一到这个山谷，塞尔莫达斯便对我们说，他正通过地狱之路把我们带到天堂去。我问他说的是什么意思，他回答说，有两条路通向这个天堂，一条是空中之路，一条是地狱之路，但是后一条路的路程最短也最舒适，我们通过亲身经历，会了解到这是真的。他的这番话弄得我们丈八金刚摸不着头脑，如果给我们的女人听见了，准会叫她们担惊受怕。我们继续向前行进，不敢再请塞尔莫达斯解释了，因为我们看到，他只用微笑来回答我们最初提的几个问题。他是想让我们亲身体验一番的。

我们向山谷深处走去，到了一处地方，发现通路几乎被岩石截断了；我们必须登上五六层石阶，才有平坦的路径。可是走了一箭之地以后，我们又发现其他石级，继而又有其他石级，就这样层层上升，共达五次。我们终于到了一座大峭壁的脚下。在峭壁中央，我见到一个黑乎乎的拱洞。塞尔莫达斯对我们说，要通过这里才能到达他所说的天堂，而我们的行李已在这里装上滑橇往里运了。他同时指给我们看，在我们来路的左手一侧，有一条没有梯级的平滑小径，小径之上可行滑橇，其办法是凭借粗绳向上牵引，绳子绕在人力转动的一种轮轴上。我们进入拱道的入口处时，发现每边各有两间房子。他们从房中取出火把给我们在黑暗中照明，还拿出一些里衬棉布的漆布斗篷让我们披上以便御寒和防潮。我们在入口处还见到一只长滑橇，专供孕妇和不能走路的人乘坐的。他们说，拱洞内还有好几只，也是为此而准备的。这一切都使我们十分惊讶，然而我们都下了决心，人家领我们去什么地方就往什么地方去，听天由命。可是，我们的女人却哭了起来，好像人家押她们去受刑似的。塞尔莫达斯为此感到非常惊奇。我询问妇女们哭的原因，但没有一个男人能够告诉我。我不得不亲自走到她们那里，问她们究竟为什么这样伤心。这时她们双手伸向天空，又在自己的胸膛上捶打着，对我说道：我们大家就要去送死了。我们这些人躲过了惊涛骇浪，逃离了随时受饿死或渴死威胁的荒漠地带，竟让人家带到这个死期未到便要下地狱的鬼地方，我们的命真苦啊！我们在一些地方以为会享受到幸福，人家就通过那样的地方把我们引来了。他们为我们所做的一切好事，无非是为了更容易将我们领到这个叫我们受苦受难的地方。塞尔莫达斯跟在我后面，听

到她们的哭诉，转身向我，一边还看看我们的妇女，露出这么一种神情：一方面怜悯她们的软弱，另一方面对她们的误会感到可笑。他对我说道："我看得出来，她们的痛哭、抱怨出于一种错觉，这是不难向她们说清楚的。我很遗憾，竟使她们产生这种看法。这不仅给她们带来极大的痛苦，也使我深感意外。我曾开玩笑地对你说过，我要通过地狱之路引你们走进天堂。我没有在这方面作出解释，也没有回答你提出的问题，这些可怜的女人无疑以为我说的话是真的。当她们眼看我们要通过这个洞穴时，便想象我们就要将你们投进地狱。但是为了使她们的情绪安定下来，我愿意解开这个谜。我要告诉她们，所谓地狱，不过是个拱洞，那是我们为了便于通过这座高山而开凿的。如果不从这里穿过，我们就要拐一个大弯儿，还得爬到山顶上去。这就是我所说的空中之路，而地下通道，我把它叫作地狱之路。简而言之，谜底不过如此。再说，假若有什么危险，那我也是跟你们一样去冒险的。为了使你们更满意，我不想让你们大家一齐去冒险，而只想请你们派几个人跟我一起去。他们通过拱洞以后，还可以回来告诉你们所见到的真实情况。"我把这番话向那些哭哭啼啼的女人重复了一遍，她们的恐惧平息了下来。我们替她们向塞尔莫达斯道了歉，请他原谅女性的脆弱，并请他不要把她们的过错归咎于我们。我们充分信任他的上级尤其是他本人的善意，因此绝不会对此有所怀疑，也不担心拯救了我们的生命并使我们得到这一切的人会有恶意。他回答说："我真心实意地原谅她们，但我坚持我刚才说过的话，我不愿意你们当中有十人以上通过这个幻想地狱。我希望其余的人听听那些见到全部恐怖情景的人回来描述那里的情况。因此，我请你们挑选那些愿意跟我到地下去的人，而不必对此再有什么争议了。”看到塞尔莫达斯决心坚持自己说过的话，我便带上万德尼、莫里斯、斯瓦尔特和其他几名军官与他做伴。这样，我们披上斗篷之后，就跟着为我们在洞内照明而点燃起来的火把向前走去。山洞是在岩层里穿通的，呈穹隆状，下部约五都阿斯[①]宽，上部为三都阿斯半。左侧，一半的地方呈斜坡状，没有梯级，滑橇就在那上面行驶。而右侧则有多层平台，有简便的梯级登上去。我们一共见到二十六层平台。离出口处约有一里的样子，即还未走到另一个尽头，塞尔莫达斯便对我们说，拱洞是天然形成的，人工仅仅将通道平整，并在狭窄的地方扩大、加宽。的确，我们发现拱洞不是处处平滑、匀称的，不少地方洞内十分宽敞，还有各种像水晶般透明发亮的钟乳石。石块是由一种从山里渗透出来的岩盐形成的；盐水在流动过程中凝结，从而形成了形状离奇古怪的钟乳石。这样的地方冷气森森，也相当潮湿，我们体会到，所披的斗篷在这里十分有用。我们还发现，岩洞中凡是天然形成的地方都不太笔直，比起人工开凿的地方要迂回曲折得多。离出口处二百步的地方特别宽敞。塞尔莫达斯就在这里指给我们看各种器皿——陶土的、金属的、玻璃的，里面盛着各种各样的药品，人们在这里利用当地的寒冷、潮湿条件进行调制。我们从这里继续向前走，最后走出了这个不下三里长的拱洞。我们同时也就到了塞瓦兰的第一座城市的一条非常漂亮的街道上。这座城市叫塞瓦拉贡多，位于满布丰美牧场的长河谷的中部，傍着拱洞出口处的山麓，因此我们一出山洞就到了这

① 都阿斯：法国旧长度单位，合 1.949 米。——译者

座城市。

总督叫科穆斯塔斯，就在塞瓦兰的入境处迎接我们，对我们的到来表示非常高兴，并把我们领到一座像斯波鲁国里那样正方形的大房子中。科穆斯塔斯高高的个子，棕色的头发，四十岁上下，身段匀称，仪表不俗。他问我们其余的人在什么地方。塞尔莫达斯便把我们在洞口处发生的事情，以及我们的女人由于没有领会他所开的玩笑的含义而惊慌失措，全都告诉了他，并说我们为有机会同他共度这一天余下的时光而感到非常高兴。这件意外的事情逗得他哈哈大笑。他边笑边对我们说，我们的女人的误会倒增加了他接待我们的乐趣。他要尽可能好地款待我们，而且立刻去下达命令，安排接待我们和我们手下人员的事宜。他请我们暂时歇歇脚，稍事休息。他离开不一会儿，便回来请我们用膳，我们也就应邀去进餐。饭后，我们派了斯瓦尔特和德像斯去把我们的其他人员领到塞瓦拉贡多来，也就是领到塞瓦兰的大门或入口处，因为“贡多”在他们的语言里是指“入门”或“进口处”的意思。坐落在这边的城市起了这个名字原因就在这里，而与之相对的另一边的城市则称作斯波拉贡多，也就是斯波鲁的大门或入口处之意。

饭后，科穆斯塔斯领我们到城郊的一座小树林中散步。那里流过一条小河或小溪，自东往西，河水冲过各种悬崖峭壁，形成相当优美的瀑布，水声哗啦。从小树林可以看见长满参天冷杉的高山，山谷的四周也到处可见不知名的树木。我们来到时正值这里的最佳季节，树木青葱，溪水在山谷中流淌，十分清新宜人。科穆斯塔斯对我们说，如果我们有时间住下来，他可以领我们去作猎熊的消遣。他们把熊叫作“索木格”，这种动物在这一带林中大量出没。此外，还有另一种动物，全身雪白，与熊的性质类似，当地人把它们叫作“埃尔格朗特”。可是塞尔莫达斯一面向他表示感谢，一面对他说，我们只能留到明天，并请求他为我们的启程做好一切准备。“那好吧，”他说道，“既然你们没有时间住下来去看猎熊，那么在你们的其他人员到来之前，你们起码有时间去看看捕鱼。”塞尔莫达斯说，他很高兴总督为我们提供这种消遣，他是乐意参加的。科穆斯塔斯便发出指示，将我们领到离城半里的一处地方。那里的河水正好形成我们所说的瀑布；几座悬崖截住了瀑布的水流，使水位又大大地升高起来，形成一个湖泊，湖上可以行船。我们看见湖中已有四五条船。总督带着我们登上其中的一条，便开始参观如何捕捉一种细嫩的小鱼。这种鱼跟我们的河鳟相似，但肉质结实，味道也更鲜美。人们是用鸬鹚来捕鱼的，先把鸬鹚的脖子扎住，预防它们把鱼吞下去，然后把它们放在水中。这些捕鱼鸟捉到鱼后，就把鱼带回船上。我们的船上有三只鸬鹚，它们在一个钟头之内就捉到了十五斤以上的鱼。捕鱼之后，我们就回到了城里。这时，我们的人员都已到齐，他们每个人都为如此轻易地通过地狱而欣喜若狂。科穆斯塔斯命人把他们安顿了下来。就这样，我们在塞瓦拉贡多平安地过了一宿。我们准备清晨启程。就在这时，有人来告诉我，说我们有一位孕妇由于眼见所谓的地狱而受了惊吓，刚刚流了产，正处在生命垂危之中。我将此事告诉了塞尔莫达斯。他对我说，这不应耽误我们的行程，可以留下几个人在塞瓦拉贡多陪着她。她在这里什么都不会缺少的。如果她恢复了健康，科穆斯塔斯会想到把她送还给我们的；如果她不幸死了，他也会命人将她安葬的。

听到这番话之后，我们就坐上为我们旅行而备好的马车，沿着河流和山谷向上游驰去，直达一个名叫狄埃奈斯特的市镇。这个市镇仅由四幢方形建筑物构成。我们在那里换了马匹，从上午十一点钟休息到下午两点钟。狄埃奈斯特离塞瓦拉贡多十五里，位于同一河流之上，同一山谷之中。这里还有另一个山谷与该市镇的所在地相接，是我们的必经之路。下午二时许，我们再次登上马车，在新山谷中行驶了十里或十一里路。谷地景色优美，土壤肥沃，我们一路上见到无数的畜群。最后，我们抵达山谷尽头的一座山的脚下，这里有一座由四幢方形建筑物组成的小城，名叫狄埃美克，我们就在这座城里过夜。谷地尽头的山不很高，呈坡面状上升，表面光滑，但山的两旁是对峙的绝壁，几乎不能攀登。我们看不见上面有什么通道，不知道怎么能够爬上去，甚至也不敢问一问塞尔莫达斯，生怕他误把我们的好奇心看作是又一次猜疑。第二天早上，塞尔莫达斯问我，我们登天是否也会同下地狱时一样害怕，他请我就这件事派人去问问我们的女人。女人们承认，她们当初的害怕是脆弱的表现。派去的人随即规劝她们，要她们既不要抗拒也不必惊慌地跟着我们到任何地方去。女人们回答说，塞尔莫达斯愿意领她们去哪里，她们就到哪里去。这个回答把他逗笑了，于是他说道，既然我们有这种想法，他就领我们从一条路登上山顶。这条路也许会使我们大吃一惊，但是没有任何危险，而且他会第一个登上去的。说完，他就领着我们启程，穿过一扇开在一堵长长的厚墙中的门。这堵墙从山谷的一边伸展到另一边，接近了山脚。我们发现，墙的后面有各种大滑橇，系在从山顶垂下来的大缆绳上，他们说缆绳是拴在山顶上的。这些滑橇每个可乘二十人，四周围着高度适中的木板，特别是后端设有座位，备有绳索，供人抓扶。塞尔莫达斯要我挑选一些人一起上他的滑橇。我刚选好人，他就坐进滑橇，并请我们也像他那样坐进去。我们刚一进去，有人就用麻布篷盖将滑橇的后半部盖好，篷盖上面还系了绳索，绳头结在滑橇的边缘上。这样，我们就没有掉下去的危险了。当这一切准备就绪之后，有人吹了一声哨子，一条小缆绳被拉动往上伸去，我们顿觉滑橇慢慢升起。快到半山腰的时候，我们从滑橇边上所开的洞眼，看到另一个像我们乘坐的那样的滑橇往下降，我们的滑橇正是借助它的重量往上升的，因为它系在缆绳的另一端。我们发现，缆绳绕着轮轴滑动，而轮轴是牢牢固定在山顶上的。依靠这种方法，我们轻而易举地登上了这个斜坡，无需借助人力或马力牵引，只需下降的滑橇的重量超过我们的重量便可使我们升上去。当我们乘坐的滑橇升到山顶时，我们便留在它停下来的地方，看看其他滑橇如何上升；它们全都像第一个滑橇那样上来，没有发生任何不幸事故。这时，山顶上已为我们准备好马车。我们坐上马车迅速驰过约有十二里长的平坦地段，到了山的另一侧。这片平地满布牧场，到处可看到数不清的牲畜。这些牲畜一年中有八个月在山上，然后就下到附近的山谷中去，因为在这一季节中，山地上白雪皑皑，不能居住了。因此，我们在那里既没见到城市，也没见到乡镇，只发现几处小村落，几间房舍，是供牧人用的。这个地方在当地语言中叫作“翁贝拉斯波”。我们到达山的另一侧之后，也见到一些滑橇，同我们上山时所乘的一模一样。我们也就照样乘滑橇下了山，到了一个圆形的大山谷中。这个山谷拉丁文叫“孔瓦里斯”，谷中有一个由十座方形建筑物组成的市镇，名叫“翁贝林

德”。我们受到该市总督塞穆达斯的热情接见，当天晚上就在那里过夜，受到的款待同在其他各地时一样。这里的男子身材更为健美，女子比我们先前所见的还要白皙、漂亮得多。除此之外，我们再没有发现什么不寻常的事物。

塞穆达斯对我们说，我们会在路上遇到一支军队，它驻扎在山脚下平原入口处的地方，已有十天，还要再待一些时间。他还告诉我们，那里发生过一次混乱，一名军官被指控玩忽职守，以致让敌人的一支部队突然袭击了他负责防卫的有利阵地，并且占领了这个阵地。这件事使全军哗然。因此他认为，这个军官将受到处分，以儆效尤，虽然他有许多朋友为他说项，而且他本人过去的行为也使他赢得过很高的声望。

第二天一清早，我们骑上骆驼离开了翁贝林德。每只骆驼都驮着一个特制的篮子，里面设有座位，可坐六个人。骑在这些牲畜的背上极为舒适、安全。我们就这样从一条斜路往山下走去，直至一个大山谷之中，在那里见到了一条河。河水相当深；虽然有些险滩而且水流湍急，但是仍可行船。我们在山旁见到一个有六座方形建筑物的城镇，名叫阿尔克罗普斯，离翁贝林德六里路。那里已经备好马车，要把我们带往十三里以外歇宿处。歇息之后，我们又登上马车，沿着河流与河谷驶去，最后抵达一座名叫阿尔克罗辛德的城镇。我们要在第二天从那里乘船走完余下的路程，直达塞瓦林德。阿尔克罗辛德市也像斯波隆德那样，位于一个大山谷的尽头，坐落在两条河的汇合处，两旁有几座高山，山上长满树木；其中一条河的远处，是一片景色优美的平原；平原上可看到一些城市和各种建筑物。我们看到的第一条河比另一条小得多，并在城市坐落的地方流入另一条河中。这条河自东往西流，另一条则相反，自西往东，水流平缓。而当两条河汇合之后，河水便往东南方向流去，形成一条可通航的大河，河名叫塞瓦林哥。这条大河在流到塞瓦林德之前，还纳入了三四条河的河水。阿尔克罗辛德市的总督勃拉森达斯是一位庄重、可敬的长者，他在该市几位著名人士的陪同下，到城门处迎迓我们，并把我们领到要在那里歇宿的一座方形大厦之中。我们本以为第二天就出发，但有两个原因阻碍了我们启程。其一是下了整整一夜大雨，河水猛涨，冒失上路很可能会出危险；其二是我们很想去参观一下军队，它驻扎的营地离阿尔克罗辛德不过三里路。我们也很高兴去看看市容，这座城市非常漂亮，同斯波隆德一样大。由于这种种原因，塞尔莫达斯只好让我们在阿尔克罗辛德多歇几天。勃拉森达斯和他手下的官员们都表示，他们很高兴留我们多住一些时候。

雨后，天气开始放晴。第二天，塞尔莫达斯邀我一起到总督的花园里散步。我觉得这座花园十分美丽，园内有几条幽美的小径、鲜花盛开的花坛，还有各种奇妙的水池和喷水装置。他问我说：“你认为这地方怎么样？你觉得好吗？”我回答他说，我简直入了迷，并且说很难再看到会比这里更美的地方了。他说：“那好，你觉得这个地方合你心意，我也感到十分高兴。但是从这里到塞瓦林德，你会发现很多更美丽的东西；到了塞瓦林德那边，你还会看到更有趣的事物。我们为去那里拐了一个很大的弯儿。尽管另一条路短一些，但是我们不能走那条路，因为它不能走马车，而只适于步行或骑马。这是由于有些山的关口太窄，马车无法通行之故。再说，那条路既没有我们走的这条路这样舒适，也没有河道之便。”

他接着又说："我们看到的那条向西流去的河，源头很远，水流平缓，而且很深。它绕过一个岛屿，塞瓦林德城就坐落在岛上。你刚刚开始进入这个美丽的地方。你在沿河两岸会看见满布城市和建筑物的风景如画的原野，而不是你离开塞瓦拉贡多以来看到的崇山峻岭和悬崖峭壁。当你接触到塞瓦林德的奇妙事物时，你准会承认，我是通过地狱把你们领到人间的天堂的。而你们的女人对地狱是多么胆战心惊啊！"看到塞尔莫达斯的情绪很好，我便大着胆子，就我所见但还不大理解的各种事情向他提了几个问题。第一个问题是：为什么我们所认识的几乎所有的人的名字后面都带着"阿斯"的音尾？他回答说，这个结尾是身份高贵的标志，只授予担任荣誉职务的人士。还有另一个高贵的标志，只授予太阳王总督。那就是他们的立法者塞瓦利阿斯这个名字的开头两个字。正像我从当时的太阳王总督的名字所看到的那样，人们称他塞瓦米那斯。塞尔莫达斯还告诉我，"塞瓦"两字也用来表示一些重要的地方，如山那边的整个国家叫作塞瓦兰，首府被命名为塞瓦林德。所有这些名字都是为纪念伟大的塞瓦利阿斯而取的。在他以前，这个地方叫斯特鲁卡兰，当地居民叫斯特鲁卡兰人。他又说道："你学会了我们的语言，你就可以读一读塞瓦利阿斯和他的继承者的历史。这样，你就可以理解我对你所说的这些事情了。你肯定会觉得这部历史非常有趣，而且充满卓越的榜样。"我还请他告诉我，塞瓦拉贡多附近的那座山是怎么凿通的，这项工程花了多少钱。他回答我说，只花了劳动力。他们的祖先干了十年，有四千个工人参加，轮班劳动，除了盛大节日外，日夜不离开工地。民众从这项工程获得很大好处，因为他们去斯波隆德时可以免绕大弯儿了。这是他们从事这项工程的主要动力。此外,自然条件也有利于这项工程的进行:他们在山下发现一个天然的长洞。他接着说道:“这项工程是艰巨的。但是没有什么人可能做到的事情我们的民族不能做。在我们这里,个人不拥有自己的东西,公家拥有一切,支配一切。人们完成一切伟大的事业,既不用黄金,也不花钱币。你将会看到比你已经见到的一切还要伟大的工程。我想你那时更会感到惊奇的。但是,一旦你了解了我们的制度(那是不困难的),你的惊讶便会消失。你只会赞赏伟大的塞瓦利阿斯的崇高的品德和无比的幸运。他是我们幸福的缔造者,是继上帝之后的我们的幸福之源。”他还告诉我好些有关塞瓦兰人的法律、风俗习惯的特点,我在这个故事的后面将会谈到。我感谢他好意地告诉我这些事情;我还请他说明一件事,这件事使我感到惊奇,可我不能够理解,即:他是在哪里学会说荷兰语的,为什么他们的习俗同欧洲民族的习俗没有多大差异。塞尔莫达斯回答说:“你在斯波鲁时就向我提过这个问题了。但是当时我对你还不够了解。此外,我不谈你想了解的关于我个人的事情也还有一些其他原因,因此我当时没有向你解释这件事,而现在我却很乐意告诉你。要知道,我曾去你们的大陆游历,在波斯住了几年;然后我取了波斯人的名字,化装成波斯人转到了印度。我曾见过莫卧儿大帝的宫廷,后从那里再到巴达维亚,还到了荷兰其他的殖民地。我在那里住了很久,学习了当地的语言。我在离开塞瓦林德之前,就已经会说一口流利的波斯语了,因为在塞瓦林德,人们公开教授这种语言。当时同我在一起的还有两个同事,他们都还健在,会很乐意跟你和你的手下人交谈的。当你们到达这座伟大的城市的时候,他们一定会

竭尽所能为你们效劳。他们同我一样，都住在那座城里。我并不像你们可能以为的那样住在斯波隆德，但是我常常到那里去。在卡尔希达和贝诺斯卡尔领着莫里斯一行人到达斯波隆德的时候，我恰巧也在那里，阿尔比科尔马斯便选我到你们的营地来找你们，以后又命令我领你们到塞瓦林德去。至于你注意到我们的风俗习惯和你们大陆上的民族的风俗习惯相似，以及我们这里的人会说外国语的问题，如果我对你说明，我们的第一位立法者塞瓦利阿斯出身于波斯的大贵族，而且游历过亚洲和欧洲的许多地方，那你就不会感到奇怪了。他从少年时代起，就跟一个名叫乔万尼的威尼斯家庭教师学习希腊语文和几乎所有的科学知识。乔万尼陪他到了此地，就在这里生儿育女。他死后子孙十分兴旺。乔万尼是塞瓦利阿斯各次游历中形影不离的同伴，也是他全部事业的忠实顾问，在确立他们认为是最佳的法律和风俗方面更是如此。为了这个目的，他们曾从古籍中，从当代著作中，并根据他们在游历中观察到的一切，以及按照他们本身的认识，研究出了各种法律和正常生活的准则，并在我们当中确立了下来。然而，即使是世界上最贤明、最有见识的人，他也不可能预见遥远的未来，而且任何单独的个人也不可能对一切事物都考虑得很周到，伟大的塞瓦利阿斯承认这个真理，于是他定下这么一条法律，就是允许他的继承者，甚至敦促他们在他死后制定一些他们认为必要的而且可增进民族福利和民族光荣的法令与法规。此外，他还叮嘱他们要维护淳朴的风俗，并吩咐他们不要同其他大陆上的民族来往，唯恐塞瓦兰人也染上其他民族的恶习。然而，在有恶习的人中间也常常会遇到在政治、科学或艺术方面表现出卓越才能的人，因而塞瓦利阿斯认为，为了避免他们的恶习而轻视其才能，忽视可能从中国人和欧洲大陆其他人民借鉴的好榜样以及出色的发明创造，那是没有好处的。因此他命令公开教授波斯语，并不时地把已能流利地讲波斯语的人派到波斯去。他们可以从波斯到其他国家旅行，考察那里的一切重大事物，以便从考察中吸取适宜于我们民族使用的有益的东西。自从立法以来，人们就遵循着这种做法，直到现在。就这样，我们通过派往亚洲和欧洲的人（他们是取了波斯人的名字，穿上波斯人的服装去的），不时了解到你们大陆最著名的国家里所发生的一切事情。我们熟习各国的语言，并从各国吸取科学上、艺术上和习俗上一切我们认为能增进我国幸福的知识。这就是为了满足你的要求和消除你的惊讶，我认为有必要向你说的几句话。”

谈完这番话以后，塞尔莫达斯告诉我，明天要领我们去参观军队，说这是一件很值得我们了解的事情。第二天，勃拉森达斯派人来通知我们，要我们做好准备随他到军营去。一会儿，他亲自来了，并领着我们同他一起去进早餐。他叫我派人把我想带在身边的军官找来，同我一道去参观军队；他还请我把人数告诉他，以便他下令为他们备好马或“邦德利斯”。他接着说，我不必为坐骑犯愁，因为已经准备好了一百多匹。如果需要的话，他还可以在一小时之内弄到三百多匹。

他说这番话时带有一点自豪的神气，这除了表明这个国家的富庶之外，还表明他对一切事物有处置之权。

的确，没有一个君主的权力能比得上这个国家各城市的总督所拥有的绝对权力。这些城市的一切公共财富和公益事业都归他们管理。他们的命令，只要符合既定的法律，都会准确无误地得到执行。

勃拉森达斯一谈完，我就派莫里斯去通知我的全体军官，他们很快都来了，并被领到另一个房间里吃早餐。随后，我们来到院子里，见到一辆由六匹大黑马拉着的马车，还有好几匹坐骑和同等数量的“邦德利斯”。“邦德利斯”是一种比鹿大而有力的动物，体形长得跟鹿差不多，但头部几乎和山羊相似。它的头上长着雪白透明的小角，双角之间有一大丛短而卷曲的黑毛，但是不长鬃毛。尾巴短小，长着浓毛，全身的毛短平贴身，闪闪发亮，像刷洗过的马匹那样。我们看到“邦德利斯”有各种不同的毛色。它吃的东西是由人提供的青草、干草、树叶、谷物以及各种块茎。它的蹄子近似于骡蹄，当地人也像我们钉马掌那样给它钉上蹄铁，可它远不如马那样迅速敏捷。它背上鞴有鞍子，头上套着笼头，但不用马嚼，而是用一块有齿的铁片穿在鼻孔上，牵动缰绳就会刺痛它，可使它立刻停下来，因为这种动物非常温驯，容易驾驭。

勃拉森达斯叫我、塞尔莫达斯和万德尼乘他的马车；而他的人员和我的人员则分别骑马或骑“邦德利斯”。就这样，我们全体人员一起沿着河流、顺着山势往营地进发。山势朝平原的方向渐低。我们在山脚见到了驻扎在一条溪流旁边的军队，溪水从山上流下来绕过营地，然后注入大河。我们到达营地时，士兵们正好开始列阵，他们动作神速，不到一小时工夫，全军已进入作战状态。队伍一字排开，可能有一万二千人的样子，不全是男子，因为三分之一是女兵。这些女子个个骁勇善战，我们看见她们全副武装，在操练中动作灵活优美，不逊于任何男子，甚至更为准确。这里既有步兵也有骑兵，全军骑兵占三分之一，骑兵中大部分是妇女。整支部队有三种人，分成三个部分，分驻三处营地，中间用栅栏隔开。已婚的男子和自己的妻子驻中营，未婚女子驻右营，青年男子驻左营。在处于临战状态时，他们照样保持这种序列。我已经说过，按照塞瓦兰人的法律，姑娘年满十八岁都必须出嫁，男子二十一岁必须娶妻。由此可见，部队的左翼[①]都是由青春焕发、正当妙龄的少女组成的。因此，我认为，不可能见到比这群可爱的青年更动人的场面了。女青年除了具有这个民族所特有的美貌之外，在使用武器方面还表现出非凡的灵巧，而且动作极其优美。她们是从七岁开始练习使用武器的。女骑兵都以“邦德利斯”为坐骑，只备短枪和佩剑。她们头戴配有羽毛的头盔，中有羽饰帽缨，显得英姿勃勃，容光焕发。她们身披用马口铁或白铜制成的轻便铠甲，自腰至膝，在衬裤的外面罩一条前后开衩的战裙，裙下露出穿着短统皮靴的双腿。皮靴仅及膝部。女步兵使用长矛或弓箭。她们比女骑兵更强壮，更结实，年龄甚至也略大一些。持长矛女兵的装束同女骑兵一样，只是不穿靴子，而且只配单枪而不是双枪；她们将手枪挂在佩剑上方的腰部。女弓箭手不戴头盔也不披护甲，但是头戴草绿色的军帽，身上的衣装也是绿色，那是一种箭衣。她们把箭衣撩起来，用腰带束起，露出衬裤和鞋子，它们也都是草绿色的。她们配备的武器是长弓，载满箭的箭袋，腰侧的佩剑，腰间的手枪，就像持矛女兵那样。女步兵和女骑兵各组成两个团。

男青年全骑高头大马。他们像欧洲骑兵一样，头戴铁盔，身披铁甲，也像我们的骑兵一样，配备火枪、手枪和马刀；他们穿的皮靴

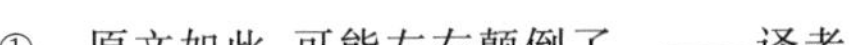

① 原文如此，可能左右颠倒了。——译者

和我们的也没有什么不同。有一个骑兵队配备了长矛和圆盾，这是专被用来冲垮敌人的骑兵或步兵的。他们用圆盾作掩护，以迅雷不及掩耳的冲击打乱敌人的队形。他们骑在最雄壮的马上，每名骑手的背后坐一名步兵，步兵只佩短剑和手枪。他可以轻巧地跳上骑手的坐骑后部，必要时也可以轻而易举地跃下马来。他们的步兵队伍包括长矛兵、持戟兵、火枪手；还有像女兵那样的弓箭手，装备上几乎没有什么不同。已婚的男女也分为步兵和骑兵，武器配备同未婚男女一样，但是可以从年龄上和衣服的颜色上看出他们的差别；男的全部骑马，女的都骑“邦德利斯”。每个丈夫都在自己妻子的身旁。步兵的情况也是这样。

每个团都有和我们的旗帜一样的团旗、军旗。战鼓、军号、定音鼓、小猎号、短笛、双簧管一齐奏出雄壮的军乐，哪怕是最怯懦的人，听了都会勇气大增。军队刚刚布好战阵，将军萨尔布隆塔斯在几名军官的陪同下，走过来见勃拉森达斯，向他敬了礼，又向塞尔莫达斯敬了礼。他们两人跟塞尔莫达斯交谈了一会儿，便都向我们这边走来。将军微微弯腰，向我们全体致敬，然后朝我走来，似乎要跟我说话。塞尔莫达斯示意我上前迎接他，我就这样做了。我向他敬了礼，将身弯到马鞍的前轿，因为当时我们坐车的人都下了马车骑上了马。他首先用西班牙语跟我说话，他说，他知道我是这些在斯波鲁海岸失事的外国人的首领。他已听说关于我们，特别是关于我个人的情况。他了解我是个军人。正因为这个原因，而且也由于塞尔莫达斯对我的称赞，他已对我怀有深深的敬意。他很高兴我来参观他们军队的战斗队形，向他谈谈我的想法。为此，他请我走在他的左侧，同时请勃拉森达斯和塞尔莫达斯排在他的右边。就这样,他领我们从阵线的一头走到另一头,给我们看了我已经谈到的那一切东西。他还告诉我,他曾在欧洲大陆游历了七八年,参观过欧洲和亚洲的各种军队。他们的大部分军纪是从那里学来的。

当将军从阵线的一头走回另一头的时候,所有队伍都向将军致敬。我们到了兵团的前面,这时有一个营猛然闪开,十尊大炮在此地齐发,向将军表示敬意;火枪也跟着齐鸣。随后,部队分为两半,形成两阵对峙之势,有如两支敌对军队一样。这时演习开始了,士兵们熟练地、激烈而又准确地进行假想的战斗。火枪射击只用火药;长矛、大戟、长枪仅仅轻轻相碰;男女弓箭手对空放箭。

我问萨尔布隆塔斯为什么他们还使用弓箭和长枪;这些东西在我们欧洲已被当作无用之物放弃不用了。他对我说道:“你们弃置这些东西不用,与其说是出于理智,倒不如说是出于心血来潮。因为,如果你们好好考虑这些东西的用处,你们就会效仿我们这里的做法,即使不全部保留,也会保留其中一部分的。我们使用弓箭,为的是战斗一开始就打乱敌人的骑兵队形,使用长枪,为的是在我们的弓箭手打散敌人后,最后击垮敌骑兵。打两发子弹的同时,射出十支箭,这些武器并不用以杀死马匹,而只使马匹受伤,将它激怒,从而令其无法保持队形。只要几匹马受伤,整个骑兵队伍就开始混乱,而这时我们的长枪就会建立奇功,把乱了一半的敌骑彻底摧垮。”

他还能就此向我谈了好些事情,他所说的道理令我十分佩服。操演一结束,就有人将三名青年带到两列队伍中间。这三个人因夜间去女营同自己的情人相会给逮住了。他们是在越过障碍物以后被捉住的。尽管人们想方设法要他们说出去会面的姑娘的名字，他们始终坚决不说，宁愿自己单独忍受军纪规定的对这种过失的处分，而不愿连累自己的情人。如果情人被查出来，她们也要受到同样的惩罚的。他们三人都被解除了武装，光着头，赤着足，就这样从两列队伍中间走过。骑兵或步兵中的所有姑娘都走出队伍，筑成一道长长的人墙，每人手执一支细长的冬青枝条。罪犯们必须在人墙的夹道中间通过，挨每个姑娘一鞭。她们只许打一下，不许多打。如果她们全都用力去打，那准会叫这三个可怜的情人受很大痛苦的。不过，大多数姑娘只是轻轻地打一下。可以看得很清楚，她们并不怎么愤怒，她们最初怒气冲冲的样子是装出来的。至于那些被控失职的军官，他们并没有受到处分，因为指控没有得到核实，而且他们已经诉诸塞瓦米那斯了。

这次体刑完毕后，萨尔布隆塔斯把我们领进营地，让我们参观他的漂亮的大营帐以及所有其他营帐，然后请我们到一座军帐中进午膳。军帐就设在他的营帐之旁。我们在营地一直待到黄昏，努力了解那里所遵循的良好制度，尤其是领略了塞瓦林德男女的盛情，欣赏了他们美丽可爱的容貌。傍晚，我们向萨尔布隆塔斯告别，他对我说，他在塞瓦林德会有更充裕的时间和我见面。我们离开那里回城，天黑之前便回到了城里。我们还有机会看到庆祝典礼的尾声，因为那天是月圆的盛典；每当月圆和新月之日，塞瓦兰全国都要庆祝一番。在这两天中，大家举行欢庆活动；一些人跳舞、角斗、赛跑、击剑和进行刀剑操练；另一些人进行各种益智游戏，从中显示自己的口才和在绘画、雕塑等方面的知识。在阿尔克罗普辛德也有一座与斯波隆德那座相类似的圆形剧场，只是规模小一点儿，而城市也没有那么大。这座城市总共只有四十八幢方形建筑物，不过城里住的居民比斯波隆德的居民长得要好看得多。

这时候，洪水差不多完全退去，河流已不像先前那么泛滥，我们决定第二天就离开。勃拉森达斯得知我们的意图，便叫人准备必要的船只将我们送往塞瓦林德去。我们清晨出发，顺流而下，穿过一片几乎完全平坦的开阔地带。我们看到一些漂亮的城市、乡镇以及在这一带好几处建造的方形建筑物。许多草地、田野、树林、河川装点着这一片土地，我们在这里无法一一加以描绘，只需指出这一点也就够了：我从来没有见过耕作如此优良、土地如此肥沃、景色如此优美的地方。傍晚，我们到达一座有八幢方形建筑物的小城，叫马宁德。我们就在那里过了一夜。第二天仍乘船继续我们的行程。我们从好几座漂亮的城市旁边经过，我们是站在甲板上观看这些城市的。我们当中有一个人看得出了神，不幸失足掉进河里，大家还来不及援救，他已经淹死了。下午四点钟，我们到达一座小岛的岬角处，小岛位于河的中央，河流在这里分成两股，小岛四面被河水围住。沿岛筑有很厚的高墙，全岛方圆将近十三里，差不多呈椭圆形。从把河水分开的岬角到两股河水汇合之处的岬角就是岛的长度。我们朝岛的东面驶去，下午六点钟左右，抵达一座大城市。我们见到一大群人出来看我们离船登岸。我们踏上了一座非常漂亮的码头，从这里被领着穿过几条更为漂亮的街道，到了一幢为我们准备好的方形建筑物内。几名官员代表塞瓦米那斯来看我们，对我们非常友好。他们告诉我们，过几天就会领我们去见塞瓦米那斯。

我们到达塞瓦林德后的九天中，一直等候着塞瓦米那斯接见

我们。在这段时间里，塞尔莫达斯总是和我们一道留在那幢供我们使用的方形建筑物中。这是一间新盖的楼房，我们住进去时，只有几名奴隶住在那里。他们是在我们到达前的几天被安排到这里来侍候我们的。我们受到非常盛情的款待；我们的向导很认真地告诉我们在同大家相处时，尤其在觐见太阳王总督时应有的举止态度。塞尔莫达斯是一个十分有教养的人，他待我们极为亲热，尽可能使我们开心，有时说些妙趣横生的话，有时让我们到各处溜达，而且总是让我们吃得好好的。他向我们介绍了他的妻妾和子女。他有十三个子女，都已长大成人并且都已结婚；这十三个子女由他的三个妻子所生，一个妻子已经去世，其他两个尚健在。至于卡尔希达和贝诺斯卡尔，我们已经知道他们住在湖中的岛上，一俟我们觐见塞瓦米那斯之后，他们便会回家去。

我们所住的那幢房子位于城市的一端，在河流的上游。我们从那里可望见长着茂密树木的田野，树木栽得井然有致，形成纵横交错、浓荫宜人的小道。我们经常和塞尔莫达斯以及城里的各方面知名人士到那里去散步，这些人是出于好奇心来看我们的。我们就这样打发着时间。到了第八天，塞尔莫达斯通知我们，明天就去拜谒太阳王总督和他的朝臣。次日清晨，有人很早就叫醒我们，并把我们领到设在屋里的浴室中，吩咐我们沐浴净身。他们给了我们白衬衣和多彩的绣花新衣。我的一身衣服最为豪华，可以看见织在丝织物中的银线，犹如欧洲织造的金丝银线锦缎。他们给我们每人一根绿色树枝拿在手中，并要我们像在斯波隆德那样成双成对地走。他们带着我们穿过几条笔直的长街，直向太阳宫走去。那一天，正逢全城自由民的节日，因此全部街道和所有的阳台都挤满了人,观看我们这一行人通过。我们就这样走了将近一个钟头,最后来到一处广场。我们看见太阳宫就建在广场的中央,全用白色大理石砌成,上饰各种建筑图案和多种彩色的雕像。这座宫殿同其他所有建筑物一样,也是方形的。正面宽达五百多步,周长两里,就一座房子而言,这已是大得出奇了。宫殿每面有十二扇门,这一面的门正对另一面的门,所以可从十二个不同的地方看到整个宫院。除了四面各有十二扇门之外,中间还有一道大门,十分宽敞,我们就从那儿进去。

一看到这座宏伟的宫殿,塞尔莫达斯就叫我们暂停一下,让我们有时间欣赏一下宫殿的华美外表。一切建筑格式都得到严格的遵循,令人赞叹。这座巨大的建筑物是那样富丽、那样雄伟,我从未见过任何与之相似的宫殿。要准确地描写这样的建筑物,得用整整好几本书的篇幅,而且只有艺术能手才能担当此任。我生怕自己不能胜任此事,担心读者感到厌烦,因此只好简单地这么说一下:在我看到过的所有描写性文章中,没有哪一篇使我产生这样的印象,即所写的美丽建筑物够得上我们在塞瓦林德亲眼见到的那般华美。我们看够了这座富丽堂皇的宫殿的外表以后,便被领着从两行武士中间通过,直向大门走去。武士们像斯波隆德的那样,穿一身蓝色长服。人们让我们在大门前面停了一会儿;大门两旁各有二百四十四根青铜或大理石的圆柱,上有好几种柱型,各种图案、雕像交织其间。我们从大门进入宽敞的宫院,宫院的四周是柱廊,由美丽的大理石柱子支撑,柱子异常高大,雕得千姿百态。院内的建筑主体为白色,同宫殿的外表一样。我们被带着从这个院子走进另一个全部用黑色大理石筑成的院子,院中有好几座雕像

并有不同颜色的美丽的叶饰点缀，嵌在建筑主体中，而我已经说过，那是用黑色大理石砌成的，十分光亮平滑。我们在这个院子里看见好些穿红色长衣的武士，像前面的武士那样，也分两行站着。

我们从黑色的院子又被领进用彩色大理石筑成的院子，此院以几种不同柱型的柱子和精美绝伦、异常雄伟的青铜像为装饰。我们从这里登上一道彩绘金饰的宽大楼梯，然后穿过一个美丽宽敞的大厅，再经过另一个更加华丽的大厅，最后来到一条长廊上。长廊两旁饰有男女雕像，精雕细刻，栩栩如生。我们由这条长廊再穿过一个大厅，便走进另一个铺着华贵地毯的大厅。我们遵命在这里暂停片刻，然后才走进另一座比我们前面见过的更宽敞、更豪华的大厅。大厅中香烟缭绕，各种乐器奏着悠扬悦耳的乐曲。我们站了一会儿，欣赏着这个华丽的地方。随后，大厅尽头处的帷幕被拉开，那里呈半圆形，同我们教堂的祭坛相似。我们就在那儿觐见塞瓦米那斯，他端坐在高高的象牙宝座上，身穿金丝织就的王袍。他头顶一个光轮或者说是戴着一顶镶嵌金刚石和其他宝石的光彩夺目的伞形冠。左右坐着两排元老议员，个个身穿紫袍，肩披金线织成的绶带。他们分坐在宝座两旁，每边十二名。还可以看见他们下面有另一排要人，共三十六名，同样穿戴，只是他们佩的绶带是用银线织成的。我们站了一会儿，惊奇地观察着这次隆重的集会场面。这时，站在正厅里紧靠围挡祭坛入口的低矮栅栏的人群中，有两个人走出来告诉塞尔莫达斯，请他领我们走上前去。我们趋前三步，深深地鞠了一躬，接着又遵命趋前三步，鞠了一个九十度的躬。随后，我们被领到栅栏前面，就在那里跪了下来，吻了三下地面。他们将我的手下人安排在我身后，万德尼和莫里斯

则分别跪在我的两旁。随后人们命令我们站立起来。塞尔莫达斯走近栅栏，向塞瓦米那斯禀告我们所发生的事情的全部经过。他挽着我的手，领我走近塞瓦米那斯，告诉他我是全体外国人的首领。这时塞瓦米那斯向我点了点头，并叫人传话说，太阳国欢迎我和我的手下人，而且他自己对我们过去的行为十分满意。他希望我们做得好上加好，要遵守本国的法律。这样，我们就能得到他的保护、关照，并会得到他们光荣的太阳王的垂顾。太阳王洞察一切，什么也瞒不过他。塞瓦米那斯勉励我们要永远按照塞尔莫达斯的嘱咐去做，还命令塞尔莫达斯要特别照顾我们。

说完这番话，他便让我们告辞。他仍留在宝座上，他的要员们也留在那里，一直等我们离开大厅为止。人们领着我们从另外的厅室、另外的廊道走出宫殿，没有走原来的路线。我们从正对着进来时的入口处的大门出去，保持原来的队形，穿过一些新街道回到住所。

我们在这里又住了十天，除了娱乐、到各处溜达、参观市容和市郊的名胜之外，没有什么其他事情可做。但终于有一天，塞尔莫达斯单独找了我、万德尼、德韦兹和莫里斯，对我们说，为了避免闲散可能给我们带来的坏处，我们和我们手下的人在休息了一段长时间之后，到了该做点工作的时候了。如果我们愿意听从他的意见，那么我们就来研究一下，看看每个人能做些什么，以便为每个人安排最合适的工作。他表示，他说这番话，绝不是因为不高兴看见我们的人活着不干事，也绝不是希望从他们的劳动中捞取什么，因为他们的劳动对养活着他们的国家有利，而是为了他们本人的好处和利益，并且也是因为担心他们的游手好闲会给塞瓦兰人作出坏榜样。而游手好闲是国家的根本法所禁止的。

我们立刻回答他说，我们巴不得每个人都有自己的工作，并且各种事情都像别人那样去做；不过我们请他原谅我们的无知，我们尚需进一步熟悉当地的习俗和法律。但是，他可以随意指挥我们，我们尽可能在一切事情上都听从他的吩咐。

“那好，”他说，“我们给你们大家工作做。你们不用太劳累，甚至也不用分开，只要你们愿意，你们仍旧可以和自己的妻子、儿女在一起，保持你们自己原来的制度。”于是他又转身向我，对我说道，我如此出色地指挥过我的手下人，要是剥夺我的领导权，那是不公正的。塞瓦米那斯为了让我继续领导下去，封我为奥斯马齐长，即管理我们所住的那幢“奥斯马齐”，也就是方形建筑物的长官。我可以从我的手下人中挑选我认为合意的军官协助我担任这项新的管理职务。他又补充说，他会把这个国家中的习俗和法律教给我们；而且我们由于无知而犯过失是不难得到宽恕的。但是，为了使我们能在国内生活得更愉快并能和大家交谈起见，他建议我们学习本地的语言；我们将会感到那是不难学会的，因为这种语言条理清楚，十分规范。为此，他会给我们请一些教师，教师将于每天的一定时间给我们上课。为了让我们有更多的时间来学习语言，他吩咐我们头几年每天只劳动六小时，虽然当地居民每天是要劳动八个小时的。他还告诉我们，一年当中有许多节日，节日里将为公众举办各种表演和游艺活动。由于劳动和许多休养身心的游戏娱乐活动结合起来，劳动就不成为令人厌烦的事情了。

他离开以后，我们就对我们的人作了一番了解，发现其中有一些人能做各种手艺活儿，他们是在欧洲学会的。其他人都是海员，

但身强力壮，可以从事搬运工作或犁地。我们把情况告诉了塞尔莫达斯。他对我们说，我们附近的一幢新“奥斯马齐”即将破土奠基，我们大家都会有工作做；不过，我们要把人员分成十二个人一小队，每小队设队长一人，以便指挥和带领他们劳动。我们还要注意把内部事务安排好，而不必为伙食、衣着和必要的劳动工具感到忧虑，因为这些东西只要我们需要就都可以向我们提供。为了一切事情我们都能按照这个国家的规矩去做，他向我们介绍了其他奥斯马齐的管理模式。按照这种模式，我任命万德尼和德韦兹为我的副手，即副奥斯马齐长，把其他人分成十二个人一小队，给每个小队设一名小队长。至于厨务和其他庶务，我们无法为此操心，因为我们不懂得当地语言和习俗，难于做好这些事。为此，塞尔莫达斯派来了一个塞瓦兰人，名叫法利斯塔，他主持整个内务，指挥我们属下的奴隶。

我们把事情做了这样一番安排之后，便开始建造塞尔莫达斯对我们说过的那幢奥斯马齐。第一次去那里时，是我带领全体人员去的。总建筑师在那里迎接了我们，他名叫波斯泰尔巴斯，塞尔莫达斯把他介绍给了我们。总建筑师分派我的手下人做各种工作，或搬运，或滚石，或干其他这类性质的活儿。我们每天都按规定的时间去劳动。至于我自己，只是我想去的时候才去。我每天派一名副官前往，他在那里察看手下人的劳动情况并对他们作指示。我自己通常每五天去一次工地，给他们作个榜样。

在此期间，我致力于学习当地的语言。正如塞尔莫达斯对我说的那样，我觉得这种语言相当容易，三四个月以后，我便掌握了全部基本的东西，一年之后，我已经说得相当不错了。我们有几个人也学习这种语言，可是大多数进步不大，虽然他们都学了一点儿，用来应付必要的日常生活交际事务。我们全都有了妻子，她们大多数都生了小孩子。我被准许有三个妻子，我的副官每人可以有两个。

在这些日子里，我克服了学习当地语言的第一道难关之后，便在短时间内取得了巨大的进步。这样，三年后我说这种语言就几乎同说母语一样好了。这大大方便了我与塞瓦兰人的交往和考察他们的风俗习惯。他们同我们一样，也有印刷的书籍，虽然数量没有那么多；但是他们所有的书籍质量都很高，因为粗制滥造的书他们根本不予保留。我读了几本有关哲学、数学、修辞学、历史以及其他方面的书籍，但是我主要用心阅读这些民族的历史，以及斯特鲁卡兰人第一个立法者塞瓦利阿斯的即位史。塞瓦利阿斯到这里之前，当地的居民就叫做斯特鲁卡兰人。我还用心阅读他们的法律，熟悉他们的宗教和习俗。关于这些，我会尽可能在这个故事的后半部分加以描述。我首先将从塞瓦利阿斯的历史说起。在他之前，这里的所有民族都是野蛮的、未开化的，就如同今天他们邻近的所有南方人一样，我想，甚至整个这块大陆也还是如此。关于这位伟人，人们已经写了许多，这里我只谈一谈与他的即位最有关系的事情，或是最能令人看清楚他以什么方式达到如此高的智慧和德行的那些事情。他在到达南方大陆之前，就已达到这样的高度了。无疑，家庭的不幸、痛苦的遭遇以及他的游历都有助于此。在那些生活一向优裕、从未经受命运的严峻考验和播弄、也未尝过人间邪恶之苦的人当中，是很少见到什么人有许多通晓世事的学问的。塞瓦利阿斯天分很高，他受到非常良好的教育，而且他所受的

教育跟他本国所实行的教育大不相同。他经受的痛苦和他的游历都大大促进了他的智力发展。他借助这一切优越条件，达到了如此高度的智慧，而且在命运把他推上去的舞台上表现得如此出色。这一切都是不足为奇的。

至于以他的名字命名的塞瓦林德城，可以说是世界上最美丽的城市；不论就它的位置和周围的肥沃土地而论，还是从气候宜人、空气清新、城市建筑严整雄伟、城内所见的良好管理来看，都是如此。

城市建在方圆近三十里的岛上。该岛位于大河之中，有几条河流注入这条大河。岛的四周筑有一道厚墙，全岛森严壁垒，因此即使世界上最强大的军队，如果得不到岛上居民的允许，要想登陆，那也几乎是不可能的事。这里土地肥沃，盛产各种甜美水果。大河之外方圆二十里的地方也都是极其富饶的土地。该岛大约位于南纬四十二度，因此空气异常新鲜，气候良好。

城市建在岛的中央，呈四方形。除了位于市中心的宫殿之外，共有二百六十七幢奥斯马齐，即方形建筑物，全都住满了居民。每个奥斯马齐住一千人，极为舒适。它的正面有五十步宽，四边各有四扇互相对开的大门，中有一座大院子，草木青葱。围墙用大理石或白色石块砌成，石头被磨得十分光滑。房子全都有五层高。

所有街道都格外笔直、开阔；街道上可看到用铁柱支撑的宽大骑楼。在骑楼下走路，可免受日晒雨淋。所有的骑楼都装饰着盛满土的花盆，盆里种着各种奇花异草，犹如在窗台上开辟了小花园一般。奥斯马齐内的庭院四周也有这样的骑楼和小花园，院中设有青翠的花坛，花坛中间是一片水池，喷水柱就在水池和房子的中央。水池的水来自屋顶的蓄水装置，把水抽上去也为的是必要时用以灭火。通过各处为此设置的各种管道，水被引进各个浴室、厨房和全部住宅，最后流入花坛的水池中。城中的街道可以随意用水清洗，如果喜欢的话还可以放上三尺深的水。在这种地势高而且毫无沼泽的地方，这种情况是不多见的。奥斯马齐的屋顶可以行人，可在上面兜圈子，正如让水在周围流转那样。在盛夏的炎热时节，街道上张着与房顶一样高的布篷，使得街道清新、凉快，行人免受骄阳的暴晒，因而这里几乎感受不到炎热的不适。庭院里也是这样，为此墙上都装有滑轮，系在帐篷上的绳子就是从滑轮通过的。用这种方法将帐篷吊高，以防止阳光直射墙上，将墙壁晒热。有了这一切方便的设备，即使全国夏天非常炎热，在塞瓦林德城里也不会感到不舒服。我可以说，我在欧洲无论什么地方度暑，都比不上在这个城市里那样舒适。这里处处有流水、树荫、鲜花和青草。

城市的主要点缀物有宫殿、太阳神殿、圆形剧场和位于岛屿一端的水池。由于全岛都用厚墙围起来，人们很容易将整个岛看作是一个城市。

正像塞瓦林德位于这个岛的中央那样，该岛也差不多处在这个国家所属土地的中心处；因为这里的人遵循这样的原则：随着人口的增加，才逐步向首都的郊外扩展。不错，从大海到塞瓦林德以下的最后的奥斯马齐，沿河差不多有一百五十里的地方，大部分都住着塞瓦兰人，几乎在一条线上。但是在岛的两旁二十里外的地方就只见大森林，林中出没狮子、老虎、“埃尔格朗特”、梅花鹿、“邦德利斯”以及其他野兽。在首都两侧五十里左右的地方，还有在更远的奔流入海的大河两侧，那些森林都属于塞瓦兰人所有。上通塞瓦兰的第一座城市塞瓦拉贡多有四十里，它位于从斯波隆德来的山上。山那边的整个海岸地区曾住过普列斯塔兰人，现在仅有湖中的小岛有人居住，因为那里处于从斯波隆德去塞瓦林德的路上，莫里斯和他的伙伴就是在那儿被扣留的。其所以如此，那是因为塞瓦利阿斯把所有那些散落在林中依靠打猎、采集野果、野菜为生的居民都会聚在一起，教他们按我们大陆的方式耕种土地。他们不需要占有很多土地，因为从一亩精耕细作的土地上所得的收获比起他们按原来方式耕作的五十亩土地还多。因此，他们开始时集中在塞瓦林德周围定居，后来才逐渐发展到沿河二十里开外的周围地区，以及城市下方南面靠海三十里左右的地方；因为那里有江河之便，所以他们都乐意在那里定居而不愿意上别处去。他们经常开发新的移民地，因为人口在急剧增加。现在全国已有将近五千个奥斯马齐，集中在城市或乡镇，或三三两两地分散在全国各地，但也可见到孤零零一个的。

正如我曾提到的那样，所有耕作的土地，因土壤肥沃和居民的精湛技巧，都获得了大丰收。居民都不愿意他们住所周围的土地荒芜。他们毫不吝惜自己的精神和体力，把最贫瘠的土地特别是塞瓦林德郊区的土地开垦为良田。为此，他们开凿各种穿越平原的运河，灌溉各处不毛之地；他们还开凿另一些运河，用以排干沼泽中的积水。在塞瓦林德附近有两处地方，他们这方面的劳动和工艺成就在那里显得尤为出色。

其中一处离塞瓦林德城三里路，在城市的下方，亦在该城所在的岛上。在这里可看到优美的牧场和树木繁茂的林荫道。

这个现今如此美丽的地方,在塞瓦利阿斯到达之前,不过是个满地污泥、臭气熏天、芦苇丛生的沼泽地。但是他们在这里开凿运河并运来大量的泥土,从而使这里变成了一块异常肥沃、景色格外优美的地方。

另一处位于大河的那一边、城西六七里的地方。那里原是一片沙土平原,寸草不生。但是经过开凿运河引进河水,并采用溶化沙土、施加肥料使之变为良田的方法,塞瓦兰人竟把这片平原改造成为世界上最美丽、最肥沃的地方之一。最令人惊异的是,他们用自己的方法几乎毫不费力地使之溶化并变成肥沃的沙土,不但不因频繁的收获而贫瘠下去,反而愈来愈变得肥沃、富饶了。我们欧洲有无数的沙质土地,派不上任何用场。如果掌握这种发明,是可以使之变得十分肥沃、非常有用的。我觉得这种发明如此奇妙,在我未弄清其秘密之前,我心中一直不快。我已经学会了当地的语言,这一点对我来说也并不十分困难,因为塞瓦兰人不受任何吝啬左右,他们随着国家的富裕而富裕,不必对这样的发明保守秘密。如果我有朝一日到达欧洲,我希望在那里公布这项发明,并希望能找到明智而又相当强有力的人物愿意从事这样的事业。这种事业开支不大,而收获肯定十分可观,对公众和对个人都十分有好处。

在对我们到达塞瓦林德城所得的印象作了简要描述之后,我以为该是谈谈塞瓦兰人的法律和习俗的历史的时候了。我首先要从塞瓦利阿斯的生平开始,我在塞瓦兰居住的数年中常常有机会读到有关他的书,并且注意到关于他生平的最杰出的事迹。然后,我再转而描述他的几位继承者的生平。

第 三 章

塞瓦兰人的立法者、第一任太阳王总督塞瓦利阿斯的历史以及他的继承者们的历史

如果我在这里把人们所写的有关这位伟人生平的一切材料都加以引述，那么我的叙述就会很冗长。他的英明举动、他的惊人业绩够写成好几本书的了。我要选择的，仅仅是这个幸福民族的历史中最突出、最基本的材料。这个民族认为，他们的全部幸福都应归功于那位无与伦比的立法者的关怀和他的贤明。按民族和远祖来说，他是个波斯人，因为他出身于祆教徒；在波斯，现在还可以见到许多这样的家族。人们用祆教徒的名字将其区别于侵占这个古老王国的鞑靼人。这些祆教徒，是真正的土生土长的居民，还保留着他们祖先的许多习俗，崇拜太阳和火便是其中的主要习俗。他们不像苏非派[①]以及其他人那样信奉伊斯兰教。由此可见，出身于祆教徒的塞瓦利阿斯从小就受到父辈信奉的宗教的熏陶。他在本国时的名字叫塞瓦利斯·昂巴尔塞斯。他是一位名叫阿列斯当-霍塞尔·昂巴尔塞斯的贵族的长子。这个贵族是本教的太阳

① 苏非派，系七世纪末期建立的伊斯兰教的神秘主义派别。——译者

神的大祭司。塞瓦利斯出生和居住的地方离波斯湾沿岸一带不远。尽管有鞑靼人的迫害，这个家族却在历次战争中武功显赫，从而保存了下来。到了阿列斯当的时代，由于心怀忌妒的有权有势的敌人使用阴谋诡计，这个家族才失去往昔的荣耀，衰落下去。

塞瓦兰人是以“迪尔涅米斯”计时的，每个“迪尔涅米斯”相当于七个太阳公转的时间。如果把这种算法换成我们的历法来计算，塞瓦利斯应生于1395年。三十二年以后，即1427年，他第一次在南方大陆登陆。就在这一年，这里的民族进入他们生活的重要时代。

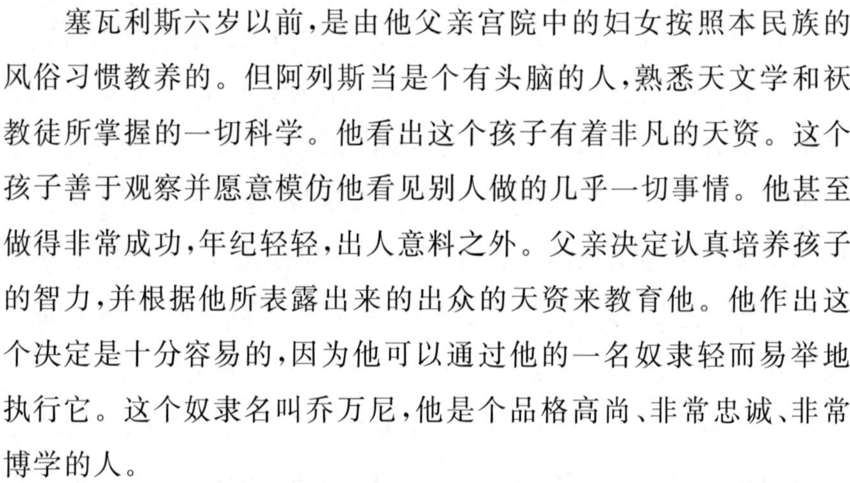

塞瓦利斯六岁以前，是由他父亲宫院中的妇女按照本民族的风俗习惯教养的。但阿列斯当是个有头脑的人，熟悉天文学和袄教徒所掌握的一切科学。他看出这个孩子有着非凡的天资。这个孩子善于观察并愿意模仿他看见别人做的几乎一切事情。他甚至做得非常成功，年纪轻轻，出人意料之外。父亲决定认真培养孩子的智力，并根据他所表露出来的出众的天资来教育他。他作出这个决定是十分容易的，因为他可以通过他的一名奴隶轻而易举地执行它。这个奴隶名叫乔万尼，他是个品格高尚、非常忠诚、非常博学的人。

乔万尼是威尼斯人，信奉基督教。他受命教育阿列斯当的儿子之前，为阿列斯当效劳已经有三四年了。在这之前，他曾被海盗掳获，随后又被卖给一帮商人，而商人又将他转卖给这位太阳神大祭司。乔万尼天资聪敏，心地善良。他从童年时代起就受到文学的熏陶，因此他在遭逢不幸、失去自由之前就已掌握相当的学识。他最初的几个主人，都是不学无术的粗人，没有留心他的长处。但是，我已经说过，阿列斯当是个有识之士，很快就认识到自己的奴隶的长处并且对他倍加爱护，给以人道的待遇，这使得他宁愿一心一意地为这样好心肠的主人服务，也不愿意选择自由。主人虽然很想留他在家里教育自己的孩子，但也经常提出要恢复他的自由。当塞瓦利斯长到七岁时，乔万尼便开始负责教育他的工作。阿列斯当将一个家庭教师应有的全部权力都交给了他，并吩咐他不仅要教孩子掌握科学、艺术，而且要培养孩子的品德。品德不好而空有才智的人不仅无用，而且还非常危险。他再次向乔万尼表示了他一贯待他的厚意，以及经常向他表露的敬重和关怀。末了，他对乔万尼说道，作为他对他的敬重和信任的最新证据，就是将自己的儿子——他的宝中之宝，委托给他进行明智的教导。乔万尼以极大的敬意接受了主人的厚意隆情，专心致志地教育年轻的塞瓦利斯，并为他服务。这样，不到几年的工夫，他的学生便在文学学习、体育锻炼，尤其是品德修养方面取得了非凡的进步。不错，他教的是一个很有天分的学生，因为小主人除了显露出天赋的温顺和诚实以外，很快就表现出头脑活跃、思维深刻、富于识别力并有很强的记忆力，这些优点集于一身是很罕见的。乔万尼善于培养学生具有这种出众的才能，所以塞瓦利斯十六岁就已精通意大利语，拉丁文和希腊文也掌握得相当好，并已阅读用这些文字写的最能磨炼他的意志、最能坚定他热爱正义和美德的书籍。除了这些优秀品质而外，他还具备一个有教养的人应有的体格。他长得非常英俊，身材魁梧，面貌秀美，外表和善而端庄，所有见到他的人既爱他又敬他。他身体健康，体格强壮、刚劲，充满活力而又十分灵巧，因此他在自己所学的一切锻炼项目中都取得了优异的成绩。

他的出众的资质使他得到双亲的宠爱，受到祆教徒的赞赏，成为他们的希望所在，但也成为他家族的敌人忌妒的对象。由于他家族的长期兴旺发达，已经给他的父亲招来了许多妒忌者。如果阿列斯当不是凭自己的机智和老练粉碎了许多孕育中的阴谋诡计的话，忌妒他的人还会更多。他的幸运引起某些人的嫉恨，他们便玩弄各种诡计去反对他。可是，不管阿列斯当怎样机智和稳重，也阻止不了他邻近的一个贵族，借口他们某些共同的利益纠葛，对他进行多次侮辱。再加上一些新的因素，他们之间的仇恨日深，双方终于公开宣战。阿列斯当的敌人设下各种陷阱，企图置他于死地，但是没有一次得逞。

敌人虽然屡次失算，但是并不就此罢休，而是继续给他布置新的陷阱。有一天，敌人亲自带领大批武士到阿列斯当父子打猎的树林中去伏击他们。

幸而，一位祆教徒贵族——阿列斯当家族的一个朋友，那天虽然未被邀请，却也来到林中和他们会合了。他随身带了许多人，这就大大加强了阿列斯当的力量。否则，他就很有可能被数量上占优势的敌人所压垮。阿列斯当到达树林一小时后，敌人就向他和他的随行人员发起冲击。他们并没有料到阿列斯当带了这么多的卫队。不过他们数量上毕竟占了压倒的优势，而且经过了长时期的准备，因此一开始就把阿列斯当的人马冲散了。如果不是年轻的塞瓦利斯赶到，敌人还会挺进得更远。塞瓦利斯眼看父亲陷于明显的危险境地，便带了自己的导师和两名仆人，以异常的勇气和灵巧，策马冲进敌人的重围，手刃了敌人的首领。首领的毙命，青年公子的勇武，使这些杀人的匪徒惊恐万状。于是阿列斯当迅速集合自己的人马来援助儿子，不用花多大力气便把那些得以逃过他的正义惩戒的敌人打得纷纷溃退。

但是胜利带来的欢乐并没有维持多久。当他一旦考虑到胜利可能给他本人与他的家族带来的祸害时，欢乐立刻变成了忧愁。他的敌人固然死了，但仇恨并没有消除。敌人在苏非宫廷和在国内还有一些有势力的朋友，显然他们会不遗余力地搞垮阿列斯当父子的。这些人全都是伊斯兰教徒，因此要迫害一个年轻王子是轻而易举的事。而对于那个受迫害的宗教，对于那个受制于残暴的胜利者的法律的民族来说，塞瓦利斯确实是太重要了。

出于所有这种种考虑，特别是由于担心会失去比自己的生命还要宝贵的儿子，阿列斯当决定打发塞瓦利斯远走高飞，以免遭受敌人的报复。他毫不迟疑地把儿子和乔万尼召到自己的工作室。他向他们详细地说明他的事业的可悲处境以及正在威胁着他们的危险，然后对乔万尼说：他的儿子接受了他的教育，除了父亲以外，他儿子一定认为他是世界上最值得尊敬和感激的人。因此，他自然可以指望他比别人更热心，更忠诚。乔万尼到家里已经十三四年了，他充分表现出了他的热忱和审慎，如果对他还不完全信任的话，那便是违反理性和正义的了。既然他一直教导着自己的儿子，那么儿子在余下的青春时光继续受到他的关怀，那是很应当的。总之，将两人联结在一起的关系是如此之牢固，任何东西都不可能将这种关系打断或削弱。

阿列斯当说道："忠诚的乔万尼，你一直培养着这棵幼苗，而正当它要开花结果、不辜负我们的希望的时候，如果你不把它从危险中拯救出来，那就等于你什么都不曾做过一样。我现在把它作为

一件圣物交到你的手中,我会要你负责报告情况的,我请你像爱护自己的眼睛那样爱护这棵幼苗。逃离这个以不义压迫无辜的不幸的地方吧,领着我的儿子到欧亚各国去吧!你们两人会在那里安全地过活,还会结识一些有教养的人的。我已命人去为你们的旅行准备一切必需的东西。我只迫不及待地等待着你们出发时刻的到来。”

这一番意外的话使年轻的塞瓦利斯十分惊讶。他不愿意离开自己的父亲,而宁愿和父亲一起分担全部的危险和苦难,不幸的命运可能会使他父亲遭受这一切。但不管儿子如何请求都没有用,阿列斯当要他服从,他一心希望儿子躲过这场威胁着他的风暴。

这样,塞瓦利斯便和他的导师悄悄离开家门,身边只带了一名在潜逃中为他们服务的仆人。他们穿过了好几个省份,敌人却还不知道他们已经出走。

与此同时,阿列斯当安排了自己的家务,离开本国一段时间,隐居了起来,直到敌人毁了他的家园,破坏了他没来得及掩蔽的全部物品,稍稍息怒为止。最后,经过了三年的流亡生活,他终于和敌人取得妥协,花了几笔钱,恢复了自己的产业和爵位。这时,他全副心思都转到儿子身上去了。他派出一名忠实的使者到大帝[①]的宫廷去找他,儿子游历了亚洲大部分地方以后,曾在那儿停留过。可是,当使者到了那里时,人们让他去打听的那些人都告诉他说,塞瓦利斯已带着自己的人赴欧洲考察去了。他们离开亚洲已有六个月之久,大家还未接到有关他们的任何消息。使者得到这

① 这里可能指莫卧儿大帝。——译者

个答复，并且眼看不可能在亚洲找到他，便决定上欧洲去找，尤其是要去威尼斯，因为那儿是乔万尼的故乡。为此，他便往意大利去，仔细打听他要寻找的人。可是经过长时间的徒劳寻找以后，使者最后只好回到波斯，去向主人报告这次毫无所获的旅行。

阿列斯当得知这伤心的消息，深受打击。他以为儿子已经死了，于是悲伤不已，以至于使者回来三个月以后，这位伤心的父亲终因悲痛过度而去世。他把自己的财产和爵位都留给了比塞瓦利斯小四岁的次子。

现在让我们回过头来叙述年轻王子塞瓦利斯吧。苍天保佑了他，让他日后从事伟大的事业。为此，上帝还使他避过了无数的凶险。他离开皇帝的宫廷去意大利游览，上了一条开往威尼斯——他的导师乔万尼的故乡的海船。他们不幸被海盗掳去，海盗们分赃的时候，把他们师生给分开了。尽管他们多方请求，并且答应如果不把他俩拆散，愿出重价赎身，直到令他们满意为止，但都无济于事。乔万尼被带回亚洲，塞瓦利斯则被送到那不勒斯，交给该城市一个与海盗坐地分赃的商人。他在商人那里住了不久；他的长处受到一名贵族老爷的赏识，贵族老爷把他买下，要献给一个将要回国去的年轻的西西里贵族公子。这位老爷很关心年轻公子的教育，因为公子是他的近亲，而又父母双亡。贵族老爷亲自检查了塞瓦利斯的科学知识和语言知识，并且承认，就他这样的年纪来说，的确学识非凡，而除此之外，他还具有无与伦比的才华和超人的坚实智慧。这些优秀品质博得了这位那不勒斯贵族老爷的尊敬和好感，他表现得非常宽宏大量：他将塞瓦利斯交给年轻的公子，条件是只要他服务三年就可以重新获得自由。于是，塞瓦利斯便跟着

他的新主人往西西里去。他头两年以极大的热忱和忠诚为主人效劳，如果不是一个他瞧不起的女人给他招来麻烦，他满可以服务到所规定的期限的。这件事几乎把他毁了，他费了很大的力气才得以摆脱。

这个女人无中生有地诬蔑他企图对她有非礼之举，并且暗地里告知自己的丈夫。丈夫对她的控告信以为真，决心要洗雪这种侮辱。但是，塞瓦利斯在经受了许多迫害和折磨之后，他的清白终于战胜了敌人的阴谋诡计。事情真相大白，敌人得到的只是耻辱，因为他们企图迫害一个远离祖国、失去亲人和朋友的异邦人。不过，不管塞瓦利斯如何清白无辜，如果不是买下他的那位贵族得悉他所受的苦痛和迫害，全力去支持他，他是不易摆脱这种困境的。那位贵族让他比原定时间提前一年恢复自由，而且格外仁慈，还给了他一笔盘缠，以帮助他回家。

就这样，我们这个获得自由的年轻人离开了西西里，急急忙忙转往意大利，直奔威尼斯，希望能打听到自己的导师的消息。可是一切努力都落空了。他便从威尼斯出发跑遍了差不多整个意大利，参观了当时最著名的景物。然后，他仍回到大帝的宫廷，在那里，他有朋友，也有钱留着。

他到那里以后便得悉，他亲爱的乔万尼导师被掳到埃及为奴了。于是，他只好立即赶到埃及去搭救导师以便跟他一起回波斯去。他真的把导师救出来了，而且这次旅行要比上一次顺利。但是结束的时候却十分悲痛：因为他刚到达可以打听父亲的消息的地方，便得知父亲已去世的噩耗。父亲的意外死亡使他悲痛欲绝，促使他作出了长期不回家去的决定。于是，他对乔万尼说，他已游览了希腊、意大利和西亚大部分地方,他还想游历东亚,并想一直到印度去。为此,他请乔万尼去找他的弟弟,把他的意图告诉他,以便从弟弟那里取得旅行所需要的一切。乔万尼按照他的命令去做了。以后师生两人又在约定的城市会面,然后到了印度,复又转到日本诸岛,最后到达了中华帝国。他们在这些国家中有着各种奇妙的经历。塞瓦利斯不止一次有机会表现出他的英雄气概,而且他的才智也大大增长了,今天在塞瓦兰人身上还可以看到这方面的效果。他在东方游历的时间同在西方游历的时间一样长。后来他便回到了家乡,原想闲逸舒适地度过余生,想不到天意所定,要他日后执行上天的伟大意图。上天让他生来就具备这么多的优良品质并通过许多磨难和挫折来培养他的心灵,唯一的目的就是把他造就成历史上最公正的法律的创始人,并成为世界上最幸运的民族的幸福的缔造者。

塞瓦利斯回到故乡以后,不仅继承了父亲的财产,而且接受了太阳神大祭司的职务,这个职务在他家是世袭的。在他离开期间,他的弟弟履行了这一职责,他一回来便把这个职位交回给他。这是当时的祆教徒中最崇高的职务,担任此职的人像君主一样受到尊敬。任职者的威望是不可动摇的,因为人民自愿服从,而且出于宗教的原因也认为应当这样做。崇高的职位不仅使任职的人光荣,而且如果他们品质卓越的话,还会给职位带来新的荣耀。塞瓦利斯的品德、才能卓绝过人,将大祭司的职务提高到一个不同寻常的光辉、庄严的高度。他所受的良好教育、他的长期游历和所经历的苦难,都大大提高了他那天赋的智慧,并赋予他在东方人中不常见的优点。由于这些优点,加上他出身高贵、职位显赫、家资雄厚,他很快便在袄教徒中博得贤明、智哲的好名声，他赢得的尊敬大大超过他的前任。人们从各地跑来请他解决最疑难的问题，而他发表的意见，作出的断判，都那么明智而公正，因而无人表示不满意。

他回到故乡两三年以后，有一个船主和一名商人发生了一起重大纠纷，需要由他来裁决。

商人申诉说，他曾经雇用了一些水手，要他们将货物运往印度，然后再从印度运回其他物品。但是这些水手没有很好地完成任务。他还说，他们耗费了他的大笔金钱，消费了他大量食物，结果却没有走完全部旅程就回来了，还给他摆出一些随意生造的、纯属子虚乌有的理由，想借此来侵占他的财物。

与商人所诉相反，水手们就这一指控为自己辩解，一口咬定说：他们受到风暴的袭击，被迫向南方的海洋驶去；在海洋的另一边，他们发现了一块住人的陆地。他们不得不在那儿住了七八个月，然后才得以返回。他们在那块陌生陆地停留期间，只好卖掉一些货物以维持生活，并购置一些回来时所需要的物品。

塞瓦利斯一听到在当时以为只有一片大海的南方新发现了陆地的消息，便向水手们特别仔细地询问了这件如此惊人的新鲜事，了解到的确是暴风雨把他们吹到南方的一处陆地上了。他向水手们提出各种问题，询问他们在这块新大陆上所见到的一切。水手们作了如下回答：

他们看见了身材异于常人的男女，这些人体格都很匀称，为人极为和气，也极易相处。他们在那里逗留期间，在贫困中得到了当地人提供的一切生活必需品。人们既没有损害他们的财产，也没有伤害他们的人身。那里的人民住在茅屋草舍里，赤身露体，只遮盖着不可见人的部分。妇女虽然不加装饰,但都十分漂亮。有人给他们提供了一些相当可爱的女子,也提供了食物和住所。那里男子使用的武器只有弓箭和大棒,他们的箭法甚准。打猎是他们的日常活动。这个地方非常好,气候宜人。如果不是山后一个邻邦的居民对他们残酷开战,破坏他们的安宁日子,他们满可以按照自己的方式生活得很幸福。

水手们接着又说,他们了解到,战争是由于宗教纠纷而引起的。他们都是太阳神的崇拜者,山后的居民在膜拜太阳神方面进行了改革,而山前的民族却不愿意接受这种革新,也不赞成其他人在膜拜伟大太阳神方面所加进去的迷信仪式,于是山后的居民便对他们开战了。

听了水手们异口同声的证词,塞瓦利斯确信,他们的叙述不管怎样令人惊奇,然而是真实可靠的。于是,他动了好奇心,想亲自去看看这个新大陆。为此,他对水手们施以恩惠,许下诺言,把他们雇用下来为他服务。为了使商人撤回控告,他给水手们一笔钱赔偿了商人的损失。随后,他大力着手准备旅行所需要的一切。最后,他置办了两条大船,连水手们的那条船也租了下来。不久以后,他便在水手们的带领下出发了。他还随身带了一大批士兵,这些士兵是他从袄教徒当中挑选出来的,他们都愿意和他同呼吸共命运。他们一行人在海上航行了很久,多次遇上暴风雨,后来终于到达了这个新发现的国度。他本人在登陆之前,先派几个当地话说得最好的水手上了岸。他吩咐水手们通知这里的人民,说他是太阳神的忠实使者,是代表几位真正的膜拜者向伟大的太阳神呈献祭礼的。他已经到达他们的海岸,虽然手下的士兵不多,但是拥有充足的力量保护他们自己不受任何敌人的侵害。他的士兵以天雷为武器,能够打垮数量众多的敌人。

的确,他已经预料到,借助他认真配备的大炮和其他火器,肯定是可以在这些未开化的民族中造成恐怖气氛的。因为他们不懂得这些武器的用途,甚至从未听说过。正是有鉴于此,他才按自己船只的数量和吨位尽可能多地装载武器,虽然为了取得这些武器他曾花了很大的力气,因为当时使用这些武器在波斯也是不多的。但是他同中华帝国有着相当密切的联系,大炮的发明在中国为时已久,可在别的地方这还是一件新鲜事儿,他便命人从中国运来了大炮。

这时,他派上岸去的、当地人已经认识的那些人员,很快就执行了他的指示。当地人研究了他们的建议,觉得极为有利,可以采纳。就这样,袄教徒抵达海岸三天之后,当地民族的各位酋长便率领大批带有弓箭和大棒的武装人员来到岸边,同时运来最好的食物和最佳的水果献给了塞瓦利斯,并请他上岸。塞瓦利斯把几名首领接到船上,让他们看看船的容量和制造工艺。他待他们十分和蔼、可亲,以至初次相见便赢得他们的尊敬和好感。随后,他了解到海岸上有一处良港,他便把小小的船队开到那里去,以避免可能袭来的暴风雨。那个港口正是我们所发现的海湾,我们曾把营地迁到那儿的附近。这样,塞瓦利斯走的正是我们上斯波隆德去的那条路。不错,他是从西边进入大湖的,那儿的入口处较宽,也更方便,而莫里斯则是从东边进入大湖的。

塞瓦利斯在登陆之前,采取了一切必要的预防措施。他不愿意轻率地跟一些他还不了解其风俗习惯的人接触。为了预防各种袭击，他在西登堡对面离大陆不远的一个小岛上安营扎寨。他在小岛上一连几天接见附近的居民并接受他们的献礼。他让他们听听大炮的轰隆声，为的是引起他们敬畏。这些陌生机器的可怕响声使他们既惊讶又赞叹，他们便轻易相信，祆教徒是太阳神派来拯救他们的，祆教徒带来天雷要惩罚他们的敌人。

塞瓦利斯了解到当地人民的习俗，知道他们过群居的生活。他们分成好些大家庭，每个家庭都有自己的特殊管理制度。然而，为了保护大家的生存，他们每年还选出一名军事领袖，每个家庭派出一定数量的武士归这位领袖调遣，领袖率领他们与山区的敌人作战。当时山地人经常来到平原袭击他们或蹂躏他们的国土。此外，塞瓦利斯根据水手们的报告，知道当地的居民都赤身裸体，只用猎获的兽皮遮盖人们羞于说出的那部分。当地人主要食用树上的果实、自种的各种植物的根茎，以及一种自己栽培的产量很高的蔬菜。此外，捕鱼、猎鹿、捕获"邦德利斯"是他们最通常的活动。他们每年都把第一批收获的果实奉献给太阳神。

塞瓦利斯就这样了解了当地人的习俗，觉得这同他所想的十分相符。他在采取一切预防措施之后，认为对敌人尽快采取某种军事行动，既符合自己的利益，又可以给本人带来荣誉。

为此，他请人带他察看了那些野蛮人每年下山到平原来时的必经之地，命令在那里修筑工事，放上几尊大炮，并安排了相当数量的火炮手。他从波斯带来的人有六百左右，全都是勇猛而又灵巧的人；他给他们配备了长剑、长矛和火枪。工事的外面有一处树林，他在那里埋伏了一百名祆教徒，两百名普列斯塔兰人，即当地的居民。在另一处离山更近的树林里，他也布置了同样的埋伏。

他自己和其余的人则隐蔽在新工事里。他把这个工事设在一处狭窄地带,以便让大炮在野蛮人通过时发挥更大的威力。他将手下人布置停当以后,便派遣大批普列斯塔兰人深入到山里去挑逗敌人,并命令他们在敌人反击时要佯作败退,以便诱敌进入埋伏圈。他们一到斯特鲁卡兰人(他们是这样称呼山上的敌人的)那里,便直扑他们的一些住所,大肆烧杀。这一突然袭击激怒了这个骄傲的民族,他们尽管每年都进攻普列斯塔兰人,可是自己并不习惯于忍受这样的冲击。于是他们从四面八方集合起来,以武力回答暴力,最后以一万至一万二千之众,猛扑凌辱了他们的队伍,并决定将敌人驱至海边,然后一举加以全歼。另一方的人看见他们过来,便按塞瓦利斯的命令赶忙退却,逐渐地将他们吸引到炮兵阵地的前面。炮兵抓准时机,对他们进行了猛烈的轰击,使他们顿时慌作一团,完全溃不成军,狼狈地向山上奔逃。而他们在陷进为他们设下的其他埋伏圈时,吓得更加丧魂落魄。这时,他们以为天雷是从四面八方向他们轰击,到处追踪着他们,逼得他们只得四散奔逃。就在这种大混乱、总崩溃的当儿,普列斯塔兰人带着袄教徒的火枪紧紧追击,进行了一场可怕的大屠杀。他们就在这一天中洗雪了这些野蛮人使他们不断遭受的凌辱和蹂躏。

他们杀了三千多名敌人,俘虏的人数也差不多是这个数目。然后,他们凯旋,对塞瓦利斯和他的手下人表示敬意和感激。从获得这次胜利起,他们便把塞瓦利斯等人看作是他们的救星和保护神。塞瓦利斯非常谦逊地接受了他们的敬意,并向他们说明,应当把这次战斗的荣誉归功于伟大的太阳神,是他派袄教徒来捍卫他们、保护他们的。他接着说,向太阳神供献隆重的祭礼,感谢他使他们在这次战事中取胜，这是理所当然的事，而且也是他们的责任。

这一充满虔诚的劝告被大家所接受。人们马上在战场中央搭起一座祭坛。塞瓦利斯穿上最珍贵、最豪华的法衣，以最隆重的仪式向太阳神献上敌人的武器和遗骸。除此之外，他还献上了另一种加香料的供品，而这种供品普列斯塔兰人当时还不知道如何使用。普列斯塔兰人在这次献祭仪式中，看到这种壮丽豪华的供奉场面远远超过他们的简单祭礼，无不充满敬意，赞叹不已。

塞瓦利斯做完了这一虔诚、感恩的供事以后，便取道回营地。几天以后，他转移到斯波拉斯孔索湖中的一个岛上。莫里斯乘平底船探察这一带地方时就是在那儿被逮住的。这个地方比他先前所在的地方更加安全，也更为便利，离山近得多，到海的距离也适中。他在岛上一安顿下来，便派乔万尼带领两条船回波斯去。他吩咐乔万尼尽可能多雇一些袄教徒来为他服务。此外，他还要他购办长期安家的一切必需品回来。他特别嘱咐乔万尼，除了那些决心跟随他来的袄教徒之外，不得对任何人谈及他们的奇遇。他还补充说，就是那些袄教徒，也要叮嘱他们严守秘密，这是因为担心波斯国的篡权者们为反对他们的计划，会阻止他们离开本国到新大陆定居。这块新大陆看来是上天赐给他们，好让他们恢复真正波斯人往昔的光荣和对太阳神的真诚崇拜的。乔万尼接到这些指示之后，便乘着顺风起航驶往波斯；过了不久，他便顺利抵达波斯。

与此同时，从战场上逃出来的斯特鲁卡兰人回到了家里。他们谈起这场战争，所有的人听了都极为沮丧。他们说，在战斗中，

天雷对他们的人进行了可怕的大屠杀。这件新闻很快就传到了山那边平原地区的斯特鲁卡兰人那里，那儿就是现今塞瓦林德所在的地方。这个如此不寻常的意外事件，在他们当中引起很大的轰动，必然地使他们极为震惊。这件事甚至使他们预感到会受到山上邻居那样的惩罚，并为此而惴惴不安。这种恐惧心理大大有利于塞瓦利斯的事业。他在得到新来的袄教徒们的支援之后，便带着所向无敌的军队直向平原挺进。

在乔万尼离开的那段时间里，塞瓦利斯被选为全体普列斯塔兰人的最高领袖。接着他便着手考察这个国家，对他们的人数进行统计。他得悉全国共有三十多万人，男子、妇女、儿童通通包括在内。由于他们过着群居生活，并受到邻邦的骚扰，边界每年都受到蹂躏，因此他们的经济管理很严格，经常积蓄足够两三年食用的谷物。为了贮存粮食，他们在地上挖了一些大地洞，而且掩蔽得非常巧妙，以致很难被敌人发现。塞瓦利斯命人打开好几个这样的储藏库，并把粮食运到自己安营扎寨的湖中岛屿上，为的是便于使用，以满足各种需要。

这样，当他的部队得到给养以后，他便向普列斯塔兰人宣布：如果他们不打算深入敌人的领土去歼击敌人，如果他们不以完全制服敌人为己任以保证和平和安居乐业，那么光在边境上打败了敌人是算不了什么；只要邻邦的人还能够骚扰他们，他们就永远得不到充分的安宁；而过去的经验教训已充分证明他们将会得到什么样的结果。除了这些强有力的理由之外，他还对他们说：他们曾经饱受敌人的凌辱，如果他们有着高贵的雪耻之心，那么他们就应该竭尽全力对敌人进行报复，洗雪这些野蛮人一向加诸他们祖先

身上和他们自己身上的蹂躏和暴行。他又补充说，敌人过去的全部优势主要在于他们的数量，而不在于他们的质量。将来，他们的人数众多只会给祆教徒和普列斯塔兰人的胜利增加更多的光辉。上次战争的成绩和为此目的而借给他们天雷的光荣的太阳神的恩典，都预示着他们将会轻易地取得牢靠的胜利的。

这番话深深地打动了普列斯塔兰人的心，激起了他们新的热情，加强了他们迫不及待地要向敌人报仇雪恨的愿望。他们异口同声地请塞瓦利斯率领他们去作战，答应无论他要领到什么地方都跟着他走，并且对他发誓说，他们的最大愿望，就是同他胜利在一起或是与他一道死亡。塞瓦利斯赞扬了他们的勇敢精神和豪迈气概，并且向他们保证，待他天天盼望的援兵一到，他就率领他们去战斗。

不久，乔万尼从波斯回到普列斯塔兰，当时这个国家的名字是这样叫的，现在则叫作斯波鲁。他带来了一千多名祆教徒武士，武士们备有作战需要的一切东西。乔万尼还注意尽可能多地招募了泥水匠和木匠，并带来了建筑和耕地需要的所有工具。

有了这支新的援兵，塞瓦利斯决定一旦冰雪融化便越过大山；为此，他作了这次远征所需要的一切准备。

在取得首次胜利以后，塞瓦利斯就注意教普列斯塔兰人中那些身手最敏捷的青年使用各种武器，目的是当他一有武器发给他们的时候，就将他们同祆教徒编在一起，组成一个优良的步兵团。乔万尼还从波斯给他带来了五十匹骏马，这些马匹对他十分有用。因此，他此后经常派船去运更多的良马回来，以便在普列斯塔兰建立种马场。

当适宜的季节刚刚来临，队部的给养已准备就绪的时候，他便率领全军出发了。他的这支军队有八千人，其中三千多人配备着火器。他利用上次作战中虏获的战俘搬运粮食和拖运大炮。那不过是一些轻便的野战炮，不难拖运。这些俘虏大部分都是身强力壮的彪形大汉，因此，他们背负辎重或拖运大炮轻松得像马匹一样。诸事安排停当以后，塞瓦利斯率领他的军队，向山里进发。他进军的消息已使当地大为恐慌，因此他所经之处的居民都纷纷弃居而逃。他除了遇到道路的障碍以外没有遇到其他障碍；他穿越全境，直抵斯特鲁卡兰平原。这块地方景色优美，土地非常肥沃，真叫他高兴！于是他决定，一旦征服了当地的居民，便在这里定居下来。他还打算将普列斯塔兰民族的大部分人迁移到这里来，他们的国土并不比这里优越舒适。

他的军队的突然开进，使平原的居民甚感意外，但他们并不过分惊恐。他们仍然在好几个地方集合起来准备作战。不到两个星期，他们就集合了两万多人。这些人下决心要向塞瓦利斯的军队发动进攻，并嘲笑那些说袄教徒会施放天雷的人。他们认为那是谎言，是巧妙的借口，他们的邻居不过想借此来掩饰自己失败的耻辱。他们满怀信心，向塞瓦利斯的军队挺进。塞瓦利斯的军队驻扎在一片树林旁边，离大河不远，他生怕被敌人袭击，所以在敌人可能突入的地方构筑了工事。他的营地的右方是大河，自那时起，人们借用他的名字把它叫作塞瓦森哥河。左边是树林，可用来防御敌人的袭击。营地的后面，他命人挖了一道深深的堑壕，从河边一直挖到树林。他还叫人砍倒一些树木，横在那里，以遮断进路。营地前面只用炮兵防守，他只想以士兵们的警惕性和英勇顽强来抗击敌人。当他看见敌人相当接近可以同他们作战的时候，他把只配备弓箭和大棒的全部普列斯塔兰人调到队伍的前列。他命令他们上前迎战，首先向敌人发起攻击，坚持战斗一会儿，然后逐步退却，直到把敌人引至炮兵阵地的前沿。他们准确地照办了。

那批野蛮人起初只看见普列斯塔兰人前来迎战，他们已习惯于对付这些手下败将，而且对方的武器也跟他们的一样，因此他们十分勇敢地迎了上去，简直不把这支小小的队伍放在心上。他们满以为凭借人多势众就可以轻而易举地把敌人压垮。普列斯塔兰人这一边看到他们勇猛地向自己扑过来，便逐渐退却，一直把他们引到大炮前面。这时，普列斯塔兰人按照塞瓦利斯的命令突然闪开。就在这一刹那，炮兵开始轰击敌人，两侧的火枪也猛烈开火，造成一场可怕的大屠杀。第一轮齐射就打倒了五百多敌人。大炮的可怕吼声，如此众多的人的突然死亡，使野蛮人先是锐气顿减，继而惊慌失措，纷纷扔掉武器，掉头就逃，互相践踏，终于一败涂地。在这场混乱中，普列斯塔兰人勇猛冲击，杀死了大量敌人。他们在敌人未被完全击溃之前都不肯罢手。报仇雪恨的欲望激励着他们，使他们超越了一般报复的界限，违背了塞瓦利斯要他们一旦胜利有保证时就不多杀敌人的命令。尽管下了这道命令，但在这一战役中还是杀了五六千人，俘虏了三千多人，敌人的这支大军中只有很少一部分得以逃脱。

经过这次惨败，平原上的全体居民都相信袄教徒掌握了天雷，相信山区居民的报告千真万确。因此他们都十分恐惧、沮丧。在这个对于实现自己计划极为有利的时刻，塞瓦利斯是不会放过利用敌人的沮丧情绪的。他向太阳神献了新的祭礼之后，便驱军沿着大河向敌方的腹地推进。他没有遇到任何抵抗，因为敌人闻风而逃，离开了自己的住所，躲到森林里去了。当他看不到任何人敢于对他进行抵抗的时候，便决定采用怀柔政策去争取这个民族。为此，他在到达目前塞瓦林德所在的岛屿的对面之后，就马上安营扎寨，构筑工事，以便在绝对安全的情况下同敌人谈判，说服他们缔结和约。而为了让他们自己来求和，他命人释放了几名俘虏，给他们以人道的待遇。他吩咐他们告诉自己的同胞：他不是为消灭他们而来，也不是要把他们赶出国土，而仅仅是因为他们对普列斯塔兰人的行为残暴而来惩戒他们。他又补充说，太阳神从今以后就要保护他们，而如果他们愿意毫无嫌隙地服从这位全人类之神的法律的话，他自己也会保护他们的，他是太阳神派在人间的主要使者。

这个措施很快就产生了塞瓦利斯所期待的结果。不到一个星期，各地便纷纷派来代表，按照他所提出的条件谈和。他提的条件也十分合情合理；他起初只要他们缴纳一些谷物、水果和其他食物以维持部队的给养。其后，他对他们说，下一次当他们有更充裕的时间而且彼此更加了解的时候，大家还可以订立新的协议。斯特鲁卡兰人没想到有这么便宜的事情，自然十分乐意接受这种如此宽大的条件。他们向袄教徒的营地送来了大批各式各样的生活必需品。

缔结和约后没过几天，塞瓦利斯将军队的主力留在营地里，交由乔万尼统辖，他带领一部分手下人到周围方圆十里以外的地方去考察。他考察后满意而归，更加坚定了在这里定居的决心，因为他觉得这里比普列斯塔兰人居住的地方好得多。但是不建造城市，就无法长期定居，因此他去考察了一番，既是为了找寻适当的地点，也是出于好奇心要去看看周围的田野。平原上的居民当时住的都是草屋茅舍，从未见过甚至从未听说过用石头建造的房屋。因而在他们当中找不到可雇用来进行这种工程的人。诚然，在袄教徒中有一些泥水匠和木工，但是为数甚少，如果没有其他人手协助，他们即使花很长时间都不可能建成任何大型建筑物的。然而大家知道，如果着手建造宏伟的公用建筑，是可以慢慢获得当地居民的重大支援的，而暂时还只好从波斯运工匠来，越多越好。为了找一个雇用土人的名正言顺的理由，塞瓦利斯对他们说，他受太阳神的命令，以神的名义向他们宣布，神要在这里建筑一座圣殿。如果他们恭顺地服从神的命令，今后神会大大施恩，赐福于他们；若是相反，他们拒不听从神的意志，神就再不垂顾他们，还会给他们降下无数的灾祸。全体居民高高兴兴、毕恭毕敬地接受了这个命令，于是派人到四面八方去寻找石矿，以便提取必要的建筑材料。他们在山旁发现两三处石矿，离河不远，但是缺乏船只，无法向远处搬运。而出产石料的地方不如河中的小岛那样美丽、舒适。一来是岛上的风光美丽，环境宜人，土壤肥沃，二来是天然位置险要，所以大家决定就在这座岛上施工。可是，要实现这个计划，必须把石料运来，这事看来十分艰巨。然而，这个困难却由于偶然的机会或者说是由于塞瓦利斯的幸运而得到了克服。一次，他在迎着水流的那一端的岛角的一座山上散步，为了歇凉，他走进那儿的一个山洞，发现这座山由某种白色岩石构成，非常易于开凿。这种白石正好用来建筑他所构想的房屋。他巧妙地借这一发现的机会，要斯特鲁卡兰人相信：太阳神向他启示，他在岛上就能找到建筑神殿

所需要的材料。确实，后来通过周密的考察得知，这座山由某种大理石构成，大理石有多种颜色；而且岛上的许多地方都长有高大的雪松和其他高大的乔木，适于用做将在那里兴建的大型建筑物的构架。现在，这种岩石已经荡然无存了，因为已全部用来建造塞瓦林德城。所以，岛上十分平坦，只有顺着水流的那一面还有坡度不大的山坡。塞瓦利斯亲自划定了神殿奠基的地方和那些今天还可以见到的古老房屋的奠基场所。

在这期间，塞瓦利斯虽然忙于这些建筑工程，但并没有放松其他事务。首先，他关心开凿穿越山头的通道；接着，他收集了大批粮食。而为了将来得到更多的粮食，他命令斯特鲁卡兰人播种他叫人从波斯运来的各种谷物。他命人修造了大批船只，并指点当地人驾驶。他们从前只会使用树皮造的小舟。随后，塞瓦利斯劝说一些普列斯塔兰人离开他们的住所跟他一道定居在原来的地方；而为了更容易吸引他们，他对他们说，他已经完全打消转回波斯的念头了。当时不时都有袄教徒来到这里，他们得知他的成就，在他身上似乎看到再现本民族的显赫和往昔的光荣，而这种荣耀在本国几乎已经完全消失。袄教徒们都争先恐后地来为这位波斯声名的恢复者效力。

在同斯特鲁卡兰人的交往中，塞瓦利斯十分注意他们的爱好、风尚、法律和习俗。他也十分留意于他们的语言并在很短的时间内就学会了。他对诸事作了精细的考察之后，发现这些人天性聪明。他们具有一些高贵品质的萌芽，虽然当时他们的习俗还很粗野。他们的生活方式几乎和普列斯塔兰人一样，以大家庭或公社的形式群居。而当他们的事情需要他们选出头人的时候，他们便选定头人为他们执法，或是率领他们进行战争。他们严惩盗窃行为，因为他们的全部财产都公开存放，因此盗窃很容易给他们造成巨大损失。至于婚姻，他们的做法塞瓦利斯最不喜欢，后来他竭力要废除那种方式。由于他们全都按大家庭群居，所以他们共同享用公社所属的财产甚至人员。他们毫无顾忌地娶自己的女儿、自己的姐妹为妻；这种乱伦的杂交在他们看来并不是犯罪行为。相反，他们的观念和我们的完全不同。他们认为，娶与自己同血统的女人比与外人结合更合适。不过他们也经常与邻人联姻，娶邻家的女儿为妻，但男青年从不离家出赘。谁娶了女人就被认为是这女子的唯一丈夫和她所生育的子女的父系。但他不是唯一占有她的人，因为只要这个女人愿意接纳，家庭中的所有男人都可以像娶她为妻的男人那样自由地享有她。而她的大夫也对其他人的妻子拥有同样的权利。但是，如果本家庭中的某一个女子委身于家庭以外的男子，那就被看作是罪大恶极的行为，要处以极刑。男人与邻家的女子发生关系也同样处以死刑。在每一个公社中，不时选出头人和其他一些官员来管理家族的经济事务。在家族中，除了这些官员之外，老年人最受尊敬。头人及其委员会对管辖下的全体人员拥有生杀予夺之权，可以全权支配本家族的财产和人员。没有头人的允许，不能离开家族，不能与任何人结亲，每个人都必须服从他的命令。为了管理整个民族，每个公社派出代表，全体代表组成最高委员会，协助最高领袖研究一切公共事务。当地人就是这样进行管理的。至于他们的语言，塞瓦利斯觉得柔和、有节律、宜于书写，但是很有局限，词汇很少，因为这些人的概念只限于普通事物，当时他们还不懂得科学艺术。自从他们和祆教徒们相

处在一起，祆教徒才开始教他们科学艺术的。塞瓦利斯十分用心学习他们的语言；由于他已经懂得好几种语言，人又聪明灵巧，加上记忆力特强，他在很短的时间内便取得很大的进步，同斯特鲁卡兰人、普列斯塔兰人交谈时已不感到困难了。他们这两个民族操同一种语言，虽然方言有些差别。两个民族的生活方式几乎完全一样，只是普列斯塔兰人没有我们前面提到的那种乱伦杂交，他们对此是深恶痛绝的。他们说，这种恶习是由于他们的敌人仿效一些邻人的坏榜样而传进敌人那里的，那些人住在本土的南部，用我们的话来说，即靠近南极的地方。他们又说，这种现象是从两族分开以后（过去他们都同属一个民族），由于听信一个高级骗子的花言巧语才发生的。斯特鲁卡兰人于是采用了那个骗子的名字。他迷惑了他们，败坏了他们淳厚的风俗，给这个地区的全体居民带来了无数的祸害。他来之前，这里的居民本来是叫塞菲兰人的。

这段时间，神殿的墙垣一天天升高。虽然开始没有什么建筑装饰，但仍然是美观、牢固的。塞瓦利斯已经规划好建筑主体，以致日后装饰起来并非难事。他拟定了一个围绕神殿的新城市的建筑规划，使建筑物与他打算在这些民众中建立的治理模式相适应。在他熟悉了这个国家、了解到本地居民的习俗以后，在军事上的成功使他可以指望对他们拥有支配权以后，他就设计了这个方案。在神殿竣工的时候，他邀请土著民族的要人参加了他主持的隆重的祝圣典礼。在这次会晤中，他大讲排场，竭力把一切都布置得十分壮观，为的是给这一活动增添光彩。他从波斯接来了妻妾和儿女，因此本来可以不必娶当地的女子的。但是波斯人是容许一夫多妻的，他认为，作为卓越的政治家，他应当同普列斯塔兰人和斯特鲁卡兰人联姻，以此来为自己争取朋友。出于这种考虑，他娶了一位普列斯塔兰要人的女儿，过了不多久，又娶了斯特鲁卡兰人一名首领的侄女；他的信任和友谊给他们带来了荣誉。他要袄教徒们也都这样做。这种做法给他带来很大的好处，大大加强了他的权力，当他宣布自己是各民族的领袖的时候，这种联姻帮了他的大忙。

这时，服从他的袄教徒和普列斯塔兰人的数目已经大为增长，而且还在一天天增加；就这样，通过他们，他看到自己的威望愈来愈高，到了令全国敬畏的地步。他经常教习臣民进行军事操练；在其余时间里，他用他们去建造房屋和种地。土地按照文明民族的方式耕耘，所得的收成比用野蛮人的耕作方式好得多。他从波斯运来了马匹、耕牛、骆驼和其他好几种他在南方大陆根本找不到的动物。但他也在这里找到许多我们在欧洲大陆不认识的动物，尤其是我们在本书第一章所描写过的“邦德利斯”。那是鹿的一种，当时在这个国家的森林中大批出没，以草为食。塞瓦利斯用网捕了几头，仔细研究了它们的体形、耐力和习性以后，认为不难制服、驯养。这事按照他的想法实现了。于是他尽量叫人多捕，禁止杀害幼畜，答应给那些向他进贡这种动物的南方人以奖赏。他们以前习惯于用箭射杀这种动物，吃它们的肉，肉味跟鹿肉那样鲜美。在很短时间内，他获得了大批的邦德利斯，他命人加以训练，然后用它们来运东西和拉车，或将它们提供给骑兵团使用。这个骑兵团，他是用邦德利斯和从亚洲运来的马匹组成的。在三年的时间里，他完成了这一切事情。他眼看神殿快要落成；除了神殿之外，他还建造了四幢大的方形房子，他把它们叫作“奥斯马齐”，即公社

之意;每幢奥斯马齐大约容纳一千人。他还叫人在岛上和在周围的地方耕种,由此收获大量的粮食,装满了粮仓。这时候,他认为,让众人选他作所有被征服的民族的领袖的时机已经成熟,不必再推迟了。为此,他定下了纪念太阳神的隆重节日。他要大家每年庆祝这个节日,在节日中安排祭献,举行宴会,组织游艺活动。他邀请了普列斯塔兰人和斯特鲁卡兰人的头面人物前来参加庆祝活动。他看到大家情绪都很高,对节日的豪华景象都赞叹不已,他便通过他们的一个名叫霍斯特勒巴斯的指挥官提议选举两个民族的领袖。大家将赋予这个领袖以最高的权力来管理他们,保卫他们。由于霍斯特勒巴斯有很高的威信,并且得到所有与袄教徒联姻的人的支持,他的建议得到了大家的采纳,全体一致同意将王位的荣誉授予塞瓦利斯。他立刻推辞说,他在未请示太阳神之前,是不能接受这个如此显赫的王位的,他是太阳神的使者,处理一切事情都要遵照神的意志。为此,他们若是认为合适的话,他就为太阳神举行焚香祭礼,请求伟大的神在如此重大的事情中启示他们、引导他们,并指示他们在这种情况下应该如何去做。他们全都赞同他这种谦虚的态度和合情合理的想法,并跟随着他一道来到神殿。他向太阳神焚香顶礼,并当众高声朗诵了下面这一篇祈祷词,或者更确切地说,一篇赞美词。

这篇祈祷词的风格有点像诗,有好几处地方可以察觉到只有诗中才会有的节奏和倒置。由于这是有意构思而成的,而且这样的主题用这种串珠般的词语比平板冗长的散文更能打动人心,所以我认为不应对此避而不谈。

也许这种写法并不符合每个人的口味,而且整篇诗体几乎到处可见频繁的倒置，这也会招致批评者的指摘；但是我相信，那些懂得诗之力量的有教养的人士是会作出另一种判断的。当他们知道塞瓦利斯通晓希腊、拉丁诗歌而且他自己也致力于诗艺的时候，更会如此。

后来有一位叫考达米阿斯（此名为神灵之意）的大诗人，将这篇祈祷词用格律诗的体裁写了出来。

在这篇故事的末尾，人们可以读到这位著名诗人的身世。他凭着自己写的其他许多卓越的作品，在塞瓦兰人中赢得了差不多像荷马在希腊人中、维吉尔在罗马人中那样的声誉。但是在他所有的作品中，要数这篇对太阳神的祈祷词最受这里的民众的敬重和推崇了，因为它简括地包含了他们的宗教的最本质的东西。而且这位卓越的诗人，在他的诗行中，就其艺术可能容许的限度，表达了塞瓦利斯的思想。我们已经说过，塞瓦利斯是这样当众宣读这篇祈祷词的。

塞瓦利阿斯对太阳神的祈祷词

“光和生命的丰富的源泉，无比光辉美丽的星体，我们微弱的肉眼经受不住您那神圣的目光。当我们放眼周围、见到那些只有您才能使我们看得见的美好事物的时候，我们不知道有什么比您更光荣，有什么更值得我们赞叹的了。您本身就是最高的美，您美化一切事物，而没有什么东西能够美化您。受您支配的发光体的一切灿烂光辉都借自您的光线。是这些美丽的光线给天穹和浮云描上了千色万彩，给山峰和广漠的平原涂上了金黄色。是您的光线驱走了黑夜的阴影，给一切动物做向导；最后，还是您的光线，让人看见您所照耀的事物。您无比的可爱，缺了您便没有可爱的东西了，因为不借助您的光，任何事物都无法显示它的魅力。当您开始出现在我们的地平线上的时候，万物都因您的到来而欢欣鼓舞，它们打破郁闷的沉静苏醒过来，向您表示欢迎。您把沉睡在床上的人们从死神之兄弟的怀抱中拯救出来，仿佛赐予他们新的生命。而当夜幕降临，您从他们身上移开您的光线去照耀别的地方的时候，他们立刻就被浓重的黑暗笼罩；这是死亡的影像，如果不是从对您再度降临抱着美好的希望中得到安慰的话，那么这种影像会叫他们无法忍受的。当您的光体在白天暗淡下去，出现日食的时候，人们的脸色也像您那样暗淡无光，内心充满忧虑和恐惧。而当他们看见您毫无亏损的时候，他们的恐惧马上又被欢乐和喜悦所代替。您神速地在广漠的天穹中奔驰，每年以您的远大的行程精确而有规律地给我们指明时序和季节。当您接近我们时，万物更新，焕发新的光彩。在冰封雪盖中仿佛冻僵了的大自然，凭借您的充满生机的热能，粉碎了自己身上的桎梏和锁链。于是大地又披上了绿装，您给大地遍撒鲜花，使它布满果实；您以柔和的光线催促果实成熟，用以哺育地上的动物、空中的飞禽和水中的鱼类。全赖您的无比恩泽，它们才获得了生命，而且也得到生存的养料。您是宇宙的灵魂，因为您赋予万物以活力，没有您什么都会失去动力的。当您的神圣的热能一旦抛弃我们，随之而来的便是致命的严寒。一切动物，当他们感受不到您的时候，就会停止生存。它们的灵魂无非是您永恒光辉的一丝光线。当您从地上的生命体身上收回这丝光线时，它就腐烂、消散、重归于无。当您随着时令的变化逐渐远离我们时，万物都感受到您的远离所带来的不幸后果：一切都黯然失色，一切都变得忧伤，大地披上了丧服。您向一切居民普施恩惠，但您不是对所有民族、所有地区都施以同样的恩泽。有些人只享受到您少量的热和光，他们不得不经常处于漆黑的恐怖的长夜中，深陷在严酷的冬天里。他们衰颓、叹息，等待着您的重新降临。他们深知您是一切幸福的源泉，或者您起码是恩泽的传送者，那个支持您的伟大的主宰者，通过您直接向他们传送善行和恩典。您是最高主宰者的光荣的使者。而像我们这样的人，享受到您慈祥目光的垂顾，能常见田野开遍鲜花，结满佳果，对您是要更加爱戴、更加感激的。每天早晨，您把头天晚上收去的阳光还给我们。虽然您有时用海洋的潮湿蒸气造成浓雾，遮住您光辉的面容，但那不过是为了将云雾化成清爽的甘霖和甜蜜的露水，以滋润我们的平原和山丘，使土地更加肥沃。

“然而，如果说您的仁慈普及各处，令人崇敬，那么您的愤怒也同样叫人敬畏，无论哪里的人都能感觉得到：当我们忘恩负义、犯下罪行而致触犯了您的时候，您便用千万种办法惩罚我们，向我们显示您的正义的威力。有时，您把那促使我们的果实生长和成熟的温暖天气变成烤焦和烧毁作物的酷热。有时，您把天上的甘露化为摧残我们的树木和田地的果实的滂沱大雨和哗啦啦的冰雹。您把轻柔的和风变成可怕的旋风和暴风雨。您积聚乌云，布下弥天浓雾，使我们看不到您的光辉。您收起慈祥的目光，射出骇人的闪电，发出令人恐惧的雷鸣，为的是谴责我们的罪行，向我们宣告您的正义的愤怒。有时，您又投出可怕的霹雳，劈倒最高大的树木，最巍峨的山峰，以此向凡人证明，您可以打倒一切自高自傲的东西。而且,要不是您的仁慈抑制您的愤怒,您会粉碎那些不将您作为神灵崇拜的渎神者和叛教的人。

“我们聚集在您的殿堂中向您表达我们的心愿和敬意,向您的祭坛焚香顶礼。我们承认,我们的存在,我们的生命,我们像其他人那样享有的全部福利,这一切都仅仅归功于您。而我们感到,我们是应当特别崇敬您的,因为您不论过去还是现在,每天都给予我们照顾和恩典,您对其他民族却没有这样做。您借给我可怕的天雷去制服敌人,您赐予我们在生活中既实用又有趣的学问和知识,而且仅仅赐给我们。当我们就重大的事情求助于您的神谕的时候,您总是启示我们,不管要克服多大的困难,总是让我们的事业取得成功。最后,您教导我们应该如何安排我们的祭礼,以及如何表达我们的宗教虔诚,为的是不让我们做出令您不快的或者违背对您的神性的真正崇拜的事情。为此,正当别人在虚妄幻想的黑暗歧途中徘徊的时候,您却亲手把我们领上光明、安全的大道。一些人为自己制造软弱无能的偶像,另一些人在自造空幻的幽灵,以膜拜自己头脑中的糊涂思想。但是我们受朴实、纯洁、合乎自然的智慧所指引,我们崇拜的是可见的光荣的神,我们认识他的力量,我们每天都感受到他的恩泽和慈悲。

“啊,神圣之光啊!请您永远将恩泽赐予我们,驱散那蒙蔽和迷惑我们的理性的云雾和黑暗。但就是理性本身也太微弱太有限了,因此我们求助您的神圣的光辉,帮助我们选择一名能够按您的意旨管理我们的领袖和引路人。如果您乐意赐给我们一位领袖,啊,壮丽的星球,那么就让他具备这个崇高职务所要求的一切品质,以便他在我们的一切活动中领导我们,作我们的楷模;让他保卫我们不受敌人侵犯，使和平、正义和一切美德发扬光大；最后让他懂得教导我们应如何对您表示崇拜和尊敬，好让我们永远讨您喜欢而不做任何可能惹您发怒的事情，从而永远受到您的仁慈的影响和享受您的特殊恩泽。”

塞瓦利斯满怀激情地宣读了祈祷词。这篇祈祷词深深地打动了在场者的心，并使他们对这位王子的虔诚怀有崇高的敬意。然而他们觉得意外的是：塞瓦利斯的话音刚落，他们便听见神殿的穹顶处传来一阵柔和悦耳的乐声。乐声似乎自远处而来，逐渐临近。当乐声相当近的时候，便听到一位女子或一个少年的优美的嗓音。这声音柔和动听地唱了一会儿之后，便对全体在场的人说道：他受太阳神的派遣来向他们宣布，光荣的太阳神已听了他们的祷告，接受了他们的祭礼，甚至已经注意到他们当中的一个人，要把他提到高于他人的职位上。但是神不想授予他以国王的称号，因为任何凡人都不配以君主的名义去统辖神的选民。这个民族是神从世界上的一切民族中挑选出来作为他的臣民、作为他的真正信徒的。他既然已是他们的神，他愿意自己来当他们的君主，以便他们完全按照神的法律来进行管理。神会通过他选拔为王国摄政官的那个人之手赐予他们以极其公正、极其严明的法律。神从前已把那个人提到大祭司的高位了。神所选拔的人正是大祭司塞瓦利斯。神当众宣布选他为摄政官。最后，神命令众人接受他这种身份，将来要服从他和他的继承人，这是按照神亲授给这位使者的上天法律所规定的。神挑选这位使者作为他的意旨的解释人，作为他的恩泽的分配者。

这番训谕之后，人们又听到一阵悦耳的乐声，比第一次更加柔和，似乎渐渐远去，一直到听不见为止。

当时，在场的人们个个惊叹不已，都以为的确是上天的声音向众人宣告神的意旨。他们都乐意立刻听从，尤其是因为看到，光荣的太阳王选拔的摄政官正是他们想选为君主的人，而除此恩典之外，太阳王还愿意亲自管理他们，并特别关心他们的民族，这是无上的光荣。于是，塞瓦利斯被公认为太阳王总督，他的臣民中的显要人物都向他参拜，并向他宣誓效忠。我觉得他在这个场合里的一举一动都极为出色，是与他的机敏和明智相称的。因为他不仅像某些伟大的立法者那样，为了使自己的法律获得权威，说是从某位神灵那里得来的，而且他进一步以上天的声音（正像要民众相信的那样），向民众说出他们的神的意旨是什么。他还认为，如果拒绝最高权力，把这个权力完全归于太阳神，那么他打算在这些民族中建立的管理制度就会更加巩固，更受人们尊重。而他自己作为这位光荣君主的摄政官和代言人，就会比他从普通人那里接受权力更受敬重，也更能够让人们服从于他。他非常喜欢音乐，而且也颇懂音乐，因此我相信，建造神殿的时候，他就在穹隆顶上造有密室以安排刚才我们所说的音乐。他曾发明了什么东西能令乐声渐近渐远。然而，塞瓦兰的普通民众迄今还相信，向他们的祖先宣谕太阳神的意旨的声音确实是由神发出来的，塞瓦利斯确实是按伟大的太阳神之命选拔出来的。但是，我在塞瓦林德曾同一些有识之士交谈过，他们几乎全都承认说，这是他们的立法者的巧妙手法，为的是赋予他的统治以更大的力量，更大的权威。这一点，从当时的袄教徒的行为中也表露了出来。他们要当地人相信，他们

从欧洲带来的技艺是太阳神教给他们的，太阳神还给了他们特殊的启示。塞瓦利斯自己在给太阳神的祈祷词中也是这么说的，当时他感谢太阳神的赏赐和恩泽，他说只有他和他的臣民才得到这种恩赐。

斯特鲁卡兰人，按照他们语言的特点，在高贵人物的名字之后加上“阿斯”的尾音。于是，他们把塞瓦利斯称作塞瓦利阿斯。他们也把国家的名字改了，普列斯塔兰人先前称之为斯特鲁卡兰的国家改称为塞瓦兰，即在“兰”字之前加上这位君主的名字的头两个字。“兰”在他们的语言里是表示“国家”、“地方”或“祖国”之意。普列斯塔兰人也把斯特鲁卡拉斯的名字改了，这个名字意为“骗子”或“伪君子”，是用来表示对他们民族的宿敌的仇恨的。可是，那些把此人推举为领袖后来又将他奉若神明的人则称他为奥米加斯，而根据他的名字，自己也曾叫做奥米加兰人。不过，普列斯塔兰和斯特鲁卡兰这两族人民在塞瓦利斯的治理下结合起来以后，他们就都改称为塞瓦兰人，现在全民族的统称还是这个名字。

塞瓦利阿斯终于达到了自己的主要目的，而且已取得最高的权力，于是他大力开发和美化国家，制定法律，以便日后要新的臣民接受下来。他和乔万尼曾设想过不同的管理制度，但究竟选择哪一种，他曾为此犹豫了一些时间。

他们提出的第一个方案是把人民分成不同的阶级，因为他们首先想到的是分配土地，将土地作为私产交给个人，按欧洲的几乎所有民族的榜样去做。全体祆教徒都赞成这种分配法，并且就要着手把全国人民划为依次隶属的七个阶级。

第一阶级是农民以及所有耕种土地的人。一切从事手艺职业的人，如泥瓦匠、木匠、织布匠以及诸如此类的人则列为第二阶级。

第三阶级包括从事更精巧、细腻的手艺的人，如画匠、绣花工、细木工及其他类似的手艺人。第四阶级则包括商人和一切食品或商品的转售者。

富裕的资产者，文人，以及一切从事自由艺术的人则组成第五阶级。普通的贵族列为第六阶级；最后，第七阶级，也是荣誉最高的阶级，是有着各种爵号的大贵族。在土地分配方面，要留下相当一部分用以维持国家的日常开支。在非常的情况下，每个阶级都应按自己的等级和财力负担费用，任何人不得例外或享受特权。因为，作为国家的成员，受着法律的保护，享受社会的福利，却不负担任何费用以维持这个社会，而同时其他人则要负起各种捐税的重担，这种情况看来是不公正的，而且也完全违反常理。只有君主的产业才可免税，全体臣民都要分担公共开支，每个人按照自己的等级和能力公平分摊。而为了使臣民永远承认君主的权力并养成向君主纳贡的习惯，他们打算规定每一个年满二十岁的人按年缴纳少许的税款，这就叫做人头税。除此之外，所有已经合法地拥有产业和财富的人，如果在财产达到法律规定的某种限度后他们想升到高一等的阶级去，就得依照为此而制定的规章，向国家缴纳一大笔钱。每个阶级穿的衣服都有别于其他阶级。由此，低等级的人就永远不可能僭越高等级的人的荣誉，这样每个人就会坚守自己的身份和职位。我认为，这个方案的真正作者是乔万尼，方案中还会有其他各种细则。然而，塞瓦利阿斯在研究了这种治理模式以及人们向他建议的其他一些方案之后，拒绝了所有这些方案。

他亲自动手制定了一个方案，这个方案比当时所实行的任何方案都公正得多、卓越得多。由于他具有非凡的才识和智慧，他开始认真考察和研究纠纷、战争以及其他祸害的原因，这些灾祸常常给人们带来痛苦，给人民，给各个民族造成破坏。经过这番考察，他认识到，社会的祸害主要来自三大根源，那就是骄傲、贪婪和好逸恶劳。

骄傲和野心使大部分人一心想超越别人以控制别人。在贵族世袭制的地方，没有比出身名门的特权更能滋长这种欲望的了。出身的显赫如此强烈地迷惑那些从命运的手中得到这种荣耀的人，致使他们忘记了自己的天然身份，而只将自己的才智与这种外物联系在一起，这种外物是他们全赖自己的先人而不是靠自己的德行取得的。他们常常以为别人在一切事情上都应服从他们，他们生来就是发号施令的，而不考虑到我们所有的人生来天然平等。贵族和平民是没有任何差别的。大自然使我们都受同样的疾患，而我们都是通过同一途径进入人生的。财富和权势既不能使君主，也不能使臣民的寿命延长一分钟。总之，人与人之间可能有的最明显的差别在于道德水准的高低。因此，为了纠正因出身不平等而导致的混乱现象，塞瓦利阿斯除了保留行政官员与平民的差别之外，不愿在人民中再有其他差别；在平民当中也只有年龄上的不同才构成地位上的差别。

由于财富和私产在世俗的社会中造成很大的差别，并由此带来贪婪、妒忌、欺诈以及其他无数的祸害，塞瓦利阿斯废除了这种财产私有制，取消了私人的财产权。他要这个民族的全部土地和财富都归国家所有，由国家绝对支配，而臣民只能取得由行政官员

分给他们的那部分。这样一来，他便完全驱除了对财富的贪欲、捐税、租赋、灾荒和贫困，这些都正在给世界各国的社会带来极大的祸害。自从订立这些法律以后，全体塞瓦兰人，虽然都不拥有私人财产，但都成了富人。国家的全部财富都属于他们，每个人都感到自己像世界上最富有的君主那样幸福。在这个民族中，如果某个人需要什么生活必需品，他只要向行政官员提出申请，官员总是同意他的请求的。他一生都无需为饮食、衣服、住房而操心，甚至无需为赡养妻子、抚养儿女而操心，哪怕他有成千上万个儿女。国家供应这一切，而不要求纳捐缴税。全体人民在君主的管理下都过着幸福、富裕、安宁的生活。但是作为政体之首的政府官员需要其他成员的支持和帮助，而且让其他成员得到锻炼也是一件好事，以免他们在富裕和逸乐之中起反叛之心，或者在游手好闲中消磨意志。正因为这样，塞瓦利阿斯决定安排全体臣民从事各种工作，通过有益而又适度的劳动，让他们永远保持精神振作的状态。

为此，他把一天分成三等分，规定第一部分时间用于劳动，第二部分用于娱乐，第三部分用于休息。他要所有达到一定年龄的人，除了疾病、年老或别的事故可以免其履行法律的规定之外，都得每天劳动八小时；其余时间，他们可以用于得到许可的正当娱乐，或是用于睡眠和休息。这样，生活就过得十分舒适；身体由于适度的劳动得到锻炼，而不致因过度劳累而垮掉。脑子也有合理的令人愉快的活动，而不必承受忧虑、悲伤和烦恼的重压。劳动之后的消遣和娱乐，使身体和精神轻松、振作，随后的休息又使身心得到放松和恢复。这样，人们忙于做好事，而没有时间想到做坏事。他们不大会陷于那种由于游手好闲而导致的恶习。如果他们不以正当的事务来驱除游手好闲，那是会造成恶习的。我提到的三大根源所引起的妒忌在这些民族中很少有肆虐的机会。他们的心通常只热衷于高尚的竞赛。这种竞赛出于对美德的热爱，出于对做好事理应得到嘉奖的正当愿望。

塞瓦利阿斯没有花多大力气就使他的新臣民接受了他的法律。因为，他的法律是按照神的旨意制定的，而且与当地人的习惯也没有多大距离，因为（正如我们已经说过的那样），当地人过群居的生活，几乎没有什么私产。待我们谈及塞瓦兰人今天的管理制度的时候，我们会作更精确的详尽的交代。现在，我们在这里只粗略地提一下。虽然这位伟大的立法者亲自奠定了法律和社会管理制度的基础，但是他并没有定出今天我们在塞瓦兰人中所见到的一切规章条例，他授权自己的继承人，可根据情况加以改动、增补或删减，只要他们认为这对民族的利益有好处。但是他明令禁止他们推行任何违背自然法或与国家根本准则相抵触的东西。国家的根本准则是要求在一切方面实行日心制，即除了太阳王之外不承认其他君主，除了太阳王宣示给其摄政官及议会的法律之外，不采纳其他法律。

只接受太阳王从国家的大臣中选拔出来的人任总督，选拔的方式是抽签，下面我们还要谈到。

在任何情况下不容许财产所有权落入私人之手，而要让国家拥有一切财富，从而可以绝对支配。

不允许有世袭的官衔和爵位，认真维护出身平等，平民只有凭个人功绩才能被提拔上来担任公职。

规定尊重老年人，并使年轻人自幼习惯于敬重那些年龄比自己大、经验比自己丰富的人。

在全国范围内消除游手好闲,因为那是邪恶之母,是争吵和叛乱的根源;要使儿童养成劳动和做手艺活儿的习惯。

不让儿童从事徒劳无益的技艺,那种技艺只会助长奢侈和虚荣心,只会引起骄傲,导致忌妒与不和,使心灵离开对美德的爱。

惩戒任何方面的放纵无度,因为它损害身心健康,与美德背道而驰,美德才使人的身心保持安宁、适中的状态。

维护婚姻法,成年人必须加以遵守,既是为了传宗接代,增加民族的人口,也是为了防止婚前私通、婚后通奸、乱伦行为以及其他的可恶罪行,这些都是破坏正义、妨碍公共安宁的。

要特别注意教育儿童,儿童一满七岁就由国家收养,以便教育他们自幼遵守法律,服从行政官员;行政官员乃是真正的祖国之父。

训练男女青年习武,以便任何时候都有能够击退敌人、保卫国家的人才。

最后,加强宗教,用信仰将人们联结起来。要使人们相信:任何事情都瞒不住神灵;神灵赏善惩恶不仅在人的今生,而且人死后也一样。

以上概括说来就是塞瓦利阿斯法的主要条款了,这是他抵达南方大陆五年后当众宣布的,而他的继承人自初定此法以来始终奉行不渝。颁布此法之后,塞瓦利阿斯便恩威兼施,大力加以执行。为达到自己的目的,他采取了极为正确的措施,因而他在实现自己的意图方面很少遇到障碍,也没有什么人敢与之对抗。尽管坏人不喜欢他的法律,但所有好人都欣然赞同,原因是他的法律十分公正，也非常公平。诚然，祆教徒是不易接受财产公有制的，但他们都是异乡人，而且他们的命运完全以他们领袖的命运为转移，最后他们终于顺从了他的意志，尤其因为他们看到，早已习惯于群居的斯特鲁卡兰人已经甘心情愿地服从了。那些一向过游手好闲生活的人很难强制自己参加有规律的劳动，因此人们没有要求他们严格遵守这一条款。但是对于年轻人，则要求他们切实执行。这样，不到二十年，这一条款就得到普遍遵守，而只有在上年纪的人当中才可见到游手好闲的人了。

塞瓦利阿斯在位三十八年，全国蒸蒸日上。他看到自己的法律在所管辖的各个地方得到了完全的执行，从未有任何人敢于违抗他的意志。在这段漫长的统治期间，人口奇迹般地增长。他每隔七年统计一次，当时他的臣民已超过两百万人，而在他统治的初期还不到八十万人。他将全体臣民都分配到奥斯马齐，即方形大厦中居住，让他们过集体生活，从此他们的子孙也一直仿效他们的生活方式。

他在位期间，塞瓦林德城大大发展了起来。他亲自为四十幢奥斯马齐奠基，并且命人建造了其他许多奥斯马齐，直至斯波隆德；他也是斯波隆德城的缔造者。他在塞瓦兰平原上开凿了许多运河，为的是使土地更加肥沃，虽然这里的平原天然就是十分肥沃的。他还设想了好几项公共工程的计划，这些工程后来是由他的继承人完成的。

他一生娶了十个或十二个妻妾，众妻妾为他生下了许多子女。子女的后裔迅速繁殖起来，他们都在塞瓦兰人当中受到极大的尊敬。他们甚至享有好几方面其他臣民所没有的特权，其中主要的一项是可以比其他家族的青年人早三年担任政府的公职。

塞瓦利阿斯用了许多年的时间，花了很大的力气去整理和丰富当地的语言。他的努力获得了巨大的成就，以至于在他那个时代，这种语言在优雅和柔和方面已可以跟所有的东方语言媲美。为了便于后来的人学习掌握，他在语言方面提出了一些出色的见解，并且成功地调整了基本词类，以至于到了第五任继承人的时候，这种语言比拉丁语，甚至比希腊语还要优美和丰富。

最后，他在统治了整整三十八年之后，到了七十岁的高龄，开始感到自己年老体衰了；于是他决定将政权禅让给别人，以便使自己过普通人的生活，安度余生。为此，他召开了全国奥斯马齐长，即奥斯马齐总管（他们今天仍然是总议会的成员）的会议，把自己的决定通知了他们。同时，他请他们着手选择新的总督，并向太阳神请示。在这样重大的事情上，他们是应该按神的意志行事的。他肯定地对他们说，光荣的太阳王一定会借助抽签的方式告诉他们谁是他指定作为继承人的人，只要他们遵照他早已规定的程序抽签便是。但是，他看到这番话使全体在场的人都伤心起来，于是便对他们解释说：他年岁已经很大，开始感到体力衰退，今后他再不可能执掌政权了。挑选一个比他年轻、精力比他旺盛的领袖来管理国家，那是合乎公众利益的。他已为民族的富裕和幸福工作了三十八年，最后想到个人的休息也是正当的。他又补充说道，除了这些充足的理由之外，他还从太阳神那里得到秘密的警告，要摆脱政务，把国家的行政权以及与总督地位不可分的大祭司职位交托给别人。他说完了这番话，全体在场听他讲话的人都十分伤心。议会的众成员向他表示了敬意和感激，也对自己要受另一个人的

统治这一点表示遗憾。然后，他们请求他将已经担任多年的职位一直保持终身，他曾经如此光荣地履行了这一职责。如果他坚持自己的决定，要将政权禅让给别人，那么，他们请求他起码要让他的一个儿子出来代他执政。他们还接着说，在他在位期间，全民族都清楚地看到他的贤明和品德以及他对自己的人民的爱，人民很难对这一损失无动于衷。这一损失即将给他的全体臣民带来痛苦，减轻这种痛苦的唯一办法，那就是由他的一个他认为最配继承他的儿子即位。这样一来，大家就可以通过他的儿子和他的后代始终看到他们这位尊严的先驱者的活生生的形象，并通过他们去景仰这位君主的极度贤明和无与伦比的品德，因为全民族的幸福都应归功于他。为此，他们向他建议：他的职位由他的家族世袭下去，宁可要他这样的名门望族，而不要世上的任何人。除了这些恳切的理由之外，他们还补充了许多别的理由。他们运用了所能想到的全部论据和一切办法，为的是要他接受他们提出的建议。但是，任何理由都不能使这位伟人动摇。他毅然决然地顶住他们的道理和请求。在这种场合，他的美德战胜了人类精神的一切弱点。他对他们说，既然国家实行纯粹的日心制，他就不可能接受他们的建议，因为，按照法律规定，选拔总督要完全遵循太阳神的意志进行。太阳神会以抽签的办法昭示：他的臣民中哪一位最合他的心意、最配去领导他的人民。然而他感谢他们的关心和爱戴。他还说道，他作为父亲虽然对自己的孩子十分疼爱和体贴，但他绝对不会违背使他登上宝座的太阳王的意志。当事情关系到公众利益时，必须将骨肉之情放在一边，要让一切私利服从国家的利益，而君主则应始终表现出自己是真正的国家之父。接着他又说，将来

遇到这样的情况，他希望他的继承人也具备这种美德，会追随他的榜样，并向后代人表明：君主的名誉和光荣只在于尽一切力量为上天委托给自己管理和领导的人民谋幸福。

柯美达斯，第二任太阳王总督

议会的奥斯马齐长们从塞瓦利阿斯的答复中看到替换总督是势在必行的了，于是从他们中间选出四个人来抽签，结果选中了一位名叫柯美达斯的人。后来他们将此人称作塞瓦柯美达斯，即在他的名字之前加上塞瓦利阿斯这个名字的头两个字。自此，塞瓦利阿斯的继承人就这样命了名。

推选后的第三天，塞瓦利阿斯在国家的全体高级官员的陪同下，带领柯美达斯来到神殿举行即位仪式。他要仪式十分隆重，以便为自己的继承人争光，并以自己的榜样向人民表明，应该如何尊崇君主。他到祭坛上向光明之神献上祭礼，再一次宣读了他被上天的声音选中时所作的祈祷词，然后只作了这样的补充：但愿美丽的太阳神开导和指引由神自己选出来继他之后管理人民的新摄政官。

然后，他转过身来向着即将成为他的继承人的柯美达斯，当着众人的面高声地对他说了大概如下的一番话：

“啊，柯美达斯，在我把自己手中的权力让给您之前，我感到必须对您作一些告诫：为了我们神圣君主的光荣，为了人民的幸福，也为了对您的特别教育，我觉得必须这样做。

“我们到这神殿来的目的有着某些令人奇怪的地方：您昨天是我的臣民，您明天就是我的君主。我自愿地离开宝座，而您则将毫无障碍地登上去。我们就用这种行动为后代留下一位君主所曾作出的一个卓越的榜样。这种禅位在一个国家是很少遇到的,除非是真正出于君主的父爱或软弱所致,或者是征服者的法律非要这样做不可。当前的情况却不是这样,不是血统也不是天性促使我倾向于您;同时也不是您的武力、我的软弱迫使我非将太阳王的权杖和王冠让给您不可。这仅仅是由于光荣的太阳王的意志和我对他的神圣意旨的服从,您才被提到您即将登上去的高位上。太阳王选中您当他的摄政官、我的继承人,这事可能理所当然地会使您的心灵充满崇高的思想。然而这却不该令您产生骄傲情绪,也不该使您忘记自己本来的出身。要记住,您是个普通人。按照出身的法律来说,您没有优越于他人的任何地方。您跟别人一样,也受到天性弱点的摆布、命运无常的播弄。他们的生命有终极的期限,而您也是如此。请认真考虑一下这顶王冠的重量,思考一下您是从谁人之手得来的,您必须对谁负责。请想一想前任统治时期的幸福景象,看一看您要追随什么榜样,您自己又该树立什么榜样。您要担任的总督职务是非常伟大、崇高的。这个职务要求高度的专心、正直的精神、无畏的胆略、不可动摇的意志和极度的贤明。我不怀疑您具备这一切品质,因为指引我们的光明之神无所不见、无所不做,他选中了您当他的使者而没有要其他臣民。然而,请允许我向您指出,在管理国家方面,有两条达到不同结果的道路:一条是明君之路,另一条是暴君之路;一条直通光明,另一条走向耻辱。暴君放纵自己的情欲,完全受心中的坏倾向所支配,他们总是以自己的恶行毁掉自己的明智带来的成果。他们很少想到谁赋予他们权力,也很少去想自己要对授予权力者负责。他们也从来不

考虑他的执法效力发生得愈迟缓，他的判决愈是可怕。由此可见，他们的统治是丑恶的，他们的下场往往是可悲的，他们死后的名声总是令人憎恶的。

“相反，明君则只按照正确的理性之光处事。他们把尽自己的义务作为不可违反的准则，处处遵循合理贤明之忠告。他们的宝座建筑在不可动摇的基础上，而且不断巩固。他们在世时，人们爱戴他们，死后，人们悼念他们。后人永远怀着珍惜的心情来回忆他们在位时的情况。

“我不认为您在这两条路面前选择走哪一条的问题上，会有片刻的犹豫；我相信您已经勇敢地决定仿效明君的行为，同时您也已决定摒弃暴君的准则。您的责任、您的荣誉、您的个人利益都要求您必须这样做。再者，我也以神的名义劝告您这样做，您是应该在本国体现神的活生生的形象的。神赐予我们法律，他今天又让您成为这些法律的保存者、解释者和执行者。这些法律是圣明的通谕，圣明是不会变的，它在这个王国的根本大法中也不容许被改变。请尊重法律所依据的原则，注意对此不要作任何的改动。对那些竟想以其混杂的邪恶的虚妄之念来亵渎太阳神的神圣意旨的狂人，一定要加以惩罚。请运用这些法律所赋予您的绝对权力公正执法，实行节欲，巩固和平。人民的安宁和幸福系于和平之中；但是为了维护和平，就必须认真培养淳朴的风俗，严格纠正放纵的恶习。管辖好人并不难，治理坏人却不易；实现光荣执政的唯一办法就是要赏罚分明。为此，君主在和平时期同在战争时期一样要始终保持武装，以便能在任何时候击退外来的侵犯，镇压国内的叛乱，同时令人处处敬畏和尊崇自己强大的武力和神圣的法律。我

曾力图以我过去的行为来证实这些准则的正确性，今天我又在启示我们的神的面前，对着正在听我讲话的人民郑重地向您提出这些准则。现在该由您来从我的告诫中吸取有益的东西了。然后，我就把太阳神的王冠和权杖交给您，我是遵照神的意旨，把这作为最高权力的标志移让给您的。愿您的举动符合这位神圣君主的意图；请您不要辜负我们的希望和期待。最后，请您把这句话作为不可移易的箴言：真正的国君的光荣，不在于其王冠的灿烂，而在于他的臣民的幸福。”

他一说完这番话，就携着柯美达斯的手，将他领往祭坛，并要他以不可见的、永恒的、无限的神的名义并以可见的、光辉的太阳的名义，和怀着对祖国的爱宣誓：严格地遵守国家的根本大法，不作任何增加也不作任何删减。然后，塞瓦利阿斯领他登上宝座，将王冠戴在他的头上，把权杖放到他的手中，将他作为太阳王总督参拜，第一个向他敬礼。他请所有在场的国家公职人员也跟着他参拜。接着，他转身面向大众，对他们作了一番很好的劝诫。他首先提醒大家，臣民最重要的义务是对君主权力的尊重、服从和忠诚；虽然为了建立君主权力，必须有臣民的拥护和赞同，但是他们不应认为自己的意志是主要的因素。在拥立君主方面，天命的作用比人意更大。我们应当把人世的君主看作神的活的形象；即便他们未十分尽责，臣民也不应因此而背离他们。当人民由于侮辱君主而招致法律制裁的时候，上天往往容许君主的不义行动，借以惩戒人民。臣民应当毫无怨言地忍受惩罚，而绝对不要听信叛逆的唆使。反叛不仅是罪大恶极的行为，而且也是最不明智的行径，因为这不但不会给参加叛乱的人带来自由，反而常常会使之处于更严

酷的受奴役的境地，不管胜利落在哪一方面。最后，服从合法的政权，这不仅是臣民的责任，而且也关系到他们最切实的利益。

让位以后，塞瓦利阿斯和他的家人隐居到他所建筑的一幢奥斯马齐中。那里离塞瓦林德有一天的路程，环境宜人，空气清新。他以私人身份在那里生活，除了人家来征询他的意见之外，完全不插手政务。他在世的时候，举凡有关重大的问题，人们总是向他请教的，这既是为了对他本人表示尊敬和崇拜，也是为了对他的意见表示尊重。

逊位后，他还活了十六年。他的智力并没有因年迈而衰退。他的判断力和记忆力一直保持到生命的最后一息。他终于感到最终的时刻临近，便告诫自己的所有子女要坚持操守，热爱祖国。他向他们指出，真正的光荣在于遵守法律、主持正义、实行节欲。他还补充说，虽然他的肉体会死亡，但是他的灵魂是不死的。当他的灵魂一旦离开尘世的束缚，就会飞升到那个光辉的星球上去，从而获得比先前更美、更完善的新形态；他的灵魂本来就是从那里来的。凡是在生活和品行方面都纯朴、正派的人，凡是乐意服从神的意旨的人，都会像他那样。神是能够看见一切事物、了解一切行为、甚至洞悉人的一切想法的。反之，不服从法律、生前为害的恶人和渎神的人，死后都要受到严厉的惩罚。他们的灵魂都将进入比原来更卑贱更衰弱的肉体中。他们最后会被投到阳光照射不到的地方，去尝受凛冽的严冬，深埋于浓重的黑夜之中，以抵赎自己的罪行。

他说完了这番告诫的话便魂归天府。全国人民都对他的去世深为哀痛。举国为他戴孝五十天，对他的长逝表现出异乎寻常的

悲恸。全体人民把他作为祖国之父，认为他是自己享受的全部幸福的缔造者。就这样，这位伟人留下了如此好的名声，直到现在仍然深受塞瓦兰人的景仰，将来也会永远是这样的。要不是他有所预见，要不是他极端反对偶像崇拜并在生前作了安排，塞瓦兰人是会为他高筑祭坛、将他奉为神明来崇拜的。

人们为他举行了国王的葬仪，并为此敬献了不同寻常的祭礼。他的继承人也用各种方法去纪念他，以此向全国人民表明他对他的逝世的深切哀悼。

这种虔诚和这种英明之举也大大增长了人们对这位继位者的爱戴和尊重，给他的执政增添了新的光彩，人们因之把他视为无愧于塞瓦利阿斯的继承人。

他在塞瓦利阿斯死后又执政了六年。后来他感到身染恶疾，便仿效自己的前任将政权让出，他的一举一动都是努力仿效自己的先驱者的。

他在位期间，修建了许多奥斯马齐，繁荣了塞瓦利阿斯时代已经创立的一切工艺。他为塞瓦利阿斯建造了一座华丽的坟墓，迄今在塞瓦林德的神殿中还可见到。他在岛屿的每一边都修建了大桥，以方便交通；而从前，人们是靠船只来往的。他还设想了在全岛建造一道厚城墙的计划，但是由于他活不了那么长久，他便交由他的继承人去进行这项工程。

布隆塔斯，第三任太阳王总督

当选继任塞瓦柯美达斯职位的人名叫布隆塔斯。按照传统，他当选后就被称为塞瓦布隆塔斯。他遵循前人走过的路，命人在平原上耕种，甚至去开垦各处荒山，特别是前往斯波隆德的沿路地带。他把这条路修建得比原来更加方便，并为好几个城市奠定了基础。此后，城市大大发展了起来。他在位期间，开始按照塞瓦柯美达斯的方案沿岛修筑围墙。通过学习和实践，他成了建筑方面的专家，因此他便对前任所造的建筑物大加装饰。在他当政时期，塞瓦兰人中间发生了纠纷。那是由于几个新来的袄教徒不顾违反国家根本准则，企图建立财产私有制而引起的。这件事给他带来很大困难，但他最后还是克服了。为了将来杜绝这种混乱，他禁止人们同我们欧洲大陆来往，再不愿意接待这些闹事的分子了。

他是普列斯塔兰人，这是促使他大力发展斯波隆德和山上其他地方的原因，为的是使来往更加方便。他在位三十四年。后来，他仿效前任的榜样，把政权移让给别人。

杜米斯塔斯，第四任太阳王总督

继塞瓦布隆塔斯之位的是塞瓦杜米斯塔斯，斯特鲁卡兰人。他曾想扩展边界，征服居住在离塞瓦林德八十里左右的大河下游地区的一个民族。但是议会反对这样做，不允许并非出于必要而违反塞瓦利阿斯的准则去占领新的土地。塞瓦利阿斯曾嘱咐，先开发好塞瓦林德周围的地方，然后才去触动较远的土地，除非那些地方是位于通向斯波隆德的沿路上。杜米斯塔斯看到自己的意图得不到赞同，便专心致力于发展农业，在各地建筑新的奥斯马齐，尤以在他的故乡阿尔克罗普辛德为多。他规定了一些新的宗教仪式,只是为了外表上的盛大豪华,在结婚仪式方面就是如此。除此之外,他还增补了有关庆祝活动的各种规章,为太阳神节编制了新的舞蹈,一直流传至今。人们认为,由于他打仗的意图没有实现,他便走了一条相反的道路,以订立各种仪式而自娱。他在位只有十一年,他是第一个执政至死的总督。诚然,这是一次事故所造成的。他因跌了一跤而突然身亡,引起君主空位的时间只有十五天。

塞瓦利斯塔斯,第五任太阳王总督

继塞瓦杜米斯塔斯之后,塞瓦利斯塔斯被选为太阳王总督,他是塞瓦利阿斯的后裔。通过他,第一任太阳王总督的家族又重登宝座。他身上显现出的品德和风度,使人们对他的执政抱有很大的希望;人们认为,他最有资格接受那位杰出人物——他的光荣祖先的宝座。臣民们没有弄错,他的确是塞瓦利阿斯的活的形象、完美的仿效者。他即位执政时年仅三十岁,但就是这样的年纪,他已具备非凡的见识和智慧。在他执政期间,人口大大增加,到处是一片太平、富足的景象;甚至他一即位,事情就十分顺利。

他治下的许多臣民需按国家的规定安排工作,因此他进行了规模宏大的、几乎有着不可克服的困难的工程。首先,他修成了塞瓦林德的宫殿和沿岛的城墙;他还建造了雄伟的圆形剧场,凿通了我们在本书第一章中提到的隧道。

他恢复了同波斯以及同欧洲大陆其他国家的联系,塞瓦布隆塔斯对此曾加以禁止。但他改变了来往的方式，只愿意派一些塞瓦兰人到我们中间来，为的是学习一切他们认为能促进他们民族的幸福和光荣的科学和艺术，而不允许他们向我们介绍他们的国家。

这些措施最终促使人民文明起来，并在他们当中奠定了卓越的科学、优美的艺术和大规模的公共演出活动的基础。他创立了"科登巴西翁"节，即纪念伟大上帝的节日。塞瓦利阿斯当初就有这个想法，但是他的历任继承人生怕没有透彻了解这位立法者的意图，因而并未实行。而塞瓦利斯塔斯，或者由于他具有血统方面的优越性，或者由于他比别人更了解他的卓越的先驱者的意图，他克服了一切困难，定下了这一庆典之后，要臣民们每隔七年庆祝一次。他自己主持了六次庆典，因为他在位四十七年。他统治四十七年后便退了位，随后又活了十二年。

凯马斯，第六任太阳王总督

继承这位卓越君主的是塞瓦凯马斯。他是个大博物学家，致力于应用自己在药草和金属方面的知识。他发现好几处矿藏，甚至还发现了丰富的金矿。他利用黄金来装饰太阳神殿和塞瓦林德宫，因为在这个国家里，黄金是不作货币用的，而且也不需要货币，甚至使用货币是国家根本大法所禁止的。

正是他命人用那块经过等分并刻有光线的大金板，来装饰塞瓦林德神殿中那个象征太阳的光芒四射的大圆球的。这块金板至今仍能见到。他在位四十三年，后来自动逊位。

金普萨斯，第七任太阳王总督

塞瓦凯马斯之后是塞瓦金普萨斯继位。此人喜欢在全国旅行，连最小的奥斯马齐也要去看一看。他非常爱好园艺，还派人整修道路，在沿路各处插上方便旅客的标记或界标。他命人测量各地间的距离，设立路标，并命令在所有的城市安置女奴，以侍候旅客。他曾同南部的斯特鲁卡兰人开战。那里的民族凶暴、粗野，从未承认过塞瓦利阿斯的政权。塞瓦利阿斯当时不屑于去征服他们，甚至嘱咐自己的继承人不要首先攻打他们，而要满足于自己所拥有的土地。这些土地，只要好好开发，就能够供养六倍于现有的人口。从那时候起，人们都不去理会这些野蛮人。只要他们规规矩矩，大家对他们也就不说什么了。可是这一次，他们竟敢入侵塞瓦金普萨斯的领土，他就只好出兵打到他们那里，经几次交战，彻底打垮了他们。他勒令他们每年进贡一些男女青年当塞瓦兰人的奴隶。由于在他们的山区发现了一些好矿藏，他便派人在那里修筑堡垒并且留下军队驻守。塞瓦兰的青年人每年奉命按规定的时间在那儿服役。他在位二十八年，然后禅位于他的继承人。

米那斯，第八任太阳王总督

现今在位的就是他。我们被领到塞瓦林德正是按他的命令办的。这位塞瓦米那斯已经执政很久了。当我离开此地前往波斯的时候，人们说他即将让位，因为他感到年事已高了。他做了许多事情，其中修建了一条大水渠，通过这条水渠，将距离大河六七里以外的山上流下来的河水引到塞瓦林德城。这项工程，他的前任已经开始，而他是在接位后的前十二年完成的。

他是一个公正、严肃的人，要求人民服从于他。但是他热爱人民，也受到人民的爱戴。我在他执政时生活了十三四年，亲眼见到这一时期所完成的好几桩事业。我花了一些力气去观察这里的人民的法律和风俗。关于这些，我有必要在这里说得比前面更详细一些。

今日塞瓦兰人的法律和风俗习惯

在塞瓦利阿斯和他的历任继承人的历史中，我已扼要地介绍了这里的民族的法律，并且指出了他们政权管理的主要准则。我本来可以在这里就这方面作一番长篇大论，描述所有的规章制度以及从塞瓦利阿斯到现在的塞瓦米那斯历任太阳王总督所定的全部法令。但是这样的详叙会十分冗长而且乏味，因此我在这里只说一说最突出的东西。

塞瓦兰国家政体是君主制的，独裁的，实行以首脑为本的日心制，即最高的权威和权力属于君主一人。君主是国家财产的唯一支配者和所有主。人们把太阳神视为至高无上的君王和绝对的主人。但是，若从人治方面来考察这个国家的政权管理，则可以发现这个君主制是继任的、独裁的，并且杂有贵族政体和民主政体的性质。

这从下面一点可以表现出来：作为国君和神的唯一代表的总

督，不仅由太阳神选拔出来就任，而且也经过总议会的选举和人民的选举。因为当要选举总督的时候，总议会就从自己的成员中选出四人，这四个人再进行抽签。四人中谁抽到太阳神像，谁就作为美丽的太阳神所选中的人，被宣布为元首。

所有被提拔担任公职的人，首先是由人民在每个奥斯马齐中推选出来的，直至担任奥斯马齐长都是这样。而当某个人升到这个等级的时候，他就成为总议会的成员，就可以代表本奥斯马齐投票表决和否决。最初，当全国人口还不多的时候，这里奥斯马齐长都参加常务议会。但在人口增加以后，他们虽然全都参加总议会，但参加常务议会的，一人要代表四个奥斯马齐，后来是一人代表六个，现在是一人代表八个。他们把这些常务议会议员称为"布尔奥斯马齐长"。按照布尔奥斯马齐长入选的时间，再从他们当中挑选元老院议员。这样，他们中间最老的那位便接替新去世的元老的职务。我说的最老是就任职时间而言，他们是不考虑年龄的。现在的元老院议员共有二十四名。他们襄助总督处理一切重大事务并组成最高议会。他们被称为"塞瓦罗巴斯特"，即塞瓦利阿斯及其继承者的助手之意。

另外还有一个由布尔奥斯马齐长组成的低一级的团体，成员为三十六人，提拔担任"塞瓦罗巴斯特"的职务（当有空缺的时候），或任命为外地各市的总督，但不包括斯波隆德和阿尔克罗普辛德两市在内。因为这两个城市十分重要，是由阿尔比科尔马斯和勃拉森达斯这样的塞瓦罗巴斯特管辖的。

塞瓦罗巴斯特除了向太阳王总督献计献策之外，几乎都担任一定的职务，而且都是重要职务，如将军，海军司令，有关建筑、粮食、祭祀、学校、典礼以及其他各种事务的长官。他们每人还有自己的特别委员会来履行这些职责。

每个市总督下面还设有特别委员会负责管理市政或省政。我们见到市总督最先是在斯波隆德，那里是全国第一个也是最重要的总督府，因为山那边的所有城镇，普列斯塔兰民族中所有留下来的人都归它管辖。大部分普列斯塔兰人已离开家乡到塞瓦兰定居。人们将所有身体上或精神上有缺陷的人都遣到那里，由此便称那个地方为斯波鲁，关于这一点，我们前面已经说过。

除了上述官员和公职人员之外，还有其他一些低一级的公务员，其中有负责青年教育的，他们十分受人尊敬，因为孩子的良好教育决定国家的命运和整个民族的前途。

一些工艺生产的领导人也极受尊敬，特别是主管农业和主管建筑业的人员。这两个行业最有用途，而且全国从事的人也最多。

由于官员的地位比平民高，他们的职务比一般人的高贵，他们理应享受更多的报酬，而且他们领取报酬的多少是按他们在国家中的地位而定的。首先他们有指挥人的光荣，享受一呼百诺的乐趣。法律允许他们比其他臣民娶更多的妻妾，他们每人可以有大量的奴隶供他们差遣。他们的住所、饮食和服装通常都比平民要好。大家都按他们的地位来尊重和崇敬他们。此外，一个人成了官员之后，他就有可能希望通过逐级升迁，取得最高的权力。塞瓦利阿斯以后的历任总督都是这样登上宝座的，没有其他途径可以达到这个高位。这样，一切有功绩、有雄心的人都努力博取同胞们的爱戴和尊敬，以便在选举时赢得他们的选票。如果认真考察一下塞瓦兰人的习俗和风尚，那就可以发现，在注意自己的发迹以追求生活的舒适享受方面，说到底我们和他们是有着同样的愿望和同样的目标的。

但是他们和我们之间有着这么一点区别，就是他们借以高升的方法全都是正当的，合法的，而我们为了摆脱贫困和默默无闻却常常使用卑劣的、罪恶的手段。要是我们通过正当的或不正当的途径得到了财富和荣誉，我们就往往加以滥用，或是将其传给自己的子女，任他们全权支配，喜欢怎么样就怎么样。然而塞瓦兰人只许做好事，他们唯有一贯行善积德，才能保持自己的财富和地位。他们留给子女的只有自己值得效法的良好榜样。

如果发生总督职位空缺的情况，就由塞瓦兰人中最老的那一位代理总督行使职权，直到最高议会选出继承人为止。

太阳神新摄政官所做的第一件事，就是召开全国总议会会议，全部奥斯马齐长和一般来说全体主要公职人员都参加会议。他向众人宣布，太阳王选中了他本人，并询问大家是否乐意服从神的也是国王的意志，承认他是神的摄政官。接着，大家高声回答说："Erimbas imanto"，意即服从光明之主。然后，大家随他去神殿。他向太阳神焚香顶礼，感谢太阳神对他的特别恩宠。他发誓献身为神服务，许愿对神尽忠，对人民要公正和爱护。祭礼完毕，他便登上宝座就位。我们觐见塞瓦米那斯时，就见他坐在那宝座上。全体塞瓦罗巴斯特尾随着他，最老的那一位把金光灿烂的伞形冠戴到他的头上。关于这顶王冠，我们前面已经提到过。于是，每个元老院议员向他表示竭诚辅助和忠诚不渝，其他所有的人则向他和他的议会表示恭顺和服从。如果当时他有什么法案要提出，他便向全体在场的人宣布，说明理由，并交给每个奥斯马齐长一份副本，请他们好好研究，把他们的意见告诉他。九天以后，就在另一次与此类似的会议上，当众对这份法律文本加以认可和确定，与会者每人取一份副本带回。然后总督让众人告辞，自己便回宫去。

每当要通过新法律时，就召开这样的总议会会议，一切做法都像我刚才所说的那样。

任职期限的长短视总督和他的议会是否满意而定。但是，一个人一旦任职，被解除职务的情况是极少的，除非是自己提出辞呈（这一般是到六十或七十岁的时候才这样做），或是他们有渎职的行为，这种情况也是非常罕见的。但是万一总督变成凶恶、渎教、专制的暴君，企图破坏根本大法时，那就要尽一切可能使他恢复理性。如果最后进谏无效，最老的那位塞瓦罗巴斯特便召集总议会会议，向议员们说明原因，并征求他们的意见，问他们是否应当请求太阳神为他指定的总督设一名监护人，以便按塞瓦利阿斯及其继承人的根本法，执行各项法律，维护法律的全部效力和权威。这时，其他人就会表示同意。于是大家就上神殿去。他们向太阳神焚香祷告以后，塞瓦罗巴斯特们便开始抽签，抽到太阳神像的那位即被宣布为总督的监护人。这时候的总督就被认为已经失去理智。自此之后，他就不再参加总议会，而被置于冷宫之中看管起来，直到神灵愿意恢复他的理性的时候为止。然而他在宫中还是会受到各种优待和尊重的。当他表明愿意尽自己的义务时，他就会被当众宣布恢复权力和履行职责，一如他被剥夺权力时那样。

这便是塞瓦利阿斯法有关这个问题的一项条款，是为万一发生这种情况而定的。然而，这种情况尚未发生过，也许是永远不会发生的。这项条款是为了对付那些的确理智失常但却不愿自动退位的人的。

塞瓦利阿斯给所有这类事情定下了一些程式,例如对于在不同场合要向太阳神作的祈祷词也作了规定,特别是关于那份我们前面已经翻译出来的祈祷词。那是每次举行总督选举时都要念诵的。

我想,现在该来介绍一下:这个大国的生活方式是怎样的,那里怎样设立公共储藏库,又是怎样加以支配的。

我们已经说过,该国政权的重要原则之一是废除臣民的财产私有制,一切财富由君主全权处理。从塞瓦利阿斯的时候起,就一直这样实行了。为了供应众人生活必需品,也为了让每个人生活得舒适,人们建立了储存一切生活必需品和用品的公共仓库,也设立了存放正当娱乐用品的仓库。正是从这些仓库中提取物品,按照需要分配给每个奥斯马齐的。每个奥斯马齐也拥有自己的专用仓库,不时从总仓库中取得补充,从而可以给予每个人生活的必需品和从事手艺或工艺的必要用品。在农村的奥斯马齐,人们主要致力于土地耕作,以所收获的农产品供应人民。首先,每个乡村奥斯马齐自己留够小麦、葡萄酒、食油和其他农产品,可供继续农业生产和养活本奥斯马齐的全体人员之用。多余的产品则送到公共储藏库去。那些大量饲养牲畜的地方,做法也是这样。

打猎、捕鱼和所有手工制造业都设有长官。本部门工作必需的材料,由长官们到出产这些材料的地方去领取,并由他们送到加工的地方去。例如,有些地方出产棉花、亚麻、大麻、蚕丝,主管这些产品的人便将它们收集起来运到城市,城市就将这些原料织成布,又从城市将布料运往有此需要的农村各地。关于羊毛、皮革、金属以及其他一切生活用品也都这样做。

至于建筑用的材料，由主管建筑的长官设仓库保管，也由他们提取所需的材料供建造新大厦、维修旧房屋之用。供庆祝、典礼、演出用的物品也同样处理。关于这一切物品，都有各种管理官员负责，他们都管辖着一定数量的从事这方面工作的人员。还有各种负责培养男女儿童的奥斯马齐，但男女分教。奥斯马齐中有专门担负教育青年人的导师和教员。有的奥斯马齐向青少年传授手艺和工艺。每个奥斯马齐都有自己的专用仓库、自己的公职人员以及大量干粗活儿的奴隶。从这些专用的仓库中提取维持每个人生活的必需品。

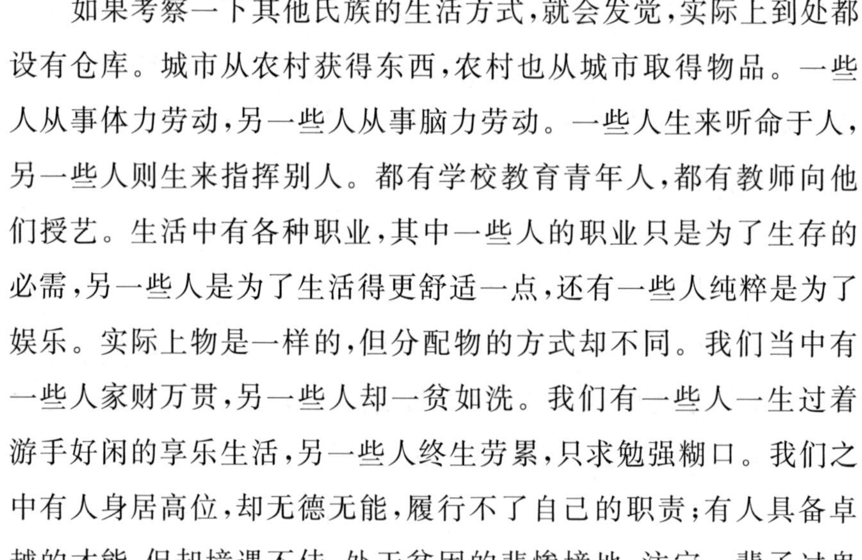

如果考察一下其他氏族的生活方式，就会发觉，实际上到处都设有仓库。城市从农村获得东西，农村也从城市取得物品。一些人从事体力劳动，另一些人从事脑力劳动。一些人生来听命于人，另一些人则生来指挥别人。都有学校教育青年人，都有教师向他们授艺。生活中有各种职业，其中一些人的职业只是为了生存的必需，另一些人是为了生活得更舒适一点，还有一些人纯粹是为了娱乐。实际上物是一样的，但分配物的方式却不同。我们当中有一些人家财万贯，另一些人却一贫如洗。我们有一些人一生过着游手好闲的享乐生活，另一些人终生劳累，只求勉强糊口。我们之中有人身居高位，却无德无能，履行不了自己的职责；有人具备卓越的才能，但却境遇不佳，处于贫困的悲惨境地，注定一辈子过卑微的生活。

但在塞瓦兰人当中，没有穷人，没有人缺乏生活必需品和生活用品。每个人都可以参加公共的娱乐和消遣活动。而为了享受到这一切，他们却无需从事极度繁重的劳动来残害自己的身心。只需每天适度工作八小时，本人、家庭、子女都可以得到一切好处，即便有一千个子女也一样。没有人为交捐交税而操心，也没有人想到积蓄大笔钱财让孩子致富，为女儿备嫁妆，或要赎买遗产。他们免去一切这类的忧虑，一生下来就是富足的了。虽然他们不是所有的人都被提升担任重要公职，但他们看到在位的人都是靠功绩和自己同胞的推崇而升迁的，起码这点就叫他们心悦诚服。他们全都是贵族也全都是平民。没有谁可以非难别人出身卑微，也没有谁能够以自己出身显贵而自傲。谁都感受不到这种痛苦：眼看别人游手好闲地生活，而自己却要用劳动去助长他们的骄傲和虚荣。最后，如果细想一下这个民族的幸福，那就会发现，这是当今世界上可能有的最完美的民族了，与之相比起来，其他所有民族都是极其不幸的。

如果也来将太阳王总督的幸福和别的国王、王公以及其他君主的幸福相比较，那么也会看出显著的区别。后者通常很难取得维持国家所需要的献纳金，而往往不得不使用武力和残暴的手段以达到自己的目的。而前者完全不必采用这一切手段，因为他已经是全民族财产的绝对主人。他的臣民中没有一个人能对他拒不服从或追求特权。他可以按照自己的心愿赏赐或没收。他认为合适的时候可以维持和平或发起战争。大家都服从他，没有任何人敢于违抗他的意志。他不必担心人民的反叛或起义。谁也不怀疑他的权力，大家对此都自愿服从。他的权力不归功于任何人，任何人也不敢将他的权力夺走。谁会这样狂妄，竟认为自己比被太阳神选为摄政官的人更有资格指挥呢？即便有人狂妄到要篡夺政权，他怎么能够去做呢？他到哪里找到这么一些人，竟愿意支持他的疯狂举动，自己甘愿当奴隶而将他奉为君主呢？再说，宗教也大力促使塞瓦兰人服从自己的上级。因为他们不仅承认太阳神是自己的国王，而且还把他当作是自己的上帝来膜拜。他们认为，神是他们所拥有的一切财富的源泉。这样他们便十分尊重他的法律和管理机构；他们相信，那是神自己通过塞瓦利阿斯在他们当中设立的。此外，由于他们受到极其良好的教育，从儿时起，他们就习惯于服从法律。这种服从对于他们是很自然的事情。尤其是他们愈思考，愈觉得这些法律公正合理，因而也就愈乐意遵从。

关于塞瓦兰人的教育

英明的立法者既为自己的人民制定了优良的法律，也没有忽视对青年的教育工作。他十分懂得，法律得到维护或遭受破坏取决于对青年的教育如何；风俗的败坏往往造成政治上的大混乱。一个有恶习的、缺乏教育的人很难成为一名能干的官员，也不会是一个好臣民。因为，一方面，他的强烈的私欲促使他作恶；另一方面，他的愚昧叫他无法正确分辨善恶和真伪。人们天性就有向恶的方面，如果不用严明的法律、优秀的范例和良好的教育对此加以矫正，那么坏的种子就会在他们心中滋生巩固起来，往往压倒他们天赋的美德的种子。于是，他们就沉醉于自己毫无节制的贪欲之中，听凭激烈的狂暴的欲念支配自己的理智。这就将他们推向种种灾难的境地。由此便导致了暴力、掠夺、嫉妒、仇恨、骄傲、统治欲，也引起了叛乱、战争、屠杀、纵火、渎神以及其他种种人们常常深受其苦的祸害。

良好的教育一般可以矫正，有时甚至可以根除人们的恶习，而维持他们的向善因素。

伟大的塞瓦利阿斯对于此点是十分了解的。正因为这个原因，他曾作了关于儿童教育的多方面的指示。首先，他认为父母不近情理的纵容或是过于严厉都常常会毁掉孩子，因此他不愿意将这些幼苗交给不善于育苗的人之手。

为此，他创办了公共学校，为的是将儿童集中起来交由那些经过挑选的精明人来培养。他们对孩子既不溺爱也不憎恶，而是通过训诫、矫正和范例，一视同仁地教育全体儿童憎恨恶习，热爱善行。但为了不让父母妨碍他们履行自己的职责，他规定：父母给予子女最初的关怀、对自己爱的结晶表示了最初的慈爱以后，便要放弃做父母的权力，而要将这种权力交给国家和行政官员，这二者是祖国的父亲。

按照这些指示，孩子一到七岁，父母就必须在每年四次规定的日子里，将子女领到太阳神殿。殿内有人给孩子脱下初生以来所穿的白衣服，给他们洗净身体，剃光头，涂上油，还给他们穿上一身黄袍，然后，将他们托付给神灵。父母就此完全失去对孩子天赋的控制权，只保留了受子女热爱和尊敬的权利。从这时候起，孩子便成为国家的子女。这之后，立刻就将孩子送往公共学校，在学校的整整四年中，要培养他们养成守法的习惯，教会他们读书写字，教习他们舞蹈和使用武器。

儿童这样在学校住了四年之后，身体发育已经健全，就把他们送往农村，让他们在那里学习种地。他们每天劳动四小时，另外四小时学习学校中所学的功课。女孩和男孩的培养方式没有多大区别，但分开不同的地方进行，因为人们为男女儿童分别设立了奥斯马齐，而农村的奥斯马齐一般是分隔很远的。

当孩子到十四岁时，住屋和衣服都要变换。他们脱掉黄衣服，穿上绿色的服装。这时当地话就把他们叫做“埃迪尔奈埃”，意即已进入生命中第三个七年。第一个七年叫“阿迪尔奈埃”，第二个叫“加迪尔奈埃”。另外也有按服装的颜色称呼他们的。如“阿里斯泰埃”，即白色服装；“爱兰拜埃”是黄色服装；“福吕埃”是绿色服装。对女孩子来说，只需改一个字尾，即将“埃”改为“艾”便是，例如“阿迪尔奈艾”，“阿里斯泰艾”，如此等等。这时候，就教习他们基本文法，还让他们选择职业。经过一定时间的试验，如果人家认为他们合适，就给他们指定师傅，由师傅们向他们传艺。但如果他们没有多大才干，那就让他们选择农民或泥水匠的职业，这是全国两个最大的行业。

至于女孩子，人们就教习他们一些适合女性身份的工艺，这种工艺不如男子的劳动那么繁重。她们从事纺纱、缝纫、织布，还有其他几种手艺，体力方面的要求都不如男子的职业那么高。

当女孩子满十六岁，男孩子满十九岁的时候，他们就可以谈恋爱和考虑结婚。这是按如下的方式进行的。

当他们到达上述年龄时，他们就可以在指导人员在场的情况下相会，一起散步、跳舞、打猎、演出以及参加一切公共节日活动。在这种场合下，小伙子可以追求姑娘，毫无拘束地向她们表达爱情。姑娘们也可以接受小伙子的求爱，而不必羞羞答答。他们在出身、财富、职位以及其他的命运之恩赐方面都没有任何区别，因为他们在这些方面是平等的，而只有性别之差，以及男比女大三岁的年龄上的差别。因为年龄过于悬殊的婚姻只有那些找不到丈夫的姑娘才被允许，她们为了不当老处女只好挑选公职人员做丈夫。如果有些人由于先天缺陷或不幸事故而导致无法结婚，那就被送到斯波鲁去，因为不允许这样的人留在塞瓦兰。

当青年男女在一起时，爱情便萌发增长起来，占据他们的心灵。每个人都竭力以自己美貌的颜容、具有魅力的才智去博取对方的爱。那些才貌出众，而且正直善良的人往往比别人更易被看中。有见识的女子认为，这样的青年很容易得到职位，而她们就可以分享丈夫的荣誉地位。但也有一些女青年的见识却完全相反：她们担心，一个出色的男子取得职位以后，就同时拥有职位所赋予的特权，这就是如果他愿意的话，可以多娶妻妾；因此她们宁愿嫁给不怎么出色的男人，而不愿意去爱高升之后就可能分心的男人，她们是想整个占有男子的心的。这样，每个人就按自己的爱好决定自己的策略。一些人喜欢享乐，另一些人喜爱高官显爵。每个人都有自己的特殊爱好。

由于塞瓦兰人天性聪敏，并且都受过良好的教育，彬彬有礼，所以恋人在相会的时候都奉献鲜花、佳果，用笑声、歌声、动人的谈吐向心上人表达自己的激情。这一切都是被允许的，没有谁对此加以非难。相反，那些不为爱情打动的人却受人轻视，他们被看作是秉性恶劣的人，这样的人不配得到祖国的宠爱。

但是，在所有这些场合中，有失体统的行为是很少见的。大家不会做出非礼的举动，也不会说出非礼的话，因为那是明令禁止的。甚至最厚颜无耻的人也不敢有越礼的行为，因为他们是在大庭广众之下跟姑娘们说话的，而且女方的指导教师也在场。

出嫁前十八个月的女子叫“埃尼贝”，男子叫“斯柏莱”。这时男女双方可以自由见面，相互熟悉，彼此相爱而不确定什么。但是这段时间一过，按照习惯，就要缔结婚约，彼此盟誓。自此之后，被拒绝的情敌就避开，而姑娘也只能接待答应娶她的情人。当结婚庆典的期间来临，他们便上神殿去举行婚礼。至于婚礼进行的方式，我们在本书的第一章已经描述过了。

结婚以后，男青年穿上蓝色服装，因为他们已到了二十一岁，女青年也一样穿蓝色，因为男女已经结合在一起了。但是为了标明女青年还未到二十一岁，她穿的蓝衣服带上绿色的袖口，直到满二十一岁为止。这时候，女子就带上头纱，将自己的头发遮拦起来，而在二十一岁之前，女子是让头发外露的。

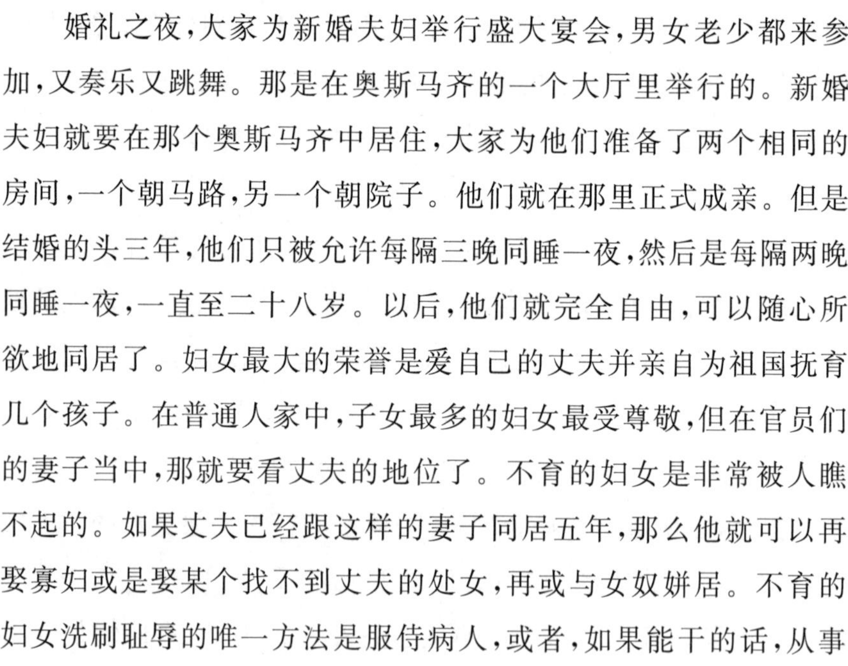

婚礼之夜，大家为新婚夫妇举行盛大宴会，男女老少都来参加，又奏乐又跳舞。那是在奥斯马齐的一个大厅里举行的。新婚夫妇就要在那个奥斯马齐中居住，大家为他们准备了两个相同的房间，一个朝马路，另一个朝院子。他们就在那里正式成亲。但是结婚的头三年，他们只被允许每隔三晚同睡一夜，然后是每隔两晚同睡一夜，一直至二十八岁。以后，他们就完全自由，可以随心所欲地同居了。妇女最大的荣誉是爱自己的丈夫并亲自为祖国抚育几个孩子。在普通人家中，子女最多的妇女最受尊敬，但在官员们的妻子当中，那就要看丈夫的地位了。不育的妇女是非常被人瞧不起的。如果丈夫已经跟这样的妻子同居五年，那么他就可以再娶寡妇或是娶某个找不到丈夫的处女，再或与女奴姘居。不育的妇女洗刷耻辱的唯一方法是服侍病人，或者，如果能干的话，从事教育青年的工作。每个做母亲的都应该亲自给婴儿喂奶，除非身体虚弱到要喂奶就会影响健康的程度。而在这种情况下，就得由另一个失去了孩子的母亲当那婴儿的乳母。乳母是很受人尊敬的，她们虽然失去了自己的宝贝，但为别人喂养孩子，也是为祖国哺育下一代。

以上就是塞瓦兰人培养和指导青年的一般方式。但是对于那些具有非凡天资、适宜于从事科学和绘画雕塑等艺术的儿童，培养的方式则不一样。他们可以免去体力劳动而专门从事脑力的工作。为此特设一些学校专门教育他们。每隔七年，就从这些学校的学生中选派一些人到欧洲大陆游历和学习一切我们欧洲人所特有的东西。自从塞瓦利斯塔斯重新恢复这种联系，并下令进行这种游历以来，他们就一直这样实行的。要去游历的人，起码得留下三名子女作为回来的保证才能出国。我不知道这是否就是他们总要尽可能返回家园的原因；但是我并未听说过，自从这条惯例确立以来，有任何一个人逃离祖国侨居异地；也未听说过，在旅途中没有死去的人却不回到自己的祖国来。

塞瓦林德及其周围的城市，有一些人会说欧亚两洲的多种语言，其原因就是他们进行了上述这种旅行。他们平常也教授那些准备游历而尚未动身出国的人学习这些语言。塞尔莫达斯和卡尔希达等人一见面就能和我们交谈，原因就在于此。因为他们曾经多年和欧洲人、亚洲人谈话，已经懂得好几种我们的语言了，人家却不知道他们来自哪个国家，往往把他们当作波斯人或亚美尼亚人看待。

第　四　章

塞瓦兰人的特殊风俗习惯

塞瓦兰人生活在其中的制度及其所接受的教育，不能不对他们的心灵产生巨大影响，也不会不促使他们向善，如果他们有某种向善的天性的话。塞瓦利阿斯一开始就注意到这里的民族有一点儿自豪感，而且一贯如此。确实，他们所受的教育把这种自豪感变成了尽职尽责和博取尊敬的崇高愿望，由此，那种在别的制度下会导致作恶的习性，在这里却激励他们积德行善。他们非常喜欢受到赞扬；当他们的某个行政官员称赞他们出色地履行义务或做了什么好事时，他们的高兴劲儿比我们收到贵重礼物时的喜悦心情尤甚。妇女爱受赞扬的强烈愿望并不稍逊于男子；那些养了很多子女并始终保持荣誉和贞操的妇女尤其是这样。她们为此而感到自豪，尽管她们十分谦逊，竭力加以掩饰，但是这种自豪感仍然从她们的面部表情上显露出来。在她们当中，没有什么比荡妇的名字更令人可憎了。她们只要同名声不好的人或者同说过有损于女性廉耻的话的人交谈，便自认为是罪过。不过，她们并不谨小慎微，因为她们每天在劳动中和进餐时都同自己男女同胞们交谈，相当亲热随便，而且完全无拘无束地表达自己的感情，但又总是很有

节制。男人们也不失庄重；如果他们在妇女面前做了什么污秽或失礼的事，或说了这类话，大家对他们的看法就会很糟。他们都竭力博取众人的爱戴和尊重，因为只有这样才能出任公职；因此，在渴求高位显职的人们当中，可看到一种正当的竞赛，他们因之非常注意自己的一举一动，以免失去自己的信誉。诽谤和恶意中伤要受到严厉的惩罚。如果有谁控告自己的同胞，而又不能为指控提出证据，他不仅会声名狼藉，而且还要受到法律的严厉制裁。他们都公开声明讲的是真话，要不就不说。当人们无意中发现儿童说谎时，不论可能是什么谎言，都要给说谎的孩子以严厉的惩戒。因此孩子从小就习惯于讲真话，要不就不作声。当有人问及他们不想让人知道的事情时，他们就默不作答，如果人家坚持追问他们，他们就会十分生气，并且肯定会把追问者视为讨厌的人。像他们这样有教养并且在这种制度下生活的人，他们当中很少有人爱撒谎，这并没有什么可奇怪的，因为他们没有其他民族中存在的那种要说谎的原因。他们既不会因贫穷所迫，也不会受钱财吸引，更不会因担心冒犯上司或希望讨好上司而讲假话。

况且，当一个国家的好榜样普遍存在的时候，只有坏人和疯子才会试图背离共同的规矩，做出违反大家赞同的习俗和道德准则的举动。在塞瓦兰人中不可救药的坏榜样是绝不会产生太严重的后果的，因为对坏人的惩罚十分严厉。当人们看到他们不肯改悔时，就把他们遣送到矿里，让他们远离有教养的人的社会。

至于诅咒和渎神的话，塞瓦兰人是不懂的；可以说，他们尽管从未读过福音书，但在这方面遵守福音书的戒律却胜过基督教徒们，因为在他们的全部言辞中，是只能说是，非只能说非，别无他话。

他们不会酗酒，因为酗酒会受到严厉处罚，而且他们也很难得到致醉之酒，因为没有任何酒吧、酒馆，人人都在公共餐厅用餐，那里只供给每个人食物；他们用餐时又都不超过节制饮食的限度。此外，他们结婚之前，喝葡萄酒，或者饮用其他任何发酵的酒类，都在禁止之列。这样，他们在有可能酗酒堕落之前，就已受到注意节制的教育，养成节制饮食的习惯。他们天性的恶习就是性爱和报复心；但是，法律规定青年人一旦有恋爱能力时即可结婚，从而纠正性爱的无度；至于报复心，可以通过教育使其得到很大改正，因为他们是在一起受教育的，从童年起就习惯于容忍同伴们干的许多事情，或者是出于无可奈何，或者是因为他们必须服从自己的上级。他们之间一旦出现什么重大纠纷，上级总要设法使他们和好起来。他们天性快活，每天下工以后，总喜欢参加娱乐活动。跳舞、听音乐、赛跑、摔跤和其他各种游戏，是他们最通常的娱乐活动。他们都十分强壮，大多数人身体都很健康；这部分地来自于先天和他们的生活方式，部分地归因于他们的愉快心情。

所谓来自先天，是因为他们的父母是出于爱情而结合的伴侣，相爱的程度远远超过于其他考虑而结婚的人。由于他们对下一代特别重视，所以他们很少同房，因此他们生下的子女比不重视下一代的地方所生的孩子要健壮得多。已婚妇女不但因多养育子女而得到很高的荣誉，而且她们还把不与丈夫发生频繁的性关系视为美德，因为频繁的性关系会有害于下一代，使子女体弱多病或过早夭折；即使这样的子女幸免于夭亡，也很难成长为体魄健壮的人。

这儿的民族的生活方式还大大有助于增强体质，因为他们的生活很有节制，但不缺吃，也不少喝。他们进行多种体育锻炼，但都是些适度的锻炼活动。由于他们不易受到任何堕落行为的影响，因此在他们中间既看不到痛风患者，尿沙患者，也见不到染上各种为有廉耻心的人所不齿的性病的人。

他们的娱乐活动和愉快心情也十分有助于保持健康；他们的体魄从不受忧虑和悲愁情绪的损害，而那些每天都得为满足自己眼前的需要，或供给家庭的需要，再或为预备日后的需要而奔波的人，心灵都备受忧愁的折磨。塞瓦兰人却无忧无虑，不贪钱财。他们从不缺少什么。适度地享受生活中正当的乐趣，乃是他们最关心的事情。这一切不仅是造成他们普遍健康强壮的原因，而且也是使他们长寿的原因。这里见到一百岁、一百二十岁高龄的老人是相当平常的事。他们几乎个个身材高大，体格健美；他们当中身材不高的人在我们当中也是最高者。我们在这里看到一些男人高达六至七尺[①]，妇女中也有相应的高个子。这当然不是说这里没有身材较矮的人，然而，在这里见到身高七尺的男人是不足为怪的，而他们在我们中间就会被视为巨人。

举凡有助于健康的，都不会无助于增加两性的美；因为，尽管我们在这里不大能见到像蜡娃娃那样娇嫩秀气的美人，但却可看到一些男女相貌俊美端正，皮肤细嫩光润，肌肉丰腴饱满，脸色微白透红，而且精神奕奕，刚健有力，这在我们当中是不多见的。一般来说，他们的头发和眼睛都是黑色的，也有的人头发为淡褐色，但是很少见到金黄色头发的人。他们的服装整洁而朴素，是用粗

① 这里是指法尺，是法国旧长度单位，每尺相当于 325 毫米。——译者

布、棉布、毛料或丝绸制作的，共有三种。第一种服装是用像亚麻那样的一种草本植物织造的；第二种是用该国大量生长的一种树的内皮制作的；第三种是用蚕丝织造的，就如我们所穿的服装那样。他们也使用金银线锦缎，但那是供高级官员穿用的。金线和宝石专供总督使用，金线布肩带只供塞瓦罗巴斯特使用，银线布肩带则是供奥斯马齐长和布尔奥斯马齐长使用的。下级官员及其妻子穿丝绸衣服；普通百姓穿亚麻布、大麻布、毛料和棉布制成的衣服。衣服颜色因年龄不同而异，每七年改穿不同颜色的服装。如同我们讲过的那样，儿童穿白色服装；此后依次为黄色、绿色、蓝色和红色的；红色服装分为两种，一种是淡红色，一种是深红色；继红色之后是两种灰色，灰色之后是炭黑色，最后是全体老年人穿的黑色服装。大红、金色和银色服装是供执政官穿用的，从服装颜色的不同，便可以看出年龄和职位上的差别。有些人可能会嘲笑这些花花绿绿的装束；可是，除了职位高低之外，这个民族的一些人比另一些人的优越之处全在于年龄上的差别，而不同颜色的装束对于识别不同年龄的人是很必要的，为的是使人能够按照各人的年龄表示应有的敬意。当人们了解到这一点时，我想就再不会加以嘲笑了。杂色衣料是供奴隶和外国人穿用的，给我们穿的服装均用这种衣料制作，原因就在于此。

男子头戴毛边帽或一般帽子，帽子颜色与他们的服色相同。结婚前，他们听任头发生长，但一旦结婚，便把头发剪短至耳际。他们身穿短衬裤、上衣和长袍，长袍垂至小腿的中部。他们身束腰带，脖子上围上状如领带的绘花布带。他们像我们那样戴手套、穿长袜、穿皮鞋和绳底帆布鞋，还用一种我们不认识的树的树皮制作这种帆布鞋。

不同年龄的妇女梳有不同的发型。姑娘们把头发梳理得千姿百态,她们除非到户外去,否则头上不戴任何东西;外出时,她们头饰伞形花或戴上用一种可抽丝的草编制而成的帽子。在这种场合,所有的妇女都这样做。已婚女子总是戴上布制或丝制的面纱,面纱和服装的颜色一致。

已有子女的妇女,头戴大红丝带,丝带的数目与她们抚养到七岁的子女数相同;因为不满七岁夭亡的子女是不计算在内的,母亲也不因之而享受更大的荣誉,这就使她们益发精心地养育自己的子女。妇女的其他装束与男子一样,所不同的是她们的袍子长些,在胸部有开口。

每年发给她们两件新衣服,一件是亚麻布或棉布衣服,另一件是毛料衣服。男人和儿童也领同样数量的服装;因此,总是看到他们衣冠整洁,穿着入时。每三年发给他们一次日用布制品,并在他们需要时,给他们更新家具。这类家具有床、桌子、椅子和少量餐具;他们不需要其他东西,因为他们自己根本不烹调肉类食品。在所有的奥斯马齐中,他们都共同进餐,那里已准备好他们所需要的一切。

一般说来,他们每天吃三餐,即早餐、中餐和晚餐。头两顿均在公共食堂吃,晚餐则单独吃,因为允许每个人晚上在家里与妻子、儿女或自己喜欢的朋友一起进餐。

他们中间经常组织小型社交团体,在住房内或在公共场所一起举行娱乐活动;但是这类活动只能在劳动结束后进行。通过这种办法,每个人选择自己最喜欢的人做伴,并使自己的心愿得到满足。

洗澡对他们来说是常事：冬天，他们总是在各奥斯马齐中洗热水澡，至少十天一次。夏天，他们在晚上洗河水浴，已婚男子可与妻子十分自由地混在一起入浴；但是女孩和男孩分开洗澡，为此，设有不同的浴场，供他们分开使用。

臣民经常举行打猎比赛，男女均可自由参加，时而这些人结伴，时而另一些人同行。同时也举行捕鱼比赛。为此，通常派人进行这方面的训练。

劳动时间是有规定的。用钟声通知人们起床，告诉他们要完成的任务。夏天，因白天长而起床很早；冬天，又因白天短，起床较晚；按照季节不同，把作息时间提前或推后。

病人在患病期间免于劳动；年过六十岁的老人也是如此，如果他们愿意享受这种照顾的话。不过，如果他们身体仍然健康，那么，由于他们养成了良好的劳动习惯，并且羞于无所事事，他们是不大能脱离劳动的。孕妇和喂奶的妇女也免于劳动。不过，当她们在空闲时间能做点什么事情时，她们倒宁愿干点活儿，而不愿意闲着不做事。

塞瓦兰人的致敬礼节因人而异。当他们遇到某位执政官员时，他们便脱帽、鞠躬致意，鞠躬的深度视其等级和职位而不同。对于老年人，他们只是脱帽致敬，而不鞠躬；对同辈人只是做个手势，先把手放在胸部，然后让手垂于一侧即可。妇女们的致敬礼节也是这样，只是姑娘们有所不同；当姑娘们向某位官员或老年人致意时，她们不是脱帽，而是把左手举至头部。执政官员以手势向青年人打招呼；当他们喜欢某个青年而愿意做个特殊表示时，就吻对方前额。塞瓦兰人向妇女或姑娘们致意时，不习惯于吻礼，甚至没有触碰她们的习惯。只有少数女性在她们小时候受过父母的亲吻。她们结婚那天，新郎在神殿里对她们的亲吻就是她们接受男子的第一次亲吻。并不是不允许姑娘们让自己的情人吻手，不过这种情况却很少，而且是出于某种特殊的情意。青年男子只是在舞会上（而不在其他场合）才可以碰姑娘们的手，而同一性别的人则可以相互握手，以此表示友谊。他们相互致意时所说的问候话是各种各样的；最通常的问候语是：érimbao erman，即“愿太阳神爱您”。

妇女损害自己名声的事是很少的，不过有时也发生，正如读者在我们曾提到的于莉丝贝及其女伴受罚，以及军队的一些男青年受罚的事例中所看到的那样。由此可以看出，硬要满足自己情欲的人是存在的；但是通常有三个方面防止他们这样做，那就是法律的威严、机会的稀少以及前面所说的注意让青年人及时结婚等。可是，理性的力量往往敌不过急迫的情欲，我们定居塞瓦林德三年后，有几对青年情侣所发生的事情就是这样的。他们深陷情网，以致无法耐心地等到他们举行婚礼的时候。他们觉得等得实在太久了。

有两个小伙子，一个名叫贝米斯塔，另一个名叫庞索纳。贝米斯塔有个妹妹名叫贝米斯特，兄妹两人长得十分相像，妹妹只比哥哥小一岁。他们的个儿一样高，说话的声音也一样；总之，两个人相像得实在不能再相像的了。贝米斯特所在的奥斯马齐里有一个长得很漂亮的姑娘，名叫西马德。贝米斯塔狂热地爱上了西马德，也博得西马德对他的爱。由于他俩相爱，贝米斯特与西马德之间也建立了友谊；西马德喜欢贝米斯特，因为贝米斯特是她情人的妹妹：贝米斯特喜欢西马德，因为西马德是她哥哥的恋人。由此，她们结成了亲密的友谊，几乎总是形影不离，晚上更是如此；因为她们成了最要好的朋友，两人便同住一个房间，同睡一张床。贝米斯特为庞索纳所爱，她自己也爱上了庞索纳；这一原因也促使她的恋人与她的哥哥建立了亲密的友谊，就像她与西马德之间的友谊一样。因此，他们两人也住在一处，睡在一起，而且彼此吐露自己的爱情秘密。贝米斯塔可以同她的妹妹自由交谈。庞索纳则靠着贝米斯塔，有幸经常见到他亲爱的贝米斯特，并且当着她哥哥的面，向她倾诉衷情；贝米斯塔也因有妹妹的情人同他做伴而感到高兴，因为他让庞索纳与他的妹妹交谈，同时他自己就与亲爱的西马德私语。只要有机会，他们就相会谈情。他们感到爱情与日俱增，彼此都表明了这一点，于是，心中产生了难以克制的强烈而又急切的欲望。他们经常祝愿幸福的日子早些来临，以结束他们的苦闷。然而，情人们年轻的心灵已受到强烈的情欲支配，他们觉得这一天太遥远了。他们当中最心焦如焚、急不可耐的，就是贝米斯塔。情急计生，他脑子里生出一个减轻痛苦的办法，就是避过他女友所在的奥斯马齐的看守人的注意。他想，如果能说服他的妹妹与他换穿装束，并且来同庞索纳过夜，他就可轻易地占用他妹妹的床位，即与西马德同床。有了这个念头，他就去同他的朋友庞索纳商量。庞索纳并不比贝米斯塔正经，而且他本人冒的风险也不那么大，就力促贝米斯塔那样干。这两个男人的想法一致了，但困难在于如何使两个女孩子也都有这种想法。他们感到这确实不容易。但是，他们最终还是下决心这样干，而且只要可能，就非干到底不可。

他们下了决心之后，就全力去诱惑那两个天真的姑娘；他们如此能言善辩，用了一个月的时间，就说服她们同意了他们的幽会计划。他们从容地选择了时间，那是一个盛大节日，大家都忙于参加庆祝活动去了，兄妹两人换穿了衣服，通过这个办法换住了住宅和卧室。于是，庞索纳便充分地享受到贝米斯特的一切，贝米斯塔也尽情地享受了他亲爱的西马德的一切。嗣后，当为期七天的节日结束时，他们又把衣服互换过来，各自返回自己的住所，为自己随心所欲地享受到爱情生活而洋洋得意。

然而，猛然爆发的事情是很少能够持久的。急不可耐的贝米斯塔由于已享受到快乐，他的情欲之火慢慢熄灭了；转而向另外的人燃烧起来。他同他的情人住在一起的时候，曾同该奥斯马齐中的另外几个姑娘无拘无束地交谈过，其中有一个姑娘名叫克塔莉普斯。他似乎发现克塔莉普斯身上比西马德有更大的魅力。他享受西马德给予的快乐三天以后，就开始生厌了。可是他隐瞒了自己的感情，在他的情人面前没有显露任何厌烦情绪。他抓住所能有的一切机会与克塔莉普斯交谈，竭力对她逢迎讨好，然后才离开克塔莉普斯的住地。同时，他还仔细打听了谁是这个姑娘的情人，发现她有三四个情人，其中一个她更为喜欢。他尽快地与这个人结识，并向他吐露了他与西马德之间的爱情，但是只字未谈他们之间发生的特殊关系。贝米斯塔告诉他说，通过他的妹妹，便可以顺利地接近克塔莉普斯。那个人真是求之不得，马上接受他的建议，请他争取他的妹妹，让她在克塔莉普斯面前给自己帮帮忙。这正是贝米斯塔所希望的，他一得到这个请求，就及时把此事告诉他的妹妹，并硬要她告诉克塔莉普斯。克塔莉普斯很乐意听人家向她

讲起她所爱慕的男人的一切好话。因此，她把贝米斯特视为知己。她们两人经常在一起。倘若西马德不知这个秘密，她肯定会嫉妒的。少女们一旦彼此要好，又同住在一个奥斯马齐里，常常是睡在一起的。由于这是她们的习俗，克塔莉普斯有时很想同西马德分享这种幸福，与她换床睡觉，好更方便地向贝米斯特讲述她的爱情故事；而贝米斯特则把这一切告诉他哥哥，以便他能告知她的女朋友的情人。狡猾的贝米斯塔看到事情的发展果然不出自己所料，心里一阵狂喜，便劝说他的妹妹经常与克塔莉普斯睡在一起，加深同她的友谊，尽可能给他的朋友帮忙。贝米斯特并不知道他哥哥的真实意图，每当与克塔莉普斯在一起时，就竭尽所能，为他哥哥的朋友说好话。她做得非常成功，致使克塔莉普斯对他的情人满怀着十分真诚的、同时又十分朴实和纯洁的爱，一心只想嫁给他。那个小伙子很快就知道了贝米斯塔和他的妹妹对自己的帮助，真是对他们感激不尽，并且越来越坚信自己的情人对贝米斯特的友谊。

这段时间，两对幸运的情人急切地等待着另一个盛大节日的到来，好再次相会。塞瓦林德长达五天的结婚节已为期不远，他们希望这个节日能与上一个节日一样有助于实现他们的意图。然而，这次节日提供的便利虽然使他们都怀有希望，但是他们的目的却完全不同。因为狡猾的贝米斯塔一心想要在克塔莉普斯身上享乐一番，他把占有西马德视为达到他所期望的主要目的的手段。为了稳妥地实现目标，他软硬兼施，硬要他妹妹说服克塔莉普斯接待她的情人。他说，克塔莉普斯的情人已经掌握了夜晚潜入她的房间的可靠办法，在节日期间，既不会被发现，甚至也不会被怀疑。

贝米斯特没有忘记按照她哥哥的嘱咐，尽可能寻找最适当的机会办这件事。她向克塔莉普斯转交了她的情人给她的一封充满柔情、令人心醉的信，眼看克塔莉普斯的心被这封信所深深打动，便认为这是建议她接待她情人的最好时机了。于是她尽量巧妙地向她提出这个建议。可是没有成功。克塔莉普斯首先向她表明，她对这种打算感到厌恶；她说，她永远不会为情欲而牺牲自己的名誉，如果她不能以合法途径得到她的情人，她宁可放弃。接着她向贝米斯特指出，如此鲁莽的举动会有怎样悲惨的结局。她说，假若是另一个人向她提出这种建议，她会恨她一辈子的。她还说，她开始怀疑她情人的真诚，因为他竟能不相信她的操守；这事使她清楚地看出，他并不是她过去以为的那样正派的人。贝米斯特看到这个姑娘生了气，为了不使自己与女朋友的关系破裂，觉得应当机灵地转个弯儿。于是她神态一变，开始笑了起来，接着就吻了吻她，紧紧地拥抱了她，并对她说：听了她刚才关于自己的操守所作的表示，她有理由比任何时候都更加爱她；她提出这个建议只是为了考验她，这与她的情人毫无关系。她建议她要始终不渝地保持这种庄重、高尚的感情，永远不要听信任何可能损害自己名声或违背自己义务的话。她还说，哪怕她的情人仅仅有非法玩弄她的想法，她也绝不会宽恕他的这种冒犯的。这一番狡诈的话完全平息了真诚的克塔莉普斯的怒气。谈话结束的时候，两个人又重新作出互敬互爱的许诺。过了几天，贝米斯特把自己与克塔莉普斯之间发生的这件事告诉了哥哥。这激起贝米斯塔的恼怒，他看到自己的计划流产，希望几乎破灭，因为他本来打算冒充克塔莉普斯的情人，深夜进入她的卧室，来欺骗这个天真无邪的少女的。然而，尽管事

情不顺利，他却没有完全放弃希望，仍想通过什么别的办法来达到自己的目的。因此，他不再给他的妹妹施加压力，而只要求她一直维持与克塔莉普斯的友谊。他尽可能耐心地等待盛大节日的到来。节日终于到了，他及时地同他妹妹换穿了衣服，去跟西马德一起睡觉。可是，他对西马德的亲爱劲儿完全是虚假的。如果她稍加留意，本来会很容易地发现：是另外一个人而不是她迷住了她情郎的心；然而，由于她对他毫不怀疑，也由于他很善于掩饰自己的感情，她一直以为他是忠诚的。这期间，他问西马德，他该怎样应付克塔莉普斯，因为克塔莉普斯把他当成了他的妹妹，几次要求他跟她同睡；如果她继续提出这个要求，他就很难应付了。西马德看到她的情人不得不拒绝一个如此漂亮的少女，不禁笑了起来。贝米斯塔也假装笑了笑。然而，第三个夜晚，贝米斯塔耐心地等到西马德入睡，便把一种在这个国家中相当常见的麻醉药投入她的鼻孔，她完全昏睡过去。他感到她睡熟之后，便悄悄地下床，走出了房间，去敲离此不远的克塔莉普斯的房门。这个姑娘把他说话的声音当成是贝米斯特的声音，便立刻给他开了门。贝米斯塔进门后，要求她叫她的同伴到西马德的床上去睡，因为她（他）想同她交谈而不愿有外人在旁。由于她们在这种情况下都习惯于这样做，他很快就与克塔莉普斯单独在一起了，就在她的房间里，在她的床上。这时，他感到已身临最易于满足自己欲望的地方，便想动手去占有这个美人。可是，当她发现自己的怀中竟是一个男人时，猛然想到是他模仿贝米斯特的声音，来窃取她最宝贵的贞操，便高声呼救，喊声如此之大，很快地惊动了整个奥斯马齐。大家迅速赶来援救她。可是，在来人到达之前，贝米斯塔已逃出了房间，混进从四面八方赶来的妇女人群之中了，她们一些人手举火把，另一些人手持武器。大家询问克塔莉普斯为什么喊叫，为什么如此惊恐。她的同伴从西马德（在整个奥斯马齐中只有她还在熟睡）的房间里回来了，拉着她的手说："我亲爱的朋友，我离开你以后，这里究竟发生了什么事？看你这么不安，这样异常惊恐，究竟是什么原因？你说话呀，亲爱的，告诉我们，你为什么呼喊，为什么害怕？"克塔莉普斯听到所有这些问话，什么也没有说，万千思绪占据了她的脑子。她想起不久前贝米斯特曾建议她接待她的情人，如果他来房间找她的话。她想，由于这种企图遭到她的反对，他就不告而来，以为一旦把她搂在怀里，就能轻易地征服她。想到这一如此粗鲁的举动，她首先感到愤怒。可是，过了一会儿，爱情和怜悯之情交织在一起，这又使得她把这个行动看做是她的情人对她强烈的爱的结果。这时，她后悔自己引起这样的轰动，责怪自己没有采取别的办法自卫，而只是大声呼喊。她看到自己的喊叫声在奥斯马齐里引起一片异常的混乱，心情尤为沉重；这件事可能使她的情人受到极严厉的刑罚和处分，也会使她自己遭到举国议论和嘲笑。她的这些想法很有道理，可是有点来得太迟了；当她还在惊慌不安时，无论怎样保持沉默也是枉然，最后总得讲出她喊叫的原因。她的同伴问她贝米斯特出了什么事，并把她俩如何换床睡觉的事告诉了众人。人们便到西马德的房间去找贝米斯特，看到只有西马德一个人仍在床上睡着，而且对别人的问话毫无反应。不管怎样叫她，拉她，掐她，想将她弄醒，她仍然酣睡如初。于是，几个姑娘喊了起来，说西马德已经死了；这又一次引起慌乱，比第一次尤甚。有人诊了她的脉，把手放在她的左胸上，发现她完全活着，只是处于深

度昏睡之中。人们探究她昏睡的原因，最后在她的鼻孔里找到了贝米斯塔放进去的麻醉药。这又是一件令人震惊的事，是无人想象得到的。这时有人拿来了一种酯剂，西马德刚一闻到，就从沉睡中醒过来了。当西马德清醒过来，看到自己的情郎已经不在，却有许多妇女站在自己的身旁，向她问这问那，说了许多她全然不懂的事情，这时她的惊讶情形，我们是很容易想象到的。首先她以为她与情人的私通已完全败露，人家已在她床上发现了他。这种念头加上她良心上的内疚，还有那曾使她昏睡的麻醉药给她造成的虚弱，这些都给她带来极大的痛苦，致使她陷入危险的深度昏厥状态之中。这一意外事件又使人们深为震惊，并且引起新的议论。然而，当大家忙于抢救西马德的时候，让我们回头看看那个无辜的克塔莉普斯吧。她再也不能保持沉默了，最后认为宁可失去她的情人，也不能损害自己的名誉：于是她高声说出：有一个她不认识的男人，冒充贝米斯特，并模仿贝米斯特的声音，进了她的房间，想强行奸污她，这就使她不得不大声呼救。奥斯马齐的女导师听了克塔莉普斯的坦白，即令加强各门的警卫，并令人去传贝米斯特。人们四处寻找她，整个奥斯马齐都在呼叫她的名字，可是到处都找不到她。有人发现了她的衣服，但不管找得多么认真，都未能找到她本人。经过长时间寻找仍旧毫无结果，人们便把所有的女孩子叫了来逐个检查，但并没有在她们中间发现任何男子。因此，大家又对克塔莉普斯议论纷纷，怀疑她说的话不是真的。可是，她坚持说肯定有一个男人想在她的床上强奸她。于是，大家再次搜查奥斯马齐的每一处地方，不放过任何一个角落，然而还是白费力气，根本没有发现什么男人，也没有找到贝米斯特。这时，天已大明，几

个想洗澡的姑娘走进了浴场,发现了假贝米斯特。假贝米斯特潜在水里一段时间之后,不得不露出水面换气,被她们看见了。姑娘们认出这个人之后,立即告诉了女导师。她抓到了这个人,对他进行了检查,没费什么力气就识破这个狡猾之徒的性别,认出他就是贝米斯特的哥哥。这时,西马德已清醒了过来。克塔莉普斯得知是贝米斯塔想玩弄她,才认清了他妹妹的阴谋。她对女导师说,贝米斯特曾想说服她在她的床上接待她的情人,肯定是有意把她的哥哥引进来。这时,大家开始揣测到整个的阴谋。尽管这个俘虏什么也不肯供认,但是女导师已派人去搜查她的房间,并在那里找到了同情人睡在一起的真贝米斯特。人们对这三个牵连到西马德的人进行了审查,可是他们根本不愿意告发西马德;倘若西马德自己不招认,不向审查她的人坦白认错,她本来可以被视为是无辜的。有人奉命请来了司法人员。可是,奥斯马齐的姑娘们已先用荆条把贝米斯塔打得皮开肉绽,然后才将他交给法庭。

这个意外事件轰动了整个塞瓦林德城,市民们很快就知道了事件的详细情节。不久,这几个不幸的情人当众绕神殿而行,挨了鞭打。克塔莉普斯则接受了检查,被确认是清白贞洁的。她的情人得知后非常高兴。不久,他就娶她为妻。我想,他至今还同她一起过着幸福的生活。

由此可见,爱情有时会怎样地瞒过最严厉的警卫人员的警戒,驱使情人们去干最冒险的事情。无论法律看起来怎样合乎情理,也并非所有的人都同样守法。到处都有一些人不大畏惧严肃的法律,哪怕法律规定了严厉的处罚,他们仍会为满足自己的情欲而不顾犯法。

塞瓦兰人同我们一样，是按年份或太阳公转来划分时间的。他们还进一步按月或月球公转和半公转加以细分，因为他们根本不按周数计算时间。朔月的头三天和望月后的头三天是他们的节日；他们只在上午劳动三小时，其余的时间均在欢乐中度过。我们在他们的国家里看到了几乎所有我们欧洲大陆见得到的乐器，还看到其他一些我们所没有的乐器。希腊人和罗马人先前发明的水琴被我们丢弃了，他们又重新发掘出来；他们还夸耀地说，已在原发明的基础上增添了许多新东西。不管怎样，他们的水音器或水琴肯定比只依靠风的管风琴好得不知多少。他们的曲调和歌词是那样的雄壮、优美，无怪乎莫里斯觉得他们的音乐要比我们的好得多。再者，由于他们比我们强壮魁梧，他们的声音也就更加雄壮响亮。此外，他们遵循格律诗的规则，我们下面就要讲到，这种格律诗比起我们不规范的韵文来，气势要大得多。除了所有这些优越性之外，还要一提的是，当他们发现本国内某个儿童的嗓音优异时，就从七岁开始训练他，并把他献给太阳神，使之成为给太阳神唱颂歌的歌手。

至于绘画、雕塑、木刻、刺绣以及所有其他与其说是为了实用不如说是供观赏的工艺美术，都不让普通居民去做，而是设立专门场所，由经过挑选的，精于这些技艺的人去做。他们都为公共场所的装饰而工作。

这里除非病人或老年官员才乘四轮马车、两轮马车或轿子，一般都不大见到这类交通工具。这里的疾病很少，患病的人也不多，只有发烧或患胸膜炎的病例，这两种病是由血液过多或某种过于激烈的运动所引起的。

他们房屋的光线和通风都非常好，室内极其干净。他们讲究有节制的规律的生活方式、适度的锻炼、呼吸清新的空气和食用新鲜的肉类。这一切都有助于增进他们的健康。因此，尽管行政官员安排了内科医生和药剂师，但他们都不大需要；不过，他们却非常重视外科医生。外科医生的主要工作是用防腐香料保存那些博得公众爱戴的行政官员的尸体。他们的技术十分高明。我看到，当人们打开装有一百多年前经防腐处理的尸体的棺材时，尸体仍像活人一样，没有受到空气的任何侵蚀。其他居民死后，就把他们火葬，并仿效古罗马人的方式，把死者的骨灰装入骨灰盒。

他们火化尸体时，认为躯体中最精灵的部分便由青烟带给了太阳神，而留在灰里的，只是那些最世俗的东西。

塞瓦兰人的司法方式

他们没有私有财产，所以从未见到他们中间发生民事诉讼。这里只有刑事诉讼，由奥斯马齐长负责审理，如果犯罪事实发生在他们的裁判管辖区的话。每个法官由两名副手和当地三位老人协助工作。这三位老人可由罪犯自由选择。如果是几个人犯的罪，或是居住在不同的奥斯马齐里的人犯的罪，案件交由一位布尔奥斯马齐长和有关的奥斯马齐长审理；如果是轻罪，就由他们共同负责终审；最重的罪则由一位布尔奥斯马齐长及其八名助手审理。遇有重大案件，可向他们上诉。对于有损国家的罪行，案件交由一位塞瓦罗巴斯特及其十二名助手审理，这些助手均为布尔奥斯马齐长。如果事关重大，可在太阳总督及其总议会成员面前提出辩护。被告本人也可为自己的案情辩护,或者请一位比自己更善于辩护的朋友帮助亦可。

我经常去法庭旁听,目的是了解一下各种案件的判决和审理的方式;由于法官的耐心、稳重,也由于大家对法官的尊重和崇敬,他们的审理方式确实是非常值得赞扬的。在这里,根本听不到欧洲判案的法院里那种叫喊声和喧嚣声。这里一切都进行得安安静静,秩序井然。很少发生我们那里经常遇到的不公正的判决;我们那里,野心、贪欲和嫉妒腐蚀着法官们的心灵,驱使他们作出违反明摆着的法律、违背理性之光的判决。不过,凡有人群的地方,就有欲念,差别只在于程度的不同,偏袒和诡诈往往凌驾于正义和无辜者之上。有一天我在阿尔克罗普辛德市看到了这种情形;那是一个名叫内雷利阿斯的法官在一桩交由他处理的案件中所作的宣判。

有一个十分正直的青年人,在数学方面,特别是在其中被称为力学的那一部分,很有造诣;他完成了一项发明:用他设计的,而且认为效果绝对可靠的机器,能把水引到地势极高的地方。但是,在人们向有杰出发明的人颁发荣誉奖之前,在他当众证明自己的发明之前,他不愿意让任何人知道此事。因此,他只好找一个他认识的人帮忙,这个人的铅笔画极好。他告诉他,他需要借助朋友之手把他设计的机器画在纸上,请他帮忙代劳。他的朋友答应了,并应承按照他提供的图样立即动手。数学家得到这个许诺之后,便把他亲手勾勒的部分草图给了这位画家,请求他在发奖仪式到来之前画出清稿。画家应诺之后,很长一段时间过去了,在这段时间里,他或者出于恶意,或者由于懒惰,对于自己承揽的这件事几乎一点儿也没做。数学家因而很不耐烦，不得不向画家索回图样，并且对他十分恼火，因为他的这种做法要使他失掉在同行中得奖的时机和手段。画家却对他的抱怨倍加嘲笑，用虚假的诺言长时间地捉弄他，然后终于对他说：除非他把他的一个仇敌从阿尔克罗普辛德桥上扔进河里，否则就不打算把原图纸归还给他。画家之所以想要这位数学家干这件事，是因为他是一个力大无比的人。这一要求使年轻的数学家感到吃惊，因为这是不正义的，荒诞的。可是，数学家担心不能及时准备好图纸，于是只好答应说，只要画家在十天内完成向他承诺的工作，他就去做画家让他做的事情。画家对此表示满意；怀着借助于第三者去侮辱他的敌手而自己又不冒什么危险的愿望，不停地去干那件他很久以前就开始了的工作，结果按照他答应的时间完成了。随后，他把完工的事告诉了数学家，并且说，如果数学家愿意履行自己的诺言，即把他的仇敌扔进河里，他愿把为数学家绘制的图纸全部交给他。尽管数学家看出了他的恶意和怯懦，可是不能不承认自己许下的诺言。他要求画家想办法把要被投进河里的那个人引到桥上来。画家当然不会不寻找这种机会的。他找到时机以后，就把答应为他效力的数学家带到桥上。这时，画家的仇敌正在桥上观看水中的某种演习。画家把仇人指给了数学家；数学家向那个人说明了原因之后，就拦腰抱住他，不顾他竭力反抗，将他投入河中。数学家随即向画家索要图纸，画家将图纸交给了他。数学家刚刚握紧图纸后，就对画家说：他用甜言蜜语耽搁了他很多时间，继而又要求他为他卖力，使他变成他的不公正的报复行为的工具；既然如此，他有理由用自己的力量使自己的义愤得到发泄。说完之后，立即抱起画家，把他也

投进河里，并且对他说，他应该去同他的仇敌做伴，他的仇敌还不如他那样配受这种待遇呢。塞瓦林哥河宽而且深，可阿尔克罗普辛德桥并不很高。因此，两个被数学家扔进河里的人未受到任何伤害；况且两个人又都会游泳。他们几乎同时被扔进河中的同一地点，如果他们不互相扭打，本来是不会冒溺水的危险的。可是，第一个落水者游到画家身边动手就打，一心想就地进行报复。两个人之间发生了异常激烈的搏斗。如果不是有几个人驾船赶到那里，把他们分开，并从水中拉上来，他们两人中肯定有一个会淹死的。画家的仇人当时已揪住画家的头发，并对着他的面部击了几拳；正当他要使画家在水中窒息的时候，船上的人从他的手中救出了这个坏家伙，并把两人都拖上了岸。随后，他们被送进监狱，一直关到司法机关过问他们的纠纷的时候为止。数学家看到人们把那两个人送去见法官，便也随着去投案自首，同他们一起被关进了监狱。不久，这三名罪犯被传讯到庭，接受我们前面所讲的那位内雷利阿斯法官的审判。内雷利阿斯任凭自己的偏见摆布，给数学家和被他投到河里的第一个人判了六个月的徒刑，并宣布画家无罪，虽然他是三个人中最有罪的人。当他宣布这个判决时，数学家无论怎样向他说明事实真相，并为画家的仇敌——那个完全无辜的人辩护，都无济于事；他不仅不愿听数学家的辩护，而且也不愿听取他请来的证人的陈述。这位内雷利阿斯在没有偏听偏信时，是一个明断事理的人，一个伸张正义的好法官。可是，只要有人在判决前央求他一下，就其案情对他有所嘱托，这个人就比到法庭申诉的其他任何人都更容易被他听信。此外，他在判决时遵循一条十分错误的准则，就是宁可支持奴隶和不讲信誉的人，也不支持有

功绩的人；在他所判的各种案件中都可以看出这一点。但是，由于那些案件都没有这次案情重大，因此他从未因自己不公正的判决而受到处罚。他性情怪僻粗暴，如果有谁不幸惹他生了气，哪怕是一件小事儿，也不管这个人的案件多么有理，他也要给他判刑的。数学家是一个勇敢而正直的人，他对自己所受的无理判决极为愤怒，便把满腔怒火都转到不公正的法官身上。他希望，如果有机会，有朝一日一定要向他报仇。可是眼前他只好忍受这个判决，因为他只能等到监察官来巡查时才能向他们提出上诉。这类检查每三年公开进行一次。那时，不仅允许，甚至还鼓励那些有理由对法官的不公正判决提出申诉的人向监察官告状。因此，数学家认为，最好是等待有利于实现自己意图的时机，而不必无益地声张和控告。检查的日子就要到了。这项工作是由塞瓦罗巴斯特们主持的，在城市和乡村的法院所在地都进行。数学家毫不怀疑这些高级检查官员会比内雷利阿斯更公正更准确地审议他的案件。内雷利阿斯因偏听偏信画家的几个朋友的话，不仅不听他的辩护，甚至以侮辱性的方式对待他；当他要求内雷利阿斯听取他的陈述时，曾对他表示了尊重和恭顺，而内雷利阿斯却只报以藐视和带有威胁性的目光。说来数学家倒也幸运，这一年被派到阿尔克罗普辛德市来检查的，是一位很有才智而且热爱科学和艺术的塞瓦罗巴斯特。数学家向他告发了内雷利阿斯，他的陈述得到了认真听取；他甚至还出示了他的几篇计划图纸。尽管内雷利阿斯未经审查就认为他的计划是胡思乱想，而且杂乱无章，塞瓦罗巴斯特却十分称赞这个计划。继数学家上诉之后，还有其他几个人也控告了内雷利阿斯。因此，监察官们对这个不公正的法官极为恼火，他既不审查

案情,甚至也不愿意听当事人的陈述,就毫无道理地给人家判刑。在当地的民族看来,这是极不公正的行为。人们处罚一位法官主要是因为这点,而不是因为别的事情。内雷利阿斯被传讯到庭,既有教养又有口才的数学家当着监察官的面,提出他控告内雷利阿斯的证据。结果,内雷利阿斯因对这一案件的不公正判决,以及其他几项错误判决,被革除了职务,降为平民,受到众人的憎恨和鄙视,不过,他在这种境况下没有生活多长时间,因为他经受不了革职带来的痛苦和耻辱,便日不能安,夜不能眠,失去了理智。最后,由于非常绝望,他从阿尔克罗普辛德桥上跳进了河里,落在数学家把画家及其仇人投下河的同一个位置上,可是,他没有像其他人那样从水里冒出来,因为他顺着水流沉没,在被救上来之前已经窒息,从而结束了他的一生。由此可见,上天怎样惩罚不公正法官犯下的罪行。苍天以严厉的处罚表明:没有什么比那些滥用职权迫害无辜的人的所作所为更令他不快的了。当监察官审查内雷利阿斯所作的判决时,我正在阿尔克罗普辛德市。不久之后,我在塞瓦林德听到了这个悲惨的结局。

除非是犯了大罪,否则这里从来不判死刑;但要按罪行性质,判犯人若干年徒刑。犯人在监狱里被强制从事大量劳动,并经常受到惩罚;犯人还不时被带去游街,在神殿周围当众挨打,然后再被领回监狱,这样一直到服刑期满为止。当我问塞瓦兰人为什么不以死刑治罪时,他们对我说,这样做既不人道又不理智:处死一个同胞,夺走不能再给予他的东西,这就是不人道;把一个能通过有益于公众的劳动来赎罪的人毁掉,这便是不理智。他们还说,强迫犯人在监狱长时间劳动,经受慢性死亡,不时拉他们出去示众,经常让众人看看如何因犯罪而遭受惩罚，这就是对罪犯相当重的惩罚了。他们还说，凭经验认识到，人们不大害怕一下子使之解脱苦难的速死，而更害怕漫长的惩罚。他们根据需要经常把犯人送到矿里劳动，有时也把他们留在教养所里。

每个人都可以把他所控告的人带到官员那里去，只要被告是个平民，而且指控人愿意和他一道被拘留。如果被告不愿随从，指控人又没有足够力量使他就范，那么，只要指控人一呼喊：Sévariaslei Somés antai，意即有人犯法了！他不服从塞瓦利阿斯的法律！大家就有义务去帮助他。人们一听到这句话，就会从四面八方跑来抓被告。他的案情也会因这种抗拒行为而加重。以上简要地叙述了当地民族的司法情况；在那里，判案不需要很长时间，因为拖长判决时间毫无利益可图。

塞瓦兰人的自卫队

这个民族尽管从不进行战争，却仍然一直把自己武装起来，坚持练兵习武，并将其视为一种主要职业。自男孩或女孩长到七岁被国家收养之日起，就开始教他们使用武器。这是他们的日常训练之一，一直到十四岁为止。到那时，就教他们学会一种手艺；但是仍然要求他们每逢节日操练数小时。除全年中的几个盛大节日之外，每个月还有六天节日。平常节日，每个人只在自己的奥斯马齐里操练；但是在盛大节日的时候，就要进行总检阅，人人都得参加，除非有免于参加的正当理由。不只是男人练习运用兵器，妇女自十四岁起也这样做，直到四十九岁止。此后，便都免除自卫队员的义务。再者，全国分为十二个区，其中总有一个区处于战备状态，担负三个月的军队职责；因为这是轮流进行的，所以尚未免除义务的人得每三年在部队中服役三个月。军队驻在野外，有如要同敌人开战那样安营扎寨。想读者已在本书的第一章中看到他们的军队的秩序如何了，我在该章曾对此做了详细的描述。我现在要补充的是，在塞瓦兰一向有四支军队，在斯波鲁有两支，其中的两支总是处于对峙状态，并尽力相互袭击，如同真是敌军一样；大家也像真正打仗那样认真遵守严格的纪律。此外，还从各个部落抽调一些士兵去矿山守卫塞瓦金普萨斯时期建造的要塞，塞瓦金普萨斯当时征服了胆敢侵犯他的国家的斯特鲁卡兰民族。派去守卫要塞的人要在那里驻守六个月，然后换下来，回到家里去；此事每隔十二年才轮到一次。但是，如果真的发生战争，一些作战部队就要开拔。除上述军队之外，每天有三千人守卫总督的宫殿，其中两千步兵，一千骑兵。但是妇女均免服守卫宫殿和矿山的兵役。地方行政长官按其管辖区的大小，也都配有自己的警卫。因此，第十二区尚未免除自卫队义务的人，目前每天都处于常备状态。关于部队的给养，有四轮运货车、军粮、武器弹药、大炮及其他一切战时需要的物品，平时就像真正开战那样让士兵们习惯劳累。所有的将军都是国家大议会的成员，如果不是国家大议会成员，就不能统帅军队。少将都是布尔奥斯马齐长；其他军官则一律在人民中挑选。他们有军事法庭，但是有些案件允许高级军官就将军的判决向总督提出上诉。他们把士兵分为三个军团，即夫妻一同参军的已婚者军团、女青年军团和男青年军团。每个军团分成由一千二百人组成的团，每个团分成由一百人组成的连，每个连又分成由

十二人组成的班；每班设一名班长，每个连设两名各统率五十人的军官，他们都属于下级军官。高级军官是两名掌旗官，两名中尉，两名上尉，以此为序，下级服从上级。再往上就是上校，每个团设两名校官，最高的是将官。

在海上，他们也有大小不等的船只，其中一些总是处于武装状态。斯波拉斯库姆索湖上停泊着三四十艘各种战船，只要海军上将发出命令，便随时可以出海。海军上将总是国家大议会的成员。一共有两名海军上将，一名主管塞瓦林哥河，一名主管斯波隆德海。在塞瓦林哥河上可以看到无数大小船只，统归海军上将指挥。这些船只用于捕鱼或运送沿河两岸的食品。这条何，流程很长，水很深，入海之前，还有几条可行船的小河纳入其中。它在塞瓦林德下游大约一百里①的地方奔腾入海。这个海是个内海，像人们所认为的那样，它与大洋互不相通，而且一直伸延到南极之下，这一点我们迄今不甚了了。我曾听到一些塞瓦兰人谈及这个问题；他们在这海上远航过，讲述了有关的奇闻趣事。首先，他们说塞瓦林哥河是在这片海的一个海湾或海峡处入海的；它在陆地上穿流一百二十多里，有些地方宽仅有四五里，但是它朝大海方向越流越宽，一直流到某一个地方，进入两山之间又一次变窄，宽不过两里。他们还说，他们在海峡处看到了涨潮和落潮，就像大洋的潮起潮落那样，但是不如大洋潮水那样奔腾澎湃。一过海峡，海面变宽，向四面八方伸展。他们看到许多长满树木的岛屿；这些岛上以及海岸、河岸各处都住着一些粗野的居民，这些人对太阳、月亮和星星

① 法国古里，约合四公里。下同。——译者

确实十分崇拜,不过他们中间有些人对斯特鲁卡拉斯的谬论也信以为真。我们就要在关于塞瓦兰人的宗教那一章里提到这位闻名于这个地区的骗子。他们还说,在这片海里发现了巨大的海生动物和鱼群。它们与大洋中的同类有很大区别;海峡里鱼类极多,海岸上的有些居民便以食鱼为主。此外,他们的地方很好,土地十分肥沃,如果他们掌握了耕作技巧,这片沃土肯定会给他们带来丰硕的果实的。

在塞瓦利阿斯统治的后期,塞瓦兰人第一次探察这些海域时。曾遭到大批野人的袭击;这些野人乘小船驶近他们,企图夺取他们的船只;但是,他们枪炮齐鸣射向野人,野人因而惊恐万状,纷纷逃去,此后再也不敢攻击他们了。相反,野人凡是见到有船驶经他们附近的海面时,就前去表示归顺,并带上各种礼品。他们都赤身裸体,在冬天,则身披猎获的兽皮。他们用野兽自身的脑浆处理兽皮,使之变得柔韧绵软。他们因离太阳的远近不同,粗野的程度也不一样。在远海岛屿上,还发现一些野蛮居民,塞瓦兰人从未同他们建立可靠的交往关系。这样的岛屿有若干个,几乎相视而见,远离海岸一百多里,并且向南极方向延伸。其中的一些岛屿较大,而大多数岛屿的直径不过九里或十里,另外的一些就更小了。在塞瓦利阿斯统治时期,有人曾作远海航行,一直远航到南极附近,没有发现任何冰块,尽管在更靠近太阳的一些地方的海边上有冰冻现象。自那时起,就有人越过南极,并没有冒任何风险。人们发现那里的海水比近岸海水更平静,尽管也有海潮涨落,有些地方有急流,但是并无危险;相反,有些时候很利于航行。塞瓦兰人仅仅是出于好奇心,才去考察海洋的,因为他们并没有由此得到多大利

益。由于他们政府的良好管理，他们一点儿也不想同其他民族通商，他们作这种远航只是为了使自己的精神得到满足。不过，他们从某些海岛上获得了许多大水晶石和十分漂亮的珍珠。有一位驾驶员名叫希科丹，我同他有过交往，他常向我讲起他的海上游历，并给我看了一些他从那些地方带回来的珍珠。这种珍珠在那里是很普通的，他把其中七枚又大又精致的送给了我，后来我把珍珠带到亚洲卖了出去，得了一笔巨款。送给我珍珠的人对珍珠的重视程度，远不如我们欧洲人对玻璃手镯那样重视。

我离开塞瓦林德之前，塞瓦米那斯就打算派出船队，去全面考察这个浩瀚的大海；大家认为，除了有地下水道相通之外，这海与大洋互不相连。为了便利这种考察航行，他们在海峡上不同的地方，甚至在远海的一些海岛上，建造了要塞。在严寒的地方，他们在地下建造了厚实的房屋，并在其上盖以拱顶；这样，尽管他们的房屋经常覆盖冰雪，被派往那里的奴隶和犯人也几乎感觉不到寒冷，因为，在拱顶下面，室内是很温暖的，甚至隆冬时节也是如此。他们对必需的物品已作了充分的准备，看来他们是会逐步查明这整个大海的。

我常常问塞瓦兰人，为什么他们不把从塞瓦林哥河沿岸、海峡两岸直到大海的地区全部占为己有呢？他们回答说，当他们想这样做时，他们就可以占据，而且他们已经用三桅战船、圆头帆船和沿岸上建造的几个要塞掌握了那些地方。但是对于土地，他们并不在乎，因为他们还不需要那些土地。不过他们认为，他们这个民族的人口还会与日俱增，最后不得不将其居住地扩展到海的那边去，逐步占有全部沿河地带。然而，只有在不得已时，才会慢慢地这样做；否则，他们是不干这种事的，因为他们政府的主要准则之一，是宁可购买别人的财产，而绝不去侵占之，他们开辟场地建造要塞就是那样做的。当地居民卖给他们场地以换取葡萄酒、布匹和其他商品。

塞瓦林哥河又宽又深，从阿尔克罗普辛德到大海这一段，即使在水位最低时，也没有一处水深不超过十五法尺。河水流得那样缓慢平静，以至好些地方很难察觉到水在流动，原因是河水流淌在长达一百多里的平原上。尽管在其他地方能看到几个土岗小丘，但是沿河两岸是十分平坦的。在塞瓦林德所在的岛屿下游的三里处，一条发源于东向山脉的大河流入塞瓦林哥河，使河面更宽，河床更深。我听说塞瓦林哥河在注入大海之前，还有其他几条河汇于其中，在河口处，河宽超过六里。有人说，那个地方有巨蛇，只要那些可怜的南方人在小船上疏忽大意，巨蛇有时就来吞食他们。

太阳王总督的宫廷

这位国君住在我们已作过描述的宏伟的宫殿里，全体塞瓦罗巴斯特也都住在里面，为的是更便于在政务会议上辅佐国君。国君身边的官员和仆人为数不多。但是，如果包括作为宫廷住户主体的所有元老院议员的家庭在内，那么宫殿内的人数就相当多了。所有布尔奥斯马齐长轮流来为国君服务，并以此为极大的光荣。除总督一人外，国家官员的妻室和仆役的人数是有限制的。但是，总督习惯上都效法塞瓦利阿斯，娶妻不多于十二个，塞瓦利阿斯本人就从未超过这个数字。总督在其登位后娶的第一个妻子最受人尊敬。人们视之为真正的总督夫人，如果我可以这样说的话。这位夫人应属于塞瓦利阿斯的血统，因为，既然塞瓦利阿斯不愿意让自己家族的男性世袭统治这个国家，大家就都希望把他家族的一位女性拥为总督夫人，以此向这位伟人表示敬意。总督的所有其他妻子都保留婚前的名字，只是在名字后面加上一个音节 es，如果她们的名字是以 e 结尾的，就只加字母 s；但是总督夫人取总督的名字，根据这个习惯，目前的总督夫人是塞瓦米纳斯的妻子，故取名塞瓦米内斯。所有其他官员的妻子，都以 es 为名字的结尾，但是只有他们娶的第一个妻子才用丈夫的姓名；第一个妻子死了，第二个妻子取而代之，以此类推。如果国中某个姑娘容貌绝美，就把她带到总督那里；如果总督愿意，便娶她为妻，不然，总督就把她送给得宠的某位元老院议员，只要那议员应有的妻子数尚未满额就行。每个元老院议员或塞瓦罗巴斯特可有八个妻妾，布尔奥斯马齐长可有五个，奥斯马齐长可有三个。他们还可以拥有与妻妾同等数量的姘居女奴，但是这种情形很少见。下级官员可以有两个妻子和两名女奴，而普通人只能有一个妻子，妻子不生育时，可有一名女奴；如果女奴也不生育，可以另换一个女奴。还允许所有男人与自己的同胞交换妻子，只要双方商妥，双方的妻子也都同意。当夫妻不能和睦相处时，他们是常常这样做的。但是这种事只在地位相同的人之间进行，因为妇女不喜欢嫁给其地位低于第一个丈夫的男人。如果夫妻分手之前已有不满七岁的子女，则由妻子把孩子带走，一直抚育到国家收养他们为止。但是，有了子女的夫妻分手的情况是很少发生的，尽管法律允许他们这样做。倘若夫妻双方都没做什么羞耻的事，他们是绝不会分手的，因为夫妻

双方共同的子女构成强有力的纽带，大家对于割断这一纽带的人都不抱好感。

这种分离在官员中比在普通人中要常见得多，这是因为官员多妻，他们分心的爱情并不像专一的爱情那样强烈。女青年在十八岁以前不许出嫁，男青年在二十一岁以前也不许娶妻。此外，法律禁止年满六十岁的寡妇和年逾七十的男人再次结婚。但是，如果这样年岁的男人仍然身强力壮，从体质上看还不能离开女人独居，那就允许他同一名女奴同居。为了满足人们对奴隶的大量需要，塞瓦兰人强行要邻近各民族向他们进贡儿童，而且还从其他民族购买儿童；这些民族当他们生育子女过多，超过养育能力时，有时是乐意卖掉一些子女的。

在每个月的节日，塞瓦米纳斯都在公共场所用餐；每逢盛大节日，他都在一个大厅里吃饭。大厅的上部和四周都装饰着水晶巨块，水晶明亮如镜，映得物品成倍地增加，产生奇妙的景象。塞瓦米纳斯与妻子塞瓦米内斯在长桌的一端就座，各位塞瓦罗巴斯特坐在长桌的两侧，由布尔奥斯马齐长侍候，布尔奥斯马齐长则由站在他们身后的奥斯马齐长协助；奥斯马齐长把食品端给他们，由他们放在餐桌上。摆上餐桌的全部餐具都用实心纯金制成。总督用餐时，几个乐队演奏音乐，让他心情愉快。他有时在塞瓦林德的大街上，或在郊野上散步，那儿临近河边有一个十分美丽的花园。

这座花园是世界上最清幽的花园之一。这是因为这里的环境优美，土地肥沃，还有潺潺流水浇灌着花园，将它装扮得更美。花园呈正方形，四周不设围墙，但是围有一条深沟，沟水清澈见底，里面游着各种河鱼塘鱼，数量极多。这条深沟通向大河，河水沿花园一侧从一个长长的围墙平台流过;这堵墙有如整个岛屿的围墙,十分坚实。花园占地直径约近一里,包括水沟在内,方圆少说也有三里。现在简述一下花园的布局。

首先,从塞瓦林德去花园时,要穿过几条树木浓密的宽阔林荫道,居中的那条最宽,直通花园的大门。大门的每一侧坐落着一幢高约三十法尺、宽一百二十法尺、长一百步的建筑物,建筑物的顶部边缘,有一道漂亮的花色大理石栏杆,栏杆每隔一段距离就设置雕像,雕像矗立在底座上。这座建筑物靠花园一侧的顶部边缘上也围着一道栏杆,与第一道栏杆相比,毫无逊色之处。两道栏杆之间是一片砌上大石的宽阔场地,一些地方种上草坪,另一些地方则用沙子铺地,场地分成格子,内设矮态树木栽培箱和长满各种鲜花的花盆。整个场地相距一定间隔便设有雕像,还有小泉喷水,浇灌着这片小花园,使它更加美丽动人。这是一种供观赏风景的屋顶平台。平台俯视着花园,是鸟瞰花园中全部美景的最佳场所。平台之下,有许多洞穴和凉爽的套间,当人们想要水的时候,水就从四面八方流来。栏杆下边,内外都可见到高大的柱廊,游人可在任何时刻舒适地在阴凉处散步,因为这里当一侧被阳光照射时,另一侧就是背阴处。

至于花园,里面到处辟有小径、花坛,并分作方形的格子。树木、喷泉、雕像和鲜花分布其间。还有树荫密布的绿廊和一片小道纵横的树林。花园深处,是一片面积不大的森林,长着雪松、棕榈树、月桂树、柑橘树和其他各种树木,是个林荫密布、十分凉爽、讨人喜欢的所在。然而,更奇妙的场所是位于花园中央的水山。我现在就搁下别的奇景,详细地写一写它。这座山呈圆锥形,山高一百五十库德[①]，直径五十库德。山的中间凹陷，像个纸板圆锥。凹陷处可见粗大的管道，用来把水引到山巅及其四周。山的外周造成许多小平台，各平台相距适当，用于拦水，借此形成瀑布。山顶上有蓄水池。人们先通过管道把水引到高处，再喷向天空，形成十至十二法尺高、三个人那样粗的水柱；水柱从空中洒落到蓄水池，然后向山的四周流淌而去；飞溅的水花晶莹明亮，把这座山从上到下全部铺盖起来，致使人们一点儿也看不见内中的建筑物，眼前的一切活像一座水山。除通向山顶的大水管之外，还有无数小水管通达山的各个侧翼，使得满山遍布水柱；有的水柱射向高空，有的洒向低处或喷向侧面，随人摆布，从而产生奇妙的效果。

现任执政者塞瓦米纳斯叫人建造的这座美丽的水山，是世界上同类建筑物中最奇妙的。它既实用，又可供消遣，二者结合在一起，因为不仅可以从这座高山上（人们是从塞瓦林哥河以外的一条江上，把水从很远的高地引到这座山上来的）造成浇灌和美化花园的全部喷水口，而且还把其中一部分水引到塞瓦林德市内，为居民提供方便。一条漂亮的水渠环绕水山，把山上流下来的水引走，一直引进位于岛端的大水库；人们在这个大水库里进行海军训练。用来把水引到山上的管道既不是铅制的，也不是铜制的，而是用一种类似铅铜合金的金属制成的。这种金属尽管在塞瓦林德很普通，但尚未为欧洲人所知。最初我们以为是青铜铸的塑像和金属柱，就是用这种金属铸造的。这种金属与青铜的颜色相近，可是不

① 库德（coudée）：法国古长度单位。从肘部至中指端的距离为一库德，约等于半米。——译者

如青铜那么硬，不过比铅要坚硬得多，用途也极广。它从不生锈，除黄金以外，再没有任何金属有它那样长的寿命。当地人把它叫做普洛卡斯托（Plocasto），用它制作各种东西十分实用。

当总督到花园游乐并且是公开活动时，他乘坐一辆泛金映玉、光彩夺目的四轮马车，尾随好几辆其他的马车，还有他的一队骑马或骑邦德利斯的卫兵。有时他也亲自骑马，出城时，尤其如此。但是，当他去圆形剧场时，众人通常用轿子抬他去，轿上加绚丽多彩的华盖。

圆形剧场坐落在塞瓦林德上游一里处的地方，靠近采石场；剧场就是用那里采来的石头修成的。这也许是世界上最宏伟的建筑物了。它的墙壁最为坚实，因为是用巨石筑成的。它呈圆形，外周有二百步长，直径为五十步。正厅的周围，一排又长又粗的柱子支撑着高高的拱顶。拱顶上开有好几处大型水晶玻璃窗。明亮的光线射进窗口，洒在正厅的中央。柱子的外周，又是一个十分宽阔的拱顶，由另一排较矮的柱子支撑着；在这个拱顶周围，又接着另一个较矮的拱顶。所有的拱顶都开有递升的外窗。在外面拱顶之上有个大平台；通过这个平台，可从剧场四周向屋顶攀登，登到高处之后，再沿一条阶梯式铺石小路登上屋脊；这条小路通达一个大平顶，平顶绕着一道漂亮的栏杆，离地面特别高，以至从平顶向外望去，就好像在山上瞭望一样，可以看到平原上很远的地方。平顶中央，立着一个大水晶球，球的直径不下十二法尺。水晶球中空，上下开口，下口相当大，足可过人。每当盛大节日的夜晚，就在水晶球内点起信号灯。信号灯点燃后，水晶球便如同一轮望月，照得很远。我十分欣赏这个巨大的圆球，它是用一整块水晶造成的。我为他们能用水晶做成这么大的球体而惊叹不已。但是有人对我说，塞瓦林德人有熔化水晶的秘诀，他们熔化水晶有如我们熔化玻璃那样简单，甚至操作上更容易。人们从四个大门进入圆形剧场，剧场内有许多座位，共有三层楼座，一层比一层高，可以容纳大量观众。剧场里还有几座漂亮的雕像和各种其他建筑装饰，如果加以描述，那就会太冗长，而致令人厌倦。剧场十二步外，有一道高达二十法尺的围墙；围墙内圈建有关各种猛兽的洞穴。要斗兽时，就从一条专辟的通道把猛兽一直引到剧场的正厅；每逢盛大节日，都要在这里斗兽。青年们还在这里表演摔跤、舞蹈、剑术和各种体操；这里也演戏、朗诵雄辩体裁的作品和诗歌、演奏各种器乐。优胜者有荣誉奖。奖品是用金、银或其他经过涂漆上釉的金属制成的人工花，还有剑、奖章和乐器等。表演结束后，大家把获奖者抬上凯旋彩车，一直送他们到太阳神殿。在那里，他们向崇高的太阳神焚香顶礼，以示感激之情。

除了在平地上和在剧场里进行这些表演之外，还在水上和在专门修建的场所进行其他表演。在岛的下端，建造了一个大湖或者叫大水库。水库周围有厚厚的围墙，同环岛的大墙一样。在这个椭圆形的大水库里，建有三排用柱子支撑的长廊，柱子的下端均在水中；这样，船只就可以在长廊之下掩蔽。人们就在这个水库里进行海战演习。我曾在盛大节日里看到，每侧各有三百多只船秩序井然地排列着，进行模拟海战，它们的表演十分有趣。三桅战船和其他一些船只都相当大，能载大炮和枪队，就像我们在海上作战那样进行射击；如果枪炮里装上弹药，那就是真正的海战了。那许许多多的小船另有一套作战方式。由于小船吃水甚浅，不能承载任何重物，所以里面不装大炮，而只有身穿衬裤的青年男子。他们的上腹部护有大圆木盾，手持粗钝的长矛。他们用长矛相互冲击，力图把对方推到水中，观众看见都逗乐了。落水的人不能再回到自己的船上，只好撤离认输。有时，士兵还从自己的船内跳上敌船，把敌人赶下水，占有敌船或将敌船弄沉；这被看作是最勇敢的行动。还可看到一些人在湖上划桨赛船。他们你追我赶，竭力超过对方，最先抵达赛场终点的人，就是获奖者。游泳的也进行比赛，游得最好的人为优胜者并获奖。我从未见过有谁像我在这个湖中看到的游泳者游得那样灵巧、有力。他们的速度几乎同行船一样快。如果不是亲眼看到，我是很难相信的。确实，塞瓦兰人强壮有力而且天生敏捷，塞瓦林德气候炎热环境适宜，加之人们给优胜者以奖赏，如果考虑到这些，当地人热心于这种运动，而且出现十分优秀的游泳者，那就不足为奇了。在水库和城市之间，有好几排枝叶繁茂的树木，这就是宽阔的林荫道。人们经常在那里练习跑步。整个岛屿及周围几乎所有地区，有许许多多这样的林荫道；人们可以在树阴下舒舒服服地散步。由于所有的路都绿树成荫，即使天气炎热，也可以沿路的任何一侧舒适地旅行，没有在其他不具备这种条件的地方旅行时那种难受感觉。这里的平原均用从山上引下来的水渠的水灌溉。尽管赤日炎炎，气温很高，但是，由于引来的水按照人的意愿漫流各处，它使整个国家土地肥沃，四季常青。

有时，塞瓦米纳斯也行猎消遣；狮子、老虎、豹子、熊、埃尔格朗特、阿布鲁斯特、鹿、邦德利斯及其他一些欧洲尚未有的动物，就是他猎取的对象。打猎活动是在距塞瓦林德不远、沿河向大海方向

伸延的森林里进行的，因此，人们常常从水路前往。塞瓦兰人也从事捕鱼活动；在盛大节日里去捕鱼时，可以看到众多的男男女女前往参加，借以消遣。

总督在其他时间，或忙于政务，或同妻子亲友一道娱乐。总督无子女的情况是不多见的；总督如有子女，其子女也同别人的子女一样，由国家教养；他们根本不要求继承父位，也不认为自己比普通人的出身高贵。尽管家中出了个总督对他们来说是极大的光荣，然而他们没有超越他人的任何特权，因为这种特权只有塞瓦利阿斯的后裔才享有。

再者，总督是世界上最幸福、最受人听从的君主。从未见过有哪个国家的人民对自己的国君，比塞瓦兰人对太阳神指派的执政者抱有更真切的敬意。没有任何人说他的坏话，没有任何人低声抱怨他，而且谁也没有理由抱怨他，因为人们说，他所做的一切，都是为了大众谋福利，而且他没有议会的意见，正如要老百姓相信的那样，没有太阳神的旨意，他是不采取任何行动的。

关于太阳神殿和塞瓦兰人宗教的描述

这个神殿坐落在我们前面讲到的那座大宫殿的中央。它是由塞瓦利阿斯下令兴建的，面积并不比我们欧洲最大的教堂大。在兴建的头三年，只筑起了墙壁；随后，又添建了一些装饰物。塞瓦利阿斯全面安排停当，让他的继承人得以续建许多东西，完成由他草创的工程。第三任总督塞瓦布隆塔斯是一位大建筑家；他用所有的建筑装饰物美化这座神殿，使它比原来漂亮得多。但是，他加上的装饰物都只是石制的，因为当时金属在他的国家仍属罕见之物。他叫人修建了大理石栏杆，把祭坛同正厅的其余部分隔开，在祭坛的一侧摆上一尊黄色大理石的太阳像，在另一侧竖起一座白色大理石的大型雕像；这座雕像同我们在斯波隆德见到的并作过描述的那座雕像一样，是用来象征祖国的。他还叫人建了三层廊台，层层升高，以便安排一些人在那里就座；此外，还添建了其他一些东西，其中一部分留存至今，另外几部分后来都被换掉了。

总督六世塞瓦凯马斯是一位大博物学家；他在当时发现了一些金属矿，从中炼出许多贵重的金属。他用这些金属大大充实了太阳神殿。他叫人拆除祭坛与正厅之间的大理石栏杆，换上实心的银栏杆。总督五世塞瓦利斯塔斯曾要人们在祭坛一侧放置一个明亮的水晶球，以代替黄色大理石太阳像；塞瓦凯马斯则叫人在水晶球周围再放上一个琢磨得光芒四射的大金盘，金盘上满布钻石以及其他无价的宝石，光彩夺目。塞瓦林德神殿的水晶球比斯波隆德的水晶球大得多，也光亮得多，它发出的光更强烈，更灿烂。祭坛一侧立着塞瓦利阿斯实心金雕像，另一侧立着他的继承人塞瓦柯美达斯的雕像。在这两座雕像旁边，依次立有后来继位的其他总督的雕像。所有的雕像都是纯金的，大小同真人一样。祭坛中间，水晶球与雕像之间，只挂着黑色帷幔，与斯波隆德神殿里的情况相同。祭坛周围的墙壁处，挂着一些大型油画，画有历任总督和他们最值得纪念的事迹。画中的人物或是象征性的图案，或是逼真的肖像。

在第一幅画里，塞瓦利阿斯从太阳神手中接过天雷并接过他后来传给塞瓦兰人的法典。此外，还绘有他打败斯特鲁卡兰人的

两次战役、他秉承天意就任总督的情况以及其他一些突出的生活经历。

在第二幅画里，塞瓦柯美达斯从塞瓦利阿斯手中接过法典；还画了他下令在神殿一侧为这位伟大君主建造坟墓的情景。在画幅的另一处，可看到他正忙于组织建造塞瓦林德桥和奥斯马齐，并安排他执政期间所做的其他几桩事。

在第三幅画里，可看到塞瓦布隆塔斯右手执出鞘的剑，左手持角尺和圆规，表现他为平息叛乱而进行的战争和他在建筑方面的渊博学识。画中还绘有这位君主的其他杰出事迹。

在第四幅画里，可看到塞瓦杜米斯塔斯拔剑出鞘一半，而一只手从天上伸来按住他的胳膊；这表现他曾有意征服几个邻国，但是受到塞瓦利阿斯天规的禁止；此外还可看到他献祭和开创新仪式的情景。

第五幅画里出现的是塞瓦利斯塔斯，他比所有前任都年轻、英俊。一侧画着他命人建造的宏伟的圆形剧场，另一侧是在他治理下竣工的宫殿。画里还表现他在执政期间的若干光辉事迹，其中画着他拉住一位美丽姑娘的手，在姑娘的脚下，一名青年男子躺在地上，胸部插着一把匕首。我问这幅画的寓意何在，有人给我讲了下面这个故事；后来，我又在关于这位君主的详细传记中读到过这个故事。

在塞瓦利斯塔斯时代，塞瓦林德有一个名叫弗里斯坦的小伙子爱上了一个叫卡莱尼斯的姑娘。这个姑娘刚满十四岁，就已经美貌非凡；凡是见过她的人，无不对她赞不绝口。不难想象，她那样妩媚可爱，追求者是少不了的。而第一个向她表达爱情、将心奉献给她的人就是弗里斯坦。他有好几个情敌，这些人后来也都向姑娘求爱；但是，由于弗里斯坦是第一个向姑娘倾诉衷肠的，而且他长得最俊，又最多情，所以他在这位少女的心中占据着最重要的位置。随着年龄的增长，两个人的爱情日益加深，人也长得更漂亮了。卡莱尼斯的追求者都十分嫉妒弗里斯坦。弗里斯坦尽管举止稳重，但是看到自己胜过所有情敌，也不禁暗自得意。他怀着急迫的心情，期待着那幸福的日子，一旦得到这个使他着迷的美丽姑娘，他就不再会有什么痛苦了。他没有料到在自己平静的生活中竟会发生不幸，这种不幸在他如愿以偿的幸福时刻尚未到来之前，几乎把他毁掉。在一个盛大的节日里，人们组织了一次大型打猎比赛。弗里斯坦陪着他的情人及其女友进入森林。卡莱尼斯骑着一匹雪白色的邦德利斯，穿着一身猎装，像太阳那样闪耀着光彩。随她去狩猎的所有追求者都赞美她，对她也越发喜爱。可是，当看到她把最温柔的目光投向幸运的弗里斯坦时，他们就更加嫉妒。其中一个叫康比纳的粗暴的小伙子，眼看弗里斯坦得到幸福而勉强忍耐着，始终跟在卡莱尼斯的身旁。他这样做既想使弗里斯坦不快，又想表示他对卡莱尼斯的爱。那天，猎手们在森林某处发现了一群埃尔格朗特。那是白熊的一种，比普通熊灵巧得多。由于猎队转向了该处，所有的人，包括迷人的卡莱尼斯和跟随着她的情人，都往那边跑去。大家狂热地驱赶着埃尔格朗特，射伤了若干只，其中有几只被射死。而那些受了轻伤的埃尔格朗特，由于伤痛而变得更加疯狂，撕扯着它们面前的几乎所有东西。一只埃尔格朗特向卡莱尼斯及其追求者所在的队伍跑来，撞翻了路上遇到的

一切。如果不是康比纳处于有利的位置,驱马向前抵挡,一时制住了这只狂怒的动物,美丽的卡莱尼斯准会被它撕得粉碎的。然而,康比纳十分不幸,在冲撞中,他的马被撞倒,人被压在底下。如果不是从未离开卡莱尼斯的弗里斯坦举剑深深刺进埃尔格朗特的躯体,把它杀死在脚下,它就会扑向卡莱尼斯,那时她骑的那头邦德利斯已经把她抛到地上。弗里斯坦一见自己的女友遇到危险,就立即从马上跳了下来;他的这种先见之明救了她和康比纳的命。可是,弗里斯坦付出的代价比他们大得多,因为,由于他过分靠近埃尔格朗特,那头狂怒的动物在垂死挣扎中用爪子抓了他一下,撕下了他大腿上的一块肉,使他失血甚多。卡莱尼斯十分感激这两位情人;虽然弗里斯坦因处的位置不便,没有第一个挺身挡险,但是为了救她而表现出来的热忱是毫不逊色的。与康比纳相比,他表现得更精明,甚至为救女友而流了鲜血。弗里斯坦的这一果敢的行动,超过了他的情敌,再加上他的一片爱慕之心,不能不使卡莱尼斯对他表示特殊的感激之情。康比纳因而感到完全绝望。但是这一次,康比纳掩饰了自己的恼恨。就这样,打猎结束之后,各自回到了塞瓦林德。

不久,卡莱尼斯患了忧郁症;短短几天,病魔就夺去了她那俏丽的容貌和丰润的肌肤。由于她持续病了六七个月,人们甚至以为她会病死,她的所有情人便都离开了她,唯独弗里斯坦例外。他对爱情忠贞不渝,对她仍然体贴入微。在她患病期间,他一如既往地关心她,甚至比以前更关心她。他无数次地向她表明他对她的爱,千方百计地安慰她。他为了她而饱尝痛苦,并且自愿放弃生活中的一切欢乐。卡莱尼斯经过药物治疗,七八个月之后终于病愈了。不久，她完全恢复了健康，而且恢复得那样好，她肌肤丰润，容貌俏丽，甚至比先前更美。她的那些不忠实的情人见她恢复到这般模样时，他们心中因她患病而几乎熄灭的情欲之火又重新燃烧了起来。但是，大多数人羞于曾经把她抛弃，不再来纠缠他了。然而，仍有几个人厚颜无耻地向她表白爱情。她按他们应得的报应对待他们。她坦率地对他们说：既然她姿容减损的时候，他们便不再爱她，那么她也就从他们变心之日起，终止了对他们的好感；只有弗里斯坦的爱情始终如一，而且从不间断地帮助她。因此，也只有弗里斯坦值得她尊重和感激。她要求他们以后不要再来纠缠她，并对他们说，不要以为她会这么不公正，愿意半心半意地对待一个全心全意地爱她的忠实的情人。卡莱尼斯通过这一席话，很快便摆脱了这些讨厌的追求者。她明确地告诉他们，她的一切都是属于忠诚的弗里斯坦的。这就使他们，尤其是粗暴的康比纳感到失望。康比纳对情敌弗里斯坦的幸运无法忍受；在这种情绪的驱使下，他情愿豁出自己的性命，去夺走弗里斯坦手中的卡莱尼斯。

塞瓦兰人除了参加军事训练、入伍服役或为总督和其他什么高级官员担任警卫之外，是从不携带武器的。康比纳恼恨弗里斯坦；但他是个正直的人，不能对情敌采取暗算手段。于是，他寻求决斗的机会。为此目的，他同自己的一位朋友换了值班日，那位朋友本应与弗里斯坦同一天上岗担任总督府的警卫的。就这样，两个人身带武器在站岗时相遇了。这时康比纳以尖刻刺人的语言向他的情敌挑衅；但他看到对手或者因畏于法律，或者出于对所在地点的尊重，表现得谨慎克制，于是康比纳首先拔剑向弗里斯坦刺去，并迫使他拔剑自卫。他们对刺了几个回合，两个人都受了伤。弗里斯坦的一只胳膊被刺穿，康比纳的身上被刺中一剑。不过，他们的伤口虽然不小，都并非致命之伤。他们的决斗震动了整个宫殿。人们把两个斗士抬到安全处所。由于他们如此放肆，人们不得不将此事禀告总督。总督对他们十分生气，因为这是他们对太阳神殿的亵渎，也是他们缺乏对他本人应有的尊重，于是下令对两人绳之以法。

这时候，卡莱尼斯的第三个追求者以为是实现自己企图的良机。他抓住这个时机，利用他朋友中的一位塞瓦罗巴斯特，去要求总督把卡莱尼斯赐给他。总督表示，只要卡莱尼斯本人同意就可以。由于这个姑娘是个绝色女子，按照规定，在许可她与别人婚配之前，先要将她介绍给总督；如前所述，她患了一场病，若不是疾病曾减损使她配得上这种荣誉的娇媚的容貌，她也许早就被介绍给总督了。托人说情的那个人，在得到总督同意把卡莱尼斯许配给他之后，就千方百计地去博取她的欢心。为了更易达到目的，他不仅向她表示无以复加的爱情，而且还向她说明总督对她的恩宠。为了使她放弃嫁给弗里斯坦的希望，他还不失时机地向她摆明了弗里斯坦在那次行动之后所面临的可悲处境。可是，这一切都没能动摇卡莱尼斯的坚贞。她始终忠实于她亲爱的弗里斯坦，并且下了决心，不论会发生什么情况，除了弗里斯坦，她决不嫁给其他任何人。在这段时间里，这个可怜的情人的剑伤几乎痊愈了。为了说明自己的行为无罪，为了免受因在宫殿里斗胆动剑而招来的惩罚，他竭力申明：他是在情敌的攻击下，为了自卫，才不得不那样做的。他在经受许多痛苦之后，终于幸运地摆脱了困境，一些好心

的证人也为他证明:康比纳攻击他是有预谋的,而他曾力图避免决斗,只是出于自卫的需要才拔剑还击。这一辩护使他赢得了自由,得以重见卡莱尼斯,卡莱尼斯见到自己的情人,抑制不住心中的激动和喜悦。可是,他们相见的快乐没有享受多长的时间,不久,弗里斯坦就得入伍服役,部队开始进入作战状态。这一对可怜的情人因而陷入不可名状的忧虑之中。他们越是无计可施,就越加感到痛苦。不得不分手了,离别时刻,两个人泣不成声,泪如雨下。他们山盟海誓,永远相互忠诚。由于他们的结婚节越来越近,他们彼此安慰,希望很快能通过合法的结合获得幸福。弗里斯坦出发了,离开他那美丽的女友三个月。在这段时间里,那个得到总督许可娶卡莱尼斯的人,用尽各种手段动摇她对弗里斯坦的忠诚。经过恳求和劝说都不起什么作用,他终于使用诡计、暴力和专横手段,以期达到自己的目的。要是一个不像卡莱尼斯那样忠贞的人,很可能会在如此强大的压力面前屈服。然而,这一切不但动摇不了卡莱尼斯的决心,反而增强了她对弗里斯坦的感情。可是,她预感到,自己单独一人是难以顶住那些利用总督恩宠的人的。因此,她借助她的一位朋友向总督呈递了诉状。她在诉状中请求总督撤销把她赠人的决定,并允许她晋见总督,以便把她的人身自由受到侵犯的情况告诉他。总督答应了她的请求。于是,这个美丽的姑娘被带到总督面前。她泪流满面,向他作了申诉,令人听了深受感动。塞瓦利斯塔斯总督先是对她的美貌赞叹不已,继而又被她的忧伤所深深打动。他甚至对那些用粗暴手段对待她的人十分恼怒。他用温和的语言安慰她,并答应保护她;为此,他叫人把她安置在宫殿里,让她同一位塞瓦罗巴斯特的妻子住在一起。他经常

到那里去看她。谈了几次之后，他发现她十分妩媚动人，以致不知不觉地也爱上了她，并有好几次向她作了这种表示。卡莱尼斯先是为此十分悲伤，因为她预感到自己不能抗拒这样一个追求者，而最终要被迫抛弃弗里斯坦，可她却没有什么办法去避免这种给她带来威胁的不幸。总督有此追求之后，不久，那位与卡莱尼斯同住的塞瓦罗巴斯特的妻子就受命同她谈话，告诉她总督爱上了她，并打算娶她。这位塞瓦罗巴斯特的妻子，是以最有说服力的方式同她谈这件事的。因为她发现姑娘对此有反感，便向她摆明事理，其神态足可以动摇一个女人所能有的最坚定的决心。她说道："你在想什么？拒绝一桩世界上最漂亮的女人都无不竭力追求的如此荣耀的婚事，真是傻瓜！你要认真权衡一好一坏两种做法给你带来的利弊。如果你嫁给弗里斯坦，我承认，你所得到的，是一个比总督年轻、与你的年龄相称的男人。只要他是个平民，你就会一个人享受他，你对他的依恋和感激之情也会因此而得到满足。可是，与你嫁给塞瓦利斯塔斯总督所得到的好处相比，这一切多么微不足道！因为，首先，你将得到的是全国最有权势也是最英俊的男人。诚然，他并不年轻，可他也并不太老啊！他到这个年龄，且不说他拥有巨额财富，他比塞瓦林德所有的青年男子都可爱。青春的优势为人人皆有，甚至兽类也不例外；身躯的美，尤其是心灵的美，具备的人为数不多。事情往往是这样：当大自然把身躯美和心灵美赋予一个人时，却并不同时赏赐能给这种美增添光彩的优越地位。我们总督的身上，则在最大的程度上拥有了这一切。他是一个美得无可比拟的美男子，在所有的塞瓦兰人中，还根本未见到谁有他那样动人的外貌，那样庄重的、近于神圣的举止。至于他那崇高的

美德，他的才智和善良的性情，那就没有必要对你说了。人人都认为在他的先辈伟大的塞瓦利阿斯之后，我们还没有过比他更配登上太阳王宝座的、具有如此高尚心灵的总督。他的优越地位也使他高得不能再高了。他能使你登上威严而光荣的位置，高居于其他所有妇女之上。既然他爱你，他无疑会这样做的。那时，你将不是某个普通人的妻子，而是有幸获得一个作为整个国家的主宰、只承认他头上的天主的人。至于你对我提出什么已向你的情人许下诺言，还有什么爱情和感激之情已把你与他系在一起，这都不成其为理由。如果抗拒一个普通人，说这些话是有用的；可是，用这种借口来抗拒总督，那就不合法了。因为，首先，根据国家法律，你是听从他支配的；在你同弗里斯坦恋爱结婚之前，塞瓦利斯塔斯总督可以把你占为己有，或者赐予他人。根据国家法律，你还是属于他的，你不能违抗他的旨意而自行其是。你该知道，这对要嫁人的姑娘来说是不允许的；姑娘们都是国家的孩子，他就是孩子们的共同父亲。如果他没有这个权利，那么请问，你能找到什么人更值得你爱呢？你能有什么理由喜欢另一个人甚于喜欢总督呢？你之所以爱弗里斯坦，不就是因为在你看来，他比所有追求你的人更可爱吗？肯定地说，你只是出于自爱才爱他的，因为你认为，得到他比得到其他情人有更多的好处。那么，现在也让这种自爱心以同样的理由对你起作用吧！如果你问问自己，自爱心就会对你说，塞瓦利斯塔斯远比其他男人可爱，而且他已经在深情地爱着你；因此，你也应该更爱塞瓦利斯塔斯，这原也是促使你更爱弗里斯坦的理由。至于你提出的什么感激呀，报答呀，这些理由都是很不充分的；你感激弗里斯坦对你的关心，你更应感激总督对你投下的一片

善意的目光。如果要考虑将来可能得到的好处，那么，你应该看到，一个普通男人对你的关心和国君能够给你带来的好处会是怎样的不同。”

她继续说：“请你考虑一下我刚才对你说的那些话吧！不要为了满足默默无闻的爱情，而拒绝光彩夺目的荣誉。如果你对我说什么你不能像享有弗里斯坦那样，单独享有君主，那我就要这样回答你：只有弗里斯坦是平民时，你才能完全享有他；如果有朝一日他升任公职，他就会娶其他女人，他可能爱这些女人胜过爱你。如果你遇到这种事，你就会失去你期望的唯一幸福。至于总督，情况就不同了，因为，即使有一天他的爱情减弱了，你至少也能从与他结合而获得的巨大好处中得到安慰。如果你喜欢荣誉，那么，你会承认，爱国君比爱一个普通人要光荣百倍！”

这些极有说服力的道理，大大动摇了卡莱尼斯的决心。她越思考，就越觉得这些道理是对的。尽管她为此深感内疚，她对塞瓦利斯塔斯的爱，不能不逐步取代她对弗里斯坦的爱。几天以后，她的新情人来看她了；这次来访终于使她屈服了。她欣赏他的仪表，钦佩他的一切高尚品质。人家给他作的肖像画，与她亲眼所见的相比，她觉得那只不过是一幅拙劣的作品。于是，名利欲占据了她的整个心灵，这种强烈的欲望，使因爱情而深印在她心中的不幸的弗里斯坦的形象几乎全然消失。这个见异思迁的姑娘怀着喜悦的心情接待君主的来访；她愉快地听取他的一切言谈；她渐渐地同他熟了，因此不怕与他目光相遇，甚至敢于同他眉来眼去了。她告诉他说，她对他的一片痴心并不是无动于衷的。一个月以后，她终于答应嫁给他，并且许诺为了爱他而忘掉世上的所有男人。

由此可见，头戴王冠的人们是怎样使自己的事情迅速地取得进展的，他们又是多么轻而易举地征服一颗最不顺从的心的。但是，人们不应该对卡莱尼斯被这样一位追求者所征服感到奇怪，因为塞瓦利斯塔斯本人是世界上最可爱最高贵的男人之一；即使他没有高位，没有君权在握，他也是能以自己的长处动摇最坚定的女人之心的。

然而，大人物的行动是瞒不过众人的，总督也根本不掩饰他爱上了卡莱尼斯，也不隐瞒他有意娶她；因此，整个国家都知道了这件事，不幸的弗里斯坦也很快知道了他的不幸遭遇给他招来一个多么可怕的情敌。他为此而感到极度痛苦，即一个人在这种情况下所能感受的全部痛苦。他只有在死亡和绝望中才能找到安慰和希望。他从众人的议论中，得知他那变心的情人举行婚礼的日子；他的心中顿时生出一个念头：这该是自己的末日了。他坚定了自己的想法，怀着这唯一的念头，没有向长官告假，就取道前往塞瓦林德，在婚礼的当天到达了那里。结婚仪式开始了。他走进了神殿，躲藏在一根柱子的后面，靠近卡莱尼斯应当把手伸给总督的地方。正当她要向总督伸出手时，他高声喊道："住手！你这背信弃义的女人；不要在我活着时违背誓约，我的赤诚和你的誓言不允许你违背它！等着我死去吧！你的变心就要带来我的死亡，这就会使你的行动合法化。只要我还活着，你的所作所为是不会无罪的！"他说完这番话，就朝她走去，当着总督的面，将一把匕首刺进自己的胸膛。这一出乎意料的不寻常的行动，使塞瓦利斯塔斯和所有在场的人极为震惊，也深深地刺痛了可怜的卡莱尼斯的心。霎时间，她的脑海里闪现出自己那不忠贞、不讲信义的可怕形象，

她的整个心灵充满了绝望,她向她那可怜的情人跑去,想拔出他胸膛上的匕首,往自己那颗不忠实的心刺去,为的是向他表示忏悔,要与他共命运。她的动作和满含绝望的目光,使周围看着她的人们明白了她的意图,使他们得以有时间去预防她那殉情的企图。

这时,人们遵照塞瓦利斯塔斯本人的命令,上前抢救不幸的弗里斯坦。他没有死,而且伤口也不是致命的。但是,如果不是总督向他庄严地许诺,愿把卡莱尼斯让给他,从而减轻了他内心的痛苦,给了他为得到她而活下去的希望,他肯定是会死掉的。他让人包扎了伤口(幸好伤口没有致命的危险),结果,几天以后,他感到伤痛减轻,几乎完全破灭的希望复苏了。总督经常叫人去看他,并向他重申自己的诺言。最后,尽管总督对卡莱尼斯充满柔情,并且也极想得到她,但他还是把她让给了弗里斯坦。他的美德战胜了情欲,使之服从于正义和怜悯之心。因此,他的这一崇高的举动,使得他的臣民对他倍加尊敬和爱戴;他的继承者认为他的行为十分高尚,值得在表现他的画中反映出来。至于心情悲痛的卡莱尼斯,她向情人认了错,说她被塞瓦利斯塔斯的优越地位冲昏了头脑,对此悔恨不已。随后,在这位宽宏大度的国君亲自主持下,她嫁给了她心爱的弗里斯坦。两个人按照本国的传统方式,终以合法的婚姻结成了夫妇。

在塞瓦利斯塔斯的传记中详尽地记载了这个故事;我上面所写的内容,就是引自他的传记的。

现在回到正题上来,讲讲第六幅画。在这幅画里,塞瓦凯马斯右手握着金制权杖,左手拿着一束草和花儿,以此表现他在博物学方面,尤其是植物和金属方面具有渊博知识:他曾发现各种十分丰富而又极为有用的金属矿藏。在他的周围还画着他曾用来装饰太阳神殿和宫殿的若干金银制品，其中有他请人安置在水晶球周围的模拟的万道霞光。

在第七幅也是最后一幅画里，塞瓦金普萨斯手持一把出鞘的剑，身后是一群披枷带锁的奴隶。这画面表现他曾经征服那些胆敢侵犯他的国土的南方人。画中还可看到他命人在所有道路上立下界标和用于美化田野的几处园林。画内还有一长队年轻奴隶，这表现他曾要求战败国向塞瓦兰进贡儿童。

以上就是关于现任总督以前七位总督的油画，画中简要地描绘出他们一生中最突出的事迹。神殿里，还可见到几位总督的墓室，都设在塞瓦利阿斯的坟墓后面，全用雕刻精美并配有金银饰物的大理石装饰起来。神殿中央，在一个柱廊的对面，有一架巨大无比的管风琴，琴管用银制成，镀上了金。管风琴的前方，是演奏各种乐器及合唱团演唱的场所。

神殿的拱顶极高，雕龙画凤，金碧辉煌。还有其他许多绚丽多彩的装饰品，我就不一一描述了。我只想简单地说：这座神殿，和那座宫殿及圆形剧场一样，都十分豪华壮丽，精通建筑艺术的人是会对此作出令人赞叹的描述的；至于我，并不是这方面的内行，因此不想进一步谈论这个问题，也担心琐细冗长的描述会使读者生厌。我想，在谈了以上各点之后，补充下面一句话就足够了：虽然我游历了几乎整个欧洲，见过那里最稀有、最珍奇的东西，但是我在其他地方还没有看到有什么东西可与这三座建筑物媲美的。

人们主要是在这座神殿里举行国教仪式，因此我想应在这里谈一下塞瓦兰人的信仰、神学和宗教祭礼。

今日塞瓦兰人的宗教

这个国家同其他国家一样，存在着各种各样关于神的观念。但是，只允许有一种公开的宗教，虽然那些坚持特殊看法的人有充分的信仰自由，甚至允许他们同其他人争论，他们只要尊重、服从法律和法官就行了。那里甚至还设立一些团体，在每年中的一定时候，大家可在团体里公开辩论，各人都可以自由地阐述自己的看法，为自己辩护，而不冒遭受任何人责备或虐待的风险，因为，塞瓦兰人的准则是，只要持特殊见解的人公开遵守法律，在有关社会福利的事务中按照国家的习俗行事，就根本不予追究。因此，在承认某人的正当权利时，或者在接纳他担任某项公职或要职时，并不询问他对宗教的看法，而是了解他的品德是否高尚，为人是否正直。在民事行政管理工作中并不把祭司和教士排除在外，而其他几乎所有地方都是这样做的。如果仅仅因为祭司是属于教会的人，就不让他担任公职，人们就会认为，这是侵犯天赋权利和公民权利。祭司仍然是国家公民，同其他公民一样，有权参与管理，参与世俗的社会生活。而塞瓦兰人的社会并不分割成若干不同的教会管辖区，塞瓦兰人都服从一位君主，君主同时是太阳王的摄政官和大祭司。总督集政教职位于一身，这就使得他的权威更全面、更令人敬服，因为大祭司职位可给总督职位增光添彩，总督职位又可使大祭司职位显耀生辉。既然总督身任两职，臣民也是可以效法的；祭司即使对宗教另有自己的见解，只要他在担任公职时尽职尽责，为人正派，他就可以同时行使教会的职权和参与国家管理。

这些正确的、合理的准则，对于公共安宁和稳定起着十分有益的作用，而这应是贤明的政界人士所追求的主要目标。塞瓦兰人中间对神有各种不同的看法，甚至经常公开争论，而且人人都可参加。尽管如此，宗教在这里很少引起激烈论战，也很少掀起纠纷和战争，像这样的国家，世界上可能再也没有了。在其他国家，人们伪装虔诚，经常以宗教为借口，去干那些最不人道、最亵渎宗教的勾当。在这种似是而非的借口掩饰下，野心、贪婪和嫉妒大为泛滥，蒙蔽可怜的人们，使之丧失一切人道的感情，一切爱的感情，也失去对天赋权利和对公民社会应有的尊重，并且也丧失了神圣的宗教戒律要他们具备的仁慈和爱德。结果，至圣至神的东西，他们却常常使之变为最残忍、最有害的东西；那些本来只该唤起他们的仁慈、公正和纯真感情的事物，却往往只促使他们变得狂暴、不公正和残酷无情。而幸运的塞瓦兰人的情况却不相同，他们中间谁也不能以任何宗教借口去压迫他人和侵犯天赋权利。谁也不会不加考虑地煽动野蛮的人去造反、屠杀和纵火。总之，人们不能以诡诈手段，或假装虔诚，去追名逐利。人们的雄心壮志在于追求高而难的事物，对于那些低下而且轻易的事，是不大感兴趣的。因此，在塞瓦兰人中，没有什么人因为当上了某教派的头头而自鸣得意，因为这对每个人都是轻而易举的事，而且人人都可按照自己的愿望去信教。没有人想积聚财富，因为财富不顶什么用，有了很多财宝，也并不比国中最少钱的人更富贵、更幸福。最后，也没有人嫉妒别人在教会中任显职以及获得各种收益。就这样，人人都服从法律，敬畏法官。虽然允许所有的人都有信仰自由，但是，不允许任何人以任何可能的借口扰乱公众安宁，侵犯社会权利。好奇心

是一切争辩的唯一动机。塞瓦兰人对宗教的态度同我们欧洲人对哲学的态度一样平和,甚至比我们还要平和。塞瓦兰人在孩子们很小的时候就使他们习惯于集体生活和互相尊重;要是考虑到他们这种教育儿童的方式,就不难相信他们的平和态度了。此外,还可以补充指出的是,这个国家的宗教与其说近乎默契和虔信,倒不如说更像哲学和合乎人情的推理,因此,人们谈论宗教时非常冷静,很少激动,那是不足为奇的。

由此可见,即使他们的宗教并不是最真实的,至少是最符合人的理性;除此宗教以外,人们更喜欢的东西就该只有圣宠福音的天光了。实际上,即使没有神的启示,也不难赞同塞瓦兰人关于神的看法的;因为,首先,他们相信有一个至高无上的、独立的神,他是永恒的、无限的、万能的,而且最公正、最仁慈,他以惊人的智慧统率和指引着万物。

他们也相信宇宙是无限的,不承认自然界中存在虚无和乌有。至于作为宇宙组成部分的个体星球,他们认为这些星球像每种动物一样繁殖着,一些星球毁灭了,另一些星球则因之而诞生。他们还说,当看到行星之上有某个彗星时,这便是一个星球在火的作用下解体了,它的球体先前不过像一颗星星,由于起火燃烧,就变大和膨胀起来,于是在我们眼中就显得更大,更清晰了。除了太阳这个被古代波斯人承认为唯一的神以外,是否还有其他神,塞瓦利阿斯对这一点曾长时间表示怀疑。他的老师乔万尼是个基督教徒,曾引《圣经》为证,竭力向他证明还有其他神,但是未能使他信服,后来又用自然推理的方法说服他,终于使他明白了。

乔万尼向他指出,那些恒星与太阳相距甚远,只能从太阳那儿得到很少的光和热，甚至根本得不到太阳的热量；恒星自身发光，从外形上看，它们也都是宇宙中的太阳，和给我们带来温暖和光明的太阳一样大，一样明亮。但是，宇宙中这许多太阳及其之间的平等关系，却与那个应该是唯一的、容不得同等者的、至高无上的天主是毫不相容的。再者，这也表明，太阳的能力有限，仅仅太阳，是无法满足整个宇宙的需要的，它只能照亮宇宙的一小部分。由此，不难得出结论：太阳并非驾驭宇宙的上帝，应该还有一个无限的、不可见的、独立的和万能的神，以其永恒的天意支配万物。

这些道理说服了塞瓦利阿斯，并使他承认，应该有一个至高无上的、不可见的、比太阳更大的神，但是这些道理却未能使他放弃这种想法，即：太阳也是一位神，他即使不是天地的至高的上帝，至少也是上帝属下的神，或上帝在自然界中的使者之一，受上帝委任，负责向地球和地球周围的行星提供光和热，并且认为这也属于他的教省和管辖区域。塞瓦利阿斯越来越坚信这种看法，在临终时，把它传给了后代；他的后代至今仍坚持这种看法，并以此作为其宗教的最重要的信条。甚至在他对太阳神的祈祷词里也可看出这条教义；祈祷词中说：人们至少可以把太阳视为上帝借以向我们传输他的恩德和圣宠的方便渠道，上帝支持太阳神，太阳神则是上帝委派的、可见的、光荣的使者。

关于神的这两重观念，导致塞瓦兰人在神殿的祭坛上面挂上了黑色帷幕，用以代表他们完全不认识的、永恒而且不可见的上帝。他们只有透过蒙住他们的理解力的黑暗才能察觉他。至于太阳神，正如他们所说的那样，他是可见的光荣的神，是人借以获得生命和得到一切有助于维持生命的物质之渠道。他们认为，太阳神应是他们自己的神，因为太阳神给他们以生命，照耀和抚育着他们。他们必须以尊敬和感激的心情，向他表达自己的祝愿，向他表示敬意，并把他视为上帝派来推动和指引我们居住的大星球和属于他的教省或管辖区的其他星球的使者，而直接地膜拜他。

他们还说，上帝不可见，他只想让我们用心灵的眼睛去看他。我们对他指派的、给我们带来他的一切恩泽的使者表示尊敬并进行供祭，上帝是会感到满意的。

这些可怜的盲目崇拜者，就是这样推理的；他们喜欢自己愚昧思想的微光，甚于明亮的启迪之光和天主圣教的见证。不过，他们仍然崇拜基督教信徒们所敬奉的上帝，甚至还为他定下了一个盛大节日，把它称作科登巴西翁节，每七年庆祝一次。然而，他们对上帝的崇拜，同他们对上帝的认识一样蒙昧；因此，他们把上帝变成他们宗教中最神秘的神。

至于对太阳神的崇拜，他们认为，太阳神就像这个美丽的星球一样明亮可见，不像上帝那样深奥莫测；他们把上帝叫作 Khodimbas，即万神之神，因为，在他们这里，Khoda 意为神，imbas 意为国王或君主，imba 一词意为统治权或指挥权，由此而构成动词 Pro-simbai，意为实行最高统治。他们还把太阳叫作 érimbas，即光之王，因为在他们的语言中，éro 意为光。除了这个名词之外，他们还给予太阳其他若干称谓，即 phodariesdas，意为生命之源，antemikodas，意为神镜，还有其他称呼，我们以后再作解释。我在同他们就这个问题所进行的几次谈话中，常常听到他们以这样的推理作为结束语，即：在宗教里有三项义务，其他义务都与此有关，所有的人都应尽这三项义务。他们说，第一项义务，是以尊敬和发自内心的崇敬心情，把一切有理性的创造物同造物主联系起来。

第二项义务，就是要对太阳神怀有热爱和感激之情，把他作为特殊的神，作为我们地球的最高主宰去尊敬他，公开地崇拜他。第三，他们还要对自己的祖国和最初生养、教育他们的故乡尽义务。所有的人必须热爱抚育自己的祖国，并且要胜过热爱世界上任何其他国家。他们还通过神殿里的黑色帷幔、明亮的水晶球和喂养好几名子女的妇女雕像，把这三项义务表现出来。这三者位于神殿的深处，分别设在祭坛的上部和两侧。

塞瓦兰人认为，太阳神推动着地球和属于其教省的一切行星运转，这些星球绕着一个中心呈圆形运动，其动力就是从太阳神身上高速度不断放射出来的光；这种光如同水或风转动水磨或风磨一样，转动着他提供热量和照耀着的各个球体。他们还认为，刮风下雨，海潮涨落，其原因都在于太阳。他们认为，不论是人还是其他动物，总之万灵源出于太阳，都是太阳最纯洁的光，只是强弱不同而已。这个国家中有才智的人，对灵魂不灭问题意见不一。有些人认为灵魂不灭，另一些人的意见则截然相反。而在人民中间，所有的人都认为灵魂是不灭的；这就成了国教，因为这是塞瓦利阿斯的看法，这种看法比另一种看法更合情理，更令人喜欢。那些认为灵魂是物质的、只有上帝是精神的人说，灵魂同被视为物质的躯体一样，是不灭的，物质可以改变形态，但不能被消灭。但是，普遍的看法是：人死之后，善有善报，恶有恶报；人的灵魂离开躯体之后，便按自己曾经行善或作恶的情况，进入离太阳神较近或较远的其他躯体。人们接受了塞瓦利阿斯的这一看法，并像他那样相信：正直人的灵魂，经过进入不同的躯体之后，或者在我们居住的地球

或其他某个星球的上空游荡一段时间之后，便最终回到太阳神身上，因为它只是太阳神身上的挥发物；它复归原位，便找到了安宁之所，得到了极乐。我们曾经指出，塞瓦利阿斯在去世之前，清楚地阐述过这个问题，大家普遍接受他当时所说的话，视之为无可置疑的真理。至于恶人的灵魂，他们认为，它在脱离躯体之后，要到距离太阳发光面更远的地方进入另一个躯体，并长时间地留在冰封雪盖的寒冷地方，直到认错改正为止，那时它又逐渐接近太阳；当它清除自己的邪恶和堕落之后，就像正直人的灵魂那样，最后复归太阳神的身上。

他们还相信牲畜的灵魂也是从一个躯体转附于另一个躯体的；但是他们与毕达哥拉斯的看法不同，认为人的灵魂不能转到牲畜的躯体上，牲畜的灵魂也不能附到人的躯体上。因此，塞瓦兰人并不反对宰杀牲畜，以食其肉。

我们通常对有理性动物和无理性动物加以区分，而他们根本不承认这个区别，因为他们认为，一切由繁殖而来的，被称之为完善动物的动物，都有某种理性，其理性的多少，取决于其灵魂的纯洁或粗陋的程度。他们相信，动物的灵魂也来自太阳，但是因被掺上空气和其他元素，所以不像人的灵魂那样的纯洁和恒久。人的灵魂比动物的灵魂更近乎灵性，因此更坚实，也更能持久。人们对这个问题的看法很不一致，但是大家都承认，国教是十分合乎情理的，谁也不反对参加公众集会、献祭活动以及唱圣歌和各种赞美歌的活动，来颂扬太阳神。

只有乔万尼的后代自成一个教派，他们是基督教徒，不愿参加上述活动，因为他们把别人称为宗教信仰的活动说成是偶像崇拜。

他们人数很少,甚至也不是虔诚的基督教徒,原因是他们的看法十分特殊,这种看法不大符合天主教会的教义。

首先,他们不认为耶稣基督本质上就是上帝,而只是出于假设,或把他与神联系起来,他才成为上帝的。他们说,他在化作人身为替我们赎罪而进行努力之前,只是一名天使,但他是一名最善良的天使。上帝将全部恩泽赐予他,举他为子,在他的所有同伴中选了他去拯救人类,并使他同自己的威望联系在一起。为此,他交给他铁权杖,用以战胜他的敌人,削弱地狱的势力,并与上帝的选民一起,去击败魔鬼,征服红尘,战胜肉欲。但是他们否认耶稣像人们在学校里所讲的那样,是什么 a parte ante[①] 永恒上帝,并且断言,就其本质而言,他只不过是一名被造出来的天使。自从他取得人体以来,由于上帝的意志,他也就成了上帝。上帝赋予他天地间的一切权力,特别选定他作为自己的儿子,并令他坐在自己的右侧,以标志他赋予他的权力。这些可怜的异端教徒就这样竭力用上述虚妄的推理来支持自己的谬见,否认至为神圣的天主三位一体的奥义,或以十分不同于虔诚的天主教徒的方式去理解这一奥义。因为,他们除了否认上帝之子的永恒神性之外,还说什么圣灵只应理解为上帝父子之间的协调,而圣德则源出于此二者,这都是为了发展信徒,支持教会和管理世界。至于其余方面,他们几乎相信罗马教会所相信的一切,如炼狱、为死者祈祷、祝圣、积德行善以及天主教会的其他一些教义。但是,他们不相信圣体的神圣奥义,说这只不过是耶稣定下的一种仪式,只是为了让我们记住十字架,

① a parte ante:(拉丁文)意为原先单独存在的。——译者

铭记他向所有信仰他、竭力效法他的榜样的人所许下的诺言。他把自己的范例留给众人，以便他们的风尚有所依循，他们的行动有所根据。这就是他们对圣体圣事的看法，如果我没弄错的话，他们在这方面很像我们欧洲的加尔文派教徒和其他的异教徒。不过，他们几乎采用和我们一样的方式公开做弥撒，并保留了罗马天主教会的全部祭服和仪式。这些南半球的基督教信徒们，我们可以取其创始者的名字，把他们叫作乔万尼派。他们起码有这么一点好处，就是他们十分尊敬教皇，并一致称道，教皇是基督教主教中的最杰出者，是圣彼得的真正继承人。不过他们还表示，尽管基督教徒有义务尊敬教皇，但是并非所有教徒都非服从他不可。有些人则肯定说，如果能从教皇那里取得某些帮助，从而在南半球大陆上扩大他们的教派，他们是会乐意承认教皇是他们教会的首脑的。但是，他们认为这几乎是不可能的事，因为彼此相距甚远，还因为塞瓦兰人的法律不愿像基督教徒那样把权力分成教权和俗权，而是把这二者集于一人身上。乔万尼派教徒的人数在全国不过一万到一万二千人，几乎全部聚集在塞瓦林德，住在分给他们的一个奥斯马齐里，以便于他们生活在一起，用自己的方式，既无干扰又无担忧地去祈祷上帝。他们有自己的主教，主教之下，还有几名在他们中间履行宗教职务的神甫。他们对主教和神甫非常尊敬，而且按其职务向其表达相应的敬意。他们就是唯一不参加公众集会和向太阳神献祭活动的人；但是他们对参加科登巴西翁节毫无顾忌，他们说，这是因为该节日是为敬奉真正的上帝而设立的。我曾几次问乔万尼派的神甫，他们是否努力去说服过某些塞瓦兰人信奉天主教。他们回答说：他们经常作此尝试，但是毫无结果，因为塞

瓦兰人十分虔诚地崇拜太阳神，又是那样注重人的理性。如果信仰不以理性为依据，塞瓦兰人就对这种信仰启示我们的一切满不在乎。依据这个准则，他们感到我们宗教的含义十分奇怪，并把一切超乎他们模糊的理解力和混沌的智力的东西，均看作是滑稽可笑的。他们对圣迹不以为然，说圣迹只能由自然原因而来，虽然自然原因产生的效果是惊人的，而且对我们来说可视为奇迹，但就自然界来说，一切都是按自然事物本身的安排，依据一定的秩序进行的。这些神甫最后说，要说服那些可怜的非基督教徒信奉基督教几乎是不可能的。如果上帝不在他们中间作出某种惊人的圣迹，推翻他们的道理，改变他们的信仰，那么，就不应希望他们中间的什么人有朝一日会信奉基督教。这些神甫还说，据口头传说得知，乔万尼曾说过，塞瓦利阿斯尽管对太阳神极为尊敬，但他仍然十分敬仰摩西和耶稣，公开承认他们至少是伟人。他们留下了珍贵的戒律和格言，并曾致力启示当时的人热爱和信奉真正的上帝，以使其摆脱狂热的偶像崇拜。塞瓦利阿斯还说过，耶稣的道义对于纠正我们大陆上的腐败风俗是极为有益的；它通过给人以复活的希望，以及通过若干其他有益的教义，逐步达到完美的结果，即缓和人们的凶暴，战胜他们最疯狂的欲望和确立怜悯、公正、克制和仁慈精神；它在上述方面似有神妙的效果。但塞瓦利阿斯认为穆罕默德的宗教是渎神的和耽于肉欲的，并说它导致愚昧、邪恶和残忍；它的原则是专横、迫害和不信基督；它的主要信徒不过是一群或一组贪婪的、残暴的和野心勃勃的人。这些人打着宗教的幌子，企图在世界上扩大自己的势力，统治无知的民族，就像他们是牲畜那样，企图把他们变成自己的贪婪和傲慢行为的奴隶和工具。塞

瓦利阿斯就是这样讲伊斯兰教徒及其同伙的。人们不应为此而感到惊奇，他之所以这样讲，除了有其一般的正当理由之外，还因为他特别憎恨他们。这是因为他们曾侵占过波斯，而他的祖先和他本人都曾长时间地感受到他们的宗教所播下的专横和残暴的恶果。这些神甫还说，他们的创始人乔万尼曾竭力说服塞瓦利阿斯选择和信奉基督教，但是他一直未能做到这一点，因为他的世俗利益和他的空洞推理遇到了不可克服的阻力。再说，塞瓦利阿斯是异教徒偶像崇拜的首要反对者，他把希腊人的所有神话都视为无稽之谈，并说希腊人在原来对真正上帝的十分朴素的信仰中，塞进了千百种怪诞不经、充满迷信的谎言。这些谎言不仅与真理完全冲突，而且违反一般情理和常识。正因为如此，他禁止他的继承人及其臣民阅读和引述这类东西，认为这只会败坏良好的风尚，向人灌输荒谬的思想。他还把所谓淘气的小妖、仙女、魔术师和巫师之类的故事均称为陈腐的神话和无稽之谈，并说这些观念之所以在人群中存在，是因为有一些人玩弄阴谋诡计。他们滥用无知者的轻信和愚昧，要他们相信所有那些虚幻之物，以便利用他们对胡编乱造出来的鬼怪的害怕心理，从而奴役他们和控制他们的心灵。塞瓦利阿斯的继承者接受了他的看法；在全国都不搞魔法、巫术、幽灵显现之类的活动。但是，塞瓦兰人确曾见过云层中出现的幽灵幻影。那是在塞瓦金普萨斯时代，斯波隆德市的人们曾看见一支由几条军舰组成的舰队似乎在空中扬帆航行。这一空中幻影使许多人惊慌不安，也使行政官员们十分担忧。他们以为，这是在向他们预示：某国海军可能来蹂躏他们的沿海地带。他们本着这种信念，命令两支塞瓦兰军队开赴斯波隆德，并装备了一切可能装备

的军舰,以便在外国入侵时保卫国家。但是他们在戒备了两年之后,并没有发生任何所担心的事,于是解除了担忧,也不再谈论那个空中幻影了。不过学者们曾寻找这种如此令人吃惊的现象的自然原因,对此进行过长时间的思考,但是未能猜出其真实的缘由。二十年后,人们又再次看见军舰出现在空中,好像受到暴风雨的袭击,摇摇晃晃。大家甚至相信看到几只军舰遇难沉没了。这又一次令人震惊,也如上次一样,引起学者们再次研究探讨,但是也与第一次一样,收效甚微。最后,当人们几乎不再谈论此事时,却来了一只波斯船,船上载着一些青年人:他们来我们的大陆游历,途中遇到了暴风雨,他们当时以为会遇难,此事发生的时间正是人们在斯波隆德看到空中幻影的时候。其中有几个人把人们所讲述的这一现象发生的时间和方式同他们遭遇的暴风雨作了比较,还把空中船只同他们在暴风雨来临之前在海上遇到的一支欧洲舰队作了对照,得出结论说:人们在空中所看到的,只不过是当时在海洋上发生的事情的影像,地面上的物体有时会反映在云层中,就像映在镜子里一样。云彩有一种折射作用,它将自己接受到的影像带到与反映物体形象的光的折射角相对的地面某处。人们普遍认为这个解释近乎真实,它消除了人们对这个问题的所有神秘想法。因此,今后不管在斯波隆德还是在其他地方出现了这类幻影,塞瓦兰人就不再害怕了。确实,斯波隆德市与海的距离适中,地处平原,位于塞瓦兰高山的内侧,好像正是常常可以看见这类景象的合适地方;自从荷兰人和欧洲其他民族经常远航到东印度、中国和日本以来,情况就更是如此。

很明显,在欧洲经常见到的、从中可区分出步兵、骑兵及各种

军旗的作战部队的大量幻象，也是来自这同一原因的。当云彩向我们显示出所有这些影像时，它是从其他某个地方接收得来的；那里当时真的驻有部队，云彩把它们在空中反映了出来。每个人要怎么相信都悉听其便。至于我，我认为塞瓦兰人对这个问题至少作出了合乎情理的判断，这其中没有多少如普通百姓所想象的神秘的东西。不过，塞瓦兰人尽管不再对空中幻影有什么神秘感，但是他们仍然认为，在低空区的上面存在着一些我们看不见的大气物质，因为这是由极微细的物质构成的，我们用肉眼是看不见的。在塞瓦林德，甚至有个教派吹嘘什么曾与微粒区的居民有过交往，说这些居民为数很多，他们借助于低空区浓密的空气，就可显形。当他们愿意让他人看见时，他们就取浓密的空气做成一种衣服。但是有些人认为这种观点是荒谬的、虚幻的，而赞同这种观点的人，是一些想象力受损的人，或是一些以那种所谓交往为借口来传播自己的幻想的人。有人甚至说，这个教派的创始者，就是我们已经讲到过的斯特鲁卡拉斯派的一名祭司的后裔。那人曾用从那个大骗子起、世代相传下来的一块魔石，弄得自己的脸放出光芒，就像受到天光的照射一般。他不敢像斯特鲁卡拉斯那样，说自己曾与太阳神有过来往，因为塞瓦利阿斯所建立的宗教不允许他实现这种企图。然而他说，他曾与微粒区的居民亲切交谈，并好几次被带到空中，同那些居民共享快乐，那种快乐比在地面上所享受的所有快乐要甜美得多。为了使自己的胡言乱语更令人信服，他效法斯特鲁卡拉斯，使用了那块魔石；他把它放在口中，从而逐渐进入昏昏欲睡的状态，在一两个小时内，他好像是死人一般。随后，他醒过来，从地上爬起来，人们便看到他的脸上放出一种异样的光，似乎是圣光,使周围看着他的人眼花缭乱,不敢正视。这时,他便对他们说,他的魂儿已被带到空中微粒区居民那里去了,他在那里享受到难以言传的快乐。他就是用那块石头,在尚未完全放弃斯特鲁卡拉斯宗教的人们中间获得了圣者的声誉的。他还在他们当中树立了一种看法,即微粒区的居民是存在的,他们有时与地面上的人来往,他们是由高于我们躯体成分的更纯洁、更有灵性的物质构成的。至今一些人还持这种看法。但是在塞瓦利斯塔斯时代,人们揭露了这一欺骗行为。当时有个塞瓦兰人为了弄清真相,假装是他的教义的狂热信徒。当这个骗子处于深度昏睡状态时,他发觉了他口中的那块石头,便把它取了出来,随身带走了。从此以后,那个骗子就再也不能施展他的魔法了。经过试验,人们发现那块石头有一种未为人知的性能,不论是谁把它放在口里,它都能使之昏睡,继而能使其眼睛和面部放出亮光。他们认为斯特鲁卡拉斯是第一个使用这块魔石的人,他抓住机会自吹是什么先知先觉,继而又垂涎于最高权力。后来,他借助于魔石使信徒相信自己曾与天国来往的骗局虽然已被戳穿,但是信徒们仍然相信这种欺骗,因为他们从小就被灌输了这种信仰,而且这种信仰向他们许诺:天国的人享受着永恒的幸福,谁真诚地信奉它,谁死后就会进入天国。他们觉得抱有这种信仰是愉快的事情。

第五章

塞瓦利阿斯和他率领的祆教徒们登上南方大陆后，看到当地居民崇拜太阳神，但是发现他们在供奉太阳神的方式上并不完全一致；相反，他们由于意见不同而分裂，从而导致斯特鲁卡兰人对普列斯塔兰人的长期战争。普列斯塔兰人自夸纯粹按照传统方式供奉太阳神，指责斯特鲁卡兰人篡改了宗教，把一个伪先知的胡思乱想同宗教信仰混为一谈。这个伪先知，他的自己人称他为奥米加斯，普列斯塔兰人则叫他斯特鲁卡拉斯，意即大骗子。

斯特鲁卡拉斯死后，斯特鲁卡兰人敬他为神，向他献祭；当人们在宗教方面或在国家管理方面遇到重大困难时，便祈求他从天上降临人间，指点人们应该走的路。为此，人们叫一名祭司钻进大树洞里，在那里答复祈祷者提出的所有问题，好像他的话就是神谕，他本人就是斯特鲁卡拉斯。

那些祭司一旦发现国内有某个少女长得漂亮，就必然提出来要人，并要她的父母相信：太阳神的儿子已经看上了她，为了使她成为圣者之母，他愿从天上下来同他结合，采摘她的第一支青春之花（他们正是这样说的）。他们还说，如果少女和她的父母心诚，以在这种场合中应有的崇敬和恭顺的态度去接受这一荣耀，圣人斯特鲁卡拉斯就一定会使这个处女身怀圣子，从而就会降福于全家。

如果这个受圣宠的处女生一男孩，这个男孩便将成为供祭太阳神的祭司；如果她身怀的是个女孩，这个女孩便将成为圣女。在女孩长到结婚年龄时，娶她的男人会因为自己成为圣人斯特鲁卡拉斯的女婿和太阳神的孙女婿而自豪。还有，少女与神结合会感到极大的幸福。除此之外，这种光耀门庭的联姻还会带来其他好处。轻信而又迷信的人，轻易地相信了这一切花言巧语，以致没有任何父母不为自己生下一个为太阳神的儿子所喜欢的漂亮女儿而感到幸福的。由于有此信念，人们便把所能找到的最漂亮的姑娘，从全国各地带到斯特鲁卡拉斯过去命人在小树林中建起的神殿中，把她们奉献给斯特鲁卡拉斯。当祭司们选中其中某个姑娘时，他们就令她脱下世俗服装，先让她在放有各种芳草的浴盆里洗身，然后给她穿上圣服。在斯特鲁卡拉斯要同她相会的那个夜晚的前一天，人们举行献祭仪式，唱各种圣歌，求他下凡，来享受这个向他奉献自己童贞的谦恭而又圣洁的少女。

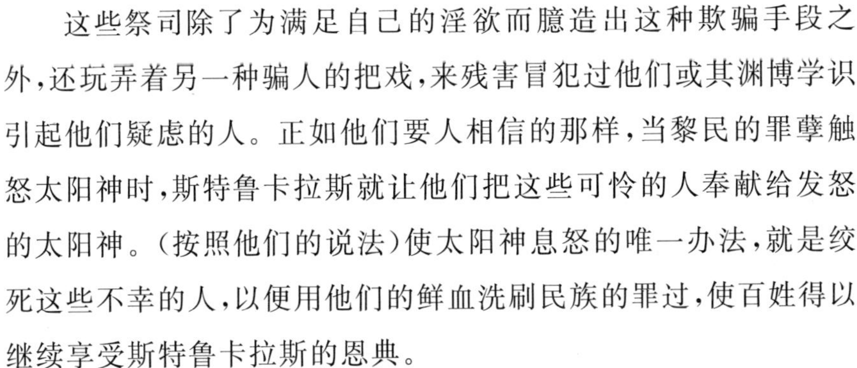

这些祭司除了为满足自己的淫欲而臆造出这种欺骗手段之外，还玩弄着另一种骗人的把戏，来残害冒犯过他们或其渊博学识引起他们疑虑的人。正如他们要人相信的那样，当黎民的罪孽触怒太阳神时，斯特鲁卡拉斯就让他们把这些可怜的人奉献给发怒的太阳神。（按照他们的说法）使太阳神息怒的唯一办法，就是绞死这些不幸的人，以便用他们的鲜血洗刷民族的罪过，使百姓得以继续享受斯特鲁卡拉斯的恩典。

骗子斯特鲁卡拉斯的儿子继其父之后，只统治了几年的时间。他因暴病而亡，没有来得及任命继承人。这使祭司们产生了严重的分裂，而且几乎使他们全部散掉，因为他们在继承人的问题上没能取得一致意见。

自此之后，神殿大增，斯特鲁卡拉斯在各处同时存在，并在好几处彼此相距很远的地方同时回答人们的求教。由于无人再敢对抗在小树林中行祭的祭司们的权威，他们就可以随心所欲地进行说教，蒙蔽轻信而又迷信的老百姓。他们的企图没有遇到过任何障碍。虽然这个民族中最明理最有教养的人十分了解他们的骗术，但极少起来抵制这种欺骗，这些人早就打定主意，宁可保持沉默，也不想招致祭司们的怨恨，以免受到他们的残害。

然而，祭司们也遭受到一场严重的灾祸：有一位姑娘焚烧了他们的神殿，烧死了好些祭司。普列斯塔兰人中间也流传着这个故事；他们在故事中，展示了两位殉难者的勇敢顽强精神。为了挫败敌人的企图及其为此而采取的行动，他们甘愿自杀身死。普列斯塔兰人所讲的故事大体是这样的。

阿伊诺梅和迪奥尼斯塔尔的故事

在斯特鲁卡拉斯第七个继承者统治时期，离林中神殿不远的地方，住着一户有名望的家族。这个家族尽管策略上装作赞同那个大骗子的宗教改革，但仍然保留着对太阳神的传统信仰。家中有个女儿，名叫阿伊诺梅，已许配给同族一个叫迪奥尼斯塔尔的小伙子，因为他们两人很相配，而且是青梅竹马，周围的人早就发现他们从小就彼此倾心；两人一直心心相印，情投意合。他们的感情与日俱增。如果不是阿伊诺梅的两个姐姐成了他们实现自己愿望的障碍，他们两人本来会早日结婚，尽情享受他们自儿时起就感受到的爱情的。阿伊诺梅的姐姐还都没有结婚,按照本国的风俗,妹妹是不能早于姐姐结婚的。这个只有时间和耐心才能克服的困难,常常使这对恋人唉声叹气。阿伊诺梅已经二十岁了,却还没有一个姐姐定了婚约。不过,不久之后,她的大姐总算结了婚,而且大家已开始谈论庆祝二姐的婚礼了。要是阿伊诺梅没有遇到不幸,紧接着就该轮到她了。可是,正当她满怀希望要与情人结合的时候,她的命运却与她的愿望背道而驰,她竟被一个林中的祭司疯狂地爱上了。这个祭司对此未露声色,因为他认为,得到她的唯一办法,就是按照长期以来为人们所接受的风俗,以斯特鲁卡拉斯的名义把她要到神殿。阿伊诺梅并非美貌异常,但她的气色很好,很有智慧,这就是她的最美之处。诚然,她身段平平,但举止庄重,颇有刚毅的气概,说话做事通情达理,为人也十分正直。她的这些品格,与一些平庸美女的娇嫩容貌和纤弱线条相比,使她显得更加可爱,而那些美女,不过是供人观赏的玩物而已。阿伊诺梅的情人是个体魄健壮勇敢无畏的小伙子,具有顽强的个性和非凡的毅力。他们长期养成朝夕相处的习惯,这使两人的关系愈益密切,而且由于性情相近,两个人的心就连得更紧了。爱上阿伊诺梅的那个祭司同其他人一样,是晓得这对青年人早就有结为终身伴侣的意愿的。他担心,如果时间拖得太长,万一两人结了婚,那他就永远没有希望将阿伊诺梅占为己有了。因此,他决定施展一切手段,来阻止这件就要降临他头上的倒霉事发生。他把自己的心事告诉了同伴,恳求他们在这关乎他的幸福或是痛苦的时刻,助他一臂之力。他毫不费力地说服了同伴为他出力。于是,他们一致决定,派出三个人去找阿伊诺梅的父亲,以斯特鲁卡拉斯的名义把阿伊诺梅要

来，说这个姑娘已幸运地博得斯特鲁卡拉斯的欢心。阿伊诺梅的父亲听到这个意外的要求大为惊讶，本想立即予以拒绝。可是，他考虑到自己无力主宰女儿的命运，祭司们会强迫他把女儿让给所谓太阳神的儿子，而且强抢之后还会使他的全家蒙受灾难，因此他转而谨慎地回答他们说：阿伊诺梅早就与迪奥尼斯塔尔订了婚，不过他不怀疑他的女儿会为了尽义务而放弃对这个年轻人的感情。她会愿意得到与神结合的荣耀，而放弃与凡人相好的乐趣。他还说，他相信阿伊诺梅会很容易地服从她应该服从的天命，何况她以后还能同迪奥尼斯塔尔结婚。不过，由于姑娘早就同迪奥尼斯塔尔订有婚约，而且马上就要结婚，这道意外的命令可能会使她感到突然和痛苦。因此，他要求祭司们留给她几天时间，使她有个思想准备，去听从这道天命。他的这个答复使派来的祭司极为满意。他们给了他十天的期限，让他劝说女儿下决心把童贞献给圣者斯特鲁卡拉斯。

过不多时，机灵的父亲慢慢把情况告诉了女儿和她的情人，说他们的命运不佳，面临不幸。全家人为之震惊，两个恋人则怒不可遏。迪奥尼斯塔尔立即要奔向林中神殿，杀掉他能碰到的所有祭司。阿伊诺梅也十分愤怒，她当着父亲、兄弟和情人发誓说，她宁愿忍受极大的折磨，甚至是最可怕的死亡，也绝不接受这种耻辱。态度最坚决的亲人，对她的决心无不称赞。他们决定，既然祭司是要把阿伊诺梅当成他们可耻的淫荡生活的工具，那么不管是使用巧计还是使用暴力，总归一定要挫败好色的祭司们的企图。最初的愤怒情绪过后，他们都逐渐平静下来，开始商量用什么办法才能巧妙地摆脱这个困境。他们听取了各方面的意见，最后，他们认为，迪奥尼斯塔尔的一个朋友提出的建议，是这对青年人在这巨大危险威胁面前能够采纳的最好的建议。迪奥尼斯塔尔的朋友说，他曾在离家不远的一处悬崖上，发现一个秘密岩洞；从小山谷流过来的一条河，流经悬岩脚下。这里水深流激，从对面无法接近悬岩。他说，他是偶然发现这个秘密处所的。因他十分爱好捕鱼，又极善潜水，他经常进入一些洞穴里用手抓鱼。一天，他游到了有岩洞的那个悬岩脚下。他潜入水中，在水里发现一个很大的洞口；他从岩洞游了过去，看到另一侧的山上有一个宽大的天然穹隆，光线从超出河面约四人之高的另一个山洞射了进来。出于好奇，他察看了穹隆里的每个角落，发现它十分宽敞，从山的那一边，可以走出穹隆，进入一小块近乎圆形的平地；这块平地的周围是陡峭的岩石，无法从其他侧面接近它。在这块直径约有一箭之地的地方，他见到了好些树木，有些树已经腐烂，有些正枝繁叶茂，另一些则还枝条柔嫩。他还说，河水流入地下穹隆一侧的深处，那里有一眼极清凉的泉水，他在里面抓到了许许多多的鱼。正因为如此，他从未对任何人讲起这个地方，因为他担心有人也来这个场所，同他分享这种称心如意的捕鱼的乐趣，或者打断他在这个凉爽宁静的地方常有的甜美遐想。在描述了这个岩洞和在那里看到的舒适条件之后，他建议迪奥尼斯塔尔和他的女友到那里去隐居，并且答应供给他们足够的生活必需品，只要他们能在这个僻静的地方独自生活一段时间，直到能够穿越重山，到普列斯塔兰避居为止。所有的人都赞成这个建议，勇敢的阿伊诺梅更是如此。她说，那些祭司想以宗教和虔诚为动听的借口来玩弄她，为了避开他们的卑鄙行径，她情愿离开世人的生活，住到那个岩洞里，住到最可怕的地方；因此，

即使她的恋人没有勇气去那个密洞陪伴她，她也准备在那里隐居。她的这番话弄得迪奥尼斯塔尔面红耳赤。他带着生气的语调当场回答她说，如果她怀疑他的勇敢和坚定，那就是对不起他。他已向她表明了爱情和忠诚，在这之后她还这样想，这对于他就是个侮辱。倘若男人不如女人坚定，那是可耻的，在女人为着爱他而表现得如此坚决时，那就更是如此。“请不要再说那些指责的话了，”给他们出主意的那个人突然打断说，“你们彼此对对方都是满意的，那就快想想用什么办法实现你们的决心吧！”后来，两个人商定三天之后，趁黑夜逃走；同时，迪奥尼斯塔尔的那位朋友马上去为他们的隐居做各种准备。

可是，垂涎于阿伊诺梅的那个祭司不断地抱怨他的同伙，说他们没有把满足他的欲望一事放在心上，并向他们指出，由于答应给他意中人的父亲的期限太长，在这段时间，他很可能失掉享受这个处女的童贞的机会；如果她不再是处女，他就不想去占有她，去吃迪奥尼斯塔尔的残羹剩饭。在他看来，阿伊诺梅最爱的人就是迪奥尼斯塔尔。当他得知这个姑娘及其所有亲属只不过是表面上信奉斯特鲁卡拉斯宗教时，他的猜疑就越发有了根据。他向其他祭司讲了这一切道理，十分成功地对他们进行了鼓动，于是他们跟着他，带着一班随从，奔向姑娘的家门，要她的父亲把她交出来。这时，姑娘正在为逃走做着准备。祭司们把房子围了起来，并对那些询问缘由的人说，他们给阿伊诺梅父亲的期限太长了，圣人斯特鲁卡拉斯因而生了气，命令他们尽快把他想要的那个少女带去神殿，否则就要严厉惩罚。家人不管怎样跟他们讲理，也全然白费口舌。他们只给阿伊诺梅三个小时的准备时间。在这段时间里，姑娘对他的情人说，他应该相信她的忠诚；她一遇到起风的时候，便放火烧林中的神殿。如果他到时带着朋友去援救她，帮助撤退，那么，哪怕是天涯海角，她将永远跟随着他。“下决心吧，迪奥尼斯塔尔，”她说，“既然你没有任何其他选择，那就忍住你的愤怒，谨慎而果断地行动，并且请你相信，只要我不死，我活着就是为了你。对我来说，最可怕的死亡也要比龌龊、罪恶的生活甜美千百倍。”阿伊诺梅说完之后，利用剩下的时间梳妆打扮一番，为被带去神殿做准备。她下了极大的决心，完全不流露自己的真实情感，祭司们根本没有发现她的意图。他们把阿伊诺梅带到了树林中，按照惯例举行了仪式。她被接进神殿，并按以往的方式被安顿下来。她的表情和言谈，都显示出她对圣人斯特鲁卡拉斯给她的荣誉十分满意，祭司们都以为她是从内心里感到真正的喜悦的。

爱上了阿伊诺梅的那个祭司，同其他祭司一样，也信以为真。他看到她的情绪比自己希望的还要好，因而格外高兴。他庆幸自己的成功，眼下他所期待的只是那个时刻的到来，好让他同自己疯狂地爱着的女人睡在一起，以满足他那兽性般的情欲。可是，按照惯例还要举行几天仪式，他也就只好等待，等到仪式结束，再来享受他那迷人的阿伊诺梅。因此，他一直克制着自己的欲望。终于那一天来到了，神殿的主事来通知阿伊诺梅，要她上祭坛，去恳求圣人斯特鲁卡拉斯下凡来垂顾她。这时，阿伊诺梅装出慵倦的样子回答主事说，她十分希望自己就与太阳神的圣子结合；然而不幸的是，由于女人所共有的缺陷，她现在还不便接待他。为此，她要求主事宽限她几天，直到她的身子干净了，更配接待天上的情人的时候为止。她的这一回答，得到主事的充分理解；于是，她争取到了所要求的时间。她决心在这段时间里，伺机放火焚烧神殿，宁愿身死，也绝不去满足那些骗子的肮脏欲望。

这段时间，迪奥尼斯塔尔集合了许多忠实的朋友，只待见到他同女友约好的信号，就马上行动，扑向那些祭司，万不得已，就用暴力夺回阿伊诺梅。阿伊诺梅果然在一个漆黑的夜晚，放火烧着了自己的床铺和神殿的另外两处地方。真是天公作美，阿伊诺梅发现，几个小时前就起了风；火乘风势，神殿到处都烧着了。祭司们惊恐万状，有的还没来得及跑出房门，就被烧死在床上，有的赤身露体地跑出神殿，逃进了树林，有如惊弓之鸟，乱作一团。那些表现得最坚定的祭司拼命想把火扑灭；可是，大火已把这座木结构建筑物的大部分化作灰烬，尽管祭司们作了努力，大火还是在很短的时间内清除了神殿的污秽。几个祭司向几处栅栏门跑去，开了门，大喊救命。在这一片慌乱之中，阿伊诺梅逃到野外藏了起来，祭司们谁都没有发现她。这时，迪奥尼斯塔尔和他的朋友们借口前来救火，最先来到栅门。迪到处寻找他的女友，没有找到，便以为她已在大火之中丧生。于是，他狂怒不已，用言语鼓动他的朋友们，并率先冲过去，用木棍打死他遇到的所有祭司。残杀是可怕的。阿伊诺梅深知她的情人会及时来寻找她，而且她躲在一棵树后，已经看到他带领队伍冲了过去，占据了各处栅门。如果不是阿伊诺梅跑过去告诉迪奥尼斯塔尔的几个同伴，说她已经逃出神殿，只等着她的情人一道逃走的话，这场残杀会更加可怖。有人把此事告诉了怒不可遏的迪奥尼斯塔尔。他一听到这个消息，就收拢人马，走出栅门，奔向女友等他的地方去接她。他们相会之后，便逃出树林，飞速向他们要隐居的地方奔去。而那些在他们正当的复仇行

动中幸免于死的祭司，仍然处于极度的惶恐之中。

可怕的黑夜过后，第二天，人们看到了神殿被大火焚烧的凄惨场面，看到了因迪奥尼斯塔尔及其同伴们的复仇行动而亡命的许多祭司。迪奥尼斯塔尔一行在进入神殿围篱之前，把事先准备好的一种软泥涂抹在身上和脸上。这种泥把他们巧妙地伪装起来，看上去，与其说他们是人，毋宁说他们像一群魔鬼。这些可怕的来人截击他们所碰到的所有祭司。那些死里逃生的祭司想起这个场面仍历历在目。可是，由于当时惊慌失措，来人又都作了伪装，他们没有认出任何人来。这时候，周围的百姓纷纷来到林中的神殿，目睹了这个悲惨的场面，却猜测不到是什么原因导致了这场如此可怕的灾难。究竟是怎么一回事呢，各有各的推测。然而，阿伊诺梅的父亲早就留了心，他在乡亲们中间散布说，这场灾害是魔鬼所为。这种看法被百姓们广为接受。然而，那些从惊慌失措中恢复过来的祭司，却不是这么想的。他们仔细研究了所发生的一切。最后，或者出于疑心，或者根据有充分理由的推测，他们断定说，失踪的阿伊诺梅及其男友是这场灾难的制造者。他们越想就越对这一点坚信不疑。他们根据这个想法，向斯波鲁山区下了命令，叫人严加看守那里的所有通道，如果迪奥尼斯塔尔和他的女友从那里去斯波鲁市，就把他们抓起来。

这期间，勇敢的阿伊诺梅和她那骁勇的男友来到我们已经讲过的那个岩洞里，发现洞里的一切已准备就绪，就秘密地在那里居住了下来。他们经父母的同意，在洞内共享着由来已久的忠贞的爱情。他们同外界无任何来往，但是有一个人例外，就是把这个地方告诉了他们并为他们做了准备的那位朋友。这个人不时地来这个岩洞，供应他们所需的一切。他们就这样生活了五年，从未走出过岩洞。他们在孤独寂寞之中仍然生活得很幸福，因为迪奥尼斯塔尔把获得忠实的阿伊诺梅视为自己最大的幸福，阿伊诺梅也把得到亲爱的迪奥尼斯塔尔引为极大的快乐。两个人逐步地习惯于这种与世隔绝的生活。在第一年里，他们对隐居生活感到烦闷；后来，他们的爱情结出了果实，他们也就不那么心烦了。他们每年生一个孩子。阿伊诺梅愉快地养育着他们的孩子，而她的丈夫则从事耕作，耕种着那一小块我们上面已经提到的紧靠岩洞的平地。他开垦了这块土地，种上了各种蔬菜和其他富有营养的作物。他还在那里的树上取得所需的柴火。那条河，还有洞内的那眼清泉，为他们提供了许许多多的鲜鱼。加上有人时而从外面送进来的食物，这就使他们全家的生活过得很富足。他们在那块露天平地上盖起了一座又宽大又舒适的茅屋，以避免终年生活在那个地下穹隆里，因为洞内潮湿、阴暗，并不像这片露天场地那样令人惬意而又益于健康。他们在露天场地可以呼吸到新鲜的空气。这个隐居处很舒适，而且距离他们的亲友又不远，因此，他们感到生活得十分愉快，就不再想穿越重山，逃到斯波鲁去了。他们决定，就在这个可爱的僻静处所度过余生。如果不是在他们隐居五年之后发生了意外，以致他们的幸福被厄运所打破的话，他们本可以幸福地生活下去的。

有几个青年小伙子十分爱好捕捉一种动物。那种动物当地称为达里巴，是野猫的一种。它的肉鲜嫩可口，皮毛浓密丰润。这些青年人在陡峭的山崖上发现了许多达里巴，而迪奥尼斯塔尔一家所住的岩洞和那块平地就在悬崖的脚下。捕杀这些动物的愿望，促使这些青年人向几乎不能接近的山上爬去，希望在那里大捕一场。他们终于爬上了山，并在追捕动物时，来到迪奥尼斯塔尔那块位于悬崖底部的平地附近，他们看到从那里冒出一缕青烟，但是没有看到火光。他们对此感到惊讶，产生了好奇心，想走近那个他们看到冒烟的地方，寻找冒烟的原因。于是，他们接近了那个地方，从他们登上去的悬崖向下看，看见迪奥尼斯塔尔和他的妻子在崖底平地上燃起一堆火在烧肉。他们长时间地观察了这两个人，既没有被发现，也没有弄出响声。随后，他们回到家里，就讲起他们的发现来，说有一男一女，还有他们的孩子，独居在山谷之中，周围都是悬崖峭壁，可是不明白他们是怎样下到那么深的地方的，看上去，那个地方是无法接近的。消息在当地居民中传开了。一些人听到这个消息后，想亲自去看看，结果去了许多人，内中有几个人认出了迪奥尼斯塔尔和阿伊诺梅。不久，祭司们就得知了这个发现，他们的心中又燃起了复仇之火，想要报复这对情侣对神殿和教会的凌辱。于是，他们集合了信徒中最能干坏事的狂热分子，从四面八方包围了迪奥尼斯塔尔夫妇所在的那块平地。可是，这个地方的四周都是峭壁悬崖，又深又陡，根本无法接近。祭司们所能做的，就是居高临下，向迪奥尼斯塔尔夫妇射箭。这不但没有伤着他们一根毫毛，反而使他们知道了在那块露天平地上的危险。于是，他们不得不警觉起来，退居到旁边的岩洞里，以避开敌人的袭击。

这时候，那些一心想要报仇的祭司，把树根连接起来做成了一种工具，用它把人放下去，放到似乎已被迪奥尼斯塔尔放弃了的平地上。可是，他们这样做，是不会不被迪奥尼斯塔尔夫妇发现的。因此，这对夫妇不得不想想自卫的办法了。当他们看到那个工具载着五个手持武器的人被放下来的时候，他们便躲在靠近敌人要下来的地方的一块岩石后面。当他们看到敌人下到弓箭所及的高度，就自下而上地向他们射箭，待敌人完全下来之后，就把他们统统杀死。勇敢的阿伊诺梅表现出男子汉般的勇猛气概，成了她丈夫的得力助手，毫不手软地帮他消灭所有试图借助那种工具下到平地上来的人。祭司们的这种做法完全遭到失败，他们因而更加怒不可遏。他们鼓动信徒们采取更加有力的行动，不要容忍这对亵渎宗教的男女打败许多虔诚的教徒。他们说，教徒们是为自己的祭坛所受的凌辱而来报仇雪耻的。为了进一步煽动那些信徒，祭司们少不了向他们许诺说，他们会得到斯特鲁卡拉斯的恩宠，斯特鲁卡拉斯会把上天的奖赏赐予那些热爱他和为他效劳的人。

这些鼓动和许诺，唤起了一些信徒的热情，他们自告奋勇出来，说要他们怎么干，他们就怎么干。结果，祭司们决定制作一大批那样的工具，这些工具要比最初造的更为安全；然后，把整批工具同时放下去。他们是这样想的：迪奥尼斯塔尔和他的妻子不能同时面对所有的地方，不可能阻止住那么多的人从上面下来，最后，两人只好投降，或者自杀。信徒们按照决定，执行了上述计划。迪奥尼斯塔尔早就料到敌人会有这一招儿，而且做了相应的准备；当他看到许许多多的工具被同时放下来时，只好躲进岩洞里。这个岩洞的入口很窄。迪奥尼斯塔尔放弃平地之后，就把这个洞口完全堵上了。为此，他使用了许多大石头和粗木头。这些东西是他在敌人为发动大规模进攻做准备的时候储备的。敌人通过这次进攻，占领了那块平地。他们下到平地上，满以为能抓到这对忠实的情侣为祭司报仇。他们到处搜寻这两个人。树丛中、岩石间都找遍了，却连个影子都没有找到，他们都为此感到十分惊讶。然而他们没有就此罢休，又进行了一番更仔细的搜查，终于认出了迪奥尼斯塔尔一家所在岩洞的洞口。他们花了很大力气，想把洞口打穿。可是，他们手头根本没有干这种活儿的工具，只好留下几个人在平地上，叫人把其余的人统统拉上山，去向祭司报告在下面所做的种种努力，并同祭司一起想想办法，以实现其目的。

祭司们看到这两个死敌又从自己的手中逃脱了；两人将所通过的洞口堵住，得以避免了为他们预备的酷刑。祭司们见此情形，经过反复思考，最后认为，山里肯定有岩洞，迪奥尼斯塔尔夫妇就隐居在里面，而且除了在悬崖脚下那块平地上发现的洞口之外，很可能还有其他出口。他们根据这种想法，向那一大群信徒发出命令，要他们对大山的前后左右进行一次严格的搜查。信徒们没用多少时间，就把整座大山搜了一遍，可是能够进入岩洞的洞口，一处也没有发现。由此，祭司们认为，要想进入岩洞，非把小平地上的那个洞口打开不可；如果不成，就让迪奥尼斯塔尔和他的妻子饿死在洞里。于是，他们又把几个人派到那块平地上。这些人竭力用撬棍撬迪奥尼斯塔尔堵死的洞口。可是那里横着数不清的大石和木头，要想打开一条通路，进入迪奥尼斯塔尔一家为躲避祭司的暴力而隐居的岩洞，简直是不可能的。因此，他们白费了一番力气之后，决定在洞口前日夜看守。如果这两个不幸的人不愿自己出来投降，那就让他们在洞里挨饿吧。

这时候，迪奥尼斯塔尔和他的妻子预感到，他们的粮食过不了多久就会用完。他们认为再也不可能从敌人的魔掌里逃脱了；一旦成了敌人的俘虏，他们就会遭受最可怕的酷刑。他们还想到，他们将会在骄横冷酷的祭司们的嚣张气焰下受辱,这种想法甚至比想到死还要使他们难过。他们的心中还存着一线希望,就是他们的朋友可能会来帮助他们。一连等了几天,却不见一个人来。与此同时,他们从沿河一侧给岩洞投下光线的那个较高的洞眼,看到一些敌人围着悬崖不停地巡逻,企图阻止他们逃跑。看到这些情景,他们感到绝望了,便决定寻死。

他们感到幸运的是,除了最小的孩子因为还在吃奶留在身边外,其他孩子早就被阿伊诺梅的父亲接到了家里。孩子得救了,这对他们是个极大的安慰。他们想,他们爱情的珍贵果实将会逃脱敌人的疯狂迫害;尽管做父母的命运不济,正当年轻力壮之时就要断送生命,可是他们死后,孩子们是会给他们传宗接代的。他们哀叹命运之严酷,然而又看不出有什么救治的良方。他们在多次互表爱意、互诉衷情之后,做出了一个勇敢的决定,那就是绝不屈服于敌人的淫威,而是以死同他们抗争,谴责他们的罪行和欺骗。下了决心之后,他们便考虑了实现这个决心的办法。且看他们是怎么做的。

前面已经讲过,迪奥尼斯塔尔夫妇所住岩洞的光线,是从河流一侧的那个大洞口投射进来的,洞口位于水面之上四人高的地方。在这个作为岩洞之窗的洞口周围,岩石向四处伸展开来,形成一个平台。迪奥尼斯塔尔和他的妻子选择了这个地方,作为他们决心演出的流血悲剧的剧场,他们将吸引尽可能多的人来观看这个悲惨的场面。按照这一意图,他们把剩下的木头都搬到这个平台上,摆成一个圆圈,打算到时候把木柴点燃,在火中自焚。木头摆好之后,他们砍下一些可能挡住河对面行人视线的灌木,然后才走进柴堆圈内。这段河尽管很深，但是河面不宽。当他们看到行人出现时，就呼喊他们，请他们走到河边，走到他们站立着的那个地方的对面。

在附近悬崖周围巡逻的三四个家伙一听到叫喊声，就停了下来。迪奥尼斯塔尔对他们说：他们企图抓他，那是徒劳的，因为他所居住的岩洞是无法接近的，只要他坚持自卫，凭他们怎么干，都永远伤害不着他。但是他认为最好还是进行谈判。为此，他请他们告诉祭司，他已决定投降，而不想眼看自己在岩洞里度过一生。“请你们告诉祭司，”他补充说，“我有极重要的事情要对他们说。待祭司们得知后，我深信他们会宽恕我的，虽然我曾经侮辱过他们。因此，我请求他们能到这里来，来得越多越好，好让他们亲耳听听我想当着他们的面，也当着陪同他们的所有人的面要讲的事情。”

那几个人听了迪奥尼斯塔尔的这番话之后，少不得派人向祭司报告了这一意外情况，并且叫来一大批同伴，守着河岸，虎视眈眈地注视着迪奥尼斯塔尔对他们讲话的地方。

祭司们听到消息后，立即派去几名使者。他们要求使者尽可能和颜悦色地同迪奥尼斯塔尔夫妇讲话，要对他们说，只要他们翻然悔悟，不仅不会受到惩罚，甚至还会得到宽恕。使者们忠实地完成了上述委托，许了最动听的诺言，并且竭力劝说迪奥尼斯塔尔，要他相信他们的许诺，听从他们的支配。迪奥尼斯塔尔装出同意他们的劝告的样子，对他们说，如果两天以后全体祭司都来这里，他会当着众人的面，把一些极重要的事讲给祭司们听，并把他的最后决定告诉祭司们。

祭司们按照指定的时间来到了那里，跟随他们来的人多极了。迪奥尼斯塔尔看到他们已经聚集在岩洞对面的河边上，便走上平台，陪着他的是他的妻子和尚在吃奶的孩子。他要求众人安静下来。待河对岸鸦雀无声之后，他对着人群，作了如下演说，措辞大体是这样的：

“今天，我在不幸中感到幸运的是，我的愿望实现了。几天来，我怀着一种强烈的愿望，就是想看到诸位会集合在你们现在所处的地方，让我自由地向你们表白我的心思。你们是那样安静，由此我推测到，你们今天会十分注意倾听我的想法，你们已经这样对我许诺过，我也会充分利用这一点，来向你们诉说我的真情实感和我的最后决定。我向参加这次集会的所有的人讲话，尤其是向你们这些教士和祭司们讲话。你们是人民的统治者，由于我使你们蒙受了最大的侮辱，你们比起其他人更有理由恨我。我和我的妻子坦率地向你们承认，是她放火焚烧了你们的神殿，是我亲手打死了你们的几个同伴。这种凌辱怎么能不使你们对我们愤怒不已呢？不过，既然现在我们仍然可以不受狂暴的袭击，那就请暂时克制一下你们的雪耻欲望吧。一旦我们讲完了话，你们一定可以报仇雪恨的。”

“你们强行把我的未婚妻阿伊诺梅要去之前，她与我，同我们全家人一起，一直过着平静安宁的生活，从未干预过他人的事。我们总是让你们按照你们自己的意愿管理人民，甚至没有讲过一句可能冒犯你们的话。我们两个人，一心期待着通过合法婚姻让我们结合在一起的幸福时刻的到来。这个该会结束我们痛苦的久已期待的时刻眼看就要到了，并且为着了结我们的心愿而做的一切准备也都就绪了。就在这时,你们却故意来破坏我们的欢乐,使我们甜美的希望变成极度的失望。你们以斯特鲁卡拉斯的名义来要阿伊诺梅,企图夺走我的未婚妻,使她失去自己的情人。这样一来,不用极端的暴力能成吗?在这种情况下,对于我们盛怒之下所采取的那些行动有什么可奇怪的呢?难道有什么珍视荣誉的勇士会不愿意这样做的吗?对于这件事,你们有什么正当理由来责备我们呢?我深知你们会用宗教的面纱把你们的丑行掩饰一番,而且会对我说:只要是上帝的旨意,就没有任何不服从的理由;正义、公平、血缘、友谊,甚至是无论怎样合法的爱情,这一切都不应阻碍天意。这个道理还说得过去,我不想去驳斥它。可是,有谁能向我保证,某项违反理性、正义和荣誉的命令果真是天意呢?你们滥用宗教和老百姓的轻信,一心满足你们的无耻的淫欲。你们打着虔诚的招牌,采取野蛮行动,来迫害那些不受你们欺骗的人。”

迪奥尼斯塔尔还要继续讲下去,对他的讲话深感不快的祭司们,生怕会引起严重后果,便在人群中掀起一片嘈杂声,并且命令最虔诚的信徒,箭射这个大逆不道的饶舌者,说他在犯了那么多的罪行之后,还敢强词夺理攻击宗教使者!这些狂热信徒马上服从命令,立即张弓,向迪奥尼斯塔尔夫妇发箭。这对夫妇发现他们的意图后,便退进岩洞稍事躲避,以防中箭;随后,又走了出来。他们利用这暂短的时间,先把自己臂部和腿上的血管切开,接着拿起烧着的木柴,放在事先安排好的圆形柴堆上,当着众人的面,跳进柴堆里,让大家看着他们的血从切开的血管里流淌出来。嘈嘈杂杂的人群看到这个可怕的场面,顿时静了下来,他们看得目不转睛,全神贯注。勇敢的阿伊诺梅抓住这个看来是自己生命剩下的唯一时刻，向祭司和人群开了口。她在讲话中，赞同她丈夫所讲的一切，谴责祭司的骄横、欺诈和可耻的淫荡行为，劝告乡亲们睁开眼睛，不要再容忍祭司任意利用自己的纯朴感情，把自己变成他们作恶和实现野心的工具，指出这些祭司没有合法的权力，却充当国家的主宰，对抗祖先留下的传统道德准则和值得赞扬的风俗习惯。接着，她把孩子抱过来，当众切断了他的血管。随后，她同丈夫一起，千百遍地诅咒祭司，并对祭司们说：他们虽然要死了，但是感到很愉快，因为有如过去朝夕相处一样，他们是死在一起的。他们对抗了暴君，谴责了他们的罪行和欺骗行为，战胜了他们的狡诈和残忍，他们为此而感到高兴。他们深感安慰的是，他们始终未落入敌人的魔掌，完美地了结了这件事。他们的敌人只能对着他们这两个为理性和真理而牺牲的人的躯体的一点儿余灰发狂了。

说完之后，两个人拥抱了一番，慢慢地躺到柴堆上。他们紧紧地挨在一起，感觉着生命伴随血的流淌而逝去。他们就是这样地躺在那里，直到他们亲手燃起的烈火把他们的身躯化为灰烬。

这个可怖的场面，在观众的脑海里留下了各种各样的印象。这两个殉难者的行为，他们所显示的理性的力量，他们为了不放弃自己的真实感情和不落入敌人之手而表现出来的视死如归的坚强决心，深深地打动了一些通情达理的人的心。

而另外一些人，就是那些不怎么开明的、只以自己所受教育得来的偏见为准则、只带着与他们的指引人相同观念的人，对这次意外事件却别有一番解释。尽管他们最初也被迪奥尼斯塔尔和阿伊诺梅的勇敢举动乃至是英雄行为所感动，但是他们认为这两个人是大逆不道的，是顽固坚持错误的人。

然而，祭司们没敢对死者的亲属采取任何残酷的手段，因为他们害怕招致所有人的憎恨，完全毁掉自己的声誉。由于发生过好些对抗他们的利益和权威的事件，他们的名声早就受到了损害。因此，自从这件事之后，他们有所收敛，为人处世也比较谨慎了，这是以前不曾有过的。

普列斯塔兰人世代传颂着这个不寻常的故事，并把迪奥尼斯塔尔和阿伊诺梅看作为真理而献身的杰出烈士。他们的祖先为了维护真理，在遭受斯特鲁卡拉斯的迫害之后，曾被驱逐出故土。他们中间甚至有不少人每年都去瞻仰这两个勇敢的青年人的殉难地，看看那处悬崖峭壁。由于人们对死难者怀有崇敬之情，这个地方也就成了令人景仰的圣地。

塞瓦利阿斯征服这个民族之后，发现崇拜骗子斯特鲁卡拉斯的神殿有二十四五座。此外，在邻近的一些民族中还有几座神殿，塞瓦利阿斯当时还没有把这些民族置于自己的法治之下，它们仍然保持着迷信行为。

跟随塞瓦利阿斯出征的普列斯塔兰人，向塞瓦利阿斯讲述了这个世代相传的故事，请求他劳神出力，把那备受蒙骗的可怜民族从谬误中拯救出来。

他答应尽快处理这件事。不过他同时让他们明白，要办这种事，就必须十分慎重，弄不好，会激怒在虚幻的迷信中不辨真伪的民族。

因此，塞瓦利阿斯在征服当地的民族之后，就建造了太阳神殿；这个神殿的雄伟气魄，使那里的人民惊叹不已。相形之下，斯特鲁卡拉斯的林中神殿就大为逊色了。塞瓦利阿斯还规定举行盛大仪式,仪式中伴有歌唱和音乐。他本人被太阳神亲自选作这个民族的领袖和太阳神意志的表达者。他以公正的法律和果敢的行动,赢得了人民的极大信任。这时,他才开始同斯特鲁卡拉斯的骗局进行斗争。他陈述的理由十分充足,加上他的武器和天雷很有威力,当地人对这些兵器的可怕力量早有亲身体会,这一切,都给大多数居民留下很深的印象,并使其中一部分人识破了斯特鲁卡拉斯的欺骗伎俩。但是,最终把这个骗术暴露在光天化日之下、消除百姓的错误认识的,是塞瓦利阿斯留心做的这样一件事:他在骗子们隐身树洞充神降谕时,当场捉住了他们。当时他从容不迫地利用了盛大节日的时机。正值伪先知们宣告神谕之际,他手持武器,突然走进神殿,把他们从藏身处抓出来示众,并要他们当众招认自己的欺骗行径和诡诈手段。

自此以后,所有通情达理的人都完全醒悟过来了。结果,凡是塞瓦利阿斯统辖的地方,斯特鲁卡拉斯的神殿和小树林都被推倒和砍尽,对斯特鲁卡拉斯宗教的公开崇拜也被彻底废除。不过,并非所有地方都是如此,因为直到今天,与塞瓦兰比邻的一些民族仍然坚持他们的偶像崇拜。

言归正传,现在来看看塞瓦兰人自己的偶像崇拜吧。塞瓦兰人的偶像崇拜尽管不那么粗俗,不那么违背自然理性,但仍然是真正的偶像崇拜,他们就像崇拜造物主那样,虔诚地崇拜本来只是造物的太阳。

群众性的宗教活动,只在平常的节日里,也就是在朔月的头三天和望月的头三天里进行。节日期间,首先由普通教士向太阳神奉献香料,献祭活动伴唱颂歌。随后便是游戏、舞会和其他各种娱乐活动，直到节日结束。可是盛大节日就不同了，这时的宗教活动绚丽多彩，豪华壮丽，盛况空前。盛大节日共有六个，目的和习惯各不相同。这六个节日是：科登巴西翁节，爱里姆巴西翁节，塞瓦利西翁节，奥斯帕列尼邦节，埃斯特里卡西翁节和内马罗奇斯顿节，我们将在下面逐一加以描述。塞瓦兰人只在塞瓦林德、斯波隆德、阿尔克罗普辛德、斯波劳美，以及其他几个大城市建造的神殿里庆祝这些节日。每一大城市均有自己的管辖区，乡下人会集到城里来参加部分节日活动，随后便各自回家去参加娱乐活动。塞瓦林德神殿里，有近四百名教士轮流主持仪式；在其他神殿，教士的多少取决于该处的重要程度。总督是众人的首领，作为他们的教皇参加活动。在所有盛大仪式中，总督第一个出面祭神。凡有神殿的城市的市长，也都像总督那样第一个出面，然后才轮到其他教士。现在，让我们对每个盛大节日作一番描述。

“科登巴西翁节”，即庆祝伟大上帝的节日

我们上面说过，塞瓦利斯塔斯遵照塞瓦利阿斯的意图，定下了“科登巴西翁节”。塞瓦利阿斯在世时，曾对此表示过意见，但是没有阐释得很明白。就是因为这个缘故，他的历任继承人都没敢对这个节日作出规定。然而塞瓦利斯塔斯即位后，果断地确立了这个节日。他逝世之前，庆祝大典已举行过好几次。这个节日庆祝活动每七年举行一次，即在每个迪尔涅米斯之初，也就是太阳接近天秤宫，当地为春分而我们欧洲为秋分之时举行。庆祝仪式连续七夜，其进行方式如下。

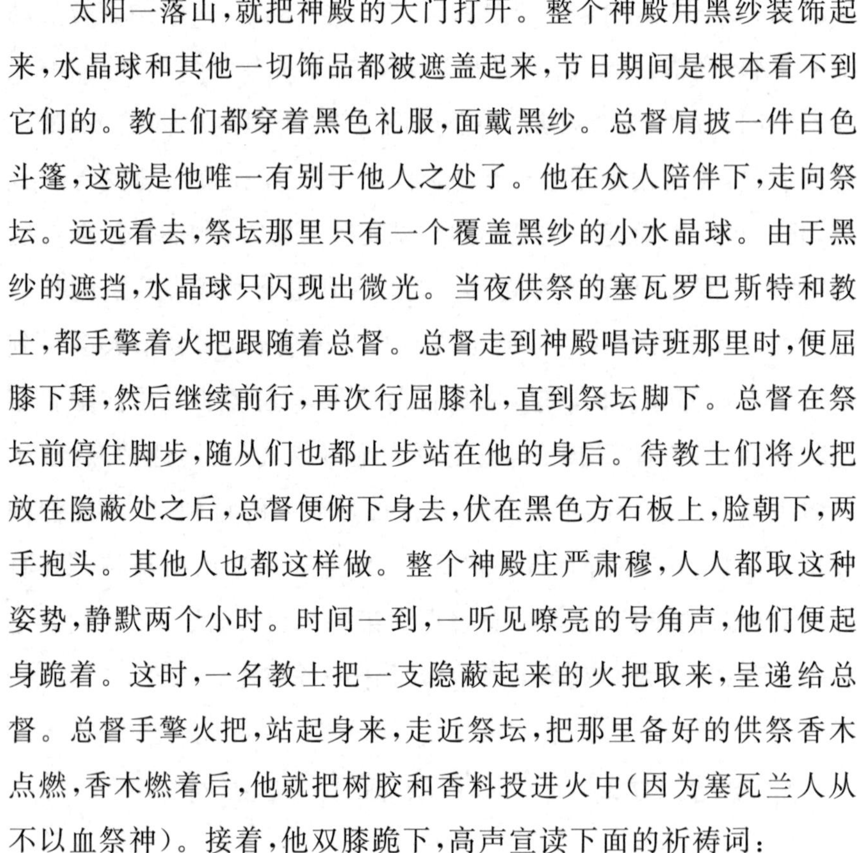

太阳一落山,就把神殿的大门打开。整个神殿用黑纱装饰起来,水晶球和其他一切饰品都被遮盖起来,节日期间是根本看不到它们的。教士们都穿着黑色礼服,面戴黑纱。总督肩披一件白色斗篷,这就是他唯一有别于他人之处了。他在众人陪伴下,走向祭坛。远远看去,祭坛那里只有一个覆盖黑纱的小水晶球。由于黑纱的遮挡,水晶球只闪现出微光。当夜供祭的塞瓦罗巴斯特和教士,都手擎着火把跟随着总督。总督走到神殿唱诗班那里时,便屈膝下拜,然后继续前行,再次行屈膝礼,直到祭坛脚下。总督在祭坛前停住脚步,随从们也都止步站在他的身后。待教士们将火把放在隐蔽处之后,总督便俯下身去,伏在黑色方石板上,脸朝下,两手抱头。其他人也都这样做。整个神殿庄严肃穆,人人都取这种姿势,静默两个小时。时间一到,一听见嘹亮的号角声,他们便起身跪着。这时,一名教士把一支隐蔽起来的火把取来,呈递给总督。总督手擎火把,站起身来,走近祭坛,把那里备好的供祭香木点燃,香木燃着后,他就把树胶和香料投进火中(因为塞瓦兰人从不以血祭神)。接着,他双膝跪下,高声宣读下面的祈祷词:

赞颂伟大上帝的祈祷词

"科登巴斯,奥斯巴梅罗斯塔斯,法莫特拉德阿斯,卡梅迪马斯,卡尔帕内姆法斯,卡普西米那斯,卡梅罗斯塔斯,佩拉西姆巴斯,普罗斯塔姆普罗斯塔马斯。"

这是他们用本民族语言对上帝的赞语,大意是:

"万灵之王啊!您无所不晓,无所不能;您是无限的、永恒不灭的、不可见的和不可思议的；您是我们唯一的君王、众生的主人。”

下面是祈祷词的续文：

“我们这些目光如豆的凡人，隐约地看见您，然而看不清您；认识您，然而不熟悉您。可是我们深信应当崇敬您。我们来到这里，置身于黑暗的环境之中，为的是向您表达我们的祝愿和敬意。人间万物每天都在向我们表露您的恩典，促使我们赞美您的伟大和智慧。夜间在我们头上闪烁的群星，以其准确而又有规律的运行向我们证明，正是您那无比有力的巨手，在指挥和支撑着它们。而那白天给我们光和热的明亮星球——神圣的太阳，是光辉灿烂的明镜，您通过它，向我们普施我们所需的一切恩泽；我们从它的身上可以看到您的光辉和永恒的神意。是太阳射出天光揭开笼罩夜空的黑幕，让我们看到您亲手造就的神奇的万物；是太阳给予我们温暖，赋予我们生命；是太阳使我们享受到您的恩惠的果实。因此，您指定太阳作为您的摄政官掌管宇宙的一方，而太阳则以强有力的、炽烈而又明亮的光线，推动、温暖和照耀着宇宙的这个部分。您把几个巨大的星球置于它的统辖之下。按照您的意志，我们也属于它赋予生命的人群。您把它赐给了我们，让它作我们的可见的光荣的上帝，它也愿意成为保佑我们的仁慈的主。它在地球上的所有民族中，挑选了我们作为它的臣民和真正的崇拜者。为此，它交给了我们法律，并按照它的意愿，给我们规定了应该如何向它供祭。由于它的启示，我们知道应该怎样供奉它了。可是您，啊，众神的至高无上的主宰！啊，全能的上帝！您是不可见的、全然不可思议的。一切都向我们表明，您是存在着的，可是没有什么能向我们阐明您的本性，表达您的意志。由此我们显然有理由认为，您

不愿我们寻根问底，而只愿我们从您奇妙的业绩中去寻找您，因为您不愿以别的方式让我们认识您。因此，与您那神圣的不可领悟的光辉相比较，一切学识、智慧都不过是蒙昧与无知而已。我们愈是思索想去认识您，就愈感到学识浅薄。我们看到，在我们的弱小和您的强大之间，隔着无底的深渊。倘若您不以您的仁慈扶持着我们，那么眼看着您的伟大，我们的心灵会无所依托。倘若您不通过我们的理性让我们明白：造物不可能认识造物主，有限之物不可能认识无限之物，那么我们就会陷入绝望，从而失去您赋予我们的理智。我们怀着这种谦卑的感情，不再开口探问；我们不想轻率地深究您的神性的奥秘，而只愿在灵魂深处膜拜您。然而，由您赋予灵魂的躯体也是您亲手创造的。我们认为，躯体应同灵魂一样，参加我们为您举行的祭礼，当众表达我们对您的尊敬和发自内心的崇拜。所以，我们凭着自己浅薄的才智，定下了这个盛大节日，将它作为我们向您表示敬意的见证，也是为了提醒那些由于愚昧无知或忘恩负义而可能终生想不到您的人，要他们知道自己应尽的义务。啊，永恒的上帝！请接受我们奉献给您的赤诚的心吧！请接受我们以自己认为最得体、最谦恭、最尊敬的方式冒昧向您表达的敬意吧！让我们举行祭祀燃起的烟火直升到您的跟前吧，让它去恳求您宽恕我们的一切罪过，天天向我们普施慈悲和恩泽，以使我们能够永远地崇拜您、纪念您。”

祈祷词读完之后，人们把燃烧的火把从隐蔽处取出拿在手中。与此同时，几支优美动听的感恩歌，在乐器伴奏下响彻神殿的各个角落。接着，总督走出神殿，仪式同入殿时一样。他和他的听众全部退出之后，便开始准备举行第二次祭礼。第二次祭礼由首席塞瓦罗巴斯特主持。他带领第二批参加祭礼的人，同总督率领第一批人时的做法一样，举行同样的仪式，宣读同样的祈祷词。第二次祭礼之后，接着举行第三次。在七天的节日里，就这样一次接一次地举行下去，直到节日结束。

在这个盛大节日期间，市内一些地方还举行学者的集会。这些人就神的问题各抒己见，而且常常发生激烈的争论；才子们利用这种良好机会，当众公布他们的研究成果，显示他们出众的天资。

一天，我参加了一次学者的集会。会上，一个名叫斯克罗梅纳斯的人作了内容颇有分量的长篇演说。他是个学识渊博、能言善辩的演说家。他在演说中论述了宇宙的构成，地球的诞生，动物的起源，人文科学的进步，以及人类为自己确立的宗教信仰等问题。

首先，他指出宇宙是永恒的、无限的，应当把它看成是物质的，同时又是精神的。物质与赋予物质以活力的精神，尽管有如动物的躯体和灵魂，是两个截然不同的东西，却是不可分地结合在一起的。精神具有一种创造力，它通过这种创造力，以千差万别的方式在所有的物体内不断地起作用，并以简略的形式在所有的创造物中显露出来。它灵巧地活动着，它的每个具体产物都与宇宙的观念有着密切的联系。尽管我们微弱的理性认为，某些精神产物是邪恶的、不正常的、离奇可怕的，但它无论创造什么都不是徒劳的。斯克罗梅纳斯又说，精神的创造力通过万物显示出来，它以不同方式作用于各种物体，而且喜爱多种多样的变化。因此，这种创造力喜欢离开某些物体而到别的物体中去，这就是某些化合物的形成和分解的原因，也是生和死的缘由。精神的产物大小不等，有时它可以造就完整的星球，继而在每个星球里发挥作用，并以缩略的形式和多种多样的方式表现出来。当物体分解时，只不过是原来的形态消亡，换成另一种新的形态，而其物质则一点儿也没消失。抛弃了那种物体的精神亦并非消亡，而是作用于其他物体去了。

这位学者借助毕达哥拉斯、柏拉图以及希腊、阿拉伯、印度的其他几位伟大哲学家的权威，来支持自己的论点，他说这些哲学家与他的看法相同，至少对绝大部分问题是如此。他又说，宇宙是由无数星球构成的，这些星球的大小、运行、位置、用途和结构各不相同。而且还有无数的太阳，它们都是生命和光的源泉，把光明和活力给予那些按照天意处于其轨道范围之内的星球。它们是上帝的摄政官，遵照上帝的旨意行事。星球中没有一个是永恒不灭的，虽然它们的寿命都很长。由于它们的优势不同，坚固程度各异，寿命也就有所区别。所有星球无例外地有发端之日，同样也会有终结之时，这一点同其他低级的物体没有什么不同。上帝只允许星球在他规定的不同时间里解体或诞生，为的是使整个宇宙不受任何损失和暴力的冲击。各种动物亦同星球一样。人们每天都能看到动物的个体死亡，但是这种动物并不因此而绝种，因为总有新生的动物来填补死者的位置。

在对宇宙作了这样一番论述之后，他又特别讲到我们所在的星球。他说地球同其他星球一样，也是有始有终的。但是，地球的寿数凡人并不了解。至于地球诞生的时间，亦是众说纷纭，一些人说它如何如何古老，另一些人又说它如何如何年轻。古代的埃及人认为地球诞生于一万四千年或一万五千年以前；东印度的教士认为，地球已有近三万年的历史；中国人按照他们的帝王继位顺序，算出地球的年龄为一万四千或一万五千年。然而在斯克罗梅纳斯看来，我们的地球并没有那样古老，他认为犹太人的推算比较合乎情理，因为这同科学艺术的进步更加相符。尽管目前地球上还有一些民族同他们四千年前的祖先一样野蛮，他仍然认为犹太人的推算是最有可能成立的，因为各种动物的躯体似乎一直在衰退，无论身材、体力还是健康方面都是如此。他说，野蛮现象主要见于那些邪恶放荡的民族，比如大多数亚洲、欧洲和非洲人；这些人确实十分野蛮，尽管他们自以为非常文明有礼，因为他们把外表当作文明，而实际上文明根本不在于此。真正的文明既不是矫揉造作的言辞，怪里怪气的时装，也不是装腔作势的举动；真正的文明在于公正、良好的管理、纯朴的风俗、自我克制以及人与人之间应有的爱戴和仁慈。万民中最精明干练的人，倘若不公正、善良、仁慈、温和，那他就常常是个野蛮者，他的理性之光，只不过是一缕微弱的虚光，除了冲昏他自己的头脑、使他掉进灾难的深渊之外，没有其他用处。缺乏良好管理的民族是盲目的民族。而君主和行政官吏的真正的光荣，在于出色地领导和管理属下的臣民，并在于实行公止的奖惩。

关于动物的起源，斯克罗梅纳斯说，这同星球诞生的时间一样，是人所不知的。然而，如果以似乎符合实际的推测为依据，那么就应当认为，在每个星球诞生之初，上帝为每种要在星球住下的完善动物造就了雌雄一对，这对动物便成了物种的起源，各种动物也就由此一代一代地繁衍下来。在这个问题上，他很推崇摩西的见解，认为他的见解很可能是正确的，理由也最充分。至于宇宙中同地球一样的其他星球，谁也不知这些巨大物体的自然结构如何；因此，谈论这个问题未免鲁莽。思考一下我们所看到的世间事物，赞美神的智慧在凡间各处所创造的奇迹，这对于我们来说，已经足矣。鉴于在地球的不同地方和不同气候条件下生存着不同种类的动物，上帝也可能让各种动物居住在不同的星球上，这些动物很可能与我们在地球上见到的毫无共同之处。上帝为增添自己的荣光而创造着一切，我们不该鲁莽地探究其神意的奥秘。上帝在为凡间所创造的所有动物中，把极大的优惠赐给了人类，可他并不愿意让其他动物分享。这些天赋与恩赐的限度和种类是各不相同的。然而，人也是一种会死亡的动物，这与其他动物没什么两样；人不应当为自己拥有财富而洋洋自得，因为财富的占有是不会长久的，也是不牢靠的。斯克罗梅纳斯又说，有些人以为，天、地和我们抬头看到的闪烁发光的所有星球是专门为人创造的，好像上帝除了取悦地上的可怜虫之外，就再没有更伟大、更高尚的意图了。最后他还说了一些十分难听的话，辱骂这种人的虚荣，甚至连我们最能干的传教士，在教训胆敢违抗上帝的傲慢不逊的罪人时，都不会像他说得那么厉害。

接着，他谈到科学艺术的起源和进步，讲了一些十分奇异的事，并且从历史角度援引了各国最著名作家对这个问题的所有论述。他引用了几名中国和印度作家的著述，还提到犹太人、希腊人和阿拉伯人的说法。他对大家说，历史上存在过的好些珍贵的知识已经失传，然而他希望塞瓦兰人关心此事，发挥自己的才智，将来重新取得这些知识。实际上，塞瓦兰人已经恢复其中的一部分，他们在这方面是能够成功的，而且会比世界上其他民族做得更好。这是因为塞瓦兰人有着良好的管理制度，还因为他们重视这么一件事，就是不时地把许多精明能干的人派到欧洲大陆最文明的国家游历，去学习他们认为值得自己国家关心的一切事物。

最后，斯克罗梅纳斯谈到宗教问题和人们对上帝的崇拜问题。他讲了许多稀奇古怪的话，这里，就不宜一一转述了。

斯克罗梅纳斯结束了长达一个多小时的演说，所有的听众都十分赞许地倾听了他的讲话。尽管我不太赞成这个异教徒关于宗教问题的说法，然而我感到高兴的是，他在许多问题上都对摩西和基督徒的某些信仰给了很高的评价。可是，我的高兴没有维持多久，很快我就转喜为悲了。这位学者刚刚结束讲话，我就听到我手下的一个人高声说道，他和他的五六个同事十分信服斯克罗梅纳斯的有力的论证，因此他们愿意信奉塞瓦兰人的宗教。那个名叫莫尔顿的英国人是个变化无常的叛逆者，就是他这样向着我讲的。他存心丢我的脸，是要对我先前给他的公正处罚进行报复。为此，他老早就鼓动斯克罗梅纳斯准备这次长篇演说，使自己得以戴着虔诚的假面具，十分光彩地放弃对基督教的信仰。我竭力反对他们的改宗，和颜悦色地向莫尔顿和他的同伴们指出他们应尽的义务。可是，我所讲的一切道理和告诫，都未能软化他们背叛自己的上帝和宗教的铁石心肠。他们公开弃绝了基督教，转而信仰塞瓦兰人的宗教，并且讲了许多荒诞的理由，竭力为自己的叛逆行为辩解。为了争取他们回心转意，防止他们的举动可能产生的坏影响，我尽了最大的努力。然而，当我看到要说服他们已毫无希望的时候，我不禁对他们发起火来，说这是上帝降祸到他们头上，上帝已经剥夺了他们的理性。他们的固执以及他们祖辈的顽固态度，给他们招来了这次不幸。那些曾经反对神圣天主教会的人的后代，都落到被天主弃绝的境地，最终都放弃基督教，这是不足为怪的。

他们的父辈分成了几个教派，都恶毒攻击旧教、东正教、天主教和罗马教；没有这些宗教，人的灵魂就不可能得救。就像嘲弄我对他们的劝诫一样，他们也嘲笑我对他们的责备。最后，我只好默不作声，让他们按照自己的方式去生活。但是，多亏上帝的恩典，我完全保持了对教会的信仰；我希望本着这点去生活，本着这点去死，而没有任何东西能够改变我对耶稣基督的信仰和我们所有真正的基督教徒对教皇的服从。

爱里姆巴西翁节，即太阳神节

这个盛大节日每年庆祝一次。庆祝活动从太阳经过北回归线的那一天，即我们欧洲人一年中白天最长的夏至之日开始；对于南方大陆的人来说，这一天则是一年中白天最短的冬至。节日前三天，举国上下统统熄火，直到借助阳光燃起新火为止。若是在地处寒带的国家，正值严冬季节，那是很难熬的。然而塞瓦兰是个热带国家；况且，居民们很早就为庆祝这个节日做了各种准备，那种由于无火而引起的不便也就不那么明显了。

节日前三天，百姓们焚香拜祭，唱着悲切凄凉的圣歌，好像以此来表达他们对太阳远离的惋惜之情，恳求太阳回转，让他们重新获得那似乎有意抛开他们的光和热，让他们借助新的阳光，把各处熄灭的火重新点燃起来。如果冬至后的第一天阳光灿烂，万里无云——这在气候宜人的塞瓦兰是常有的，人们便用凹镜对着太阳，把放在神殿院里的柴堆或麦秆堆旁边的易燃物点燃起来。火在易燃物中闷烧几个小时，到了夜晚，便把整个柴堆燃着。于是，神殿院里，火光熊熊，大家都到这里来把灯点着，然后带回各个奥斯马齐。就这样，人们为新的一年获得了新的火种，用来替代已经熄灭的去年的火焰。然而，倘若这一天下了雨，或是乌云遮住了太阳，百姓们就以为太阳神在发怒，于是向他献祭，为他唱悲哀的圣歌，直到他驱散乌云，大放光芒，足可以把他们熄灭的火重又点燃起来为止。这时，他们便向太阳神表达感激之情，到处举行庆祝活动，组织各种游戏和表演，一直到节日结束。节庆活动一般只持续五天。如果我要在这里把这个盛大节日的全部仪式一一加以叙述，篇幅就会过于冗长。因此，我宁愿只做此简要的介绍，用不多的话把它的突出之点记述下来。

塞瓦利西翁节

塞瓦利西翁节，是每年为纪念塞瓦利阿斯及其信徒们到南方大陆而举行庆祝的另一个盛大节日。总督和全体行政官员都身着最华美的服装来参加节日庆典。他们向太阳神烧香献祭，感谢神先前赐给他们祖先的恩泽，感谢神给他们派来带有天雷的塞瓦利阿斯。他征服了敌人，把他们从极端愚昧的状态中解救出来，向他们颁布法律，选他们作为自己的臣民，并使他们的国家成为世界上最幸福的国家。对太阳神举行祭礼之后，总督和行政官员们开始颂扬塞瓦利阿斯和他的继承人。他们首先回顾塞瓦利阿斯征服斯特鲁卡兰人的历次战役，讲述他制定的法律和临终之前给他们留下的有益训诫，颂扬他的仁慈、贤明和他的一切美德。接着，他们颂扬塞瓦利阿斯身后的历任继承人；最后，他们请求太阳神永远给他们选派总督;如果可能,这些总督要在积德行善和造福于臣民方面努力效法甚至超越他们的前任。这个节日仅有四天,均在喜庆的气氛中度过,没有夹杂任何悲哀伤感的东西。

奥斯帕列尼邦,即结婚节

结婚节是又一个盛大节日,每年庆祝四次,即每三个月庆祝一次。塞瓦利阿斯执政时就定下了这个节日,而且他在寿终之前亲眼看到臣民们年年庆祝这个节日。至于节庆活动,我就不在这里赘述了,因为在前面的章节中,我已描述过我在斯波隆德市看到的庆祝方式。塞瓦林德市的庆祝方式同斯波隆德市一样,但只有一点不同,就是它的庆祝活动持续五天,而其他城市只有三天,因为塞瓦林德范围大,管辖地区广。塞瓦林德的结婚盛典也比其他地方更讲排场,更加辉煌壮丽,当总督娶妻时,尤其如此。总督结婚的情景,我曾见过两次。为了给这位首席执政官增光,节庆的场面和仪式也都别出心裁,而且国家的所有高级官员都得参加总督婚礼,塞瓦林德城的居民也因此纷纷而至,观看这一盛大场面。君主可以自己选择妻子,而其他男人只能听凭少女挑选,这就是君主与臣民之间的不同之点。至于其他方面,君主和普通人的结婚典礼几乎没有或者根本没有什么区别。

斯特里卡西翁节

斯特里卡西翁节即收养儿童节,也是每三个月过一次,每次只有三天。孩子长到七岁，又逢这个节日，父母就把他们带到神殿去，将他们的出生日期告诉办理此事的祭司。这位祭司按照孩子们的出生年月登记入册，然后把各册呈给斯特里卡西翁塔斯，即公共学校的总监。学校总监是国家高级官员，属于塞瓦罗巴斯特之列。总监以孩子们的出生时间为序，唱名点数，领他们走到祭坛前面，叫他们向黑色帷幔拜三拜，向明亮的水晶球拜两拜，再向祖国拜一拜。接着，他把孩子们领到总督或作为总督代理人的塞瓦罗巴斯特面前，代表孩子的父母向总督或总督的代理人说，他们是来把孩子们献给太阳神和祖国的。总督听后，便走下御座，以香料向太阳神献祭，代表孩子和臣民请求太阳神接受这些奉献给他的儿童，请神宠爱和庇护他们，从而使他们将来像自己的生身父母那样侍奉太阳神，把太阳神认作万民的共同父亲，认作他们的上帝和他们特有的国君。

总督祈祷之后，人们请父母们走到前面。父母用手抓起自己孩子的一缕头发，在他的额上吻一下，再把他的脸转向祭坛，用剪刀把他们左手抓着的头发剪断。接着，他们在孩子的头上轻轻拍打一下，对他说："爱里姆巴斯，普罗斯塔，方托瓦"，意思是说，愿太阳神作你的父母吧！然后，孩子们被领到专门处所去剃光头，复又被带回神殿，人们在神殿里为他们唱起圣歌。这就是节日第一天的全部仪式。

次日，往孩子们的头上涂擦芳香的圣油；第三天给他们洗身，让他们穿上黄色衣服。最后，在举行了某些祭礼、仪式和各种娱乐活动之后，便把这些儿童分到各个奥斯马齐，让他们在那里接受教养。

内马罗奇斯顿节

内马罗奇斯顿节就是初次收获献祭节。这个节日始于春天，日期是不固定的。春季时，果实一成熟，人们就向太阳神供奉熟果，以表达对太阳神的感激，感谢他让土地长满了庄稼，让庄稼结出丰满成熟的果实，从而给人和动物提供了食粮。总督或他的摄政官把这些初收之果作为祭品供奉，叫人连续三天在祭坛上当众把祭品烧掉。臣民们在这三天中载歌载舞，举行各种公共娱乐活动，以示庆贺。此后的六七个月中，只要收获到新的果实，人们就把其中最熟的献给太阳神。不过这件事只由祭司们分多次去做，百姓并不参加，除非遇到月亮节。如前所述，月亮节的时间是朔月的头三天、望月后的头三天。

塞瓦兰人的全部盛大节日就是这些。节日期间，塞瓦兰人停止劳作，尽情地娱乐和休息。由于劳动同娱乐、休息相互结合，交替进行，塞瓦兰人感到生活甜美、愉快，无忧无虑，没有烦恼和悲伤；这同我们欧洲人的生活迥然有别。正因为如此，塞瓦兰人生活得很幸福。他们身体健康，长寿高龄，因为他们在物质享受和精神享受方面都很有节制。挥霍无度和穷奢极欲总是有害于毫无节制和游手好闲的人的。我经常参加这些盛大节日的庆祝活动，与其说这是出于对宗教的虔诚，毋宁说是出于好奇的动机，因为我始终坚信天主教，虽然我们欧洲人中有几个人率先放弃了基督教，转而信奉太阳神。这几个改变了信仰的人或是由于意志薄弱，或是出于迎合时势，但是这样做是没有任何必要的，我们可以毫无拘束地按我们的方式在自己的奥斯马齐里祈祷上帝，因为塞瓦兰人的原则和基本方针是：在宗教问题上绝不使用暴力，而仅仅以榜样和说理来吸引人们接受他们的信仰。他们认为，每个人都应有坚持自己意见的自由，武力只会逼出伪君子，而不会造成心悦诚服的皈依者。

关于塞瓦兰人的宗教、盛大节日和作为他们宗教祭礼的主要仪式，我们认为应该介绍的就是这些。我们不想用很多时间描述它们的细枝末节，因为这样做只能令人厌烦，而不会使人受益和令人愉快。

现在我们来谈谈塞瓦兰人的语言问题，但也不详细论述。我们的目的不是为写一部语法，而只是作一个概述，指出这种语言同亚洲和欧洲所有其他语种相比，所具有的优点和长处。

塞瓦兰人的语言

习俗的文明往往促进语言的文明，如果语言具备自然基础，就更是如此。在其自然基础上，可以轻而易举地进行创造，而无需改变业已确立的语言原型。塞瓦利阿斯执政初期，就十分明白这一点。当他预料到他通过实施法律会使臣民的习俗变得淳朴有度时，他认为他的臣民还应当拥有一种与他们的天资相称的语言，用这种语言有礼貌地表达意见和思想，这样，语言文明和习俗文明便达到一致。塞瓦利阿斯的语言知识是出类拔萃的。他精通数种语文，深知其瑕瑜所在。为了造成一种完美无瑕的语言，他在自己精通的所有语言中汲取其精华，排除其糟粕。他并非借用这些语言的词句，这不是我想要说的，而是从中汲取思想和概念，尽力加以模仿，为我所用，使其适应斯特鲁卡兰人的语言。塞瓦利阿斯学会了斯特鲁卡兰语。他把这种语言作为他提供给臣民所用的语言的基础。

斯特鲁卡兰语中的单词、句子和惯用语，凡是塞瓦利阿斯认为好的，都统统予以保留。他只限于去掉粗鲁的言辞，删除多余的词句，加进缺少的东西。应该加添的东西是大量的，因为在塞瓦利阿斯到达之前，斯特鲁卡兰人是属野蛮民族。他们的词汇贫乏得可怜，因为他们只有很少的概念。因此，这种语言虽然动听，有条理，容易接纳新东西和文雅的词句，但是有很大的局限性。

塞瓦利阿斯命人清点了这种语言的全部词汇，并按字母顺序将其编成词典。随后，塞瓦利阿斯标记出句子和惯用语，删去他认为无用的东西，添加上他觉得必不可少的东西。无论是单音词，多音词，用语，还是句法或词句的安排，都有所增删。他未来之前，南方大陆的居民对书写艺术一无所知，他们对使用字母和书面材料感到惊奇，这一点并不亚于美洲人。这种情况很有助于袄教徒们说服当地居民相信：他们从欧洲带来的所有技艺，就是太阳神传授给他们的；太阳神以特殊方式把神谕传给他们。

塞瓦利阿斯创造了各种字母，用以描述他在这种语言中发现的和他新引进的所有音素。他教当地人按某些东方民族的书写方式采用纵行写字，每一页均从上端开始，从上到下，从左到右。他总共创造了四十个字母，用来记述口语中几乎全部音素，字母彼此区别明显。接着，他又把字母区分为元音和辅音，像我们那样。他还创造了好几个词，确定了它们的用途，这就是通过读这几个词，可清楚地辨别不同的语音，目的是让儿童从小开始练习各种发音，使舌头柔软灵活，能够毫无困难地读出每个字的音来。正因为如此，今天的塞瓦兰人学习任何一种语言时，均能轻易地学会其发音，从而熟练地掌握这种语言。塞瓦兰人的语言共有十个元音和三十个辅音，各种音素清晰可辨。因此，他们的语言的语音丰富多彩，从而成为世界上最悦耳的语言。他们让语音适应于想要表达的事物的本质，每一音素都有自己的用途和特点。有些音庄重严肃；另一些柔和优美。有些音可以用来表示低级可鄙的东西；另一些则可表示伟大崇高的事物。各种声音的作用，因发音的部位、音节排列和数量的不同而异。

塞瓦兰语的字母是按自然顺序排列的，先是喉元音，然后是腭元音，最后是唇元音。辅音排在元音之后，共有三十个，分为原辅音和派生辅音。他们还把派生辅音分为腭化辅音和非腭化辅音，并且按照主要参与发音的器官，又分为喉、腭、鼻、龈、齿和唇辅音等。

塞瓦兰人置于元音之后的第一个符号是个嘘音符号，有如希腊语中的重符号或法语中的嘘音 h。随后按自然顺序依次为喉辅音、腭辅音、齿辅音等，一直到唇辅音。

他们以这许多单音为基础，把元音和辅音合在一起构成音节。他们仔细研究了事物的本质，力求用适当的声音加以表达。他们从不用长而重的音节来表达甜美的、细小的东西，也不用短而轻柔的音节来表达强大的、有力的或粗犷的事物。这一点与大多数其他民族不同。虽然遵守这种规则会使语言极为优美动听，但是其他民族几乎都不重视这个问题。塞瓦兰人的语言中有三十个不同的二合元音或三合元音，这就使语音更加丰富多彩，而且往往有助于区分名词的格和动词的时态。大多数词的结尾是元音或软辅音。如果是用硬辅音结尾，那只是为了在说话时表达某种粗野的情感，而且这样做往往是有意的，在演说词中尤其如此。他们给每个元音配上三个符号，用来标明音量。他们还把所有的元音分为开元音、直接元音和闭元音，以表明它们应有的音调的性质。除了长音字母和开音字母之外，他们从不用长音符；除了闭口发音、不发音或降低声音的字母之外，他们也不用开音符。他们按照词性，毫无区别地把闭音符用于所有字母。他们还用一些符号表示不同的语气和音调，就像我们表示疑问和惊叹所做的那样。但是他们在这方面更进一步，因为他们给差不多所有的语调都配上了符号。一些符号用来表示喜悦；另一些则表示痛苦、愤怒、怀疑、自信和几乎其他所有情感。简单词多为两三个音节，复合词较长，但是远不像希腊语中的词那样长得令人生厌。希腊词往往超过中等长度，长得使人感到不便。塞瓦利阿斯创造了时间副词、地点副词、质量副词和好几个介词，这些词同名词和动词配合，十分准确地表达不同含义和属性。名词的性、数、格或者像拉丁文那样用词尾变化来表示，或者像我们所做的那样，用冠词来表示，或者同时用这两种方法来表示。但是这后者起夸张作用，只在强调某种事物时才用这种变化方法。

名词有三性，即阳性、阴性和中性。词尾 a 表示阳性，e 表示阴性，o 表示中性。巨称词带有字母 ou，ou 往往表示轻蔑、鄙视之意；指小词带有字母 u，u 也是表示鄙视之意。但是 e 和 i 则表示和蔼可亲、妩媚可爱之意。比如，指男人时，通常的称呼是 amba。

如果他是一位值得尊敬的伟人，就称他为 ambas；如果他是个粗鄙之徒，就叫他 ambou；倘若他是个大坏蛋，就喊他 ambous。用指小词时，如果指的是一个粗野的小男孩，就叫他 ambu；如果是个漂亮的小男孩，就叫他 ambé。如果他特别坏或特别好，就在这两个词的末尾加上字母 s，变成 ambus 和 ambés。同样，塞瓦兰人通常称妇女为 embé，并且按照上述不同含义，分别称之为 embés，embou，embeou，embeous，embeu，embues，embei 和 embeis。这些不同的词尾，还可以按照给它们规定的用法，分别表示仇恨、愤怒、蔑视、热爱、尊重、尊敬等情感。名词的数有两种：单数和复数。一般说来，复数与单数的区别，就是在单数词尾加上字母 i 或者 n。这样，amba 的复数就是 ambai，embé 的复数就是 embei。中性词如 ero（光线），它的复数是 eron。而想用一个词同时表示两性，或不确指其阴阳性时，就说 amboi，这词同时指男人和女人；或者说 phantoi，指父母亲，因为 phanta 意为父亲，phenté 意为母亲。动词的词性也是三种，表示说话者的不同性别。动词同名词一样，词义也有强弱变化。

就拿“爱”这个动词来说吧，若是男人爱什么，它的不定式是 ermanai；若是女人爱什么，则是 ermanéi；如果既不专指男人也不专指女人，或者同时指二者，就说 ermanoi。在动词的各种时态和人称中也都有这种区别，塞瓦兰人一向重视主语的性。

例如，当一个人说自己爱什么的时候，男人说 ermana，女人说 ermané，中性主语则说 ermano。请读者看看下表，便可知道这个动词的直陈式现在时在各种人称中的变化。

阳　　性

Ermana	Ermânach	Ermanas
我爱	你爱	他爱
Ermanan	Ermana'chi	Ermana'si
我们爱	你们爱	他们爱

阴　　性

Ermané	Ermânech	Ermanés
我爱	你爱	她爱
Ermanen	Ermênechi	Ermensi
我们爱	你们爱	她们爱

中　　性

Ermano	Ermânoch	Ermanos
我爱	你爱	他(她)爱
Ermanon	Ermôn'chi	Ermôn'si
我们爱	你们爱	他们(她们)爱

塞瓦兰人在动词的全部时态和语式中,通过词尾变化来区别动词的性,并且也像对名词那样,把词义增减的方法用于动词。比如,ermanoüi 意为一般地爱什么;ermanui 意为基本不爱;ermanéi 意为爱得不深,但是爱得热烈;ermanéi 意为宠爱。如果是爱得真切、高尚,他们就说 ermânâssai。

如果所指的是一位爱好者,或者是一个喜欢什么的人,他们就在不定式动词词尾加上 da,de 或 do。比如,若是一个男人喜欢什么,就说 ermanaida;若是一个女人喜欢什么,就说 ermaneidé;若是中性主语,就说 ermanoido。他们以三个音节为基础,加上其中之一,就可组成直陈式所有时态的分词。比如 ermanada,意思是某个人现在喜欢什么,他们把它缩写为 erman'da。

Ermancha 和 ermansa 属于单数第二和第三人称。复数时，就说 ermandi，ermanchi 和 ermansi。主语为阴性时，就把词尾 a 换成 e；中性时，就换成 o。比如，阴性单数为 ermandé，ermanché，ermansé，其复数的词尾均为 ei；以 o 为词尾的中性单数变成复数时，词尾均变成 on，如 ermando 变成 ermandon，依此类推。

他们只有这么一种多变的动词变位方法，表示动词的性、语式、时态、人称和分词。不过，在这种单一的动词变位中，他们的动词词尾变化要比我们所有动词变位的词尾变化要大得多。这种语言没有任何不规则动词。因此，想学习这种语言的人都觉得易学。动名词，即表示动词动作的名词，它的构成方法是在不定式的末尾加上 psa，pse 或 pso。比如，ermanaipsa 的意思是喜爱，表示一个男人喜爱什么；ermaneipsé，表示一个女人的喜爱；ermanoipso，表示中性或两性共通的主语的这一动作。

动词主动式均可变为被动式，方法是在及物动词前加个前置词。如果该动词以辅音开始，如 salbontrai（指挥），就加前置词 ex，变成 exalbontrai（被……指挥）；如果动词以元音开始，就只加 x，如 ermanai（爱），被动式为 xermanai（被……爱），依此类推。在动词的所有语式和时态中，以及在派生动词中，均可通过这种办法把主动意义变成被动意义。几乎所有动词都可加前置词 dro。音节不多的中性动词尤其如此。比如，stamai，意为“是”，常常写作 drostamai，其意仍为“是”或“存在”。

所有的及物动词都可加上前置词 di 或 dis，如 discatai（跑），disotirai（疾飞），dinuserai（快速地飞跑）等。这两种前置词表示快速动作。相反，前置词 dro 表示迟缓的动作，如 drocambai（缓缓而来),drocatai(慢慢地跑),drosembai(说话很慢)等。而 disemibai 的意思则是说话很快。塞瓦兰语共有一百多个前置词。这些前置词表示不同的动作方式,将更多的含义加进一个词之中。我们在这里不可能用几句话把它阐述清楚。希腊语不管多么美,也比不上塞瓦兰语那样刚劲有力、优雅动听。它在表达事物的生动性、多样性和属性方面,还不如后者的一半。倘若我详述这个问题,写一部塞瓦兰语的语法,我会不难使读者了解这点的。如果将来有空闲时间和方便条件,我也许会这样做。

塞瓦兰语中有拟声动词,起始动词,还有所谓"舒张"动词。这些动词的标志是各有特定的前置词,音节有慢、快或中速的变化。因此,世界上最适合于作格律诗的语言,那就是塞瓦兰语了。对于诗人和演说家来说,这种语言也是十分好用的,因为它有许多同义词表达一般概念。人们往往可以用五六个不同的词来说同一个事物。这些词有长有短,也有中等长度的,有些词由长音节构成,另一些则由短音节组成,而且每个词读起来都有不同的节奏。塞瓦兰人写的诗,同他们所模仿的希腊诗和拉丁诗一样,都是格律诗。但是他们的诗句要优美得多,也更能使人动情。他们总是使自己的诗句与所写的主题切合。那些用歌颂英雄的诗句和夸张的词语来描写琐事的诗人,还有那些以没完没了的超长句使听众疲乏的诗人,塞瓦兰人是看不起他们的。有一次,我在一群才子的集会上讲述了我们欧洲人的押韵诗,并把它同格律诗作了比较,目的是想看看他们对此有何评论。才子们认为押韵诗是可笑而又粗俗的,说韵脚只会妨碍情理和理性的表达,它既不能产生任何感人的力量,又不能使诗句优雅动听。事实上,我也认为韵脚最滑稽可笑不

过了。虽然某些伟大而且文明程度相当高的民族迷恋于韵脚，把它当作乐趣，就像凡夫俗子们把冷嘲热讽和低级影射当作自己的乐趣那样，但是我的这种看法并未改变。在我看来，押韵诗好像某种音韵钟。这种钟近似于挂在圆形松鼠笼子上的小铃铛。当松鼠在笼子里打滚时，铃铛被碰得叮咚作响，响声此起彼伏。这样的声响只有松鼠和过路的孩子们喜欢听，因为懂事的人谁也不愿以此作为消遣，谁也不想多听一遍的，不是吗？在我看来，我们诗句中的韵脚并不那么悦耳，我认为那种韵脚还不如我刚才讲的铃铛声好听。铃铛至少有这么一点儿好处：虽然不讨才子们的喜欢，但也不像几乎所有押韵诗中的韵脚那样，影响情理的发挥和理性的表达。在各种诗体剧里，人们要求卖鱼妇、补鞋匠、农夫、儿童和其他同类角色讲话时要押上韵，难道还有什么比这更可笑的吗？

如果买东西、卖东西、喝水、吃饭、打架、留遗嘱、死亡等等都必须押韵，那还有什么比这更荒唐的呢？更为滑稽可笑的是，当舞台演员换场时，尚未出场的演员上场前并未听到场上演员的最后一句台词，但他的道白却要同这最后一句台词押韵，好像他已经听到这句台词并有时间想出同韵台词作答一般。凡是稍明事理的人只要动动脑筋想一想这种荒唐事，肯定就会对许许多多愚蠢而又庸俗地看重韵脚的才子们的盲目态度感到惊讶，并且会像我一样认为，我前面讲到的塞瓦兰人把押韵视为粗俗不雅的发明是很有道理的。有人会说，用格律诗同用押韵诗一样，都能很好地表现各种人物，而且押韵诗也并不十分难作。对此，我要回答说，只要善于根据所写主题变化诗的体裁，就很难察觉那是格律诗，大家宁愿把它当作动人心弦的优美和谐的散文，而不将其当作徒劳排列的词句。这种词句只能刺激灵敏的耳朵，同押韵诗那呆板无力的结尾和重复所产生的效果是一样的。因此，人们很少看到我们欧洲人的诗歌能够打动人心，即使有时也能产生这种效果，那也只是由于诗中卓越的思想和优美的词语，而不是音步的作用。与此相反，我在塞瓦林德看到过这样一些诗歌，其思想性并不怎么出色，然而朗诵起来或者配上乐曲演奏时，似乎仍不失为佳作。我在塞瓦林德听人演唱过一首颂歌，它颂扬塞瓦利阿斯战胜斯特鲁卡兰人。确实，通篇都闪耀着智慧和崇高的思想。可是，默念起来所产生的感染力却不及朗诵或演唱它时的感染力的一半。每当听到这首颂歌时，人们便觉得心荡神驰，激动万分，不能自已。它栩栩如生地再现了交战的场面、塞瓦利阿斯天雷的轰鸣、死伤者的喊叫和呻吟、战败者的狼狈逃窜等情景，听起来宛如目睹真实的战斗。然而更令人赞叹的是，无需看词句内容，仅仅把音步的节奏配上曲调，就几乎能像全诗那样打动人心。让同一首歌产生截然不同的效果，对于这个国家的音乐家来说，是很平常的事。他们有时能激起人们的喜悦、愤怒、仇恨、蔑视，甚至狂怒等感情，须臾间，又能使人们从这些感情中平静下来，继而产生怜悯、友爱、悲伤、忧虑、温情和睡意。这一切主要来自格律诗的力量。我想人们不难相信这个事实，因为这一切希腊人都曾做过，尽管希腊语远不如塞瓦兰语那样适宜作格律诗。塞瓦兰人在这方面已经胜过希腊人和他们所有的先人。

在那些粗俗的语言中，例如在欧洲人和几乎所有其他地区的居民当前所讲的语言中，有一种严格的字词排列方式，这就是把主词排在动词之前，把宾词置于动词之后，通常由此决定句子的含义,因为在性、数、格变化和动词变位方面没有截然明显的区别。起初,拉丁民族也使用上述排列方式,因为当时他们的语言是粗俗的,就同今天大多数民族的语言还很粗俗一样。可是后来,拉丁民族开化了,他们的词在句中的位置也因之起了变化,在诗歌和散文中的排列都比较自由了,虽然这么一来在语句中会有一些难懂之处。这些费解的地方是由于押韵词的某些格相似,以及动词语式中时态的某些人称相似而造成的。然而,他们喜欢优美而又富有节奏的演说甚于清晰明了的讲演;他们宁愿让耳朵舒服,也不愿受自然语法规则的支配。塞瓦兰人也是这样做的,不过他们的成就要大得多,因为他们能够按照自己的意愿安排词序,不使作品晦涩难懂。他们之所以能够如此,是因为在他们的语言中,名词的格和动词的人称都有不同的词尾,与希腊语和拉丁语不同,不会产生任何歧义,这就使他们的语言十分明白易懂。同古拉丁民族的语言相比,塞瓦兰语有更多的格和语式,这种语言要比古拉丁语清晰得多,这不仅因为各种词汇互相派生,而且因为介词能准确无误地表示出各种动作和事物的各种性质。

由于上述种种原因,也由于塞瓦兰人注意学习语法规则,因此他们比世界上任何民族都善于讲话,都表达得更清楚。由此可以得出结论说,塞瓦兰人无论在语言的优雅方面,还是在风格的纯朴和文明方面,都超过了我们欧洲人;撇开宗教不谈,他们算是地球上最幸福的民族了。然而应当指出,除了他们的语言天然地超过其他民族的语言之外,致力于语言研究的有才之士,在美化语言方面作出了卓越的贡献,其中有一位诗人尤其如此。由于这位诗人才华出众,人们都叫他“考达米阿斯”,即“神人”。我们前面所讲的那首颂歌就是他的作品。由于他写了那首无与伦比的颂歌和其他几个名篇,他在塞瓦兰人中间获得的声望,可同荷马和维吉尔当时在希腊人和罗马人当中的声望相比。他的文风纯正、清晰、自然,思维准确、敏锐。他的诗篇极为生动,听到了是不可能不受感动的。可以说,他确实是一位天生的诗人,因为他自童年起,就写了一些令当时的才子名流都惊叹不已的诗篇。二十岁时,他写了一个剧本,得到了全民的赞赏。由此,他不仅赢得了伟大天才的声誉,而且击败了他的所有情敌,得到了他热烈地爱着的一位美丽姑娘。我想,读者听我讲述这个故事是不会感到不快的,因为故事相当奇特,称得上引人入胜。

巴尔西梅的故事

塞瓦凯玛斯执政时期,塞瓦林德市有一位名叫巴尔西梅的姑娘。她长得美极了,因此认识她的人无不赞美她。凡是天赋可能使少女得到的一切美的东西,她无不具备。她不仅有秀丽的容貌和体态,而且有美丽的心灵和非凡的才智,好像上天创造了她,就是要让众人看看上帝的最完美的杰作一般。在这个根本不论出身高下的国家里,倘若出身也能给上述那些长处增添点什么的话,那么,巴尔西梅不仅在才华和美貌方面超过塞瓦林德的所有姑娘,而且在高贵的出身方面也是任何姑娘所不能相比的。因为她的母亲是塞瓦利阿斯后裔,而且在她还未满十八岁时,她的父亲就登上了太阳王总督的宝座,名为塞瓦金普萨斯。父亲到了晚年,即把政权禅让给现任总督塞瓦米那斯。塞瓦金普萨斯虽然因自己升为总督而给全家增添了新的荣耀，却一下子使女儿巴尔西梅的幸运成为泡影。倘若总督不是她父亲，如此婀娜多姿的巴尔西梅一定会嫁给总督的。由于父亲做了总督，她眼看自己永远没有当总督夫人的希望了，也就只好满足于嫁给一个臣民。诚然，她父亲的荣升，虽然妨碍了她本人的高就，却也给他带来了另一种幸福，以致使她的美德和奇遇在塞瓦兰人当中一直焕发出异彩。塞瓦兰人经常把这位美丽的少女和考达米阿斯两人的爱情故事搬上舞台。那位诗人原名叫弗拉诺斯卡，后因其名作而赢得了考达米阿斯这个光荣的称号。他出生于塞瓦林德市，与巴尔西梅生长在同一个奥斯马齐里。因此，他们从儿时起就常常见面，彼此熟悉。虽然日常玩耍和亲密相处还没有在他们幼小的心灵中撒下爱情的种子，但是周围的人已经看出，弗拉诺斯卡还未满七岁，就对比她年纪仅小两岁的巴尔西梅抱有天生的好感。虽然他们后来彼此分离，各居一处，但是他对她的感情并未因此而淡薄下来。弗拉诺斯卡长满七岁过了儿童收养节之后，就离开了自己出生的奥斯马齐，被安置到另一个奥斯马齐里，同其他男孩子一起接受教育去了。尽管如此，每当他得到允许，去拜望自己的父母时，他都借机去看望巴尔西梅，给她带一点儿礼物，什么鲜花、水果之类的东西。在另一个奥斯马齐里，有一个名叫内弗里达的男孩，年龄同弗拉诺斯卡相仿。他同弗拉诺斯卡一样，也很喜欢巴尔西梅。人们常常让内弗里达同巴尔西梅一起唱歌，因为他的嗓音十分动听；而巴尔西梅的声音呢，几乎同他的一样美。虽然内弗里达和弗拉诺斯卡两人的相貌毫不出众，身材也都十分平常，但是从外表上看，前者还是比后者长得好一些。童年时期，这两个人中的佼佼者就要算内弗里达了，因为他

的歌声动人,整个奥斯马齐都很喜欢他。长到七岁时,他同其他儿童一样,由国家收养起来。但是由于他的嗓音比别人好,便被分到准备在太阳神殿里为太阳神唱颂歌的孩子们中间,同他们一起接受教育。巴尔西梅欢度了自己的斯特里卡西翁节之后,同内弗里达一样,也搬到另一个奥斯马齐去住了。此后,他们两人就很少见面了。再说,内弗里达虽然喜欢巴尔西梅,但是他对她的倾慕之心并不像弗拉诺斯卡那样强烈。他既不那样急于去看她,也不那样忙着送她什么礼物。童年时代的最初几年,他们就这样天真无邪地度过了,没有发生什么爱情纠葛。可是,巴尔西梅十四岁时,她长得一天比一天漂亮起来,众人都对她赞不绝口。这时,弗拉诺斯卡和内弗里达已不再是她的唯一追求者,许许多多的人都开始爱上了她。不过巴尔西梅年满十五岁以前,谁都不敢公开向她求爱,因为未满十五岁的姑娘,是不准听人家向她谈情说爱的,也不允许男孩对她作这种表示。尽管法律有严格的规定,但弗拉诺斯卡认为,不应错过良机,他也不能容忍别人抢在他的前面向她求爱。为此,他想出了办法向他美丽的女友尽情倾诉他的爱慕之情,以求先于他的所有情敌,而赢得她的心,因为他深知,第一个印象通常是最深刻的。他也知道,有幸成为她的第一个追求者,这会使他在众对手中间占很大的优势。弗拉诺斯卡很早就发现,巴尔西梅不仅美貌非凡,感情高尚,而且思想敏锐,喜欢以礼待人。她的这些优点本身就很可爱,这也和她本人的其他可爱之处一样,促使弗拉诺斯卡对她十分爱慕和钟情。他甚至预料,只要他发表高雅的演说,写出漂亮的文章,他准会战胜所有的对手。出于这种考虑,他专心致志地研究起纯文学来。他得知这个迷人的少女素性喜爱精彩的诗篇，甚至有时她也亲自挥笔作诗，这时，他对自己未来的胜利就确信无疑了。于是，想方设法去夺取这个辉煌的胜利，便成了他唯一的心事。

塞瓦兰的青年人有个传统习惯，这就是常常集会，举行公共娱乐活动。在庆祝奥斯帕列尼邦节即结婚节的日子里尤其如此。集会时，青年们做各种各样的游戏，其中主要是跳舞，因为跳舞较之其他任何娱乐活动更适宜于促进青年们谈情说爱，而且由于跳舞能强壮机体，有益于健康，法律不仅允许，甚至还规定要举行这种活动。因此，塞瓦兰人经常在市郊的田野里，或者在专供跳舞使用的奥斯马齐大厅里举行舞会。舞场上常常聚集着各种各样的人，尤其是那些到了婚龄可以公开谈恋爱的姑娘们和小伙子们。恋爱谈得最成功的人通常是集会上最受赞扬的人，因为这种集会主要是为了这个目的，而不是为其他什么目的举行的。如果哪位情郎能歌善舞，或者有撰写佳作赞美女友的才华，他是可以趁机大显身手的。虽然这种自由往往引起对手们的嫉妒，但是他们谁也不敢公开表露出来，因为在这种场合，大家的举动都心怀善意，而且真诚、直爽。这在其他任何地方都是见不到的。弗拉诺斯卡有个表哥，这个小伙子已超过十八岁，常常参加这类集会，想在集会上找女友，千方百计地去讨他最中意的姑娘的欢心。他外表长得不错，也像其他青年人那样坦率、勇敢，可是腹中空空，才气不足。他的表弟弗拉诺斯卡却不一样，他是个颇有天赋的人。所以他时常利用弗拉诺斯卡写诗作歌，夸奖他所爱的姑娘，想讨人家的喜欢。然而他并没有成功，因为尽管这些诗歌十分优美，听众们也假装相信这是他的亲笔之作，让他朗诵，从中取乐，但是谁都不相信他如此

灵巧，能够写出这样的诗来，因为他的言辞不精彩，与这些诗的特色迥然不同。大家打听了好长时间，想找到诗歌的真正作者，然而白费力气，因为弗拉诺斯卡隐瞒得十分好，他与表哥谋划的这件事也非常秘密，大家一直未能识破真相。弗拉诺斯卡还太年轻，他所流露出的才能除了他的老师之外，外人并未得知，因此人们从未想到他就是这些短篇作品的作者。从作品里可以看出作者超人的智慧和清晰的思路，人们从不认为弗拉诺斯卡的表哥能有这种本事，虽然他以此为荣，自吹这些诗歌是他写的。一天，正逢举行盛大的节庆活动，奥斯马齐里聚集了许多青年人，巴尔西梅的姐姐也在人群之中。弗拉诺斯卡这时把一首描绘巴尔西梅的诗交给了他的表哥，让他抓住好时机朗诵一番。他的表哥从容不迫，相机在众人面前朗读了这首诗，获得了异常的成功。弗拉诺斯卡先前的所有作品与这首肖像诗相比，都显得微不足道了。这首诗的词句高雅，通篇闪耀着卓越的智慧火花。诗中的拉布西内米斯就是妩媚可爱的巴尔西梅的代名，她被描绘得活灵活现，举凡认识她的人，都不约而同地喊道：这是少女巴尔西梅的活生生的写照。众人对这篇诗赞不绝口，大家比以往更急于找到诗的真正作者，可是仍然无法办到。巴尔西梅作为这幅画像的原型，很快就得知了集会上发生的这桩事。她素来十分注重荣誉，这个意外事件给她增添的光彩，使她十分得意。这首诗，甚至在她尚未长到成熟之年，就已如此公开地颂扬她的秀美容貌，她热切地希望知道谁是诗的作者。弗拉诺斯卡是不乏通风报信之人的。不久，他就知道了这件事在巴尔西梅心中掀起的波澜。他看到自己期待的时机已经到来，便给巴尔西梅送去一束鲜花，内中夹了一首诗，诗中充分地表达了自己的心

愿和感情，用十分温柔的词句和令人动情的语言向她表白了爱情，致使巴尔西梅姑娘不禁为之感动，不能不对这样一位以如此巧妙而又使她感到如此光荣的方式向她求爱的情人怀有特殊的好感。可是，她尚未达到可以接受别人向她求爱的年龄，也就只好满足于晓得他在爱她，他就是那篇描绘她的诗歌的真正作者。但她对这件事守口如瓶，甚至对弗拉诺斯卡，她也没有透露过她已闻知此事。这时候，巴尔西梅的另一个追求者内弗里达看到别人抢在自己的前面公开博取巴尔西梅的好感，表露对她的爱慕和深情，不由得心中顿生妒意。他由此认识到，他遇到了一个可怕的对手，而且种种迹象表明，这个对手会同他激烈争夺燃起他们心中爱情之火的那位美女的心。由于这个情敌没有公开露面，而且内弗里达认为，他本人同巴尔西梅有长时间的亲密交往，因此任何人都不会比他更能赢得巴尔西梅的好感，于是，他心中怀着这样一种希望，就是当他公开向巴尔西梅表白爱情时，她会喜欢他，而不会喜欢别的什么人。为了表示他十分关心巴尔西梅的荣誉，而且最乐意竭尽所能为她增添光彩，他就把情敌描写巴尔西梅的那首诗配上了乐曲，在一次优秀歌手比赛集会上演唱了起来。他唱得如此动人心弦，结果，得到了优胜者的最高奖赏。塞瓦林德市的音乐家们对这位青年人的获胜无不心悦诚服。得奖之后，他被拥上一辆凯旋车，离开圆形剧场，前往太阳神殿。他按照传统习俗，在那里向太阳神献祭了香品。接着，他被送到巴尔西梅居住的奥斯马齐，向她恭恭敬敬地献上他所得到的奖品，当众表白了对她的心意和爱情。他这个献礼的光彩举动，使巴尔西梅一下子变得赫赫有名，整个塞瓦林德城，继而整个塞瓦兰国都知道了她，人人都在谈论她的福气，

她的美貌。她还未满十五岁，就已压倒当代的所有美人。总督本人尽管年事已高，也很想看看她，好像希望自己变得年轻一些，以便能够娶她似的。

过了不久，巴尔西梅就跨进了她生活中的第十五个年头。她有了自由，可以接受别人向她求爱，并且可以选择其中最值得她爱的人了。弗拉诺斯卡和内弗里达是巴尔西梅最早的求爱者。两人都认为，论理，谁也不能同他们争夺这位漂亮的女友的心，可是，两人的推测都错了，因为他们看到一大批求婚者被巴尔西梅拒绝之后，最后竟冒出一个人差点儿把他们两个都毁掉。这个青年人，举国数他长得最英俊。由于外表出众，他与举世无双的巴尔西梅好似天生的一对。从见到他那天起，巴尔西梅就对他那副漂亮长相感到惊讶，情不自禁地爱上了他。于是，转瞬之间，他就在她的心中占据了重要的位置，这比弗拉诺斯卡和内弗里达用两年时间去追求和关心她所取得的进展还要大。他们两人都很快地发觉了这一点。这时，诗人和音乐家才开始触到爱情道路上的荆棘，而他们先前所看到的还只是玫瑰花。于是，为了击败对手，两个人便紧密地团结起来。然而，只要他们的女友与那位英俊青年仅仅停留在面识阶段，他们无论作什么努力，都是无济于事的。在一段时间里，巴尔西梅心里想的只有他，口中讲的也只是他，唯一能使她感到愉快的还是他。当她感到他并不十分热衷追求她时，她竟唉声叹气起来。倘若不是羞耻心约束着她，她会亲自去找他，向他表白自己的爱情的。这就是她初恋的情形。她的这位新相识的男友，对她的痴情反应是冷淡的，这使她感到非常失望，她首先想到的是他另有所爱，或者是他并不十分喜欢她。在这种想法的驱使下，她

想方设法了解他究竟有什么不可告人的事情。经过一番周密查访之后，她终于把事情弄得水落石出了。原来，这个被她和另外几个姑娘热恋着的漂亮小伙子，虽然仪表堂堂，却是腹中空空，缺才少德。凡是对他表示爱情的姑娘，他都喜欢。哪个姑娘对他有好感，他就爱哪个。他一贯是个喜新厌旧的人。

巴尔西梅十分重才，而且她本人就是个才智过人的姑娘，她在得知自己的意中人如此不学无术之后，精神上感受到极大痛苦，对他的思恋之情也因之减弱了许多。然而，他那俊美的容貌在她脑海里留下的印象十分深，她无法将它完全抹去。

在这种情况下，她感到自己的心分向三个情人。第一个吸引她的是英俊的容貌，第二个是迷人的声音，第三个是温文尔雅而又充满智慧的谈吐。有时，这三个人一个接着一个令她感到欢心。她在注视第一个情人的脸庞大饱眼福之后，又凝神静听第二个情人的神奇的音乐。最后，当她开始对这两人都有腻烦之感时，就渴望去听弗拉诺斯卡的机敏的谈话。她发现弗拉诺斯卡的身上有一种魅力，她对此从不感到厌倦。她把上述令人愉快的三大优点集中在他一个人身上时，心里就倍感快乐。她多么愿意能在一个情人的身上看到所有这些优点，因此当她看到这些长处分属于三个不同的人时，心里不能不感到遗憾！

恰恰在这个时候，总督去世了，举国上下都在忙着推选总督继承人。巴尔西梅的父亲，塞瓦罗巴斯特金普萨斯交了好运，登上了太阳王总督的宝座，名为塞瓦金普萨斯。

这个显赫职位给全家增添了新的光彩。倘若不是在塞瓦兰，而是在另一个国家，巴尔西梅的三个情侣所抱的希望，就会因为她父亲荣任总督而化为泡影。然而，这个选举结果虽然使巴尔西梅的三个情人对她更加敬重，却远没有使他们丢掉娶她为妻的甜美希望，反而解除了因前任总督的逝世而给他们带来的忧虑。因为，在不知道谁会成为总督继任人的情况下，这三个人，尤其是钟情的弗拉诺斯卡，理所当然地担心新任太阳王总督会利用他的权力和威望，把巴尔西梅占为己有，使他们永远失去自己的意中人。他们知道新的执政者是巴尔西梅的父亲之后，便完全消除了这种担心。他们唯一要做的事，就是去征服可爱的巴尔西梅的那颗犹豫不决的心了。弗拉诺斯卡和内弗里达虽然是情敌，但毕竟从童年起就相互认识。他们两个人都很有才华，又都眼看巴尔西梅的第三个追求者几乎把他们毁掉，因此两个人紧密地团结在一起，相互间非但毫无嫉妒之心，而且建立了亲密的友谊。他们各自都有这样的想法：如果自己得不到巴尔西梅，也希望看到自己的朋友能够享受娶她为妻的幸福。于是，两人在各种比赛场合都一致行动。当诗人写出一首好诗时，音乐家就及时给它配上优美动听的乐曲。他们一个是全国最有名的诗人，一个是最杰出的音乐家，因此每次比赛得到的都是最佳诗人奖和最佳音乐家奖。秀丽的巴尔西梅对此深为得意。这两个盖世之才的篇篇杰作都极力赞美她。他们还约好创作一篇赞颂新任总督的作品，以此来赢得总督的器重和宠爱。他们做得十分出色。在这种场合，所有文学和美术方面的名家都习惯于拿出最大的本事，去争取国君和全民族的赏识，并以杰出的代表作去博取大家对其才华的奖赏的。这两个享有盛名的对手赢得了胜利，把一切敢于同他们争夺光荣奖赏的人远远抛在后边。弗拉诺斯卡把塞瓦利阿斯先前以散文形式作的太阳神祈祷词改写

成了优美的诗歌，而内弗里达又演唱得如此悦耳，听众无不为之心醉情移。他们在这篇祈祷词中加上了颂扬新总督的内容。他们对总督的由衷的歌颂，终于赢得了他的器重和宠爱。随后，他们乘上凯旋车，从圆形剧场驶向太阳神殿。他们按照习俗向太阳神献祭了香品之后，又来到巴尔西梅的寓所，把他们得到的奖品都奉献给她。他们以这种荣耀的方式向她表示爱慕之意，使她感到十分愉快，也引起她对另一个追求者产生某种轻蔑之感。她觉得他的生活平庸，毫无光彩。尽管她有时也很想见到他那俊美的容貌，但她对诗人和音乐家的兴趣却在逐步地增加。她就是这样犹豫不定地度着时光，直到按法律规定，她有权在追求者之中公开选定一人之日为止。弗拉诺斯卡和内弗里达把这一天看作是决定自己命运的一天。为了排除情敌，促使尚在踌躇的巴尔西梅选择诗人或音乐家，他们两人比以往任何时候都联系得更密切。为了达到这个目的，弗拉诺斯卡作了一个诗剧，名为《才华奖》。他在朋友们的帮助下，得到了总督的下旨：由这三个有关的青年人参加表演。谁获得优胜，巴尔西梅就嫁给谁。她将亲自裁定表演者的才华。诗剧描写的是音乐的美妙，诗歌的盛誉和才智的光辉。三个追求者各自作了表演，弗拉诺斯卡为各人的成功，真诚地提供了一切有利于主题的内容。那个长得最俊美的青年比另两个人先出场朗诵。他向女友朗诵了许多美丽的词句。假若他擅长辞令，心地赤诚，善于运用手势和声调来增强言辞的感染力，人们就会认为，他准能首战就赢得那颗早就准备择他为婿的心。然而，他才疏学浅，朗诵起来枯燥乏味，十分呆板，以致什么好东西到他的嘴里，都失去全部力量。于是裁决者巴尔西梅表示希望听她第二个追求者的表演。这个小

伙子抓住好时机在他的情人面前唱了起来。他演唱得优雅动人，并且通过语言、手势和令人入迷的嗓音充分地显示了他那高超的艺术，以致把前一个对手在巴尔西梅脑海中留下的印象几乎全部抹去。

诗人继音乐家之后出场表演。他为诗歌大唱颂词，言辞幽默，妙趣横生，在场的人听得如醉如狂。接着，他对女友开了腔，向她表白了自己的爱情、忠贞和赤诚，将自己的热恋之情对她描述得淋漓尽致，使得巴尔西梅不禁被他的恳求所感动，也不能不信服他的那些入情入理的真诚话语。当她看到总督和所有在场的臣民都为弗拉诺斯卡欢呼喝彩时，就把手伸给了他，表示她的裁定。然后，她和他登上了凯旋车，离开圆形剧场前往太阳神殿。向太阳神献祭之后，他们便被带到塞瓦林德城的各个主要场所。每到一处，他们都受到百姓的热烈欢迎，掌声和欢呼声不绝于耳。

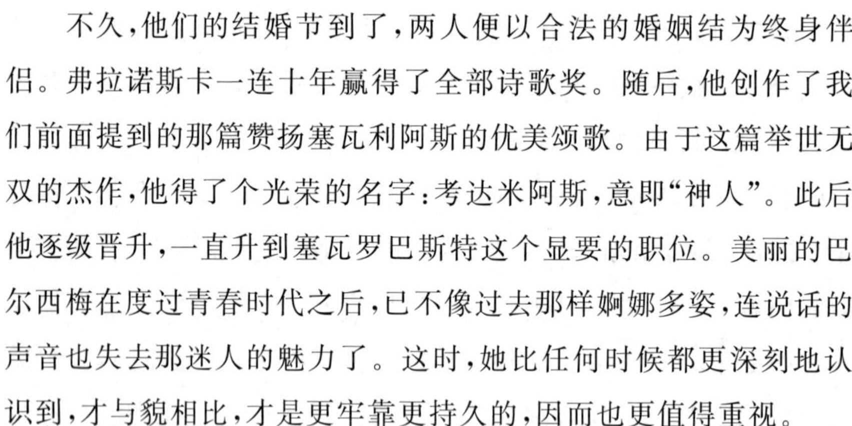

不久，他们的结婚节到了，两人便以合法的婚姻结为终身伴侣。弗拉诺斯卡一连十年赢得了全部诗歌奖。随后，他创作了我们前面提到的那篇赞扬塞瓦利阿斯的优美颂歌。由于这篇举世无双的杰作，他得了个光荣的名字：考达米阿斯，意即“神人”。此后他逐级晋升，一直升到塞瓦罗巴斯特这个显要的职位。美丽的巴尔西梅在度过青春时代之后，已不像过去那样婀娜多姿，连说话的声音也失去那迷人的魅力了。这时，她比任何时候都更深刻地认识到，才与貌相比，才是更牢靠更持久的，因而也更值得重视。

这就是在塞瓦兰人中享有盛名的诗人考达米阿斯和美丽的姑娘巴尔西梅的爱情故事。只要塞瓦兰人的语言和弗拉诺斯卡所作的《才华奖》仍然留存，这个爱情故事就完全会世代相传，永远留在人们的记忆之中的。这个诗剧，塞瓦兰人每五年演出一次。我本人曾怀着极其愉快的心情，看了两次演出。

我已讲了我认为在这个幸福的民族中最值得注意的事情了。下面我还应该说上几句的就是：我留居塞瓦林德期间，我们在奥斯马齐里是怎样生活的；后来，我又用什么办法离开这个国家前往亚洲的。我在前面已经说过，我们这些欧洲人都被安置在一个奥斯马齐里，我被指定为奥斯马齐长。我的手下人中大部分参加建房劳动，少数几个做家务事。就这样，每个人都按规定时间去做分配给他的工作。我们也有女奴，因为除了我们从荷兰带来的妇女外，我们是不能再拥有其他未婚妇女的。我们的女人给我们生育了一些子女，我们把孩子一直抚养到七岁。此后，承蒙特殊恩典，这些孩子像塞瓦兰人的孩子一样，被国家收养了起来。

可是，这桩事并不是没有遇到困难的。塞瓦米那斯曾为此事召开总议会会议。讨论中有两种截然不同的意见。有些人说，我们是外国人，是不文明的一代。我们的身材不高，体质虚弱，我们同塞瓦兰人混血是完全不适当的。他们担心，一旦我们的血同他们的相混，塞瓦兰人的血统就会不纯，道德就会败坏。而那些支持我们的人则说，虽然我们是异国人，但是我们的子女并非如此，因为他们在当地出生，是受国家法律保护的。如果把他们和塞瓦兰人的孩子分开，那就是对这些可怜的无辜者的歧视，就是对他们自然权利的剥夺。这些人还说，自从我们生活在他们中间以来，我们在道德方面的表现还不算坏，在入乡随俗方面，我们做得还是相当好的。我们的个子确实不高，体魄也不强壮，但是我们的大多数子女都是出生在塞瓦林德的，他们的生身之母也大都是体魄强健的女人，因此完全可以指望这些孩子有朝一日也会像他们的母亲一样，长得高大、强壮、浑身是劲。这些为我们讲好话的人还说，既然我们的子女都是在塞瓦林德市的孩子们中间受教育的，那就有理由期待他们会像塞瓦兰人的孩子那样，接受本地良好的风俗习惯。塞瓦兰人已在袄教徒中间做过成功的试验，当时，塞瓦兰国还十分年轻，也不太稳定，而袄教徒那时无论在数量上还是在影响力方面都比我们这些人大得多。因此，就我们的子女和血统方面，那是无须担忧的，因为大多数人之所以变坏，仅仅因为国家管理不善，加之他们从小就在本国看到坏榜样之故。塞尔莫达斯极力为我们的事情辩护，而且获得了成功。结果，我们的子女同其他孩子一样，毫无区别地由国家收养了起来。

令人几乎难以置信的是，我们在塞瓦兰国居住了三四年之后，体质都起了很大变化，这是由于我们饮食节制，锻炼适度，劳逸结合，很少为日常生活担忧之故。我们男男女女几乎都变得年轻了，而且比以前强壮，精力旺盛。我们有几名荷兰妇女，在荷兰时从未生育过，到了塞瓦林德，却都成了多子女的母亲。我们的生活无忧无虑。劳动之余，我们一心所想的就是去参加娱乐活动。我们都很喜欢参加舞会、音乐会，外出散步，而且不时去看戏，还参加在这个国家里大量举办的其他一切娱乐活动。这些活动使我们的生活过得十分惬意，甚至令我们当中最忧郁孤僻的人都变得愉快开朗和乐于交往。起初，我们几乎每个人都发过烧，甚至有几个人死于这种热病。可是后来，我们都成了世上最健康的人，好像那种发热病烧干了我们身上全部的有害体液。

我们常常同塞瓦林德人亲热地交谈。他们最初看到我们中间的几个矮个子，或听到这些人讲荷兰语时，都禁不住笑了起来，他们说荷兰语好像是猫儿和狗儿的话。他们向我们询问了欧洲大陆的各种情况，问我们自己的国家是否同他们的国家一样美，我们国家的男男女女是否都长得同他们一样的体格。他们还问了其他一些诸如此类的问题。随后，他们赞扬了塞瓦利阿斯给他们传下来的法律和风俗习惯，并且最后说，所有其他民族同他们民族相比，都是可怜的，愚昧的。他们的这种看法，的确不无道理。他们待我们都很亲热；就我本人而言，我受到高官要员们的礼遇，可以毫无拘束地同他们交谈。有时，我甚至受到总督的召见，同他有过三四次的谈话。这样一来，我的身份大大提高，从而可以随意拜访所有其他行政官员。有几次，我还同他们一起外出打猎。每次行猎，我也都带上几名手下人，其中就有万德尼。不幸的是，万德尼在猎场上迎面碰到了一只受了伤的熊，大家还未来得及上前援救他，那只狂暴的野兽就已把他撕成碎片。这一事故使我们大家，特别是使我本人深为悲痛。我十分爱万德尼，把他视为我最忠实的朋友和最配得到我的友情的人。他遗下了两个妻子和五个孩子。我想，他们现在都还活在世上。

有一位名叫卡尔西马斯的塞瓦罗巴斯特待我十分友好，常常请我到他家中做客，甚至还请我吃饭，卡尔西马斯曾经游历过波斯、印度和中国，但是从未去过我们西方的大陆。他怀着强烈的好奇心想了解那里的情况，而我呢，又比我的同伴中的任何人更能够向他作有关的介绍，因此他十分愿意与我畅谈，同时他也告诉我他在旅行中的见闻和各种奇遇。他有时到我们的奥斯马齐来看望我们，并且经常带我到乡下去打猎、捕鱼和参加其他野外娱乐活动。

由于这样频繁的亲密交往，我得到了他的真挚友情，成了他最知心的朋友之一。

也正是由于他从中斡旋，我才获得返回欧洲的许可；我们的这种要求从前是遭到过拒绝的。由于在塞瓦兰国居住了将近十五年之久，一种回去看看自己祖国的强烈愿望，全然不顾理智的拦阻，支配了我的心。在很长时间里，我一直压制着这种愿望。可是，当我得知要派船到波斯去，卡尔西马斯的一个公子也要随船前往时，我再也抑制不住这种欲望的冲动，一心想的就是设法去满足它。感情和理智的长期冲突给我的身体带来了影响，我越来越消瘦了，本来相当愉快的情绪也变得阴郁低沉起来。卡尔西马斯察觉到了我的变化，问我为什么这个样子。有一段时间，我极力对他隐瞒真情，可是后来，我终于把缘由坦率地告诉了他。我巧妙地向他提起他曾许下的诺言：我想做什么事情，他会帮助我。他得知我心中的忧愁之后，便摆出各种正当的理由，极力减轻我的苦恼。但我本人也曾以类似的道理说服自己，可是无济于事，理性未能战胜我的感情，智慧也无法抑制住我内心的冲动。他了解到这些情况之后，答应尽他的能力为我帮忙，争取总议会批准我返回欧洲，但是要像我向他保证的那样，我将携带留在荷兰的妻子和子女重返塞瓦兰，以此作为我返回欧洲的正当理由。这的确也是我的真实意图。后来我在获准启程之后，一到亚洲，就感到想重回塞瓦林德安度余生的愿望日益强烈起来。我想，我先满足我的迫切心愿，回去看看我的祖国，如果我心爱的妻子还活着，我就把她带上，返回塞瓦林德。我的愿望是正当的，合乎情理的，且不说塞瓦兰国有许多优越之处，我还有三个妻子和十六个孩子留在那里呢。我相信他们现在

仍然活着。倘若我不是极想把我最初的爱情果实也带到塞瓦兰和他们生活在一起，我是一刻钟也离不开他们的。

当时，卡尔西马斯深知我想参加这次旅行的愿望与日俱增，并且看到大家正为派人远航波斯做着准备，便竭尽全力去争取总督答应我的要求。他遇到了许许多多的困难。正如他后来告诉我的那样，假如把这件事提交总议会讨论，那是绝不会成功的。但是他避开了总议会的审议，而且十分成功地打动了总督塞瓦米那斯的心。结果，在他的恳求之下，总督出于对我本人的怜悯，首先要我答应去后必返，而且不对欧洲大陆上的人谈论塞瓦兰的情况，然后才允许我与卡尔西马斯的儿子及其同伴们秘密登船。

在我们要出发的同一时间里，还有另外一些船只准备开往内海去作新的考察。关于这一点我们前面已经提到。我对我手下的人说，我想去内海游历一次。我说，这完全是出于好奇。我让助手德韦兹代行我的职务，便告辞了他们。临别时，不免伤心落泪，依依不舍。我的妻妾全都极力反对我远行。然而，当她们发现我不为所动的时候，也就只好表示希望我平安归来，借以自慰。

就这样，我于 1671 年离开了塞瓦林德。在翻过群山之前，我先去看了前面已作过描述的斯特鲁卡拉斯山谷。接着，我们翻越了我们来时曾经穿过的大山，然后我与同伴们来到了斯波隆德市。这些同伴中有我的一位好朋友，他就是卡尔西马斯的儿子，名叫巴金达。他是个三十岁上下的小伙子，人很机灵，也很谨慎。

我趁在斯波隆德停留之机，拜望了几位老朋友，比如卡尔希达。他当时已改叫卡尔希达斯，因为他已在斯波隆德晋升为大奥斯马齐长。阿尔比科尔马斯两年前就去世了，去世之前，他已辞去职务，把领导权交给了由总督派来接替他的职位的塞瓦罗巴斯特加洛吉姆巴斯。贝诺斯卡尔仍旧住在岛上，担任在我们最初路经这里时卡尔希达所担任的职务。

在斯波隆德停留几天之后，我们从水路下到斯波拉斯库姆索湖，那里有一条三百吨左右的大船在等着我们。我们上了大船。除了船员之外，船上的人算上我共有二十五个。大船由三只帆桨船拖着前行，直到入海，因为当时湖面上风平浪静，我们无法使用大桅帆。我们没有从莫里斯当初进来时路经的海湾出海，而是取道从斯波拉斯库姆索湖径直东流入海的大运河。入海之后，海面仍然十分平静，三只帆桨船只好又把大船拖行二十多海里，直到遇上海风为止。我了解到，每年的这个季节，有一两个月的时间，海面总是风平浪静；其余的时间，沿海一带则常有雷雨和暴风雨。我们的帆桨船离开大船两天以后，海面上刮起了小股西南风。风渐大，凉意愈增，我们的大船乘风破浪驶向公海。我们就这样航行了五天，尽管风力相当大，航速也相当快，但是一直都很平稳。到了第六天，西南风停止，我们只好借助于另一方向的风，向着我们预定抵达的目标航行了七八天。然后，我们又利用另一股风继续扬帆前行。就这样，我们顺着风向不时地调整航行的角度，在从斯波隆德出发后的第六十八天，终于抵达了波斯海岸。

登陆后，我们约定了返程的时间，就分成两个人一组，各自取道出发了。幸好，巴金达和他的同伴福尼斯卡是向西行的，他们还换了波斯人的名字。我陪着这两个人一直来到波斯的首都伊斯法罕城。同他们一起在首都逗留了一段时间之后，我便向他们告辞，自己作欧洲之行。我毫不费力地得到了他们的支持。就这样，我随着商队上了路，继续我的行程。一路上，我看到许多城市。我不拟在此加以介绍了，因为好些人很早就对此作过描述，好奇的人没有不了解这些城市的。

我知道，冗长的叙述可能使读者生厌。为简练起见，我只想说，我终于安全无恙地到达了斯密尔纳市，并希望马上能在这里搭上即将起航的荷兰船队。

以上就是我们从西登大尉的笔记中获得的材料。我们尽可能对这些材料作出最恰当的编排。为了使材料前后衔接，成为历史故事的形式，让读者毫不费力地通读全书，了解这部历史，而不是只读到我们最初所得到的那些零乱的片断，我们补充了一些必不可少的文字。除此之外，我们没有添加任何东西。可以认为，作者当时是否要将自己的记述公之于世是拿不定主意的，因为这些材料以笔记的形式记录下来，主要并非用于公开发表，而是仅供作者个人使用的。这一点表现得尤为明显的是：作者没有像一部历史所要求的那样，对所记诸事都详加说明，有些地方好像他本该进一步展开，却写得十分简略，在一部准确、完整的历史故事中本该加以描述的事情，他也略而未谈。笔记中有好几处，他甚至许诺要对某个问题作进一步解释，比如对太阳神的各种称谓，以及其他一些问题，但是他后来却并未提及。尽管如此，他所记载的材料，已足以构成我们献给公众的这部历史故事的主体。

本书所写的，乃是我们所能奉献给读者的全部东西。如果读者尚能感到满意，而且有可能从书中得到愉快和裨益，那也就是我们的最大希望了。

附　　录

十七世纪法国的一位空想主义者

维·彼·沃尔金

一

十七世纪，特别是十八世纪，乃是法国所谓空想主义小说的全盛时代。无论在何时何地，无论在以前和以后，空想主义小说都不像当时的法国那样在文学中占有如此重要的地位。这类作品数量之多，成就之大，无疑地反映了具有深刻的历史意义的社会因素，群众对社会制度的普遍不满，社会现实中缺乏改造社会、消除人民群众不满所需要的物质条件。我们所提到的空想主义文献都具有平均主义倾向的特点；对理想的社会制度和对空想主义的描述，是符合于被剥削者——城乡贫民的尚不清晰的愿望的。资产阶级寻找并且找到了另外一些能够表达他们的不满情绪和希望的方法——这些方法更为具体，更为直接。

在法国空想主义文献的源流中，我们可以发现两本在十七世纪末问世并对后来这类作品体裁的发展起了巨大影响的小说，一部是德尼·维拉斯的《塞瓦兰人的历史》，另一部是法奈龙的《特列马克历险记》。在整整一百年中，这两部小说始终拥有许多读者，并为许多人所模仿。《塞瓦兰人的历史》这部法国第一部具有鲜明的共产主义倾向的空想主义小说，在当时可以说是无出其右的。《塞瓦兰人的历史》，撇开它的艺术价值不谈——即使在这方面，它也高出于以后的大多数法国空想主义作品，——就它的思想的新颖和结构的别出心裁来说，也不愧为同类作品中的佼佼者。

《塞瓦兰人的历史》的作者看来是一位非常不平凡的人物。可惜我们缺乏关于他的生平的足够资料。人们知道作者出身于新教徒的家庭,但是我们没有把握肯定他的家庭究竟属于贵族家庭还是资产阶级家庭。维拉斯的生活道路是在军队中开始的,在他还很年轻的时候就参军到意大利作战。后来,他退役改习法律。这次改行很可以证明维拉斯的家庭同"长袍贵族"有联系。无论如何,法院中的职务也和在军队中的服役一样,都不能长期留住这位好动的年轻人。1665 年,维拉斯来到英国,时而当法文教师,时而做译员兼"代理人",时而充当一位英国显贵和政治活动家白金汉的随员,扮演着各种奇特的角色。

维拉斯在英国居留时期,看来在统治的政治集团中建立了相当广泛的声誉,并且受到了信任。因此他有机会结识了包括洛克在内的许多著名的英国文化界人士。他回到法国以后仍旧同洛克保持亲密的友谊——洛克曾在法国住过几年(1675—1679 年)。在英国时,维拉斯就开始构思自己的小说,这部小说的第一章是在 1675 年用英文出版的。维拉斯后来返回法国似乎并非完全出于自愿,这位外国人看来曾经非常积极地参与了当时英国的政治角逐,而他为之效劳的那些英国活动家在政治上的失势,才迫使他返回祖国。不管我们对维拉斯在英国的所作所为在政治上会作出什么样的评价,但无论如何,完全应该把他算作是人数不多的法国作家和活动家(主要是新教徒)当中的一个。在十七世纪,早在伏尔泰和孟德斯鸠出生以前,英法之间的文化联系就是通过这些人建立起来的。

维拉斯回到法国以后就居住在巴黎。在巴黎,他主要靠教授英法文和史地为生。他所写的法文文法(1681 年)和英国人学习法文的指南(1683 年),就是在这方面的一个成就。南特敕令废除以后,维拉斯和其他许多新教徒一样,侨居荷兰,一直住到逝世。他的出生和逝世的年月都没有人知道。

维拉斯在巴黎居住时期,用法文出版了《塞瓦兰人的历史》。这部小说共有两章,第一章在 1677 年出版,第二章在 1678—1679 年出版。在最早的英文本里,几乎没有使我们对维拉斯的作品发生兴趣的那些社会内容。有一个现代研究家甚至怀疑英文本是否出于维拉斯的手笔①。在下面的叙述中,我

① 阿金逊:《1700 年前的法国文学中的离奇的海外游记》,1920 年纽约版,第 160—170 页。

们引用的当然是法文版的《塞瓦兰人的历史》。十八世纪上半叶再版了好几次的正是这个版本。决定维拉斯在空想社会主义史上的地位的也正是这个版本。

在以《告读者》为标题的前言中，维拉斯宣称，他的这本书所记载的是确实存在于“南方大陆”上的一个社会。他要求读者不要把他的作品同柏拉图的《理想国》、莫尔的《乌托邦》和培根的《新大西岛》这些书中的虚构的、幻想的制度混为一谈。无疑，他很熟悉这些书，并且认为这些书是空想主义文献的独特的范本。

正如我们在下文将要看到的，对《塞瓦兰人的历史》的作者起过大小不同影响的作品的范围还可大大扩大。尽管塞瓦兰人的国家制度与乌托邦的国家制度有所不同，但是说莫尔对于维拉斯在表述理想国的社会原则方面起主要的、决定性的影响，未必会引起异议吧。在这方面可以同《乌托邦》并驾齐驱的，恐怕只有在十八世纪享有广泛声誉的一本记述秘鲁印加人国家的“共产主义”制度的书——加尔西勒索·德·拉·维加的《皇家诠释》。加尔西勒索的这本书在十七—十八世纪中，在传播共产主义思想方面曾起过不小的作用。甚至狄德罗也认为，加尔西勒索所撰的故事令人信服地证明在现存社会中可以运用共产主义的原则。成为维拉斯所描述的塞瓦兰人国家制度的范本的，很可能就是“秘鲁制度”。

总之，《塞瓦兰人的历史》一书并不单纯地模仿《乌托邦》。它有许多独到之处表明它和《乌托邦》不仅在形式上有所不同，而且在内容上也有所不同。这些独有的特征不仅反映了另一种文学风格，而且也反映了另一种社会背景。维拉斯在社会主义思想史上所占的地位不如莫尔或康帕内拉，但他毕竟在社会主义思想史上占有应有的地位，所以是值得人们加以研究的。

读过《乌托邦》和《太阳城》的读者，一打开《塞瓦兰人的历史》，立刻就会感到另一种时代的风格。读者在维拉斯的这本书中看不到莫尔和康帕内拉从古代作者那里继承下来的那种传统的对话的体裁。《塞瓦兰人的历史》是一部用第一人称写的、仿佛是一个旅行者回忆自己的经历的首尾连贯的小说。在这部书中，作者用了比以前的空想主义者更多的力气来描述旅途的波折、各种奇遇、旅行者的相互关系、大自然景色、城市风光、渔猎状况等。在这篇引人入胜的故事中，插入了作者的社会思想以及他所描述的那个国家的社会关系的特征。

《塞瓦兰人的历史》就其形式来说，接近于所谓“游记小说”这种类型的文艺作品；而《乌托邦》和《太阳城》则是一种叙事体的议论性著作。不要忘记：一方面，在维拉斯时代的法国，小说体裁已经获得了发展（索勒尔，斯卡隆等人）；另一方面，在十七世纪五十到六十年代中，由于殖民利益的增长，游记（不是虚构的）在法国十分流行。就文学技巧方面来说，维拉斯无疑正是发展了这两种体裁，并且利用了现成的手法。有时他还越出了这个范围，在故事的个别章节中沿用了现有的叙述公式。《塞瓦兰人的历史》的开头部分就是这样构成的，这一部分描写了旅行者的旅行、船只失事、登上南方大陆、最后遇上土人等情况。

二

《塞瓦兰人的历史》的结构非常简单。这是一个在南方海洋中遭到船只失事的一个旅行者所讲的故事。一群死里逃生的欧洲人漂流到一处荒凉的海岸，得不到任何援助。他们逐渐走进一个陌生的国家，最后遇到土著塞瓦兰人。塞瓦兰人原来是非常有文化和讲人道的，他们把这些欧洲人领到了自己的国都。在旅途中，欧洲人就开始了解到这个国家的特殊制度。以后在这个国家中的生活使讲故事的人有机会更好地了解到好客的塞瓦兰人的经济制度和政治制度，并且作出了恰当的评价。他在同塞瓦兰人交谈并阅读他们的书籍以后，更明白了这个特殊的社会制度的产生史。

托马斯·莫尔对乌托邦国家的起源很少加以注意。根据莫尔所说，我们只知道乌托邦国家是通过征服而产生的；乌托邦奠基人所征服的土著是一个“粗野的民族”，经过奠基人乌托普的一番努力，这个民族才达到了很高的文化和教养的水平。[①] 乌托邦的共产主义可以说给人以静止的、定型的形式，而维拉斯在《塞瓦兰人的历史》中则表现出更多的“历史”的爱好。他相当详尽地谈到了这个国家的土著在开明的执政者塞瓦利斯实行改革以前的生活状况。维拉斯在这些篇幅中的描述是很有意义的，因为我们可以在这些篇幅中找到十八世纪的共产主义理论和平均主义理论的一些特征，这些特征是与

① 参阅托马斯·莫尔：《乌托邦》，商务印书馆 1960 年版，第 61 页。

近代早期的空想主义作品截然不同的。

塞瓦兰民族由两个土著民族(普列斯塔兰人和斯特鲁卡兰人)跟来自波斯的移民拜火教徒结合而成。两个土著民族发源于同一祖系,虽然他们之间经常发生纠纷,但相互之间的区别却是很微小的。他们以大家庭的形式生活在原始共产主义的条件下,每个大家庭就是一个自治单位。每个大家庭或公社选出一个家长和几个助手,负责管理家务,掌握司法权,战争时指挥作战。这些家长对于财产和家庭中每个成员都有绝对的统治权——甚至操有生杀大权。家长下面设有家庭会议(看来是由一些公职人员和老年人组成的)。家长的命令大家都必须无条件服从。① 许多大家庭选出一位总家长来负责共同防御工作和处理其他公共事务,在总家长下面设立一个由各个大家庭的代表所组成的最高家庭会议。每个大家庭从自己的成员中挑选出一定名额的男子归总家长调度以应军事需要。

其中的一个民族——斯特鲁卡兰人,不仅在财产上实行共有制原则,而且在婚姻关系上也实行共有制原则。表面上,他们的家庭是一夫一妻制的:一个妇女有一个丈夫,这个丈夫也就是她的孩子的父亲。但是实质上,每个妇女都属于(或者说可以属于)大家庭成员中任何一个男子。只有同别的家庭的男子发生性的关系时才被认作是犯罪行为,并且要被判处死刑。通常只在本家庭的范围中进行婚嫁,人们认为这是最恰当的。有时也娶邻家的女子为妻,但是男子是从来不出赘的。②

这两个原始民族主要靠狩猎、捕鱼和采集野生果实为生,但是已经掌握了种菜方面的初步农业知识;他们都是食用自己所种的植物根茎和蔬菜。

在古代作者的作品中,我们已经看到有人把原始民族的制度想象成共产主义的制度。大家知道,在古希腊,就有一个流传颇广的关于"黄金时代",即财富公有的时代的传说。大家知道,希腊的历史学家爱福尔斯在斯基福人中发现了原始共产主义关系的典范,这些观念也在希腊扬布尔的空想主义小说中反映出来,在他的作品中描述了大家庭式的共产主义公社。③ 关于维拉斯的生平我们知道得太少了,所以我们不能肯定地说维拉斯是否亲自读过这些

---

①② 参阅《塞瓦兰人的历史》俄译本,第 149 页。

③ 狄奥多里・西库勒斯:《历史丛书》第 2 卷,第 57—59 页,拉丁文版。

作品。但是,维拉斯可能从比较晚近的作品中知道这个传统。这类作品很可能他是熟悉的。原始共有制思想就在他那个时代也是流传得相当广泛的。我们知道,维拉斯研究过法律。我们也会相信,自然法在他的思想体系中占着怎样的地位。当然,他不可能不知道十七世纪的最大和最著名的两个自然法理论家——格劳秀斯和普芬多夫。但是,无论是格劳秀斯还是普芬多夫,就他们的社会倾向来说,都不是共产主义者。然而,他们两人都具有某种形式的原始共有制观念。①

但是,在格劳秀斯和普芬多夫的作品中,关于自然状态的表述,与其说带有具体的历史特征,还不如说带有抽象的法律特征。维拉斯的自然共产主义图式,显然具有从别的文献资料中吸取来的材料。向他提供这种材料的,就是我们已经指出的在他那个时代非常流行的并且包含着一系列有关风土习俗的资料的那种游记文学。这一点大概是无可怀疑的。这种最早的风土习俗资料都是很不确切的,它们的科学价值大多是值得怀疑的。尽管如此,我们现代的科学却不能把它们完全加以摒弃。对十七世纪来说,世俗旅行者和僧侣旅行者(传教士)关于远方国家及其人民的故事,具有巨大的科学意义,因为这种故事使人们的社会眼界空前扩大并且推翻了人们根深蒂固的传统观念。不言而喻,讲故事的人不仅在一定的角度上接受了风土习俗志的材料,而且往往按照一定的社会观点有意识地把这些材料进行加工。我们不能肯定地说,维拉斯是否取得了已经加过工的这类材料。但无论如何,我们在《塞瓦兰人的历史》中所看到的关于原始关系的情况并不是把某个真实民族的民族特征简单地套在一个虚构的国家身上,而是根据共产主义是人类自然状态这一学说的精神通过一定的题材而描画出来的。

在后来结合成为统一的塞瓦兰族的两个土著民族中,维拉斯把普列斯塔兰人看得更高些。普列斯塔兰人是一个和平而好客的民族;而斯特鲁卡兰人虽然生性较粗鲁,但也是天资聪慧、品德高尚的。② 维拉斯指责了斯特鲁卡

① “上帝在创造了世界以后直接赐予全人类以享用大地上一切东西的权利;上帝在洪水以后恢复世界时又重新给全人类这个权利。一切东西在当时都是共有的。”(见《战争与和平法》第1卷,第265页,1729年版,转引自李希登拜悦:《十八世纪的社会主义》,1895年法文版,第12页。)

② 参阅《塞瓦兰人的历史》俄译本,第148页。

兰人的某些风俗习惯(例如家庭内部两性关系的混乱),但他把这些风俗习惯的起源解释为由于某一个冒牌学者的蛊惑宣传破坏了原来良好的风俗习惯的缘故。[①]

总之,按照维拉斯的说法,这些原始民族生活在自然共产主义的条件下。他们没有文化,因而冒牌的立法者能够把他们引上不正确的道路。凡熟悉十八世纪社会理论的人都清楚知道,维拉斯的体系已经包含着十八世纪最流行的观念的一切基本因素。我们在卢梭、马布利、摩莱里的作品中也可以发现这些因素,不过是以不同的形式表达出来的。[②] 在阐发和传播自然状态理论方面,维拉斯完全有权占据首要的席位。

如果说,冒牌的学者能够轻易地欺骗无知的民族,使他们离开大自然给他们规定的道路;那么对一个真正的、明智的立法者来说,仍生活在自然状态中的民族便是最合适的材料。英明的立法者以自然法的原则作为自己活动的准绳。这些原则即使还未被人们认识到,仍然是自然状态制度的基础。塞瓦兰人的立法者,即那位认为自己的任务是建立一个符合自然法原则的社会的波斯人塞瓦利斯,显然,没有什么困难地就说服了土著民族,使他们接受与那种过着公社生活并且几乎没有财产的民族的古老风俗习惯距离不很远的法律。[③] 值得一提的是,同塞瓦利斯一起移居来的比较有文化的波斯人却与土人相反,他们主张分土地,主张保存私有制,主张社会有阶级之分。[④] 几年以后,在塞瓦利斯实施改革以后所遇到的提倡私有制的逆流,也是由波斯人产生的。[⑤]

这一系列思想更足以证明维拉斯是十八世纪共产主义作家的先驱者和导师。无论如何,你们可以看到,这些早已由维拉斯所表达的思想在法国大革命前最伟大的一位共产主义思想家摩莱里的《自然法典》里得到了进一步

① 参阅《塞瓦兰人的历史》俄译本,第 150 页。

② 伏尔金:《社会主义史纲》,第 4 版,第 163—165、187—190、199—201 页。

③ 参阅《塞瓦兰人的历史》俄译本,第 161 页。“他的法律……与土人的风俗习惯没有多大区别,因为……这些民族是以大家庭(公社)的形式而生活的,几乎没有任何的财产。”

④ 同上书,第 159 页。

⑤ 同上书,第 172 页。

的发展。《自然法典》的有关章节似乎是在理论上对维拉斯的以小说形式提出来的简要论点进行注释。摩莱里认为，在他当时那些被私有制玷污了的社会中可以实现共产主义。但是，在天生是共产主义的民族中建立共产主义制度，比在屈服于法律之下成为这个样子，以及目前仍是这个样子的民族中建立共产主义制度要简单得多和容易得多。① 为了证明这是容易建立的，摩莱里派遣他的假想的“英明的立法者”到美洲去，到那些还生活于自然状态的“野蛮民族”那里去，这位立法者向野蛮人传授新的饮食方法、新的艺术、正确的劳动组织，但是还原封不动地保存了财产共有制和劳动共有制，以满足共同的需要。摩莱里断言，大家都会欢迎这位立法者的倡议的，实行他这个计划的一切条件都会是良好的。② 可以设想，摩莱里在构想他的这一段议论时，已经读过了维拉斯所写的关于塞瓦利斯实行开明的共产主义改革的故事。

三

塞瓦利斯从具有高度古老文化的波斯出发，经过多年的在西方和东方的许多国家（意大利、希腊、埃及、印度、日本、中国）的游历，最后来到了一个国家，他注定要在这个国家中实施造福于该国人民的改革活动。③ 经过多方面的观察，他不仅有可能批判他评价每个国家的特点，而且有可能批判地评判这些国家的制度的共同基础。当然，我们不能期望一个十七世纪的作家对这些基础作深刻的经济分析。我们要回想一下，《塞瓦兰人的历史》的问世要比包吉尔倍尔的作品（《法兰西杂谈》，1695 年）和伏本的作品（《皇家的税收》，1707 年）早很多年，当时的资产阶级的经济思想刚刚为后来的资产阶级政治经济学铺上第一层基石。维拉斯的批判，同许多年以后的十八世纪作家们（摩莱里、马布利）一样，带有道德的性质。塞瓦利斯研究了纠纷、战争以及其他危害人民的灾祸的根源。作出结论说，这些灾祸来自三个主要恶习：骄傲、贪欲和好逸恶劳。世袭等级制滋长了第一种恶习，财富和私有制增长了第二

① 参看摩莱里：《自然法典》，商务印书馆 1959 年版，第 56—59 页。

② 同上。

③ 参阅《塞瓦兰人的历史》俄译本，第 133—136 页。

种和第三种恶习。正是这些思想促使塞瓦利斯坚决反对他的同时代人和波斯同伴们所提出来的把社会划分为各个阶级的方案。①

塞瓦利斯在思考最优良的社会制度时是从人的本性出发的。他说,大自然创造人们是一律平等的。② 他绝对禁止自己的继承人进行任何与他所建立的根本法相抵触的革新,因为他把这些根本法同自然法相提并论。③ 在托马斯·莫尔的著作中已经有了根据人的本性来建设共产主义社会的论据。莫尔认为,服从大自然的命令的那种生活乃是个人道德的基本原则,也是社会制度的基本原则。但是,维拉斯的提法更为明确。后来在十八世纪唯理论体系(平均主义体系和共产主义体系)中极为流行的那些提法,在这里以及在他的其他论点中就已经出现了。

人们要实现"自然平等",就需要先实现"共有制"。塞瓦利斯取缔了私有制,并且规定全部的土地和人民财富都归国家所有,国家可以绝对地支配这些东西。任何一个公民,除了各级公职人员所拨给他的一份以外,不能从这些财富中拿取任何东西。④ 由此可见,维拉斯对于生产资料所有与消费品所有是不加任何区别的。他认为任何东西都不能作为私人占有的对象。这种不加区别的做法说明维拉斯最接近于康帕内拉。康帕内拉在自己的著作《太阳城》中就宣布这种包罗一切的共有制,表达的方式也非常相似。⑤ 在这个问题上,莫尔也持有同样的观点,他要求"完全废止私有制"。⑥ 只有摩莱里在社会主义思想史上破天荒第一次从共有制中分出"每个人用来满足自己的需要,用来进行日常劳动的那些物品"。⑦

摩莱里把个人劳动工具列入消费品的同一个范畴,这当然是反映了手工业技术在当时的现实中和在他的意识中的统治地位。但是,把私有物跟公有财产加以分开,这种做法本身就是社会主义观念发展中一件非常重大的事

---

① 参阅《塞瓦兰人的历史》俄译本,第 160—161 页。

② 同上书,第 160 页。

③ 同上书,第 162 页。

④ 同上书,第 161 页。

⑤ 参阅康帕内拉:《太阳城》,商务印书馆 1960 年版。

⑥ 托马斯·莫尔:《乌托邦》,商务印书馆 1962 年版,第 56 页。

⑦ 摩莱里:《自然法典》,商务印书馆 1959 年版,第 123 页。

情。它标志着所有制问题的重心已从消费领域转移到生产领域。维拉斯体系中的基本问题是生产和分配的组织问题,而绝对不是消费的组织问题。虽然如此,他在所有制问题上还是完全坚持旧的观点。

塞瓦兰人社会的基层单位称做“奥斯马齐”[①]。所谓奥斯马齐,这首先是一幢方形大厦,塞瓦兰人就是住在这幢大厦里。[②] 可是奥斯马齐的全部居民却是一个经济上和政治上的集体组织。在托马斯·莫尔的《乌托邦》中,则由合理化的家庭来担负这种基层组织的职能。[③] 这种家庭手工业制度使得乌托邦同中世纪的城市相似。维拉斯割断了经济与家庭之间的纽带,反映了十七世纪现实中对手工业来说是毁灭性的变革,这毫无疑问是向前迈进了一大步。大家知道,对法国来说,路易十四时代不仅是工场手工业发展的时代,而且也是行会大生产发展的时代、行会生产向资本主义演变的时代。在奥斯马齐中,可以看到在十八世纪和十九世纪上半叶社会主义学说中所表述的不同形式的公共作坊、劳动组合、公社等等的原型。

当然,作为生产组织的奥斯马齐这个概念,维拉斯阐发得还不够清楚。他有时还谈到所谓专业化的奥斯马齐。例如,处于农村地区的奥斯马齐主要从事于农业。[④] 由此可见,在维拉斯的著作中还保存着城市与乡村之间的对立。维拉斯缺乏莫尔的那种独特的勇气,后者在《乌托邦》中把农业变成全体公民的共同义务,因而实际上消灭了古老形式的农村。在维拉斯的著作中还有学校奥斯马齐。[⑤] 但是,另一方面,在同一个奥斯马齐中也可以住着不同专业的工作者。[⑥] 总的来说,根据维拉斯的描述,我们很难了解奥斯马齐中生产过程的详细情形。我们只知道,奥斯马齐的成员中每十二个人组成一个小队,每个小队由小队长(duzenier)领导大家进行劳动。[⑦]

奥斯马齐并不是独立的经济单位。每一个奥斯马齐进行生产并不仅仅

① 维拉斯把这个词释成法文(Communauté,也即公社)。

② 参阅《塞瓦兰人的历史》俄译本,第164页。

③ 参阅托马斯·莫尔:《乌托邦》,商务印书馆1962年版,第78页。

④ 参阅《塞瓦兰人的历史》俄译本,第181页。

⑤ 同上书,第182页

⑥ 同上书,第181页。

⑦ 同上书,第121页。

为了满足自己成员的需要(像傅立叶的法郎吉那样),而是为了满足整个社会的需要。每个生产部门由一个专职的公职人员领导,这个领导人维拉斯称之为长官。长官必须维护整个国家的利益。本生产部门所需的原材料,长官可到采掘或制造这种原材料的奥斯马齐中去领取(如金属、皮革、绒、棉花、丝),并把这些原材料送到进一步加工的地方去。长官在保证供应工业原料的同时,也关心向公民供应工业品,把工业品分配到全国各地区去。工业品分配是通过商店网——中心商店和设在各个奥斯马齐中的地方商店——而进行的。农业奥斯马齐留给自己仓库的只是为自己成员饮食所需的东西,剩下来的物品全部上缴给公共仓库。[①] 由此可见,塞瓦兰人的经济制度是一种严格的集中制。

在塞瓦兰人的国家里,劳动是全体男女公民的义务。妇女只从事于比较轻便的劳动,如纺纱、织布、缝纫等。[②] 同男子一样,妇女也要服军役。[③] 只有病人、老年人和残废者才不参加劳动。国家之所以要求每个公民从事于社会公益的劳动,首先是因为国家要满足公民的需要,向他们供应一切必需的物品。但是,维拉斯还有另外一种道德上的动机:劳动,由于能锻炼人的身体,给予人以理性的事业感,因而以防止闲逸而引起的许多恶习和脆弱。从事于有益而适当的劳动就会产生这种道德上的意义。穷人所进行的过度的劳动是为了谋求生活资料,而这是不平等的结果。维拉斯认为,在平等的条件下就有可能大大缩短劳动的时间。但是,他在这个问题上比莫尔或康帕内拉要更加现实。在《乌托邦》中实行六小时工作日、在《太阳城》中甚至实行四小时工作日。而塞瓦兰人则把一天分为三个相等部分,第一部分八小时,用于劳动,第二部分八小时用于娱乐活动,第三部分八小时用于休息。毫无疑问,维拉斯是第一个倡导这种三分法的人,这种三分法在十九世纪便广泛流行了(八小时劳动,八小时休息,八小时睡眠)。[④]

但是,按照维拉斯的意见,这种公民普遍劳动的制度还不能保证满足居民的一切需要。他用奴隶制来补充和修改这个制度。在每一个奥斯马齐中

① 参阅《塞瓦兰人的历史》俄译本,第 181 页。

② 同上书,第 186 页。

③ 同上书,第 112 页。

④ 同上书,第 161 页。

都由奴隶来干脏活儿。我们知道，在《乌托邦》中也保留着奴隶来干脏活儿。[①] 可是在莫尔的作品中，奴隶制是一种代替死刑的惩罚形式。莫尔认为即使是战俘也不可能变为奴隶，他也不承认世袭的奴隶制，无论就其来源来说，或者就使用奴隶的性质来说，都是非常接近于真正的奴隶制原型的。维拉斯满不在乎地谈到塞瓦兰人在战胜敌人以后要敌人每年献出一些青年男女，这些青年男女以后就成为塞瓦兰人的奴隶。[②] 他津津有味地谈到把女奴隶当作情妇的事情，谈到书中的主人公和他的同伴们来到塞瓦兰国的第一个城市居住以后，当地人怎样供给他们临时夫人的事情。[③] 这种表现得极其丑恶的对待奴隶的令人难以容忍的态度，使得维拉斯同早期的空想主义者很不一样。看来，这表明维拉斯首先是受到当时在一些与殖民利益有关的集团中极为流行的那种对待奴隶的态度的影响。

我们已经说过，塞瓦兰国家供给公民一切必需物品，而且是直接供给他们产品。货币是国家的大法所禁止的。[④] 使用货币被认为是十分有害的。这种把货币看作财富的体现和剥削的工具而加以绝对否定的观点，是早期一切社会主义者所共有的特点。但是，没有货币的分配制度，就其原则来说可以是各不相同的。可以平均分配，可以按需分配，也可以根据不同形式的社会贡献进行分配。维拉斯则赞同按需分配。任何一个公民需要什么东西的时候，他就向有关的公职人员去申请，随时可以得到满足。[⑤] 但是在运用这条原则的时候也考虑到等级制。公职人员理应得到更多的报酬，按照他们在国家中的地位来获得报酬：他们比普通公民有更好的住宅、更好的饮食、更好的服装，他们被允许有许多妻妾和私人的奴隶（按理，奴隶是属于奥斯马齐的）。[⑥] 我们可以看到，法国现实中的特点怎样有趣地被搬到空想的社会中，如狩猎权，至少是某些森林的狩猎权，只有省长才能享受。[⑦]

① 托马斯·莫尔：《乌托邦》，商务印书馆 1962 年版，第 95 页。

② 参阅《塞瓦兰人的历史》俄译本，第 176 页。

③ 同上书，第 77 页。

④ 同上书，第 175 页。

⑤ 同上书，第 161 页。

⑥ 同上书，第 178 页。

⑦ 同上书，第 157—158 页。

报酬分等制是一种补充的动力，促使人们为社会公益而进行劳动。基本的动力乃是“高尚的竞赛”。这种竞赛是出于好人好事应该得到嘉奖这个公正的愿望的。① 但是，要获得公民的爱戴和尊敬的愿望是要由物质制度来维持和巩固的。显然，维拉斯力图证明，共产主义制度的存在并不需要有特殊的、道德水平较高的人。塞瓦兰人的愿望和目的跟欧洲人的愿望和目的都是一样的。至于社会结构的差别则表现在另外方面——表现在塞瓦兰人用来达到这种目的的手段是公正的、合乎法律的，而欧洲人用来达到这种目的的手段则完全是卑鄙的、犯罪的。②

在塞瓦兰人的共和国里，没有游手好闲的富人，没有不配行使权力和不会行使权力而仍在行使权力的人。另一方面，塞瓦兰人中也没有穷人，人人都无衣食之虞，人人都享受社会的幸福：“国家的一切财富都属于他们，他们每个人都可以认为自己是像世界上最富有的君主那样幸福。”③

维拉斯认为，保证这种普遍富足的基本条件就是塞瓦兰人的正确的分配制度。维拉斯在把欧洲国家同塞瓦兰人的国家加以比较后指出：“所有的人实际上都是一样的，不过财富的分配方式有所不同而已。”④但是，维拉斯并不排斥共产主义制度也能为生产的增长创造极大的可能性这个观念。他对技术成就和技术进步的爱好和关心比莫尔更浓厚，虽然他在这方面没有发表更多的独创的见解。维拉斯书中的一个塞瓦兰人说：“对我们的人民来说，没有不可能的事情，因为我们的一切都是属于社会的。”⑤有意思的是，维拉斯所描写的那些减轻人的劳动和促进产品丰裕的巨大工程都是属于交通和农业方面的。维拉斯压根儿把工业置于从属地位，他认为农业和建筑业是“最有用”的。我们在他的书中可以知道缩短山路隧道、起重机、渠道灌溉系统、使沙漠变成良田的特殊方法。⑥ 在十七世纪下半叶，维拉斯还不能预测到工业中的技术变革以及工业对社会经济所起的作用的增长。

---

① 参阅《塞瓦兰人的历史》俄译本，第 162 页。

② 同上书，第 179 页。

③ 同上书，第 161 页。

④ 同上书，第 182 页。

⑤⑥ 同上书，第 108 页。

四

塞瓦兰人国家的经济制度的基本原则与托马斯·莫尔的《乌托邦》是一样的，都是公民平等，财产共有。但是维拉斯根据这些原则作出了具有非常特殊的结构。他的空想社会的政治制度也是很特殊的。维拉斯从两个方面来表述这种制度。从宗教方面来看，这种制度是君主专制政体，因为塞瓦兰人认为太阳神就是国家的最高元首和全部国民财产的所有主。关于宗教这方面，我们以后还要谈到。从世俗方面来看，维拉斯把管理组织看作是君主专制制度与贵族制度和民主制度的结合。① 但是，这个规定与他在小说中所描述的并不相符。

塞瓦兰人的权力是从人民选举制中产生的。每个奥斯马齐的人民选出一个领导者——奥斯马齐长(看来，全体公民都参加这个选举)。所有的奥斯马齐长所谓组成总会议的基本核心。由于奥斯马齐数目的不断增加。奥斯马齐长的人数也不断增加，所以从总会议中逐渐分出常务会议。最初，参加常务会议的是每四个奥斯马齐选出一人，后来是每六个奥斯马齐选出一人，最后是每八个奥斯马齐选出一人，由常务会议的最老成员(按照选举的任期)二十四个人组成元老会议或大会议。元老会议有缺额时，由常务会议中次一个资历最高的成员递补。大会议由自己成员选出四个人作为国家执政者、总督的候选人，最后通过抽签来决定哪一个人当选。大会议协助总督进行一切活动，向他献计、献策。大会议任命自己成员为国家最重要省份的省长、军队的将领、最重要部门(建筑、食品、学校、公共娱乐等部门)的长官。②

最高执政者总督的权力绝不是无限制的。看来，不得到大会议的支持，他就不可能采取任何重大的措施。例如，我们从维拉斯的故事中知道，第四任总督的征伐计划遭到了大会议的反对，他因此不得不放弃这个计划。③ 总督的立法议案，必须事先以草案形式分发给总会议的议员，然后再由总会议批准。④

---

① 参阅《塞瓦兰人的历史》俄译本，第 176—177 页。

② 同上书，第 177—178 页。

③ 同上书，第 173 页。

④ 同上书，第 179—180 页。

看来，总会议根据大会议的建议，可以解除总督的职务。如果总督表现出暴虐无道的倾向，如果他竟敢破坏根本大法，最老的一位元老就召开总会议：在总会议同意下，总督的权力就被剥夺，然后从元老中通过抽签选出一位摄政大臣，“在神保佑总督恢复理智以前”代理国政。①

显然，维拉斯所描写的制度与君主“专制”制度相距甚远。十七世纪下半叶中像这本著作这样与路易十四时占统治地位的政治学说针锋相对的其他著作，我们还没有听说过。梅叶充满革命精神的《遗书》的写成几乎比《塞瓦兰人的历史》要迟半个世纪。著名的秘密论文《被奴役的法国之悲叹》，虽然也赞同国王由选举产生这一原则，但是却充满了反动的贵族情绪。甚至朱里叶的《牧师信札》虽然和维拉斯的书一样出自新教徒阶层，但在实际的愿望中却没有超出当时英国宪法的范围。

很难想象，受过法律教育的维拉斯会真的认为塞瓦兰人的政治制度是“彻底的君主专治政体”。毋宁设想，他这样的说法是力图掩盖自己的那种“不怀好意的政治观点”来逃过王家书报检查官的机警的、但不是经常敏锐的目光。

在塞瓦兰人的体系中，也没有像政治文献中通常所说的那种贵族制度。我们已经知道，维拉斯坚决反对任何世袭等级或与世袭等级有联系的权力。只有个人的功勋才使公民获得为担负社会职务的权利。在塞瓦兰人那里，任何人都不得因为别人的出身低微而加以指责，任何人都不得因为自己的出身高贵而妄自尊大。维拉斯在谈到贡族政治的因素时，显然指的是这个词的本来意义——好人的统治。有一些人生来是发号施令的，而另一些人生来是服从的，维拉斯认为这是无可怀疑的。有一些人是用头脑工作的，而另一些人是用双手工作的，维拉斯认为这也是很自然的。② 由此可见，维拉斯认为，体力劳动与脑力劳动之分来自人的本性，因而是永远存在的。这种意义上的贵族政治——脑力劳动的贵族政治，我们在维拉斯的前辈莫尔和康帕内拉的作品中也可以看到。在康帕内拉的书中，贵族政治具有非常鲜明的僧侣学者执政的形式，犹如柏拉图所描写的哲人执政的形式。但是，连莫尔也认为，乌托

① 参阅《塞瓦兰人的历史》俄译本，第 180 页。

② 同上书，第 147—183 页。

邦人的公职人员和国家元首应该从“饱学之士”中选举出来。[①] 在十七、十八世纪生产发展水平相对说来还很低的条件下，即使是最激进的、目光最尖锐的社会批评家也不可能进步到具有要求彻底消灭奴役人们、迫使其服从劳动分工的现象，从而要求彻底消灭脑力劳动与体力劳动的对立的那种伟大思想。[②]

把脑力劳动与体力劳动的对立看作是永不改变的现象，这就给“脑力劳动的贵族政治”这一思想的产生创造了客观前提。空想主义体系的第一批创造者，由于他们的社会地位，由于他们出身于知识分子而产生的爱好和情绪，使他们认为这样来解决治理问题是最符合主观愿望的。

我们已经知道，维拉斯对社会政治理想的论证乃是一贯的唯理论式论证的范例。他完全无视历史传统，从“自然”出发，把他的体系合乎逻辑地设计成一种最合乎理性的、最符合现有“自然”的体系。但是，这种理性，这种与“自然”的相适应，在他看来显然还不足以在实践中巩固他的体系。因此，在他的体系中，除了“自然”以外，还出现了“上帝”，合乎理性的制度得到了宗教的批准，宗教在政务上的实践意义，在《塞瓦兰人的历史》中是表现得非常明显的。伟大的改革家塞瓦利斯力图争取和巩固他进行改革所需的威信，广泛利用宗教影响的手段，甚至不惜故弄玄虚骗人。塞瓦利斯刚一来到这个国家，就把他所带来的大炮冒充为天雷，为的是使土人相信他是太阳神派到他们这里来的。[③] 他偶然发现了一处优良的建筑石料的矿床，就把这个发现归之于神的启示。当他被选作国王时，他就向太阳神请训。他预先安排好一幕降神的喜剧：当塞瓦兰人向神祈祷完毕时，神殿中似乎由远而近响起了一阵音乐之声，然后有一个从空中传来的声音向震惊的土人宣布上帝的旨意。维拉斯十分赞赏这一场巧妙的把戏。他说，别的立法者只是简单地宣布一下他们的法律就是上帝的意志。而塞瓦利斯却使人民不能不相信，上帝的意志是直接通过天上的声音向他们宣谕的。[④]

维拉斯非常重视宗教的形式方面，因为宗教与政务上的使命相适应。塞

① 托马斯·莫尔：《乌托邦》，商务印书馆 1962 年版，第 65 页。

② 参阅《马克思恩格斯文选》两卷集，第 2 卷，人民出版社 1958 年版，第 23 页。

③ 参阅《塞瓦兰人的历史》俄译本，第 139 页。

④ 同上书，第 156—157 页。

瓦利斯和他的继承人花了很多人力和物力来修建和装饰神殿，举办各种名目的盛大的公共祈祷会；在这方面，他是绝对不轻视基督教的经验的。但是塞瓦兰人宗教的内部本质是极其简单的。这是一种"自然的"唯理论的宗教，按照维拉斯的说法，这种宗教"依据理性的论据胜过于依据神的启示"①。尽管这个说法很含蓄，但是神的启示毫无疑问是与维拉斯的世界观格格不入的，而且只会引起他对启示的讽刺。

维拉斯是"自然宗教"最早的宣传者之一。我们知道，《塞瓦兰人的历史》的问世要早于洛克和托兰德的有关著作(1685 年和 1696 年)。建立在理性基础上的宗教思想是完全符合于维拉斯的总的唯理论思想体系的。在这个问题上，维拉斯很可能是师承波丹的。当然，维拉斯把波丹看作是一位法律家，波丹的关于宗教的对话录他也很可能读过。可能他还读过赫伯特的书，赫伯特在十七世纪是相当有声望的。

塞瓦兰人承认有一位无形的、伟大的和至高无上的上帝。② 塞瓦兰人的这个信仰来自最初对太阳的崇拜。在塞瓦利斯进行改革以前，在土人中广泛流行着以各种最原始的形式对太阳的崇拜。塞瓦利斯本人在波斯时就是一位崇拜太阳的大祭司。尊敬太阳的习惯就在塞瓦兰人的宗教中保留下来。太阳在他们的宗教中占第二把交椅，这是无形上帝的有形仆人的地位；通过太阳，人们获得一切生活幸福，所以人们直接崇拜太阳，而对无形的上帝，人们只是在内心中、在精神上尊敬他。太阳统治着我们所居住的世界，它赋予这个世界以运动、光和生命。人和动物的灵魂都是不灭的，它们都是太阳所放射出来的，最后仍要回到太阳中去。塞瓦兰人还相信死后的善恶报应，这种报应表现为灵魂转到距离太阳或近或远的新的星体上去投生。宗教规定人们要履行三项基本的义务：对无形的上帝的义务，对太阳神的义务，对祖国的义务。③

我们已经知道，他们把太阳神看作是国家的最高元首，所以真正的执政者只具有总督的称号。从大会议所指定的四个候选人中通过抽签来选出总督，从宗教观点来看，这是太阳神意志的表现，是太阳神要求用这个办法来选

① 参阅《塞瓦兰人的历史》俄译本，第 109 页。

② 同上书，第 110 页。

③ 同上书，第 105—118 页。

择自己的助手。这个选举制度也是塞瓦利斯根据实际的需要而规定的。虚构太阳的统治,是为了使政府地位更巩固,为了使政府得到人民更多的尊敬。总督作为上帝意志的直接体现者,也是国家的僧俗元首,因此比起仅仅倚靠凡人来建立威信的执政者来,可以得到更多的尊敬和服从。塞瓦利斯在禅位时再一次嘱咐人民说,在选举执政者时,天意比凡人起更大的作用,应该把执政者看作是“神的化身”。①

维拉斯在描述塞瓦兰人的宗教时,很少表现出独自的虚构。把“太阳宗教”看作是理性的宗教这种同情的态度,在十七世纪的文献中是颇为流行的。这种观念的来源之一就是我们已经提过的 1633 年加尔西勒索的那本《皇家诠释》(法文译本)。但是恐怕不能就说维拉斯直接沿用了加尔西勒索的观念②,因为加尔西勒索绝不是十七世纪宣传“太阳宗教”的唯一的作者。况且,我们在维拉斯的一个宣传共产主义思想的最近的前辈康帕内拉那里,也发现这种观念。③ 康帕内拉的理想国中的公民崇拜唯一至高无上的上帝。但是,他们“看到的和知道的上帝就是太阳,他们把太阳称做上帝的形象、上帝的面容和上帝的活生生的肖像。这个上帝赐予下方的万物光、热、生命、活力和一切幸福”。④ 由于太阳在他们那里最受尊敬,所以这个国家就叫做“太阳国”。塞瓦兰人也用这个名字来称呼他的国家——(太阳国),这一事实似乎有力地说明了维拉斯和康帕内拉的接近。

维拉斯为了政治目的而对宗教的虚构抱着同情的态度,因而始终使人很难弄清,他真正认为是自然的、理性的宗教是什么,他纯粹出于政治观点而从实证宗教的实践中搬到自然理性宗教中去的因素是什么。显然,他不会相信有批准塞瓦兰人宪法的上天声音;显然,他也不会相信总督的权力是上帝授予的。他只认为,迄今被利用来为害人民的权力神授说,在贤明的执政者立志要造福于人民的时候,也可以而且应该加以利用。当然,这是对占统治地位的政治学说的让步,但是这种让步是从维拉斯所设想的那种实现理想社会

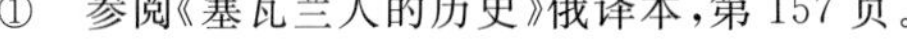

① 参阅《塞瓦兰人的历史》俄译本,第 157 页。

② 阿金逊:《1700 年前的法国文学中的离奇的海外游记》,1920 年纽约版,第 108—119 页。

③ 参看康帕内拉:《太阳城》,商务印书馆 1960 年版,第 56 页。

④ 同上。

制度的方法中合乎逻辑地产生的。他看不到社会中存在着能够把社会改造成为共产主义社会的那种内在力量。所以,他像莫尔和十八世纪许多社会主义作者一样,把改造社会这一任务寄托在“英明的执政者”身上,寄托在开明君主制度的理想化的代表身上。人民,即使是生活在原始共产主义条件下的虚构的人民,也只能驯服地顺从这种改革。维拉斯并不十分相信塞瓦利斯会得到人民群众永久的拥护,所以抬出至高无上的神力来保证对塞瓦利斯的拥护,这是很自然的。

在维拉斯的灵魂不灭和死后报应的学说中也具有这种政治上的功利主义思想,这是可能的。维拉斯说,在塞瓦兰人中,除了上述的正统学说以外,其他的理论也很流行。有一部分学者根本就否认灵魂是不灭的,另外一些学者认为,灵魂是物质的,只有对物质而言才可以说灵魂是不灭的,即灵魂可以改变形式,但不会被消灭。① 维拉斯十分谨慎地把这三种理论作了比较,而他自己对这些理论的看法则秘而不谈。大多数塞瓦兰人倾向于灵魂不灭说,但是理由却很少能使人信服。第一,他们认为这个说法更为可靠,很容易接受(!);第二,这个说法由于塞瓦利斯的威信而成为神圣不可侵犯的了,而对塞瓦利斯的遗训,塞瓦兰人是绝对遵守的。② 维拉斯在宗教问题上的全部议论给人一个总的印象,就是他本人在唯理论上比他的塞瓦兰人要激进得多。

维拉斯描述塞瓦兰人的宗教生活还有一个目的——含蓄地批判基督教国家的宗教生活。他是做得小心翼翼的。他肯定地说,塞瓦兰人的宗教是“最合乎人的理性”的,但是他立即声明说,这个宗教仍不是最合乎真理的,因为在它之外还必须尊奉“福音的神光”。而没有这个“神的启示”,塞瓦兰人关于上帝的见解就会被承认是正确的了。③ 在塞瓦兰人国家中,住着一小部分的基督徒,他们试图进行传道,但是基督徒的人数并没有增加。维拉斯对这种传道失败的原因的叙述是很有趣的。他说,塞瓦兰人是过分相信人的理性了。他们认为我们宗教中的神圣的奥秘乃是稀奇古怪的东西,并且对一切超乎他们“模糊的意识”的东西都加以讥笑。他们嘲笑奇迹,他们宣称一切现象都出于自然的原因,他们深信自然界的万物都是根据自然规律、按照一定的

① 《塞瓦兰人的历史》俄译本,第 117 页。

② 同上书,第 116—117 页。

③ 同上书,第 110 页。

顺序而进行的。[①] 基督教的牧师们终于感到失望了，他们认为，只有出现巨大的奇迹把这些异教徒的“教理制服”以后，才能够使他们皈依基督教。显然，维拉斯估计到，读者中会有人知道塞瓦兰人的唯理论逻辑胜过基督教的论据，因为后者是依靠启示来反对理性的。可是，在书报检查官看来，维拉斯的叙述似乎是完全有利于基督教的。

在塞瓦兰人国家中，虽以太阳教为国教，但他的存在并不排斥形形色色的宗教观念。维拉斯告诉我们，在塞瓦兰人国家中“充分的信仰自由”占着统治地位。[②] 不错，除了崇拜太阳以外，其他一切公开的崇拜都是被禁止的。但是，任何人都有权发表对宗教问题的观点并为这种观点进行辩护。甚至还举办公共辩论会，任何意见都可以在会上发表，而不必担心受到惩罚或谴责。维拉斯断言，这种自由非常有利于社会的安宁；塞瓦兰人国家中尽管存在着意见的分歧和争论，但是他们却不知宗教纠纷和宗教战争为何物。维拉斯提出宗教信仰自由来与“其他国家”中占统治地位的制度相对立，因为在这些国家中宗教往往成为干最无人道和最罪恶的勾当的借口。维拉斯这些议论中的最精彩之处并不在于他作为一个出身于新教徒家庭的人，在对新教徒非常艰苦的时期中奋起捍卫信仰自由；真正令人惊异的是他的那种意识到在“宗教”纠纷和“宗教”战争中宗教只是一种借口的政治洞察力。[③] 这就是说，虚荣、贪婪和忌妒，由于得到宗教的掩护，弄得不幸的人们如醉如狂，以致丧失了宗教灌输给他们的一切人道感。这样一来，最神圣的事物都变成了最残酷和最危险的东西。在塞瓦兰人那里，这种情况却不可能发生。维拉斯一再提到，在塞瓦兰人国家里，宗教纠纷之所以是不可想象的，并不仅仅是因为他们可以像欧洲人讨论哲学问题那样自由而安详地讨论宗教的发展问题，而根本的原因在于塞瓦兰人的社会制度；在这里，任何人也不能装出一副笃信宗教的面孔来骗取任何财富和荣誉；任何人也不能打着宗教的幌子来欺压同胞和破坏自然法。[④]

热爱祖国和尊敬国法，这不仅得到宗教的保证，而且也得到教育制度的保证。[④] 维拉斯绝对不同意以原始乐观主义的观点来评价人的本性（“人性

---

① 《塞瓦兰人的历史》俄译本，第123—124页。

② 同上书，第105页。

③④ 同上书，第108—109页。

④ 《塞瓦兰人的历史》俄译本，第184页。

本善”），而这种做法是某些空想主义者的特点（例如卡贝说，友爱、爱恋、仁慈是本能，恶习是社会组织的结果）。他也不认为人在道德方面是“白板”，根据社会环境而吸取优良品质或恶劣品质（这是十八世纪大多数启蒙主义者的见解）。不！人，按其本性来说，除了有一些善根以外，特别倾向于恶；而恶的倾向不断加强，往往就压倒了善根。人性本恶这种观念是维拉斯所保留的基督教世界观的少数特征之一。这样一来，教育的任务就更加重要，更加迫切，教育应当防止恶的发展而激励善的发展。

不言而喻，在塞瓦兰人的共产主义国家中教育制度也带有社会的性质。儿童在七岁以前住在家里；从七岁起就住入公共学校，这时父母对儿童的教养就告结束。在头四年中，儿童学习读书、写字、使用武器，而最主要的则是学习遵守法律。以后，儿童就被送到农村去住三年。在农村中，他们每人有四小时继续学习，四小时从事农业工作。从十四岁起开始学习手艺。那些在手艺上表现出有才能的儿童就留下来当手艺工人；其余的儿童便派去当农民或建筑工人。[①] 那些智力出众的儿童则调到专门学校去深造，在这种学校中，他们完全免去体力劳动。由此可见，在维拉斯那里，教育与劳动结合并不仅仅是一般教育学观点和社会政治观点的结果，而且也有非常具体的目的，为国家培养合适的实际工作者。这种专门训练脑力劳动工作者的做法与我们上述的维拉斯关于“自然的”贵族政治的观念是完全符合的。

妇女也受同样的教育，不过是在专门的女子学校中。我们已经说过，妇女跟男子平等地参加劳动和保卫祖国。但是妇女的真正平等地位在塞瓦兰人国家中是没有的。我们看不到妇女担任什么领导职务。对妇女来说，最大的荣誉是热爱丈夫、教养子女。妇女或者是因为养育了成群的子女，或者是因为丈夫建立了功勋[③]，才受到社会的尊敬。除了有正常的一夫一妻制的家庭以外，法律还容许有一夫多妻制的家庭。可是，在塞瓦兰人那里一妻多夫制要受到最严厉的谴责。[④] 维拉斯对待妇女的总的态度表明，在他看来妇女是比男子低一等的。

尽管在塞瓦兰人那里没有私有制，尽管他们有一套社会教育制度，但是人们的邪恶本能有时还以犯罪的形式表现出来。我们从维拉斯所说的故事

---

①③ 同上书，第186页。

④ 同上书，第183页。

中知道了两种犯罪形式:杀人和破坏婚姻法(婚前发生性的关系,丈夫或妻子与人通奸)。① 值得一提的是,对这两种罪行的惩罚都是一样严厉的:长期监禁和体罚。维拉斯在描述体罚的惨景时,流露出一定的伤感情绪(其实,这是同赞扬一个女犯的美貌交织在一起的)。但是,这种刑罚的公正性和合理性,看来他是并不怀疑的。②

塞瓦兰人的国家是一个与其他国家不相往来的闭关自守的体制。同欧亚大陆的来往是被禁止的。其所以要禁止与欧亚大陆来往并不是经济上的原因。这方面维拉斯没有注意到。这里他所关心的还是道德上的问题——保护塞瓦兰人的风尚,因为塞瓦兰人很可能会染上其他国家的恶习而堕落。③ 只有从准备做学者、因而也是准备当政府官员的人中专门挑选出来的人,才被准许到国外去取经求宝。

正如我们所看到的,维拉斯的空想主义小说本身带有他当时社会的不少烙印(权力神授、智力贵族、妇女不平等、奴隶制度等等)。虽然如此,维拉斯毕竟抛弃了社会不平等制度和正在成长中的资本主义关系,抛弃了"太阳王"的君主专制政体,抛弃了基督教;因此毫无疑问他是走在他的时代前面的。在十七世纪的法国文坛中,他完全是孤独的。这位出身于新教徒家庭抱有对抗情绪的默默无闻的作家,看来是生性好动和好学不倦的人,虽然他的职业是平凡的语文教员,却具有渊博的学识,善于把当时尚处于萌芽状态的、只是在十八世纪的社会文献中才成形的那些社会情绪在自己的头脑中积蓄起来。虽然在十六世纪(1550 年)就出现了莫尔的《乌托邦》第一个法文译本,但是在《塞瓦兰人的历史》问世以前,这位伟大的英国人莫尔的社会理论在法国的文坛上并没有得到反应。这种落后现象的原因归根到底在于法国资本主义因素发展的缓慢,在于早期无产阶级队伍形成的缓慢。不言而喻,维拉斯这位法国空想主义小说的先锋所面临的任务,比莫尔所面临的任务要简单得多。维拉斯已经有了现成的、制造得很精美的模型供他利用了。但是这一点并不能减少我们对维拉斯的重视。《塞瓦兰人的历史》之所以在社会主义史上有一定的意义,不仅是因为它是一部独特的创作,虽不是第一部、却是一部

① 参阅《塞瓦兰人的历史》俄译本,第 90—91 页。

② 同上书,第 92—93 页。

③ 同上书,第 110 页。

独特的空想共产主义的作品；而且更因为它是莫尔的《乌托邦》与十八世纪社会主义之间的一个极其重要的中间环节。

德尼·维拉斯小传

德尼·维拉斯的确切的出生日期和出生地点至今没有人知道。他的传记的作者们认为，他大约于1630年出生于法国郎基多克省的阿莱城。维拉斯出身于一个新教徒的家庭。他十六岁时就应征入伍，参加过对意大利的战争。退役以后就潜心研究法律，年纪很轻就获得了法律博士的学位。尽管他在律师界中很有成就，还是很快就抛弃了这一职业。他看不惯法国司法制度的黑暗，认为自己不适合从事律师活动。所以，在他母亲去世以后，就变卖了产业，一心从事于旅行，起初在法国国内旅行，后来就游历整个欧洲。

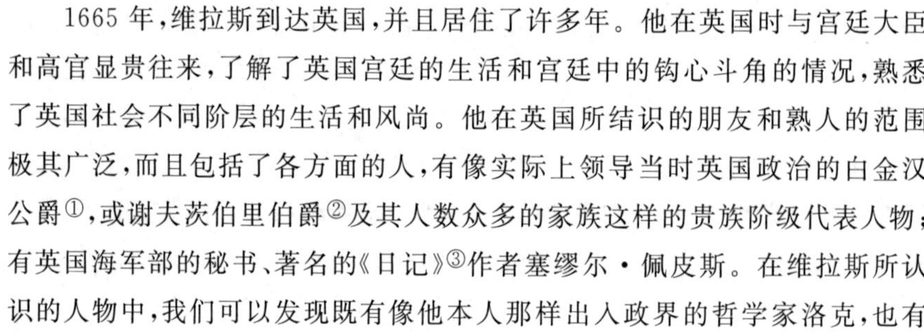

1665年，维拉斯到达英国，并且居住了许多年。他在英国时与宫廷大臣和高官显贵往来，了解了英国宫廷的生活和宫廷中的钩心斗角的情况，熟悉了英国社会不同阶层的生活和风尚。他在英国所结识的朋友和熟人的范围极其广泛，而且包括了各方面的人，有像实际上领导当时英国政治的白金汉公爵①，或谢夫茨伯里伯爵②及其人数众多的家族这样的贵族阶级代表人物；有英国海军部的秘书、著名的《日记》③作者塞缪尔·佩皮斯。在维拉斯所认识的人物中，我们可以发现既有像他本人那样出入政界的哲学家洛克，也有

① 白金汉，乔治·维伊埃(1628—1687年)——英国的大地主，公爵，在查理第一与议会派发生内战时，他站在国王一面。复辟以后，他是查理第二的亲信之一。白金汉是查理第二的智囊团“外交委员会”的组织者。这个团体没有得到议会的支持，议员们认为它是一个反对议会自主的阴谋集团。“外交委员会”解散以后，白金汉成了反对派的首领。他自诩为英国最富有的人。

② 谢夫茨伯里，安东尼·艾希利·库柏(1621—1683年)——英国伯爵，因拥护查理第二有功而被封为贵族和财政大臣。从1669年起他是“外交委员会”的成员之一。1674年起，他开始反对国王，要求把天主教徒逐出伦敦。他参与了反对英国皇太子的阴谋，1682年阴谋败露，逃亡到荷兰。

③ 塞缪尔·佩皮斯的《日记》是一部非常珍贵的历史文献，它实际上就是十七世纪六十年代的英国大事记。

像名叫约翰·司各脱的那样的大冒险家。

维拉斯跟白金汉公爵往来最密切,他也积极参与白金汉所进行的外交活动和各种阴谋倾轧。维拉斯由于周旋在英国的上流社会中,所以抱有许多虚荣的幻想。但是在1674年,白金汉公爵因为失宠,被迫离开英国。维拉斯失去了这个有力的靠山,生怕因曾经参加白金汉的密谋活动而招致灾祸,所以也就回到了法国。

在这以前,维拉斯已完成了《塞瓦兰人的历史》的第一章,并于1675年在英国出版。回到了巴黎以后,维拉斯的生活在各方面都得从头开始。他跟政治断绝了关系,跟密谋也断绝了关系,甚至还改姓换名,用自己的故乡——阿莱来作为自己的名字。在巴黎,维拉斯一心从事文学活动,此外还教法语和英语,讲授历史和地理。他在这些方面的知识是极其渊博的,而他的演讲口才也吸引了很多的听众。

1675—1685年,维拉斯在巴黎所度过的这十年,是他的传记中最为人知道的年代。1677—1679年,他在巴黎出版了《塞瓦兰人的历史》的第一、二两章;1682年出版了法语教学语法;1683年出版了用英语写的法语简明语法,显然,这本书是为了满足他的那些英国学生的请求而编写的。在法语教学语法中,他作过简化法文的书写法的尝试,因此他的这本书得到了法国著名语言学家的好评。

他几次谢绝了要他出来做官的建议,因为一接受这种建议,就必须改变自己的宗教信仰。

在巴黎,维拉斯跟当时受过良好教育的饱学之士交往。例如,他跟著名的比埃尔·李凯[①]——南方大运河的建筑者结交。他把《塞瓦兰人的历史》的第一章献给了这个朋友。

维拉斯也获得新教徒阿拉伯罕·杜根家族的很大同情。杜根曾在法国海军中任职。在这个家族中,维拉斯认识了他们的侄儿杜根,这人到过巴达维亚。他向维拉斯叙述了荷兰海船在澳大利亚海岸附近失事的故事。维拉斯还跟杜根的儿子亨利·杜根侯爵交上朋友。这人在数年以后,在1689年

---

① 李凯·比埃尔-保尔(1604—1680年),德·旁帕雷诺男爵——郎基多克运河的建设者。这条运河建筑工程开始于1666年,由李凯自己筹资兴建,完成于1681年。这条运河把地中海和大西洋连接起来,全长240公里。

曾打算在荷兰人赐给他作为采邑的波旁岛①上建立一个理想的共和国(这个方案没有保存下来)。维拉斯跟亨利·杜根的接近,是基于他们对社会制度问题发生共同的兴趣。维拉斯在巴黎居住时期又遇见了洛克。洛克曾于1675—1679年间在巴黎住过。他们两人的认识显然不是偶然的。

1686年,路易十四废除了南特敕令,引起了大批新教徒逃亡国外。可以认为维拉斯在1686年也是由于这个原因离开巴黎逃到荷兰去的。他在荷兰也是依靠教授法语和英语为生。维拉斯确切的逝世日期没有人知道,但是他的传记作者们认为,他大约于1700年死于荷兰。

尽管我们对他的生平知道得不多,但是就从这些材料中也可以看出,维拉斯一生过的是艰苦而不安定的生活。他的新教徒的出身显然是他无法发迹的主要原因。毫无疑问,他是个天资很高的人,具有多方面的兴趣和渊博的知识,口才很好,善于与人接近,因而在英法社会的各个阶层中都有很多朋友。他跟洛克的接近值得特别注意。同当时这位伟大哲学家的接近对他有很大的影响;促使他对社会和政治制度问题发生兴趣。也许,我们在《塞瓦兰人的历史》的政治见解中可以发现他同洛克谈话的某些反映。

《塞瓦兰人的历史》这部长篇小说在法国以及国外受到了很大的欢迎。在十八世纪末以前,他在巴黎一直用法文出版,尤其在阿姆斯特丹曾经印行多次,前后出了不下二十版。在十八世纪中叶,译成英文(全译或节译)出版了数次,也译成德文、意大利文和荷兰文出版了数次。在十八世纪初叶,出版的次数逐渐减少,到了十八世纪末叶,即在法国资产阶级革命的前夜,这部小说在法国只印了几版。十九世纪时,法国人甚至已经忘记了这部书,但是英国人和德国人对它的兴趣仍然历久不衰。

《塞瓦兰人的历史》是最早一批卓越的空想主义小说之一,在它问世以后,就有很多人纷起模仿。例如,克劳德·吉尔伯的《卡列耶哇岛的历史》(第戎,1700年),狄梭·德·帕托的《雅克·马瑟的航行历险记》(波尔多,1700年)等等。在更后期的许多空想主义作品中,可以找到《塞瓦兰人的历史》的某些影响。

《塞瓦兰人的历史》一书也受到了十八世纪法国伟大启蒙主义者孟德斯

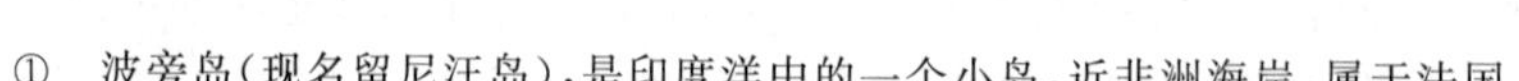

① 波旁岛(现名留尼汪岛),是印度洋中的一个小岛,近非洲海岸,属于法国。

鸠、伏尔泰等人的注意，但是他们对它发生兴趣不是出于社会思想，而是出于宗教政策。

我们已经说过，《塞瓦兰人的历史》第一章早在1676年就用英文出版了。几年以后，这个默默无闻的作者发表了这部小说的后面几章，这是用幻想的笔调写成的，与第一章毫无共同之处。随着1719年笛福的不朽名著《鲁滨逊漂流记》的问世，以及1727年斯惠夫脱的《格利佛游记》在英国的问世，人们对维拉斯的这部小说的兴趣也大大地增加了。英国批评家往往把《塞瓦兰人的历史》同笛福和斯惠夫脱的小说相提并论。这部小说之所以在英国风行一时，恐怕一部分与这点也是有关系的。1738年《塞瓦兰人的历史》全部第一次从法文译成英文出版。

维拉斯的这部小说在德国流传为期最长。1689年，这部小说就译成德文出版了，批评家对这部小说的评价很高。莱布尼茨对它的反应也很好。康德把《塞瓦兰人的历史》称为柏拉图和莫尔的乌托邦的续集。在我国，只是在苏维埃时代(1937年)才在沃尔金的主编下出版了维拉斯的这部小说。

（汪裕荪 译）

图书在版编目(CIP)数据

塞瓦兰人的历史/(法)德尼·维拉斯著;黄建华,姜亚洲译.—北京:商务印书馆,2024
(汉译世界学术名著丛书:120年纪念版:珍藏本:增订本)
ISBN 978-7-100-23738-3

Ⅰ.①塞… Ⅱ.①德…②黄…③姜… Ⅲ.①长篇小说—法国—近代 Ⅳ.①I565.44

中国国家版本馆CIP数据核字(2024)第077600号

汉译世界学术名著丛书
(120年纪念版·珍藏本·增订本)
塞瓦兰人的历史
〔法〕德尼·维拉斯 著
黄建华 姜亚洲 译

商务印书馆出版
(北京王府井大街36号 邮政编码100710)
商务印书馆发行
北京市十月印刷有限公司印刷
ISBN 978-7-100-23738-3

2024年5月第1版 开本 710×1000 1/16
2024年5月北京第1次印刷 印张 20½
定价:106.00元